2018 年上海文教结合
"支持高校服务国家重大战略出版工程"

История русской поэзии
От древних времен до наших дней
том первый

俄罗斯诗歌通史
（古代—19 世纪）

郑体武　马卫红　著

上海外语教育出版社
外教社 SHANGHAI FOREIGN LANGUAGE EDUCATION PRESS
www.sflep.com

图书在版编目(CIP)数据

俄罗斯诗歌通史.古代—19世纪/郑体武,马卫红著.
—上海:上海外语教育出版社,2019
ISBN 978-7-5446-5314-5

Ⅰ.①俄… Ⅱ.①郑… ②马… Ⅲ.①诗歌史-俄罗斯 Ⅳ.①I512.072

中国版本图书馆 CIP 数据核字(2018)第 078309 号

出版发行:**上海外语教育出版社**
　　　　　　(上海外国语大学内)　邮编:200083
电　　话:021-65425300 (总机)
电子邮箱:bookinfo@sflep.com.cn
网　　址:http://www.sflep.com
责任编辑:苗　杨

印　　刷:上海华业装璜印刷厂有限公司
开　　本:720×1000　1/16　印张 27.25　字数 417千字
版　　次:2019 年 9 月第 1 版　2019 年 9 月第 1 次印刷
印　　数:1 100 册

书　　号:ISBN 978-7-5446-5314-5 / I
定　　价:85.00 元
　　　本版图书如有印装质量问题,可向本社调换
　　　质量服务热线:4008-213-263　电子邮箱:editorial@sflep.com

引　言

俄罗斯是文学大国,诗歌大国,自普希金以来,创造力旺盛,且历久不衰。与此相应,俄罗斯文学界向来有修史的传统,从科学院主持的大型学院派文学史,到高校相关专业使用的文学史教科书,从贯穿古今的通史,到聚焦某一时代的断代史,从包罗一切的总史,到某一体裁的专史,应有尽有,汗牛充栋。然而,略加细察不难发现,在这些琳琅满目的文学史著述中,一般文学史、断代史居多,尤其是同小说史相比,诗歌史明显偏少。这里说的诗歌史,是狭义上的,不包括对诗人生平与创作或某一专题所做的单独研究。

俄罗斯最早的诗歌史可以追溯到舍维廖夫(Шевырев С.)的《诗歌史》(《История поэзии》)。该书第一卷出版于 1835 年,第二卷经后人整理于 1892 年问世。作者雄心勃勃,企图将世界各国古往今来的诗歌发展历程一网打尽,但生前只写到古希腊罗马,未及俄罗斯。别林斯基有关普希金的系列文章具有鲜明的历史意识和维度,他曾自谓"这宁可说是广泛的俄国诗歌的批评史"①,诗歌史家称之为"撰写学术性俄罗斯诗歌史"的滥觞②。卡德明(Кадмин Н.)的两卷本《古今俄罗斯诗歌史》(《История русской поэзии от древней народной поэзии до наших дней》,1914—1915),大概是最早的一部系统性诗歌通史,作者主张在将个体诗歌创作的发展作为中心的同时,不应限于对诗歌作品做单一的审美评价,不应忽视诗人的个性与民族环境和社会环境的联系,以及对此前文学运动的依赖③,这一编写理念在当时不失为一种洞见,只是作者前后贯彻得不够均衡。正如书名所示,该书确实贯通古今,从古代一直写到19 世纪与 20 世纪之交,述及对作者而言仍是当代现象的象征主义、阿克梅主

---

① 《别林斯基文集》,第四卷,满涛、辛未艾译,上海译文出版社,1991 年,第 318 页。

② История русской поэзии. В 2 т. Ленинград. Издательство: Наука. Ленинградское отделение. 1968 - 1969. С. 6.

③ Кадмин Н. История русской поэзии. От древней народной поэзии до наших дней. В 2 томах. М., 1914 - 1915. Т. 1. Предисловие.

义、未来主义乃至新农民诗歌诸流派的一大批诗人。该书第一卷的内容和诗人群落的划分，已经具备了后世诗歌史的结构轮廓，但第二卷对诗人流派归属的划分明显有些混乱，尤其是后半部分，这大概是因为"当下"距离太近，不好把握的缘故。

由科学院普希金俄国文学研究所主持集体编写的两卷本《俄国诗歌史》（«История русской поэзии»，1968—1969），是第一部也是迄今为止唯一的一部"系统分析、科学论述"的俄罗斯诗歌通史，是苏联时期诗歌史研究的一部代表性著作，在学界影响很大；该书从古代写起，止于1917年的十月革命，执笔者大多为相关领域的权威专家，洋洋两大卷，分析和论述之详尽，至今同类著作中无可比肩者；当然，由于是集体撰写，风格和理念难求统一，或多或少有些各自为政的弊端，但其学术价值仍是不容置疑的。巴耶夫斯基不屑地讥之为"不过是一部论文集而已"[①]，显然有失公允。《俄国诗歌史》未述及十月革命后的诗歌，这个任务交给了同样是由科学院普希金俄国文学研究所集体编写的《苏维埃俄罗斯诗歌史》（«История русской советской поэзии»，1983—1984）。该书分成两卷，上卷从1917年写到1941年，下卷从1941年写到1980年。这是对苏维埃俄罗斯诗歌做系统和科学论述的首次尝试，旨在历史地梳理从十月革命到1980年苏维埃俄罗斯诗歌发展的基本走向和主要趋势，廓清这一进程的基本规律，并通过不同风格的诸多诗人具体案例，展示苏维埃俄罗斯诗歌丰富的思想艺术价值。该书努力借鉴和体现此前20年学术界取得的相关研究成果，对60余年的俄罗斯苏维埃诗歌历程，做了详实细致的描述，辟专章予以重点论述的诗人共有11位：马雅可夫斯基、叶赛宁、伊萨科夫斯基、特瓦尔多夫斯基、吉洪诺夫、帕斯捷尔纳克、阿赫玛托娃、普罗科菲耶夫、扎鲍洛茨基、玛尔蒂诺夫、斯麦里亚科夫。这个名单，不无进步，但总体上未脱此前一般苏联文学史的窠臼。

苏联解体以来，迄今未见有人再修严格意义上的通史。巴耶夫斯基（Баевский В.）的《俄罗斯诗歌史纲要》（«История русской поэзии. Компендиум»，

---

① Баевский В. С. История русской поэзии：1730 - 1980. Компендиум. М.：Новая школа，1996. С. 5.

1996）虽是一本教学参考书，篇幅不大，但时间跨度涵盖了三个世纪，从1730年写到1980年。这是一部有见解、有个性的史著，文字深入浅出，叙述要而不繁，以诗体演变和诗学发现为主线，对经典诗人重新进行筛选和分配座次。这是一次别开生面的尝试，但这样的尝试可能适用于规模较小的个性化著作，对大型的通史未必可行。考察诗歌形式的变迁和发展无疑是重要的，但这不是诗歌史的全部。除了巴耶夫斯基的诗歌史纲要，两部带有专题性质的断代史著作也比较突出：恰金（Чагин А.）的《断裂的诗琴》（«Расколотая лира»，1998）和扎伊采夫（Зайцев В.）的《二十世纪俄罗斯诗歌史：1940—1990年代》（«История русской поэзии. 1940—1990 годы»，2001）。前者从传统与先锋两个角度，专门考察和论述二三十年代俄罗斯诗歌的运动与互动；后者是为高等学校编写的专业教材。同巴耶夫斯基的书相比，这两本断代史写得中规中矩，持论不偏不倚，并能适当吸收和体现新材料和新成果。别尔津斯基赫（Бердинских В.）近年连续推出了两部断代史著作：《俄罗斯诗歌史：现代与先锋》（«История русской поэзии. Модерн и авангард»，2013）和《苏联诗歌史》（«История советской поэзии»，2014）。前者除引论外，全书由两部分构成：分别用两章和五章的篇幅介绍现代主义的象征主义、阿克梅主义和先锋主义的未来主义、意象主义、奥贝里乌流派和流派之外的诗人。第八章更像是一个附录。该书在观点和理念上不如巴耶夫斯基清晰和严谨，但编写体例上有值得关注之处：行文过程中在某些章节后面直接插入相关诗人的一些理论批评文献作为附录。这本《苏联诗歌史》（或可译为《苏维埃诗歌史》），严格说来，应该叫做苏联时期的俄罗斯诗歌史，这从该书的目录和评述对象即可明了。该书从"四巨头"帕斯捷尔纳克、阿赫玛托娃、曼德尔施塔姆、茨维塔耶娃的诗歌遗产写起，止于布罗茨基的创作。作者为了避免叙述流于空泛，更多援引了具体的诗歌文本，从诗人生平和创作两个方面，对作品给予细致解读和分析，文笔深入浅出，可读性很强。该书在结构和内容设计上有别出心裁之处：用苏联新浪漫主义（吉洪诺夫、巴格里茨基、斯维特洛夫、谢尔文斯基）、苏联新古典主义（苏尔科夫、卢戈夫斯科伊、西蒙诺夫）、苏联新农民诗歌（特瓦尔多夫斯基、伊萨科夫斯基、鲁勃佐夫）、儿童诗歌（楚科夫斯基、马尔夏克、米哈尔科夫）等板块来总括20世纪50年代之前的诗坛，而用解冻和通俗舞台诗人（叶甫图申科、沃兹涅先斯基)、集中营诗歌(沙拉莫夫、巴尔科娃)、弹唱诗人(奥库贾瓦、加里奇、维索茨基)加上布罗茨基等分类来涵盖 20 世纪 50 年代以后的诗坛,给人的感觉还是有些牵强,甚至有哗众取宠之嫌。

由此可见,俄罗斯学者撰写诗歌史的激情,逊于撰写其他各类文学史。这一现象并不说明诗歌受重视程度不够,相反,诗歌在俄罗斯文学中地位之崇高,较之世界诸国,恐鲜有出其右者。究竟原因何在? 我们想,这多半与诗歌这种体裁的特点有关。同小说等可以转述的叙事体裁相比,诗歌更多诉诸个人感受和体悟,越是风格独特的作品,越是难以转述,甚至不知所云与不可解者,随时可见。分析和论述的难度,无疑影响到此类著作的产出。这种情况大概具有一定的普遍性。

相比之下,我国学者虽然从事俄罗斯诗歌研究的较少,起步也较晚,撰写俄罗斯诗歌史的历史不过 30 年,但热情并不遑多让。先有徐稚芳的《俄国诗歌史》(1989),继有朱宪生的《俄罗斯抒情诗史》(1993)、刘文飞的《二十世纪俄语诗史》(1996)、许贤绪的《二十世纪俄罗斯诗歌史》(1997),且多种诗歌史不约而同地集中在一个时段问世,可谓呈一时之盛。徐著应该说是出自我国学者之手的第一部俄罗斯诗歌史著作,内容框定在古代至 19 世纪后期,缺少20 世纪,19 世纪的内容也稍欠完整,但开拓之功不可否认。此书多次修订重印,在俄语专业学生中间颇受欢迎。还有一点值得一提,迄今为止,在中国学者的俄罗斯文学史著述中,较为详细地从民间口头文学写起的只有两部:一部是周敏显的《俄国文学史》(1990),一部就是徐稚芳的这本诗歌史,两者同为高校俄语专业教材,所不同的是,前者是用俄文写的。考虑到材料的特殊性和转述的难度,在某种程度上,这一部分用中文写作其实比用俄文写作更困难,很容易事倍而功半。朱著兴趣在抒情诗,叙事诗未纳入介绍范围,虽然也从古代起笔,但对古代和 18 世纪诗歌只是在绪言里一笔带过,起讫年代实际上还是从 19 世纪初的浪漫主义到 20 世纪初的白银时代。朱著是一部饶有个性、诗趣盎然的诗歌史,注重重要诗人的创作赏析,不追求结构的均衡和体系的周严。作者追求的目标是"历史地展示和诗意地描述"①。关于为什么是抒情诗

① 朱宪生:《俄罗斯抒情诗史》,陕西人民教育出版社,1993 年,第 403 页。

史而不是一般的诗歌史,如果考虑到中国诗歌传统向来重视抒情而非叙事,作为中国学者,做出这样的选择倒也是顺理成章的,不过,朱宪生的理由不在于此,而是关乎他的诗歌观念:"叙事性毕竟不是诗的本质特点。俄罗斯的叙事诗虽然也是一种诗的形式,虽说也包含有抒情因素,但它却更接近史诗的特点。而诗体长篇小说或诗体短篇小说,其本质特点和作为散文的主要形式——小说是一致的,尽管它们容纳了诗歌的抒情因素,并且是用诗歌的形式创作而成。这正如散文诗的灵魂仍在于诗一样。"[①]刘著和许著从书名即可看出,他们较早使用了 20 世纪的概念。刘著未用"俄罗斯诗史"而用了一个新概念"俄语诗史"。据作者自己解释,引入这一概念的目的在于整合业界并用的一些多种概念,如俄国文学与苏联文学、主流文学与非主流文学、境内文学与侨民文学等[②]。该书与许著一样,都是从白银时代(书中并未直接使用这一说法)写起,止于 20 世纪 80 年代,也都注意吸收国内外学界最新研究成果,为读者提供了不少过去难得一见的信息和材料。许著述及的诗人多达 100 余人,其中单列一节作重点介绍的有 47 人。"在确定这一范围时,我们采取了折中的、也可以说是比较公正全面的立场:既要让过去因种种原因受到忽视的诗人们'回归',也不把过去一直受到肯定、名高位尊的诗人们随便拉下。"[③]也就是说,在确定经典诗人的名单时,作者的态度是做"加法",不做"减法"。这种态度在 20 年前"回归"文学和经典重估进程尚未尘埃落定之时,有其合理性。

　　以上这些著作各有千秋,对今后诗歌史的撰写工作提供了一定的参考和借鉴。耐人寻味的是,最近的 20 年里,倒是没有俄罗斯诗歌史的新作产生。

　　综观中俄两国俄罗斯诗歌史撰写的历史与现状,似可得出这样的结论:严格意义上的俄罗斯诗歌通史,付诸阙如已久,而撰写一部在材料、观点、内容和理念都能够与时俱进的俄罗斯诗歌通史,应该是中俄两国学界共同的期待。

　　撰写俄罗斯诗歌史的想法,就是在这样的情况下萌生的。经反复思索、斟酌,并综合参考各家经验,我们为自己的诗歌史确定了如下几条编写原则:要

---

① 朱宪生:《俄罗斯抒情诗史》,陕西人民教育出版社,1993 年,第 402—403 页。
② 刘文飞:《二十世纪俄语诗史》,社会科学文献出版社,1996 年,第 2 页。
③ 许贤绪:《二十世纪俄罗斯诗歌史》,上海外语教育出版社,1997 年,前言第 1 页。

写成一部真正的通史;要尽可能多吸收新材料、新观点;要有清晰的线索和严整的体系性;要尽可能立论公允,不偏不倚,多依托文学史上的定论;多做事实的描述和文本的分析,少做空泛议论。

从何写起

构思过程中,首先遇到的问题是,从何时写起为宜。乍一看这好像不是什么问题,要写通史,自然从源头写起。其实没这么简单。俄罗斯诗歌号称有千年历史,但成熟的诗歌,其历史不过300年。巴耶夫斯基的诗歌史就是从1730年,也就是特列季雅科夫斯基的《爱之岛旅行记》问世那年写起的。巴耶夫斯基认为,特列季雅科夫斯基在这部译著中推出的诗作,是第一部今天惯常意义上的诗歌作品:"在这之前也有过诗——有民间口头的,也有书面文字的,但完全是另外一种面貌。"①也就是说,此前的诗还不是真正意义上的诗,因此从18世纪写起不无学理依据。

在我们看来,如果早一点,从17世纪后期写起,也不无道理。俄国第一个诗人西米昂·波洛茨基及其由波兰引进的音节诗就诞生在这一时期。虽然俄罗斯诗体的定型功在特列季雅科夫斯基和罗蒙诺索夫的诗体改革,但没有早期的音节诗,音节—重音诗体的成功就成了无源之水。诚然,早期音节诗尚未完成世俗化进程,其地位在社会和精神生活中还不具有独立性,其功用还主要在于宗教上的传道、道德上的劝诫和教谕,但当时已形成了一个引人瞩目的诗人群,其创作活动亦蔚为大观。因此,从西米昂·波洛茨基写起,理由和好处也是显而易见的。

几经斟酌,我们还是决定从古代,也就是俄罗斯诗歌的源头写起。这是一种最为稳妥,也是最为通行的写法。也只有"从头说起",才能最大限度地保持通史的完整性。这里涉及对古代诗歌(口头诗和书面诗)的认识和评价问题。根据历史诗学的研究成果,诗歌是文学之母,是最早发生的文学体裁。俄罗斯诗歌后300年的历史,与前700年的历史有着不可分割的血肉联系,尽管前

---

① Баевский В. С. История русской поэзии: 1730 – 1980. Компендиум. М. : Новая школа, 1996. С. 8.

700 年的发展异常缓慢。《古诗源》序中说:"诗之盛,非诗之源也。"写一国诗歌之历史,不可不考察其源头。另外,各民族文学的民族性,从古代民间口头诗歌即可窥见其最早的萌芽。一个民族的诗歌发展进程,几可说就是一个民族的民族性形成过程。

如何分期

分期问题,对撰写文学史和诗歌史意义重大,体现了作者的文学史观、价值判断和编写原则。以往文学史的分期主要采用社会政治生活中具有重大历史意义的事件作为文学史的分期依据,如两次世界大战、十月革命、五四运动等,在中外文学史上都有分水岭意义。但过去单纯以社会政治事件为分期依据,忽略了文学发展的内在特点和自身规律,在近 30 年里遭遇了质疑和挑战。我们认为,文学史是历史,同时也不能忘记这是文学的历史。是历史,就不可能游离于人类总体历史进程之外,像世界大战和十月革命这样的事件对文学进程的影响之巨,是无可否认的;是文学的历史,就不能忽略文学本身的特性,尊重和体现转折关头文学进程的总体走向和文学自身的内在变化。也就是说,文学史的分期最好能二者兼顾。俄罗斯诗歌史的分期,根据作者的文学史观念、规模的大小和叙述的详略,而有了粗细和轻重之分。带有普及型的小规模的文学史,有古代和 18 世纪各分一章的,有两者合并为一章的,规模大点的,学术性和专业性强的,有将古代划分为若干阶段并配以相应章节的,将18 世纪分为上下两个阶段并各占一章的,由于材料稳定,观点变化不大,这些做法实际上大同小异。关键是 19 世纪和 20 世纪。

对于 19 世纪的分期,主要存在两种分期方法:二分和三分。也就是将19 世纪分成上下两个半期或前中后三个阶段。采用前者的居多。前者看似方便,其实麻烦不少。19 世纪是俄罗斯文学的黄金时期,大作家多,名著多,面对的材料自然也就多,若分成两个时期,难免会给人以拥挤之感,有时还不得不细分,将两个时期下面各自再分出两个较小的时期,比如 19 世纪上半期以十二月党人起义那年为界,结合几个重要文学事件,但这种两分法在体现 19 世纪文学发展的阶段性特征方面,并不是最好的选项。从总的趋势来看,19 世纪经历了诗歌中心时期、小说中心时期和小说诗歌转型时期三个阶段,在时间上大体对应 19 世纪前期、中期和后期。因此,我们更倾向于将 19 世纪分成三个时期。19 世纪的诗歌也是这样,先是以普希金为中心的前期,继而是涅克拉索夫为代表的公民派与费特为代表的纯艺术派双峰对峙的中期,最后是以衰落和转型为特征的后期。

20 世纪的分期更为复杂。"20 世纪俄罗斯文学"是个相对年轻的概念,是苏联解体前后学界提出来的,其产生的背景和必要性与大致同时出现的"20 世纪中国文学"的概念有异曲同工之处,从中暗示出一系列文学观念的变迁和文学版图的变化。此前并不存在这样的概念。这不难理解。自然时间意义上的 20 世纪,经历了旧俄罗斯、苏联和新俄罗斯三个国家政体,以十月革命和苏联解体为界,其文学也被切割成世纪初的旧俄文学(它与 19 世纪末是一个整体,过去被称为古典文学最后阶段)、苏联文学和世纪末的新俄文学。如果这样进行文学史分期,困难是显而易见的:头尾两部分都不完整,难以成为独立阶段,中间部分由于苏联解体,各加盟共和国的文学也随之独立,以往的文学版图不得不重新划定。于是,一个旨在对以往百年的文学历史予以重构的新概念"20 世纪俄罗斯文学"应运而生了。文学上的 20 世纪,不同于自然纪元的 20 世纪,前者着眼于文学发展的阶段特征和内在联系,将其起点上溯到 19 世纪末,并将 19 世纪末 20 世纪初作为 20 世纪俄罗斯文学的第一个阶段,与苏联时期的俄罗斯文学联结成一个统一而有机的整体。20 世纪俄罗斯诗歌史的分期,可以遵循这一思路。不过在具体的做法上,远非一致。对 20 世纪的第一个阶段,学界有基本共识,但对接下来的 70 年,有将其一分为二的,也有以大体上 20 余年为一个单元将其一分为三的。索性将整个 20 世纪简单地一分为二,或者像巴耶夫斯基那样,避重就轻,机械地以十年为一个阶段(《二十世纪俄罗斯文学史纲要》,2003),都不可取。学界采用最多的是三分或四分法。我们倾向于后者,理由是:19 世纪末 20 世纪初(白银时代)是 20 世纪俄罗斯诗歌发展的高峰,无论怎样分期,都应保留其独立性;将苏联时期分成三个阶段,可以照顾到二三十年代作为白银时代余响的特殊性,它有别于 30 年代中期社会主义现实主义创作方法确立后的诗歌创作,因此有必要单独成为一个阶段;剩下的半个世纪,以斯大林逝世为线,明显可以分为相对封闭和相对开放的两个阶段,前者是 20 世纪俄罗斯诗歌发展的低谷期,后者则是白银时代之后俄罗斯诗歌的又一个繁荣期,其中大声疾呼派与悄声细语派的并驾齐驱,与19世纪中期涅克拉索夫流派与费特流派的双峰对峙有异曲同工之处。

综上所述,俄罗斯诗歌史的分期,可以用"一"(古代)、"二"(18世纪)、"三"(19世纪)、"四"(20世纪)来概括。

那么,20世纪的终点在哪里? 我们认为,定在1991年苏联解体为宜。不完全因为这是重大社会历史事件发生的年份,更是因为此后的俄罗斯诗歌进程与此前的发展相比,明显发生了转折和转型,尽管这种转折和转型非一日之功。因此,把苏联解体作为20世纪的终结和21世纪的开始,理由是充分的。目前,文学史意义上的21世纪已经过去了四分之一,而将这一时间段称为21世纪的,已开始见诸俄罗斯学界的相关著述。我们在十年前出版的俄罗斯文学史教材已使用这一概念。

内容架构

诗歌史的任务是在发展和联系中考察诗歌潮流的兴衰,描述诗人创作的变迁,揭示诗歌现象之间的因果关系,进而抽象出诗歌发展的某些规律。这个目标知易行难,但值得追求。

巴耶夫斯基认为:"在俄罗斯诗歌史上,大约有十五到二十位诗人对俄罗斯诗歌的命运产生了决定性影响。……有一百到二百位诗人紧密围绕在他们周围。……最后还有大约一千位诗人通过自己的诗作折射出——有时是独具一格地——诗坛领袖们的追求并且拥有自己的读者群。"[1]他的书里,单列专章的诗人有17位:18世纪的特列季雅科夫斯基、罗蒙诺索夫、苏马罗科夫和杰尔查文;19世纪的茹科夫斯基、普希金、丘特切夫、莱蒙托夫、费特和涅克拉索夫;20世纪的安年斯基、勃洛克、赫列勃尼科夫、霍达谢维奇、阿赫玛托娃、帕斯捷尔纳克和布罗茨基。我们在数量意义上大体同意巴耶夫斯基的估计,但在具体名单和甄选原则上,则坚持了更为严格的经典标准,具体名单也有很大出入。他遵循的原则是对诗体或者说狭义上的诗学贡献,因而诸如特列季雅科

① Баевский В. С. История русской поэзии: 1730 - 1980. Компендиум. М.: Новая школа, 1996. С. 9.

夫斯基和罗蒙诺索夫在他笔下都进入了一等经典诗人之列。我们的取舍标准既考察艺术价值，又考察思想内涵，力求二者不偏不废，对诗体和诗学的贡献不是不考察，而是不把这一点当做根本的乃至全部标准。在全书的结构设计、章节安排上也力求体现这一原则，即将进入本书介绍范围的诗人，按照其经典地位分成三个叙述层次，第一层次为一等经典大家，如 19 世纪的普希金、莱蒙托夫、丘特切夫、涅克拉索夫、费特，20 世纪的勃洛克、马雅可夫斯基、阿赫玛托娃、叶赛宁均享有独立的一节；二等经典诗人如 19 世纪的茹科夫斯基、巴丘什科夫、巴拉廷斯基、波隆斯基、迈科夫，20 世纪的古米廖夫、曼德尔施塔姆、帕斯捷尔纳克、茨维塔耶娃、鲁勃佐夫、库兹涅佐夫、布罗茨基等，若干有关系的人共享一节，而对于第三个层次的诗人，则主要在每章的概述中加以适当介绍。大致算来，本书专节重点介绍的诗人有 9 位，不分专节重点介绍的诗人为 50 人左右，详略不一的一般介绍约 110 人。当然，这样的层次划分和名单取舍，尽管借鉴了一些较权威的文学史和诗歌史的通行做法，但仍难免掺杂了个人趣味和好恶。19 世纪的经典名单的确定相对容易一些，20 世纪就困难和复杂得多，究竟孰高孰低，时常见仁见智，莫衷一是，被放在第二层次而有实力跻身第一层次的，可能为数不少。因此，针对 20 世纪诗人，第一层次和第二层次也只是相对的，不必过于拘泥和较真。不言而喻，就本书的规模和篇幅来说，是无法按照巴耶夫斯基的说法来做取舍的，这样既力不从心，也没有必要。

关于 21 世纪，这里还得做点说明。对于当代文学，尤其是晚近的当下文学，由于还没有定型，许多现象或初露端倪，或缺乏定论，因而，谈及修史，学术界往往比较谨慎。巴耶夫斯基的诗歌史只写到 1980 年，原因是"要思考清楚事件的意义，史家需要在时间上保持一定距离。至少要十到十五年。充裕一点，半个世纪最好。"①我们赞成这样的态度。本书最初的设计是写到苏联解体，但考虑到国内对俄罗斯诗歌现状严重缺乏了解，且读者也有了解的强烈愿望，所以最后还是决定增补最后一章。当然得承认，意在贯穿古今的野心在此也起了作用。这一章只能说是对当下诗坛的一个扫描，难免流于粗疏。

---

① Баевский В. С. История русской поэзии: 1730 – 1980. Компендиум. М.: Новая школа, 1996. С. 8.

　　本书的结构设计以时代为经,以流派和团体为纬,既考察纵向发展,又分析横向联系,纵横交错,贯彻始终。除了古代部分受材料制约不必牵强外,全书各章均遵循这一原则。应该承认,要普遍做到这一点殊为不易,搞不好有削足适履之嫌。放弃这一追求,则会给叙述造成一定程度的散乱感。最终的效果如何,还有待实践的检验。

　　本书共分成五编,古代、18世纪、19世纪、20世纪和21世纪各为一编。编下分章,每个阶段对应一章,凡11章。章下分节,概述与专论相结合,动态描述与静态分析相结合。概述从宏观上勾勒时代风云、历史背景,描述文学运动、诗坛格局、流派态势、团体分布及对第三层次相关诗人的介绍;以团体流派为单位的各节主要评析代表性诗人也就是第二层次诗人的创作;专论则以单独的一节,对某位第一层次的诗人予以详细评析,介绍其生平,从抒情诗、叙事诗等不同体裁,分别对其创作予以较为充分的分析和论述(少数没有叙事诗的诗人不强求一律)。如此,每一章便形成了一幅由宏观、中观和微观视野共同构成的一个阶段的诗歌风貌,而章与章连接起来,则构成一幅完整而统一的俄罗斯诗歌发展进程全景图。如此,俄罗斯诗歌千年进程及其阶段特征不妨这样概括:

　　古代:700年的古代发展缓慢,民间口头诗歌与书面诗歌双轨并行,严格意义上的诗姗姗来迟,直到进入17世纪,口头文学与书面文学的碰撞和交汇,加快了诗歌发展的进程,终于在17世纪晚期,西米昂·波洛茨基借鉴波兰经验,缔造了俄罗斯诗体的早期形态——音节诗。

　　18世纪:彼得大帝的改革开放和全盘西化政策,开启了俄罗斯诗歌现代化的进程,此前一直在中世纪徘徊的俄罗斯文学开始与欧洲文学进程合流。留学法国的特列季雅科夫斯基和留学德国的罗蒙诺索夫分别从法国经验和德国经验出发,先后对俄罗斯音节诗体进行改革。前者失误不少,但先行一步,罗蒙诺索夫后来居上,两人合力奠定了俄罗斯诗体的基础——音节—重音诗体系。这一改革意义重大,功在千秋,为后来的俄罗斯诗歌发展在诗体上扫清了道路。18世纪的诗歌进程是在古典主义和感伤主义的旗帜下演进的,前后经历了古典主义兴起和古典主义与感伤主义并存两个时期,但总的来说尚处于积累阶段,即便是在创作上有所突破的苏马罗科夫和杰尔查文,其影响也未能超出俄罗斯国界。

19世纪：19世纪前期俄罗斯文学与欧洲文学的合流由同流而不同步走向同流而又同步,浪漫主义的引进可资为证。茹科夫斯基和巴丘什科夫是早期浪漫主义的两面旗帜。浪漫主义到普希金和莱蒙托夫达到顶峰,并形成了多个浪漫主义诗人群落。普希金的横空出世,他过渡到现实主义之后取得的更高成就,以及以他为中心形成的庞大诗人群,造就了俄罗斯诗歌的黄金时代和诗歌在当时文坛的中心地位。普希金也由此成为"一切开端的开端"。普希金和莱蒙托夫去世后,诗歌中心让位于小说中心,这是19世纪中期文坛特点。这时虽然没有普希金,但普希金孕育出的两大诗歌传统——公民诗歌和唯美诗歌在这一时期达到了登峰造极的程度,并且各自推出了自己的杰出代表：涅克拉索夫和费特。自成一格的丘特切夫游走于两大传统之间,声望日隆。19世纪后期适逢俄罗斯诗歌的衰退期和转折期,普希金开辟的两大传统经涅克拉索夫和费特推向极致之后,俄罗斯诗歌似乎盛极而衰,山穷水尽,危机四伏,但危机的后面仍可看见,诗坛上公民诗歌和纯艺术诗歌的追随者依然众多,这似乎也预示着未来的发展路径还是要从社会关怀和唯美追求的互动中寻找突破口。颓废主义和象征主义因而也就呼之欲出了。

20世纪：20世纪的第一个阶段是19世纪末20世纪初,所谓白银时代。有时代氛围、诗歌探索、外来影响和本国传统相互作用,共同催生的现代主义第一个流派象征主义揭开了面貌一新的20世纪俄罗斯诗歌进程的序幕,继之而起的阿克梅主义、未来主义,都贡献出了名副其实的一流诗人：勃洛克、阿赫玛托娃、马雅可夫斯基等。新农民诗歌贡献了叶赛宁。古米廖夫、曼德尔施塔姆、茨维塔耶娃等,也都属于这个时代。这是世界文化与民族传统合力造就的继普希金之后的又一个诗歌高峰。将此后100年产生的诗歌天才加起来,也不及20世纪初的20年。二三十年代,白银时代的相当一部分诗人依然健在,创造力依旧旺盛,新崛起的一代承接白银时代的余响,在诗歌地位明显下滑的情况下,仍旧保持了诗坛的多样化和先锋性。40—60年代经历了战时的沉寂和战后的调整,诗坛在"解冻"之后迎来一次新的繁荣,19世纪的公民诗歌传统与纯艺术诗歌传统在五六十年代全面复活,并形成诗坛以"大声疾呼"与"悄声细语"为主导的二元格局,叶甫图申科、沃兹涅先斯基在当时的社会生活和文化生活中均是炙手可热的人物。七八十年代诗歌进程按照既有的方向继续发展,在"大声疾呼"和"悄声细语"的新锐之声渐趋微弱的同时,一批来自列宁格勒的诗人悄然崛起,他们号称白银时代尤其是阿克梅主义的传人,其中就包括流亡西方的布罗茨基。来自北方农村的鲁勃佐夫则是"悄声细语"派后期推出的大诗人,而"战争孤儿"一代的尤里·库兹涅佐夫,凭其思想锋芒和高超诗艺,堪与布罗茨基相提并论。这一时期的诗歌进程,除了传统与革新或明或暗的互动,具有时代特征的弹唱诗歌和摇滚诗歌的出现,值得注意,其成就不可忽视。

21 世纪:我们放在 21 世纪讲述的后现代诗歌,其实已在此前一个时期萌动和发轫,表明俄罗斯诗歌此时已开始酝酿新的变化。苏联解体造成的巨大精神真空和心理落差,互联网的普及,全球化进程的加快,正从根本上改变俄罗斯诗歌的观念形态、生活方式和组织形式,多元和变革的 21 世纪诗坛,已经初露端倪。

目　录

第一编
古　代

第一章

古　代

第一节
概　述

　　俄罗斯是举世公认的诗歌大国,但同西欧相比,俄罗斯诗歌的古代进程相对缓慢,诗的自觉和成熟相对较晚。民间口头文学的收集、整理和出版晚于西欧,从而使得口头创作与书面创作的交汇与互动发生也相应滞后;真正意义上的诗在古代长期缺席,直到 17 世纪初期才出现书面语的诗歌,音节诗的产生则要迟至 17 世纪下半期,而作为独立的精神生活领域的诗歌创作还要更晚一些,要到 18 世纪早期了。"俄罗斯封建时期书面文字中没有诗歌体裁,即便在散文中碰得到节奏、韵脚或歌唱性,这也是从史诗那里来的。作为独立文种的书面诗歌在莫斯科国家时代之前显然没有形成。"① 俄罗斯大多数文化史家认同奥尔洛夫的这一观点。

　　为什么诗歌在俄罗斯如此姗姗来迟呢? 这固然与俄罗斯中世纪结束的较晚、社会发展进程缓慢且没有发生西欧式的文艺复兴有关,正如利哈乔夫所说:"文学比在新时代更少服从内在发展规律。文学的发展不是因为文学中的某种东西对读者来说'老化了'、'自动化了',因而寻求'陌生化'、'表现手法'等等,而是因为生活本身、现实首先是时代的社会思想要求引入新的题材,创造新的作品。"② "文学礼仪系统以及与其相关的、无论如何不能与陈陈相因划等号的文学规范系统,在古俄罗斯文学中持续了几个世纪。最终,尽管这一体系促进了文学的'多产',促进了新作品的产生,但总体上来说还是在一定程度

① Орлов А. С. Древняя русская литература 11 - 17 веков. М. , 1945. С. 342.
② Лихачев Д. С. Поэтика древнерусской литературы. М. : Наука, 1979. С. 95.

上延缓了文学的发展,虽然从未彻底终止文学的发展。"①

这样说,并不等于否认古代俄罗斯人的诗兴。相反,据维谢洛夫斯基等人的研究,古代俄罗斯人的诗兴丝毫不逊于周边的其他民族。那么,古代俄罗斯人的诗兴是怎样得到满足的呢? 换句话说,是什么东西代行了诗歌的职责和功能呢? 这一方面要从民间口头诗歌中寻找,另一方面要从基督教弥撒文中寻找。

同世界各国的情形一样,俄罗斯最早的诗歌应追溯到民间口头创作。

民间口头诗歌(устная народная поэзия)就是我们通常说的民间歌谣(народная песня)。民间歌谣在形式上是音乐与诗歌的混合,可以伴随舞蹈、游戏演唱,也可以在乐器伴奏下演唱。传统民间歌谣,其歌词与旋律是同时创作的,但同一个旋律可以有不同的歌词,甚至可以用于不同的体裁,而同一首歌词也可套用不同的旋律。民间歌谣的歌词部分,就是我们所说的民间诗歌。

歌谣分为仪典歌谣(обрядовые песни)和非仪典歌谣(внеобрядовые песни)。在人类艺术发展过程中,仪典诗歌起了重要作用。早期人类反抗自然、征服自然的斗争,在很大程度上也激发了人类的艺术幻想,发掘和巩固了人用诗歌形式表达态度和情感的能力。随着时间的推移,这种诗歌跟仪式的联系渐趋弱化,逐渐获得了稳定的诗歌思维形式和独立意义。在仪典诗歌中已经出现过的人际关系、情感、理想、特定情境和冲突这些现实范畴,随着审美成为一种独立需求,都成了艺术反映的对象。表达个人情感的诗歌,也就是我们通常所说的抒情诗应运而生。

非仪典歌谣是与仪典歌谣相对立的一个民间文学范畴,其演唱独立于民间仪式。非仪典歌谣的主要体裁样式是抒情歌谣、壮士歌、历史歌谣,另外,作为一个特殊的体裁样式,宗教诗歌也很有影响。

抒情歌谣(лирические песни)是非仪典歌谣的一种。抒情歌谣的歌词与旋律是不能分开的。抒情歌谣的主要使命是通过表达思想感情、感受和情绪来揭示人民的世界观。大多数研究者认为,抒情歌谣产生于仪式内核,是从咒语歌、颂赞歌和哭诉歌分化出来的。抒情歌谣的某些特定层面仍留在了仪典

---

① Лихачев Д. С. Поэтика древнерусской литературы. М. : Наука, 1979. С. 95.

诗歌的框架内,与此同时,又形成了大量的非仪典歌谣,表达了俄罗斯人在各种生活环境下特有的感受。在 15—16 世纪,抒情歌谣完全独立存在,有自己的题材范围和自己的对现实进行艺术典型化的原则。与人民生活的密切联系决定了抒情歌谣的历史发展,在几个世纪的时间里,形成了不同的层次(根据产生时间、创作方法、传播环境)。抒情歌谣中数量最多且最有艺术价值的是农民抒情歌谣,主要反映农民的生活与耕作。随着工业的发展,在一些工人中间产生了工人歌谣。城市的发展,加上城市底层居民的扩大,决定了城市抒情歌谣的出现,即所谓的残酷罗曼司。从 18 世纪末开始,随着书面抒情诗的发展,民间曲目中出现了文人创作的抒情歌谣。

壮士歌(былины)是一种叙事歌谣,讲述英雄事迹和古罗斯历史著名故事。最早的壮士歌产生于基辅罗斯,表达了俄罗斯人民已经形成的民族意识。正如米勒所说:"较晚出现的壮士歌的原始形象的创作应归于 11 世纪,也就是有编年史和其他书面文献证明的俄罗斯民族意识形成的时期。"[①]壮士歌是在古老史诗传统基础上形成的,继承了古代史诗传统的许多神话特征。从人民的眼光看,壮士歌的意义在于保留历史记忆,因此其可信性没有人怀疑。壮士歌艺术地概括了 11—16 世纪的历史现实,以口头方式一直流传到 20 世纪中期。跟发展于早期国家和封建社会条件下的经典类型的史诗一样,壮士歌跟欧亚许多民族的史诗创作相吻合。壮士歌在民间叫"老歌"(старина),即吟唱遥远过去的真实事件的歌谣。

历史歌谣(исторические песни)在体裁形式上可以是叙事的、抒情的,或抒情和叙事兼有的,其内容主要取材于重要历史事件和历史人物,繁荣于 16—18 世纪。就其叙事形式而言,历史歌谣差异很大,不符合人们对民间文学体裁的惯常理解:有时以故事诗的形式出现,有时以抒情歌谣的形式或哭诉的形式出现。因此有些学者认为,这是一种融合了几个风格变体的体裁,有的学者则认为这是一种多体裁现象。尽管对历史歌谣的体裁性质存在争议,但其在民间文学中的完全独立地位是得到认可的,毕竟在反映历史时代方面,历史歌谣具

① История русской поэзии. В 2 т. Ленинград. Издательство: Наука. Ленинградское отделение. 1968 - 1969. Т. 1. С. 20.

有无可替代性。历史歌谣是跟踪新发生的事件创作的,由于描写允许虚构,时间一久,难免有失真之处。尽管如此,历史歌谣的可信度还是比壮士歌要高。

宗教诗歌(духовные стихи)是一种宗教内容的歌谣。宗教诗歌是作为人民对基督教信仰的诗歌开掘出现的,具有道德说教目的,符合演唱者和听众的宗教情感。宗教诗的主要特征是以基督教的东西来对抗世俗的东西。在民间文学中,宗教诗的出现要比接受基督教晚得多,只是在基督教已经植根到人民的意识中以后。最老的宗教诗《亚当的哭泣》在12世纪已经为人所知,大规模的传播始于15世纪。宗教诗歌的来源是基督教正典,不过伪经作品也起了很大作用。宗教诗受到教堂唱诗班的影响,以及圣像画的美学影响。宗教诗没有明确的体裁定义,种类不一。作为传唱作品,宗教诗可以接近任何不同的歌谣体裁:壮士歌、历史歌谣、故事诗、抒情歌谣、哭诉歌。很多宗教诗的传唱者和创作者都是穷困潦倒的朝圣者。随着时间的推移,部分宗教诗在民间流传开来,进入民众,主要是上了年纪的人的常见曲目。生活和工作之余,那些农民和虔诚的市民就会吟唱这些作品。

古代俄罗斯满足诗兴的另一个渠道是宗教活动中的书面诗元素。

大家知道,在古代,处于强势的基督教文化拥有各种各样能发挥其艺术影响的资源和手段。首先,来源于拜占庭的艺术,具有明显的社会性和说教性,在教会看来,这对"文盲"和"不信教的人"来说还是必不可少的。其次,拜占庭的艺术继承了诸多古希腊传统,因而经常被拔高到经典艺术的高度。不过这种艺术确实具有相当高的艺术水准。

从民众掌握基督教文化的角度来看,古罗斯的情况更为有利:有别于很多其他斯拉夫国家和非斯拉夫国家,罗斯的宗教祈祷仪式是用民众听得懂的语言而非拉丁语进行的。

赞美诗是古罗斯最普及的诗之一。所有的仪式上都要唱赞美诗,且人人听得懂。赞美诗本身具有诗性,不排除其修辞手段和表达方式有时也会对读者和听众的情绪产生影响。但赞美诗在斯拉夫译文中的格律描述长期悬而未决,直到最近才由加斯帕罗夫成功还原[1]。不过基督教弥撒库中可以找到大量

----

① Гаспаров М. Л. Очерк истории европейского стиха. М., 2003. С. 180-182.

诗体的斯拉夫语文献,确是事实。

弥撒文(赞美诗)是基辅罗斯时期唯一的书面语诗歌流派。这种诗是"人造的",之所以这样说,不光因为它是书面的,移植了拜占庭的格律模式,还因为它的形式远非始终能像真正的诗歌那样,具有表达感情的功能。从这个角度也可以说,这是一种诗体的"智力活动",例如,有的音节诗是建构在对基督教具有神圣意义的数字"三"(圣三一)上的:诗句的音节数可以变化,但永远是三的倍数。在基督教文献中,有些作品的艺术水准相当高。随着时间的推移,基督教书面作品的艺术表达手段与俄罗斯口头诗歌相融合,从而催生出真正具有审美价值的作品。

在古代俄罗斯诗歌中,17 世纪是一个重要时期,学界一般称之为过渡时期。这一时期,俄罗斯诗歌明显形成了两个流脉,一个是佚名的大众诗歌(демократическая поэзия),另一个是书面语诗歌(письменная поэзия)。

大众诗歌有两个来源,一个是民间口头诗歌,包括历史歌谣、宗教诗。这主要是一种三重音的节拍诗,韵脚作为句法排比的产物间或出现,但不起组织作用。另一个来源是游吟歌手的滑稽演唱,拉洋片诗歌。这类诗歌押韵(毗邻韵),而且押韵的句对始终是一个句法统一体,如《萨瓦神父及其伟大荣耀的故事》,押韵的句对是作为一行来写的。韵脚可严可宽,以宽韵为主。诗句中的重音数量跟音节数量一样,不是固定不变的。书面语诗歌的作者都是受过教育的,主要是宗教界人士。作品大部分是说教性质的,跟教会文化有关系。从内容上讲,受过教育的世俗人士的作品也大致可以归入这一流脉。

从混乱时期之初到彼得大帝改革时期这 100 年,可供研究的材料极其丰富,其数量之大、形式之多,令此前的诗歌写作黯然失色。17 世纪的俄罗斯诗歌仿佛出现了一次跨越式发展,书面诗歌突然间出现,给人以石破天惊的感觉。

何以会出现这样的跨越式发展? 其原因大体有以下几点:首先,17 世纪初期,民间文学开始离开城市,因此,城市人的"诗兴"不得不转向书面文字作品,到高雅的音节诗中寻找,到整理成书面文字的民间诗歌、史诗、讽刺作品、抒情歌谣、宗教诗中寻找。城市作用的强化,就是 17 世纪诗歌写作出现的原因。其次,这一过程当然也受到另外一些因素的影响。罗曼诺夫王朝的前几位沙皇，米哈伊尔和阿列克谢，大幅度加大了对游吟诗人的迫害。1626 年《法典》的补充条款里规定，禁止游吟诗人的"插科打诨"，拒不执行者将"在闹市上被处以鞭刑"。东正教大牧首也加入了这一迫害。他要求民众不但要熟读 1636 年颁布的"魔鬼游戏"禁令，还严禁家中持有乐器，否则将予以没收和销毁，并对违抗者严惩不贷。再次，还有一个因素——对掌握欧洲先进文化的渴望。粉碎波兰—瑞典武装干预、恢复国内经济秩序、政治稳定和组建全俄市场后，俄罗斯需要对行政体制、金融、军队、文化进行大规模改革，其高潮便是彼得大帝改革。

　　就这样，民间文学在离开城市之后，又回到城市，并开始向书面文字渗透，从而加速了作为独立体裁的音节诗的诞生。俄罗斯的音节诗与俄罗斯历史上的第一位真正意义上的诗人西米昂·波洛茨基的名字不可分割地联系在一起。

民间口头诗歌

　　民间口头诗歌包括仪典诗歌和非仪典诗歌两大类。仪典诗歌是作为传统民间仪式有机组成部分的各种体裁歌谣的总称。仪典诗歌应该说是最早的民间诗歌，其产生跟远古时期农民的耕作活动有关。俄罗斯民间诗歌中的季节歌谣就是这类。季节歌谣有冬季组歌和春夏组歌。前者分为首句节歌（新年除夕唱的）和覆盘歌（带有游戏性质，是农村青年圣诞节期间常见的娱乐活动之一）。春夏组歌主要是谢肉节、悼亡节、洗浴仪式上唱的，反映了农民的送冬迎春意识。

　　例如古代斯拉夫多神教的农业节日圣约翰节（Иванов день），即夏至，又称雅利拉节（День Ярилы），即太阳节。需要稍加说明的是，约翰这个名字经斯拉夫化之后就是伊万，反过来说伊万也就是约翰。在这个节日上演唱的歌曲就叫约翰节歌。据说这天夜里会有妖魔鬼怪出来纵酒狂欢，依据习俗，人们要点燃篝火将它们烧死。圣约翰节歌的基本主题是男女之间的恋爱关系，这种关系在古斯拉夫人那里是受到太阳（雅利拉）庇护的。夏天的大自然既狂暴不羁，又美不胜收，这正是那些生命力旺盛的人内心情感和体验的写照。这一主题在传统上时常与农业巫术结合在一起：

　　　　伊万的马利亚，
　　　　伊万的马利亚
　　　　喊伊万去看庄稼地，
　　　　喊伊万去看庄稼地：

"我们走吧,伊万,

我们走吧,伊万,

去看看庄稼地,

去看看庄稼地!"

谁家的庄稼地,

谁家的庄稼地

比所有人的都好,

比所有人的都好!

麦穗粗又壮,

麦穗粗又壮,

颗粒饱又满,

颗粒饱又满。

颗粒大如桶,

颗粒大如桶。

麦穗如原木,

麦穗如原木!①

　　在很多仪式中,仪典歌谣占有主导地位,它将巫术的、功利的和艺术的功能结合在一起。仪典歌谣的演唱方式是合唱。仪典歌谣表现的是仪式本身,促进了仪式的形成与实施。祈福念咒的仪式歌谣是向大自然发出的巫术呼吁,目的是得到吉祥安康。颂赞仪式歌谣是将仪式的参加者——真实人物或神话形象——理想化,予以讴歌。与颂赞歌谣相反的是讽刺戏谑仪式歌谣,是对仪式参加者予以嘲笑,形式通常比较怪诞,内容多富讽刺幽默意味。游戏仪

　　① Поэзия крестьянских праздников. Вступ. ст. подгот. текста и примеч. Земцовский И. И. Л. , 1970. № 638.

式歌谣和伴舞仪式歌谣是在年轻人进行各类游戏或跳舞时演唱的,有描绘和模仿田间农活的,也有模拟家庭生活场景的,如说媒提亲。

在婚礼仪式上,要唱婚礼歌。在家庭仪式歌谣中,婚礼歌存世数量最多,保存最为完好。婚礼歌大多是能表现提亲、定亲、娶亲全过程的组歌。对北方俄罗斯类型的婚礼来说,基本的民间文学体裁是哭诉歌。哭诉歌只表达一种情感:忧伤。婚礼歌的心理描写可以发挥的余地很大,因此在中部俄罗斯的婚礼中,对新娘感受的描写更富于辩证色彩,更加生动多样。说媒提亲时唱的婚礼歌,一般以姑娘失去自由为主题。而在订婚仪式上唱的歌,则主要描绘姑娘和小伙子由无拘无束的单身状态向新娘新郎的转变。例如在《多瑙河畔》这首歌谣中,小伙子骑马在河边散步,他向姑娘显示了自己的英俊、勇敢,并请求姑娘"疼爱"他的马。可是姑娘回答:

——等我成了你的人,
我自会疼爱你的马。
哎,溜里,哎,溜里,
哎,溜里,溜里,溜里!

可我还不是你的人,
我不能疼爱你的马。
哎,溜里,哎,溜里,
哎,溜里,溜里,溜里![1]

订婚歌谣通常是叙述和对话形式。在出嫁前告别晚会上唱的婚礼歌,形式上是出自新娘口吻的独白:她就要告别自由自在的日子,告别自己的娘家;她责备父母把她送出去嫁人。想到自己的未来生活,新娘把自己想象成一只落入一群"大灰鹅"中间的"白天鹅",被那些灰天鹅撕来扯去。母亲则教育出嫁的女儿,在新家该如何做:

---

① Свадебные песни Тульской области. Новикова А. М., Пушкина С. И. Тула. 1981. № 10.

> 茫茫田野上啊，
>
> 母亲送女儿。
>
> 母亲送女儿啊，
>
> 千叮咛万嘱咐。
>
> 送女儿，千叮咛万嘱咐。
>
> ——我的闺女啊，我的闺女，
>
> 我的闺女啊，我的闺女，
>
> 你穿衣服，千万别穿破，
>
> 你穿衣服，千万别穿破，
>
> 有苦你要忍，千万不要说……①

　　在俄罗斯民间口头诗歌中，抒情歌谣是一个相当发达的种类。尽管抒情歌谣的收集和整理始于17世纪，但其古老性不应受到质疑，因为："人们一贯把抒情诗看做最古老的和最普遍的诗歌形式，因为这是心灵对其创造者的第一声呼唤，是出于感恩和喜悦而发自内心深处的声音，是淳朴而充满灵感的思想的表露。抒情诗歌到处都先于叙事诗歌。"②《伊戈尔远征记》中雅罗斯拉芙娜在城墙上发出的那段著名哭诉证明，早在壮士歌之前，古俄罗斯就已经存在另外一种与"晚会"歌谣并存的抒情歌谣，一种能够表达个人内心丰富情感的语言艺术。

　　抒情歌谣的分类从体裁上可以分为咒语歌、游戏歌、颂赞歌和抒情歌四种类型。每种体裁都有其内部变体。从题材上可以分为（非仪典抒情诗）日常生活歌（爱情歌、家庭歌、戏谑歌）、社会内容歌（强盗歌、士兵歌）和农民打工者歌（车夫歌、船夫歌、盐粮贩子歌）。所有这些类型，甚至包括仪典抒情歌谣（如婚礼歌）都有着共同的诗学特点。

　　抒情歌谣具有强烈的个人化特点，人的内心活动和情感成为独立的描写对象，同时又兼容了一定的情节和事件因素，从而使作品本身具有了鲜活的、

---

① Русские народные песни Московской области. Новикова А. М. Пушкина С. И. М., 1986. С. 116.

② 维谢洛夫斯基：《历史诗学》，刘宁译，百花文艺出版社，2003年，第332页。

动人的、无所不包的戏剧性特征。抒情歌谣通过自省和庄严之美,展示了普通人尤其是农民的情感世界,表达了反抗压迫、捍卫人的尊严的精神取向。

抒情歌谣的题材多种多样,表达的情感丰富多彩。成功的爱情带给人的欢乐、得不到回报的爱情带给人的苦恼、民众的兴高采烈与不幸的妻子在家中遭遇的丈夫的虐待、隆重而热闹的婚礼上新娘离家时的哭诉、彪悍的强盗、拉纤的船夫、起义的农民、想家的士兵,所有这些情感和形象,都是歌谣中吟唱的对象。

描写人的外貌及其具体生活环境,从日常生活环境细节到自然风景,是经典做法。描写受到封建时代的教条或思维方式约束的主人公的行为也是经典性的做法。同时,抒情歌谣也很重视人的内心世界的描写,并时常将人的内心活动与外部世界,与大自然乃至宇宙进程联系起来。

这种理想化创造出高于平淡生活、绚丽优美的"第二现实"。歌谣中的生活仿佛得到净化,人与物都被赋予一种理想之美。姑娘都是"美丽的少女":"面孔白净,脸蛋浑圆","若隐若现的腮红",脸颊是"罂粟花的颜色",睫毛"黑如黑貂"。小伙子都是"一头蓬松卷发的好青年","每一根卷发上都有一颗珍珠",眼睛"鹰隼般明亮","行为勇敢",令人钦佩,而且一定是"干净而又能言善辩"。歌谣的主人公们总是穿着节日的盛装,他们的周围总是富丽堂皇的楼阁、水晶般的房顶、装点着各种饰物的窗户。在镏金的新大门外,主人公们看见的永远是繁花似锦的花园或葡萄园,郁郁青青的树林和草地,"奔腾的河流","银白的小溪"。

尽管民歌还没有清楚地区分出作为自白者的"我"和作为主人公的"我",两者之间经常不做任何说明和铺垫就频繁换位,或混为一谈,从而给人造成文本接续不畅的印象,但这种幼稚和率真的形式还是捕捉到了情感的复杂性和多面性。这样的例子举不胜举。例如下面这首抒情歌谣里的白天鹅少女,她忽而是从自己的角度,忽而又仿佛是从旁观者角度来观察自己与"雄鹰般的英俊小伙子"的见面,她表白道:

> 见不到他——我为他担心,
> 见到他——我为他开心,

脸上的血液要涌上来，

全身的筋骨要瘫下来，

要瘫下来——却仍要上前搭腔。

"你好吗，睫毛乌黑的姑娘？

你好啊，我的甜果！

你好啊，我的甜果，——

告诉我呀，你可爱我？"

"爱嘛我倒是不爱，

就是看你看不够，

看不够啊乐不够：

心上人啊好可爱——

浓眉大眼真够帅！"

再如另一首歌，写伤心的"小伙子"如何向好心人倾诉：

晚上姑娘来过我的家，

把手伸给我说非我不嫁，

可现在父母要把她嫁与别人，

嫁与别人——找人来做媒。

唉，我郁闷，不是因为她嫁人，

她嫁人，找人来做媒：

唉，我郁闷，是因为住得近，

住得近——户挨户，门挨门，

院子靠着院子，篱笆靠着篱笆，

她在院子里走——天鹅在水中游，

天鹅在水中游，我的心被撕碎！①

---

① Русская народная поэзия. Лирическая поэзия. Сост. А. А. Горелов. М.: Художественная литература. 1984. С. 15.

由此可见,民歌中对这种复杂的情感变化和心理活动,描写已经相当真切细
致,达到了相当高的艺术水准。

民歌很善于使用隐喻和暗示(至今仍不过时),在叙述之外展开情节,结构
上层层递进,富有章法,讲究对称;在音调上不仅丰富了诗歌,也丰富了散文;
开掘了富于民族特色的象征体系;有助于理解在修辞上特别的歌谣词汇、成
语;开阔了人们对通过前后缀变化而奥妙无穷的俄语口语的潜力的认识;解释
了被忘却的一些词根的亲缘关系;自身掌握了一套现实主义的讽刺手法,并以
讽刺形式架设了一道进入日常生活的桥梁。

壮士歌谣其实也就是通常说的英雄史诗,差不多是与抒情歌谣平行发展
的一个体裁样式。学术界一般将其产生时间追溯到氏族制度的解体时代,也
就是财产由氏族所有制向部落所有制过渡时期。"将壮士歌的产生时间确定
在第一个千年末是可靠的。"①

壮士歌反映了许多历史真实。北方的歌手传达了他们并不熟悉的基辅罗
斯的地理和风景,描绘了古代俄罗斯国家反对草原游牧民族的斗争,以惊人的
准确保留下来了公国卫队日常生活的个别细节。讲述人并不追求历史记录的
一致性,而是要描写最为重要的历史关头,通过壮士歌的核心情节(段落)予以
体现。研究者指出了涉及一些真实存在的人物的壮士歌的多层次性:弗拉基
米尔·斯维亚托斯拉沃维奇和弗拉基米尔·莫诺马赫、多布雷尼亚、萨德科、
亚历山大(或阿廖沙)·波波维奇、伊利亚·穆罗梅茨、波洛维茨和鞑靼汗王
(图格尔坎,拔都)。虚构允许将他们放到较早或较晚的时代,允许把他们的名
字有所交混。在民众的记忆中常会发生地理距离的错讹、国名和民族名的混
淆。由于把鞑靼人看做主要敌人,难免导致张冠李戴,波洛维茨人和贝琴涅格
人不被提及。

壮士歌中著名的弗拉基米尔组歌,在11—12 世纪的基辅盛极一时,而
12 世纪下半期基辅衰落后壮士歌转移到了西部和北部,到了诺夫哥罗德地区。
由于北方诺夫哥罗德的叙事传统和南方基辅不同,因此,来自南方的歌谣在形

① Русская народная поэзия. Лирическая поэзия. Сост. А. А. Горелов. М.: Художественная литература. 1984. С. 7.

式上进行了改造，这样的演变是在不同的自然条件下进行的，对流传到今天的古罗斯的民间史诗，我们只能谈论其内容，而不是形式。关于古罗斯叙事创作中的具体历史成分达到了什么程度，诗歌艺术的水准有多高，通过《伊戈尔远征记》和相对晚些的如乌克兰民间的咏怀诗（дума）可见一斑。史诗被游吟歌手掌握，游吟歌手对史诗产生了很大影响：壮士歌中一系列游吟歌手参加弗拉基米尔大公宴会的场景，其实就是游吟歌手自己创作的壮士歌（《瓦维洛与游吟歌手》）。

壮士歌中的基辅是俄罗斯大地统一和国家独立的象征。很多壮士歌的故事都发生在弗拉基米尔大公的王宫里。勇士们是古罗斯军事力量的化身。罗斯的主要保卫者——伊利亚·穆罗梅茨、多布雷尼亚·尼基季奇和阿廖沙·波波维奇，分别是农民、王公和宗教阶层。壮士歌中的罗斯是团结一致、共御外敌的罗斯。其中，关于伊利亚·穆罗梅茨的壮士歌对英雄主题的挖掘最为充分（《伊利亚·穆罗梅茨与夜莺大盗》、《伊利亚·穆罗梅茨与索科尔尼克》、《伊利亚·穆罗梅茨与魔怪》等）。壮士歌《伊利亚·穆罗梅茨与卡林国王》是写游牧民族入侵悲惨时代最重要的作品之一。壮士歌《多布雷尼亚与蛇》描写多布雷尼亚·尼基季奇的永世功勋，阿廖沙·波波维奇同样是斗蛇者（《阿廖沙·波波维奇与蛇人图干林》）。另外一些勇士也很有名：米海拉·丹尼利耶维奇、酒鬼瓦西里、苏罗维茨、米海洛·卡扎林。小说性质的壮士歌同样能够再现古罗斯的历史真实。其中最富诗性的是《关于撒洛维·布基梅洛维奇》，说的是把"外国客人"介绍给弗拉基米尔大公的侄女做女婿的故事（把公主嫁给外邦名门望族，是当时常有的事）。大多数这类壮士歌都有家庭牢不可破的主题，如《丹尼拉·洛夫恰宁》。壮士歌《杜克·斯捷潘诺维奇》明显是在把另一公国——加里茨科—沃伦斯基公国的财富与独立同基辅大公的整个基辅城加以对比。诺夫哥罗德的壮士歌反映了商人的财富和奢侈，他们喜欢探险，精明强干，勇于进取，无所畏惧。诺夫哥罗德勇士最常见的是瓦西里·布斯拉耶夫（"我瓦修恩卡不信梦，也不信打喷嚏，我就信自己的红榆树"）。壮士歌《瓦西里·布斯拉耶夫和诺夫哥罗德人》展示了独立的诺夫哥罗德13—14世纪的内部生活。有观点认为，诗歌再现了政党斗争。另一种类型的英雄是萨德科。

　　壮士歌受到国际流浪汉情节的影响,也受到使徒行传、伪经、书面文字作品、翻译和原创小说的影响(关于印度王国、喀山王国、马麦之战),还受到教会和朝圣环境的影响,从而使得书面语作品和口头传说、宗教诗歌渗入其中。

　　壮士歌的诗歌语言要求适合反映重大事件。壮士歌表演不需要音乐伴奏,使用宣叙调。吟唱虽然音调庄重,但过于单调。可以推测,古代时候壮士歌的演唱是有乐器伴奏的。壮士歌诗体与歌唱有关,属于重音诗体。情节的展开要借助于各种各样的重复。词语的重复造就了壮士歌的风格。

　　与壮士歌接近的是历史歌谣,二者有时也并称为英雄史诗。在口头传统中,历史歌谣并没有专门的称谓,而是简单地叫做"歌谣",或者跟壮士歌一样叫做"老歌"。历史歌谣中的人物是具体的、真实存在过的历史活动家,有着自己内心感受的平常人。历史歌谣比壮士歌要简练一些,有紧张的情节。在历史歌谣的结构中,独白与对话起到明显作用。历史歌谣的演唱风格同样有别于壮士歌:通常是合唱,而且每一首都有自己的特殊旋律。历史歌谣的诗体,跟壮士歌一样,是重音诗体,但要短一些,通常为两个重音。

　　历史歌谣在总体上表达的是动态的历史,基于民众的理解和认识。较早的历史歌谣反映了 13 世纪中期的事件,当时个别俄罗斯公国企图阻止拔都的入侵,如《梁赞女人阿芙多季雅》。通过日常生活对历史冲突做出的折射也是富于时代特征的,如《鞑靼俘房》。《谢尔侃·杜坚季耶维奇》取材于真实历史:被压迫的特维尔居民在 1327 年起义,反抗金帐汗国的长官谢夫卡尔(杜坚的儿子)。在描写收税人谢尔侃(谢夫卡尔)的形象时,作者使用了层层递进的手法,令人信服地反映了俄罗斯人民所受压迫和奴役的悲惨状况:

　　大公每人交一百卢布,

　　大贵族每人交五十,

　　农民每人五卢布,

　　家里没钱的

　　就把他的孩子给带走,

　　家里没孩子的

　　就把他的老婆给带走,

家里没老婆的
就把他的人头给带走。①

从16世纪开始,出现了历史歌谣的典范作品——系列组歌。其中首屈一指的是关于伊凡四世(雷帝)的组歌。抗击内外敌人,呼吁俄罗斯各地团结在莫斯科周围,是这一组歌的主题,如《喀山王国的陷落》。歌谣运用了旧的叙事传统:情节组织、叙事手法和修辞手段在很多地方都借鉴了壮士歌。但伊凡雷帝的形象有别于壮士歌的主人公,他内心复杂,充满矛盾。在思考沙皇政权的实质时,民间把雷帝刻画成了国家的缔造者,英明的统治者。事实上也的确如此。这位沙皇性情暴戾,极易冲动,每当丧失理智就会采取雷霆手段。关于雷帝杀子的历史歌谣,其基本主题是反对背叛。众所周知,1581年,沙皇一怒之下杀死了自己的长子伊凡。在歌谣中,哥哥伊凡指控弟弟费奥多尔背叛父亲,沙皇于是对费奥多尔大发雷霆。从作品可以看出伊凡雷帝统治的那个悲剧性时代:对城市居民的镇压,禁卫军的诸多暴行,对民众的大规模迫害。伊凡皇子指责弟弟:

无上威严的沙皇陛下伊凡·瓦西里耶维奇,
我们的父亲啊我们的爹!
当你行走在大街上,
你把那些人处死把那些人绞死,
再把其余的那些人关进监狱。
当我行走在大街上,
我把那些人处死把那些人绞死,
再把其余的那些人关进监狱。
可当费奥多尔·伊凡诺维奇行走在大街上,
他把那些人处死把那些人绞死,
再把其余的那些人关进监狱,

---

① Древние Российские стихотворения. Собранные Киршею Даниловым. М., 1977.
С. 25.

他会提前发布命令，

让小孩子四散逃命，

让老人们四处躲藏。

沙皇命令处死费奥多尔，刽子手急忙领命。所幸的是舅舅"老米基图什卡·罗曼诺维奇"救了他。第二天沙皇一想儿子已经不在人世了，不禁悲从中来。此时出现在我们面前的已经不是一个叱咤风云的国家统治者，而是一个追悔莫及的不幸的父亲。

在16世纪历史歌谣组歌中位列其次的是写顿河哥萨克首领叶尔马克的，他因得罪伊凡雷帝而远赴乌拉尔。叶尔马克是真正的人民英雄，他的形象在俄罗斯民间文学中留下了不可磨灭的印记。较晚的历史歌谣打破时间顺序的框架，将进军喀山和阿斯特拉罕归在叶尔马克名下，把他变成了拉辛和普加乔夫的同时代人和战友。

17世纪产生了有关斯捷潘·拉辛起义的系列历史歌谣，或称拉辛组歌。这是俄罗斯民间文学中最大的组歌之一。这些歌谣的传播范围远远超出了这场农民运动的发生地，数百年以来一直活在民间记忆中。其中不少篇什几经演变，已经与拉辛的名字没有关系，进入了强盗歌谣的范畴。拉辛组歌在内容上多种多样。它们涵盖了这场农民运动的所有阶段：拉辛率领哥萨克们在里海航行出没，农民战争，起义遭到镇压，拉辛被处死，起义失败后拉辛追随者隐藏到森林中。与此同时，几乎所有歌谣在题材类型上都是抒情的、没有情节的。拉辛组歌主要是在哥萨克人圈内创作的，表达了哥萨克创作特有的斗争精神与自由理想。这些歌谣有很浓的诗意。斯捷潘·拉辛的形象是用民间抒情诗手法刻画的，这是一个高度概括的形象，体现了俄罗斯人民关于男性力量与阳刚之美的传统观念。

宗教诗（或称宗教歌谣）是民间口头诗歌的一个特殊范畴。顾名思义，这是一种宗教内容的歌谣，是民间对基督教信仰的诗意开掘和体现，具有道德说教目的，契合演唱者和听众的宗教情感。宗教诗的主要特征是以基督教的东西来对抗世俗的东西。在民间文学中，宗教诗的出现要比接受基督教晚得多，只是在基督教已经植根到人民的意识中以后。最老的宗教诗《亚当的哭泣》在12世纪已经为人所知，大规模的传播始于15世纪。宗教诗歌的源泉是基督教

正典,不过伪经作品也起了很大作用。宗教诗受到教堂唱诗班的影响、圣像画
的美学影响。宗教诗没有明确的体裁定义,种类不一。作为传唱作品,宗教诗
可以接近任何不同的歌谣体裁:壮士歌、历史歌谣、故事诗、抒情歌谣、哭诉
歌。很多宗教诗的传唱者和创作者都是贫穷的朝圣者。随着时间的推移,部
分宗教诗在民间流传开来,主要是上了年纪的人的常唱曲目。在家庭闲暇时,
或在平静地工作时,虔诚的农民和市民吟唱这些作品。

宗教诗的曲目是经过数世纪形成的。学术界通常将之分为老一代宗教诗
(叙事的)和新一代宗教诗(抒情的、抒情叙事的)。同时也可分为讽刺的、暴露的
和其他类别的宗教诗。叙事性宗教诗产生和定型于12—15世纪。其主题是:关
于旧约人物的,如《亚当的哭泣》《约瑟》;写福音书情节的,如《基督的诞生》《圣
母之梦》《主的激情》《基督下地狱》《基督升天》;关于宇宙根基的,如《鸽书》。

宗教诗《鸽书》是对世界的通俗解释。关于书名的来历,学界尚无定论(可
能是受到圣灵化身为白鸽这一象征形象的影响)。在《鸽书》中,大多数说法都
可以追溯到基督教信仰:万王之王耶稣基督,万河之母——约旦河,万山之
母——锡安,万城之城——耶路撒冷。时间与空间充满深邃的哲理。谢利瓦
诺夫指出:在这首宗教诗中"世界不是静态的。所有的山来自一座山,所有的
城市来自一座城市,所有的教会来自一个教会,诸如此类,可以说这是一种时
间和空间中的向心运动,围绕一个中心,不断出现新的山,新的城市,新的教会
等等"[1]。在描写这本神奇之书时,作者运用了夸张手法:它是从天上掉到锡
安山上的一棵"柏树"下的,而那棵柏树据说是从始祖亚当的头里长出来的:

> 此书长四十五寸,
> 此书宽二十五寸,
> 此书厚三十五寸……
> 此书用手拿不住,
> 此书用眼读不完。[2]

---

① Селиванов Ф. М. Народно-христианская поэзия. Стихи духовные. М. , 1991. C. 8.
② Древние Российские стихотворения. Собранные Киршею Даниловым. М. , 1977.
C. 209 - 210.

《鸽书》中描绘的世界图画有别于旧约和福音书。诗的作者，除了借鉴伪经中的基督教文本外，还从古斯拉夫神话形象中取材，如地下的"独角兽"，强大的"那该鸟"，长着"肚脐儿"的大海洋。还有古代拉斯拉夫人关于太阳诸神的类人神话。《无比智慧的国王大卫·叶夫谢耶维奇》中有这样的话：

> "我要凭我的记忆告诉你们，
> 凭我的记忆，凭我老年的记忆，
> 我们的朗朗乾坤从何而来，
> 正义的太阳从何而来，
> 明亮的月亮从何而来，
> 朝霞从何而来，
> 晚霞从何而来，
> 黑夜从何而来，
> 密集的星星从何而来。
> 朗朗世界啊，来自上帝的脸，
> 正义的太阳啊，来自上帝的眼，
> 明亮的月亮啊，来自头顶，
> 漆黑的夜啊，来自上帝的后脑勺，
> 朝霞和晚霞啊，来自上帝的眉毛，
> 密集的星星啊，来自上帝的卷发。"①

在叙事性宗教诗中，关于斗蛇英雄的《费奥多尔·斯特拉吉拉特》和《叶高利与蛇》，关于受难者的《勇敢的叶高利和大王杰米扬》和《吉利克与乌丽塔》，这些作品也很有名。较早的叙事性宗教诗，有关于虔诚信徒的《神的奴仆阿列克谢》，关于行神迹者的《米可拉·乌戈德尼克》和《德米特里·索伦斯基》，有关于义人和罪人的《军人阿尼卡》和《两个拉撒路》。宗教诗《两个拉撒路》取材

---

① Древние Российские стихотворения. Собранные Киршею Даниловым. М., 1977. С. 210 - 211.

于福音书寓言关于富人拉撒路和穷人拉撒路的故事(见《路加福音》16 章
83 节)。拉撒路是福音书中理想的朝圣者,是朝圣者和穷人思想的代言人。与
福音书文本不同,民间的宗教诗将这一贫一富两个人写成了亲兄弟,甚至赋予
他们相同的名字,以此强调地球上所有的人都是兄弟,在上帝面前都是平等
的。诗的情节明显分成两个部分:描写兄弟二人的尘世生活和死后生活。诗
中运用反衬手法,将贫与富、吝啬与慷慨、残酷与仁慈、物质与精神、黑暗与光
明、魔鬼与上帝、沉重的死与轻松的生、尘世的生活与阴间的生活、地狱的痛苦
与天堂的极乐予以鲜明的对照,以此告诫人们,尘世的物质财富都是浮云,做
富人是很危险的,财富会让人落进魔鬼的深渊不能自拔。穷人拉撒路这样开
导富人拉撒路:

> "我们是同一个母亲所生,
> 主给我们注定的命运却两样:
> 主赐给你的是财富的黑暗,
> 而赐给我的是贫困的天堂。
> 敌人用财富将你牢牢地羁绊,
> 主通过信仰、真理和全部的爱
> 确立了我安于清贫的信念。"①

该诗的中心思想是,人们应该对穷人行善,以求死后自己的灵魂能够得救——
正是为了这一点普通人才需要朝圣者。

随着时间推移,宗教诗出现了俄罗斯东正教中心主义倾向。例如,《鸽子
传递的书》中的主要人物之一在某些版本中名叫弗拉基米尔大公,勇敢的叶高
利成了俄罗斯大地的缔造者。在对若干书面文献进行加工的基础上,一些关
于古代俄罗斯历史人物的宗教诗(《鲍里斯与格列勃》、《亚历山大·涅夫斯
基》、《德米特里·顿斯科伊》)应运而生,然而就作品的艺术品质和对民族题材

---

① Селиванов Ф. М. Народно-христианская поэзия. Стихи духовные. М., 1991.
С. 194.

的挖掘程度来说,这些诗歌还不能跟壮士歌相提并论。较晚的宗教诗(抒情叙事的和抒情的)继承了蔑视肉欲、追求绝对神性的精神主题。大多数宗教诗都是俄罗斯东正教会17世纪下半叶分裂之后,在新产生的旧礼仪派和其他各教派圈内写成的。旧礼仪派的宗教诗宣扬基督来临、世界末日降至的思想。他们主张抵制世界的诱惑,逃到荒野之中生活,以求获得拯救。他们宣扬死亡的积极意义,号召走向死亡(某些教派是以自焚的形式)。有一些宗教诗含有旧礼仪派及其分支的生活内容,如索洛维茨修道院围困,隐修区被毁,对旧教派的迫害,个别旧教派导师的故事等。神秘主义教派(鞭笞派和阉割派)的歌谣构成一个特殊的类别:其内容反映了这些教派特有的对基督教学说及其礼仪的曲解。

根据叙述形式,宗教诗可分为几个歌谣类别。一类是较早的叙事性宗教诗,有故事情节,如反映人物生活的《神的奴仆阿列克谢》;一类是独白性的,如《亚当的哭泣》、《忏悔诗》;还有一类是以人物对白形式写成的。所有这几类只有结尾相吻合,即赞美讴歌对象和主的荣光。最后一句话通常是"阿门"(拉丁语,意思是"确实如此")。这种宗教式的结构借鉴了俄罗斯民间重音诗体传统,不押韵。典型的是每行三个重音,最后一个重音落在结尾倒数第二个或第三个音节上。不过,尽管如此,宗教诗的诗体并没有统一的结构原则。

旧教派的赞美诗中有发达的比喻体系,借用圣经的讽喻形象,如人被称为"思想的羔羊"。这个形象可追溯到末日审判,当上帝对所有人根据其行为作出判决,人类将被分为"罪人"——"山羊"和"义人"——"绵羊"(见《马太福音》25章106节)。宗教诗喜欢用夸张、比喻、排比。宗教诗的语言充满教会斯拉夫语,这是因为它们在旧教派圈子里是用教会斯拉夫语写成的,是用书面形式传播的。不过传播越广泛,民间诗歌语言的特点就越鲜明。

第三节

书面诗歌

　　书面文字诞生伊始,主要用于祭祀活动、国事活动和商贸活动,而俄罗斯民众的"诗兴"是由民间文学来满足的。众所周知,存在过这类作品的职业创作者和演唱者,保留下来不少关于游吟歌手的资料,他们在书面文献和口头语言中被称为"快乐的小伙子"或"快乐的游方者"。这些资料始于 11 世纪,从《费奥多西·彼切尔斯基行传》(«Житие Феодосия Печерского»)开始,结束于 17 世纪下半期,俄国历史新阶段开始之时。

　　在古代,使用书面语的是上层社会,主要是修道院的编撰机构"缮修室",因此不难理解,但凡涉及游方诗人的文字,往往带有抨击和拒斥之意,表现出恪守基督教禁欲主义的立场。俄国正统教会人士很乐于使用外文尤其是希腊文的文献来抵制游吟诗人,但效果不尽如人意。原因是:在基辅罗斯时期,教会对文化领域的影响,其深度和广度与伊凡雷帝时期还是不可同日而语。据专家考证,在 10—12 世纪,各文化领域分野十分明显,可谓井水不犯河水,有的领域是教会的天下,有的领域则是流浪艺人主导,而且这种分野得到了封建上流社会乃至俄罗斯教会各个阶层的认可。

　　如果说是教会的神学美学观点促使其排斥游方诗人的插科打诨,那么献给王公的赞美歌、侍卫诗歌则没有受到这样的排挤。这种赞美诗歌无疑在宫廷中扮演了重要角色。它们被在宴会上演唱,而且不光在宴会上:1068 年基辅人在王宫中颂赞符谢斯拉夫·波洛茨基;楚德湖战役后普斯科夫人唱歌称颂亚历山大·雅罗斯拉沃维奇大公;1251 年丹尼尔·加利茨基及兄弟胜利归来获得赞美的歌声;史诗《伊戈尔远征记》(12 世纪末)本身的结尾也与很多壮士歌的结尾相似。

基辅时期的很多书面文献给我们提供了不少例证，说明叙事性歌谣这样或那样地被用于文学。《往年纪事》中 992 年下面有关科热米亚科的传说与后来记录下来的壮士歌的相似度不容置疑。这种相似度不但表现在题材上，也表现在创作手法中。

正是由于书面语和民间口头创作的对接，才催生出俄罗斯文学真正的艺术作品。这一点在《伊戈尔远征记》中表现尤为明显。雅罗斯拉夫娜的三段著名"哭诉"和结尾对伊戈尔"荣誉"的颂赞仿佛是诗歌的两极，在这两极范围内，艺术家可自由发挥：

（哭诉）
"哦，风啊，大风啊！
　神啊，你为什么不顺着我的意志来吹拂？
　你为什么让可汗们的利箭
　　乘起你轻盈的翅膀
　　席卷到我丈夫的战士们的身上？
　难道你在碧海上爱抚着大船，
　　在云端下吹拂得还少？
　神啊，你为什么要把
　　我的快乐在茅草上吹散？"
"啊，德聂泊·斯洛武季奇！
　你已把横贯波洛夫土地的
重重山岭打穿。
　你以自己的波涛拥抱着斯维雅托斯拉夫的大摇船
　　直送到柯比雅克的营垒。
　神啊，请把我的丈夫给我送来，
　好使我不再在大清早把眼泪洒向
　　茫茫的大海。"
"光明的、三倍光明的太阳啊！

你对什么人都是温暖而美丽的：

神啊，你为什么要把你那炎热的光芒

　　射到我丈夫的战士们的身上？

　　为什么在那无水的草原里，你用干渴扭弯了他们的弓，

　　用忧愁塞住了他们的箭囊？"

（颂赞）

"荣誉属于伊戈尔·斯维亚托斯拉维奇，

属于勇猛的野牛符塞伏洛德

属于弗拉基米尔·伊戈列维奇！"

那卫护基督教徒、

反对邪恶的军队的

　　　　王公们和武士们万岁！

荣誉属于王公们和武士们！

　　　阿门。①

　　这里不光看得到雅罗斯拉夫娜的经典性哭诉，以及与之相近的斯维亚托斯拉夫大公的"金言"，作者插入《伊戈尔远征记》中的很多抒情段落都带有民间哭诉诗学色彩。同时，鲍扬、外族人等对伊戈尔"荣耀"的颂赞又创造出一种庄重、高昂的气氛，赋予结尾以强烈的乐观主义色彩。

　　在《丹尼尔·扎托奇尼克的恳求》（12世纪末—13世纪初）中，可以见到游吟诗人的插科打诨成分。"如果说《伊戈尔远征记》的作者借鉴了民间抒情诗和民间历史歌谣的艺术手段，那么《恳求》的作者则是与职业游吟诗人的诗歌有着更多的联系。"②《恳求》里面既有语法韵，也有17世纪许多大众文学作品中才见得到的那种口语化的拉洋片诗歌萌芽。众所周知，巧妙、讲究的韵脚是拉洋片诗歌的基础。不过，尽管《恳求》中游方诗人的成分相当明显，从整体上

① 《伊戈尔远征记》，魏荒弩译，余振校，人民文学出版社，1957年，第31页。
② История русской поэзии. В 2 т. Ленинград. Издательство：Наука. Ленинградское отделение. 1968-1969. Т. 1. С. 30.

说，这还不是游方诗人的作品，而只是具有游方诗人的色彩。

民间文学名著之所以能够进入文学流通领域并成为书面名著，其渊源可以追溯到 15 世纪出现的世俗文化潮流。城市的扩张与影响，促进了民间口头文学向书面语的渗透。

俄罗斯文化中的相对自由好景不长。起初是尼尔·索尔斯基（Нил Сорский）和约瑟夫·沃洛茨基（Иосиф Волоцкий）反对"无益"写作（尼尔的表达很精辟：写的东西很多，但都无关神性），也就是世俗的、非神学的写作，到了 16 世纪，异端教派运动被镇压之后，国家和教会开始对文化进行严格监控。

在这种情况下，所有游吟诗人的创作既不能得到修道院的记录，也进入不了官方书面语。不过对诗歌本身，对作为散文对立面的诗歌，俄罗斯教会人士并没有一概否定。极其博学的马克西姆·格列克修士就曾建议，对外来的僧侣，也就是"外来的哲学家"，也要考一考诗律知识。尽管考的是古希腊诗律，但教会人士对诗歌这门高雅而又复杂的艺术的尊重由此可见一斑。

古代书面语诗歌中，值得一提的还有忏悔诗（покаянный стих）。忏悔诗属于弥撒赞歌，其主题在相当程度上与教堂的祈祷仪式有关。忏悔诗时常使用典故，也时常直接借用赞美诗和忏悔的规范用语。常用的拯救灵魂的"话语"，基督教对死亡的阐释（人死之后要为罪孽付出代价），对"荒野"的赞美，悔恨与忏悔——这些从官方教会意识形态角度看都是"有益"的。

> 灵魂啊，但愿你能看清
> 这尘世的虚枉，
> 但愿你能登上高山，
> 并得见自己的棺椁，
> 并长叹一声，说：
> "棺椁啊，棺椁，接受我吧，
> 就像母亲接受自己的婴儿。
> 棺椁是我永世的家，
> 而蛆虫是殷勤无比的客人。"

忏悔诗的形式与民间叙事诗日趋接近。学术界将 17 世纪俄罗斯杰作《苦厄的故事》(又译《戈列—兹洛恰斯基的故事》)在题材和形式上与忏悔诗联系在一起不是偶然的。

将《苦厄的故事》纳入诗歌作品,理由似乎要更多一些。这部作品出现于 17 世纪中期,讲述一个穷困潦倒的青年的不幸遭遇。他连名字都没有,只有"没完没了的贫穷"、"无边无际的窘困",他的不幸用一个拟人化的形象"苦厄"来代表。故事很富于哲理意味。这部作品跟大多古代文学作品一样,没有明确的体裁归属,是多种体裁的混合,但诗的成分更重一些,其中最主要的是童话、仪式歌谣和抒情歌谣。

17 世纪早期诗歌在特征上接近拉洋片诗歌(раёшные стихи),这是一种分行比较自由的分句诗(фразовик),无格律的自由体诗的一个变种。有意思的是,在拉洋片诗歌中,总的来说,阳韵、阴韵、三重韵的比例与俄语中词汇重音类型的比例是吻合的,这又一次说明,在民间口头创作或与民间口头创作关系密切的作品中,俄语的潜力已经得到很好的开发[1]。

拉洋片类型的诗歌通常被归在大众讽刺作品类别里。在《丹尼尔·扎托奇尼克的恳求》中,讽刺成分已经占据主导地位。大众讽刺作品的结构通常是对某些高雅典范作品的讽拟,例如《酒馆游民的节日》,讽拟的就是晚祷上的经典仪式,也正因为如此,里面很少有押韵的句段。只有在作者(显然是宗教界下层人士的代表)临时脱离讽拟性祈祷的庄重语调时,韵脚才会恢复:

家庭得到慰藉,

饥饿得到平息,

孩子们去小便,

他们想要吃饭,

而我们,说实话,害怕,

害怕自己还没吃饭就倒下。

---

[1] См. История русской поэзии. В 2 т. Ленинград. Издательство: Наука. Ленинградское отделение. 1968–1969. Т. 1. С. 39–40.

《酒馆游民的节日》的主题具有强烈的反教权主义倾向,它不是从罪过的角度,而是从穷困的角度来写酒馆游民的好酒贪杯、醉生梦死,酒馆在这里是那些走投无路、饥寒交迫者的家。这是一部典型的具有民主自由思想和反抗精神的作品。对宗教阶层放纵不羁和"目光短浅"的抗议,在《萨瓦神父及其伟大荣耀的故事》中也有所表现;《缺衣少穿者和入不敷出者的故事》反映了穷人同富人的斗争;《谢米亚卡被审判的故事》抨击了不公正的审判。不用说,这些反映一贫如洗、穷困潦倒者的命运的作品,在诗学和修辞上同民间创作有着密切的联系。

俄语的书面诗体的形成始于 17 世纪。据加斯帕罗夫考察,音节诗形成以前,俄语书面诗歌尝试过此前存在过的全部三种诗体。一是作为弥散撒诗歌遗产的祈祷诗(молитвословный стих),二是作为民间叙事诗与抒情诗遗产的歌谣诗(песенный стих),如根据宗教诗样式写的《苦厄的故事》,根据历史歌谣样式写的《科谢妮亚公主的哭泣》(1619 年纪录),三是作为同样熟悉民间口头创作和高雅书面语创作的押韵散文遗产的口语诗(говорный стих)。[1]

此时这些文本中的韵脚使用还只是局部的,就像装饰,是作为散文被接受的;一旦韵脚成为常态,具有结构性和可预见性,它们就会开始被当做诗来接受。这是一种押韵的纯重音诗体,也可称为前音节诗,就是这种诗格在 17 世纪上半期的俄罗斯文学中占据了统治地位。由于依托两种截然不同的传统,它显得非常灵活,能够适应各种不同的题材,而这在 17 世纪俄罗斯文学所处的那个过渡阶段意义非同小可。前音节诗的基本形态从萨瓦季的《给阿里比·尼基季奇大公的信》和格尔曼修士的《天使现今的全部快乐》中可见一斑。这两首藏头诗很能代表那个时代的特点。

在西米昂·波洛茨基将波兰音节诗移植到俄语中并培养了整整一代新型诗人之前,俄罗斯书面诗歌的面貌大体就是这样的。

---

[1]　Гаспаров М. Л. Очерк истории европейского стиха. М. , 2003. С. 180.

第四节
音节诗的产生

    俄罗斯音节诗毫无疑问移植于波兰和乌克兰音节诗,但还是应该从包括格律的角度、在俄语框架内予以分析。音节诗的基本特征有两点:等音节诗格(每句诗的音节长度相等)和阴性句尾(一定要有停顿,但位置不固定)。但这两个特点需要做些解释。

    等音节诗格在 17 世纪俄语诗体中不是马上确定下来的。卡迪廖夫—罗斯托夫斯基公爵的《史记》(《Летописная Книга》,1626)是以音节诗结尾的,诗句的长度在 5 音节到 21 音节之间不等。等音节诗格也不是 17 世纪上半期所有其他诗歌文献的特点,如与印刷书局有关的那些诗人的作品并不拘泥于等音节诗歌。

    不过,这或许还谈不上"前音节诗"系统,不是那种最终走向等音节诗格的逐渐"拉齐"的诗句。等音节诗格是 17 世纪中期出现的,显然,作为从波兰纯音节诗的直接移植,等音节诗格并不受制于这些形式。

    韵脚的问题要复杂一些。诗学专家统计表明,假如俄罗斯音节诗作者始终使用阴韵,那么可供诗句结尾使用的俄语词汇不会超过总词汇的 39％。此种情况下音节诗体系对俄语诗歌来说无异于削足适履。

    好在实际情况并非如此。事实上,在音节诗中,除了阴韵外,还有阳韵和扬抑抑格韵(三重韵),个别情况下,还有超扬抑抑格韵(即句尾有超过三个的非重音音节),这是公认的事实。

    音节诗在 17 世纪的俄罗斯文学中是逐渐确定下来的。起初只适用于为数不多的体裁,包括寄赠体诗。

17世纪中期出现了一系列音节诗体的歌谣。歌谣的作者或多或少都与新耶路撒冷修道院有关系。这是宗教改革家尼康喜爱的莫斯科近郊修道院。尼康流派的一些歌谣作者们创造了具有非凡艺术价值的歌谣。僧人格尔曼运用极其复杂的藏头诗诗体——有时一首藏头诗由三首歌构成，自上向下，从左往右读。个别歌谣（作者有可能是叶皮凡尼·斯拉维涅茨基，著名教会活动家）使用内韵，从中可以感觉到作者对语音的选择是颇为讲究的。

俄罗斯音节诗的繁荣是在17世纪的后期，并与西米昂·波洛茨基、西尔维斯特·梅德韦杰夫、卡里翁·伊斯托明的名字联系在一起。

西米昂·波洛茨基(Симеон Полоцкий, 1629—1680)本名萨穆伊尔·叶米里扬诺维奇·彼得罗夫斯基，西米昂·波洛茨基是他出家时为自己取的名。他是俄罗斯第一个职业诗人和戏剧家，俄罗斯文学中两大门类的创始人，书面音节诗和戏剧的首批样板作品的缔造者。他出生在波洛茨克，在当时最大的东正教人文与神学教育中心基辅莫吉良学院受过教育。1656年他接受剃度成为波洛茨克主显灵修道院兄弟学校的老师，同年七月，沙皇阿列克谢·米哈伊洛维奇视察修道院，西米昂·波洛茨基带领几个学生用他写的音节诗欢迎皇上，诗的内容是倡导乌克兰、白俄罗斯与俄罗斯合并。从此这位年轻的教师引起了沙皇的关注。1660年1月西米昂·波洛茨基随主显灵修道院院长来到莫斯科。他的学生朗诵了"押韵的诗"，赞美皇室。1661年俄波战争再次爆发，波兰人攻占波洛茨克后，西米昂·波洛茨基经过权衡，决定彻底迁居莫斯科，教授拉丁语（也有可能还有其他课程）。1667年他成为阿列克谢皇子的老师，后来又成为费奥多尔皇子的老师。

西米昂·波洛茨基在莫斯科写了很多作品。他为俄罗斯带来了崭新的、巴洛克写作观念，并努力在理论上、实践上、自己的创作中贯彻之。根据这一观念，作家的劳动乃是一种个人的道德功勋，创造者的功勋（经国之伟业，不朽之盛事），一如上帝用"言（道）"创造了世界，作家是用诗的语言创造艺术的世界。西米昂对古代俄罗斯书面语文学的评价并不太高，毕竟他受的是欧洲教育，但他自认为是俄罗斯第一位作家，新俄罗斯语言艺术文化的奠基人、缔造者。他的创作活动之所以那么活跃，跟这一点也不无关系。

西米昂·波洛茨基留下了数万行的诗作。他的核心作品是歌功颂德的

"应景诗",用诗体改写的圣经赞美诗《押韵的赞美诗》,以及处于手稿状态的篇幅巨大的集子《多彩花园》。

西米昂·波洛茨基的核心作品是《多彩花园》(1677—1678)。根据巴洛克创作观念,这本诗集应该对读者既具有娱乐作用,也具有教育作用。也就是说,这本诗集既是一本引人入胜的读物,又是一部独特的百科全书。这样的动机决定了诗集的结构编排:全部材料按照题材和篇名的字母顺序编排。《多彩花园》在内容、题材、体裁和风格上具有的特点首先是其巴洛克式的绚丽多彩。呈现在读者面前的是以往的历史人物:恺撒、奥古斯都、亚历山大大帝、第欧根尼、查理大帝;异国的动物,有时是虚构的动物:凤凰鸟、会哭的鳄鱼、鸵鸟;带有古俄罗斯"风俗"讽喻传统含义:宝石、基督教象征、道德属性等等。叶廖明的评论不无道理:"《多彩花园》可以说是一个独特的博物馆",橱窗内摆放着西米昂收集到的用于观赏的基本藏品。

不仅如此,书中的某些诗作也是按照这种巴洛克式的博物馆的样貌构建起来的。《商人》一诗为读者展示了商人阶层身上沾染的一切缺点,而《僧侣》一诗则反映了修行的和尚们身上的缺点。两首诗的结尾都有作者慷慨激昂的呼吁,规劝这些阶层的代表们改掉自己的毛病,要知道虔诚持正守节的生活才是将来进入天堂的保证。

看待世界的巴洛克眼光使得"世界是一本书"这样的隐喻成为可能,这个隐喻特别契合把诗歌创作视为创世行为的西米昂·波洛茨基。《多彩花园》中就有这样的隐喻:

> 这个装点得色彩纷呈的世界是一本伟大的书,
> 犹如造物主用言语写出的世间万物,——

接着这个隐喻得到扩展,充填了具体内容:这本书的第一页是天空,第二页是火,第三页是空气,第四页是水,第五页是土以及上述一切。

巴洛克喜爱悖论,喜欢互相矛盾的东西,喜欢对看似无解的矛盾给出机智的解答。这个特征在《酒》一诗中可见一斑。该诗从一个悖论写起:作者不知道是否应该赞美酒,因为酒一方面"有益于健康",另一方面又会激起人身上

"有害的欲望"(酒后乱性)。答案结果是机智的取消矛盾:"少喝为宜。"不仅如此,对应巴洛克诗学,这种机智的回答并不是作者的发明,而是他的"博物馆珍品"的一部分,因为它属于以往一位著名的英雄:"这是保罗给提摩太的合理忠告。"《海盗》一诗就是根据海盗狄欧尼德给亚历山大大帝的机智回答写成的:

因为我在海上劫掠船只,
人们就因我的恶行
给了我一个海盗的雅号,
而你呢,通常人们尊你为国王,
因为你率领大军四处征战,
你在海上和陆地杀伐无数。

海盗机智的回答如此雄辩有力,显然深深触动了亚历山大的内心:

国王听了他的回答,很惊讶他的放肆,
不过内心却并没有勃然大怒,
他原谅了这个人的直言不讳,
他明白,话虽难听,却离真理不远。

《多彩花园》中的一系列作品是古典主义文学中寓言体裁的先声。

西米昂·波洛茨基为俄罗斯带来了音节诗体系,这是他从波兰诗歌中借鉴来的。这种诗歌的写作原则是,押韵的诗句中音节数要相等,这对波兰语是很自然的,因为波兰语的重音是固定的,在倒数第二个音节上。阴韵也是从波兰语诗歌传统中借鉴来的。西米昂·波洛茨基喜欢用诗句来表达一切,这本身也证明了他的创作的巴洛克风格:极力把作品写得很怪异,不同寻常,有别于惯常的言语结构。西米昂·波洛茨基的诗与日常生活散文、与古代俄罗斯文学传统形成强烈反差。正是音节诗体系的这种独出心裁、与众不同,后来在18世纪30年代被认为巴洛克已经过时的俄罗斯诗体改革家们视为缺点。

西米昂·波洛茨基的诗歌和戏剧作品有力地说明,巴洛克风潮已经在

17 世纪下半期渗透到俄罗斯文学之中。不过应该注意,俄罗斯的巴洛克,从音节诗人们,包括其老师西米昂·波洛茨基的诗歌实践来看,跟欧洲巴洛克有着明显的差别。潘琴科认为,俄罗斯类型的巴洛克,其独特之处首先在于其"温和性"。为了避免走极端,避免描写阴间的恐怖和死前的痛苦,俄罗斯的巴洛克丧失了叛逆精神。令人不可思议的是,那些在欧洲学校受过教育的音节诗作者,同那些跟巴洛克没有任何关系的同时代的分离派教徒相比,巴洛克气息反而更少。

西米昂·波洛茨基及其追随者已经具有职业化和精英化的特点,潘琴科称之为"俄罗斯文化的一个新现象"[1]。同时,鲜明的西方取向和强烈的语词崇拜,也是这批诗人美学纲领的一个主要特点。他们追随斯卡利格尔和萨尔别夫斯基,认为诗人是"第二上帝",将作为文学第一要素的语词(言)等同于逻各斯(道)。对他们来说,世界就是一本书或一部字母表,而这本书的部、页、行、词、字就是世界的要素。

西米昂·波洛茨基 1680 年去世后,他的学生西尔维斯特·梅德韦杰夫(Сильвестр Медведев, 1641 - 1691)担当了宫廷诗人的角色。梅德韦杰夫的诗歌遗产要比老师少得多,他的诗作通常带有应景性质——或是凭吊老师的去世,或是祝贺皇室成员的命名日,或是呼吁成立科学院,再如沙皇费奥多尔的大婚和驾崩,教会的节日等等,都是梅德韦杰夫感兴趣的题材。梅德韦杰夫是一位出色的文体家,他的诗作技巧出众。

与西米昂·波洛茨基不同,梅德韦杰夫实际上并没有使用人造的"古斯拉夫语"。梅德韦杰夫的语汇都是俄语语汇,几乎没有波兰语和乌克兰语的痕迹。他不喜欢乌克兰语的押韵方式。在使用教会斯拉夫语的同时,梅德韦杰夫有时创作的诗作在情绪和诗学上很像民间文学作品。例如《在复活节前夕作的诗》(1685)中圣母的哭诉。

由于应景,题材难免重复,这导致梅德韦杰夫的诗有时难免给人以千篇一律、老调重弹、缺乏新意的感觉。

---

① Панченко А. М. Два этапа русского бароко. Научные труды отдела русской литературы. Т. 32. Л. , 1977. С. 102.

17世纪末18世纪初另一位诗人伊斯托明的作品也有这种重复刻板的感觉。伊斯托明同样热衷于应景诗。他写过的应景诗难以计数,他的多产很像波洛茨基,但他们之间有本质的差别:如果说波洛茨基是收藏珍品,是以启蒙为己任,那么伊斯托明则对所有的题材都采取来者不拒的态度,题材精彩与否、新鲜与否他根本不感兴趣。他的《识字书》开了用诗体写教科书的先河,不过诗意实在是寥寥无几。

伊斯托明的这种"杂食、通吃",因其诗句的轻盈和悦耳而得到补偿。大概在17世纪到18世纪初,还没有一个诗人笔下的音节诗中夹杂着如此之多的音节重音诗:

> Преславну чуду,
>
> Явльшуся всюду,
>
> Всяк присмотрися,
>
> Богу дивися,
>
> Како незримый,
>
> Всеми любимый,
>
> Иисус Христос
>
> В плоти днесь возрос.
>
> 无比荣耀的神迹,
>
> 到处显现的神迹,
>
> 何人目睹了它,
>
> 都会对上帝称奇,
>
> 目力所不见的、
>
> 人人爱戴的
>
> 耶稣基督
>
> 如今在肉身中复活了。

这种夹杂不光出现在短句诗(上述是5音节的)中,还出现在音节数更多的长句诗里,包括俄语音节诗中最为流行的11音节和13音节诗,如《贺公主索菲亚·阿列克谢耶芙娜》。

　　音节诗在18世纪的前30年达到了顶峰，也随即进入了危机。新的世俗生活内容与教堂的宣叙调发生了矛盾，较短的8音节诗异军突起。费欧凡·普罗波科维奇在诗体方面的探索取得了有益的进展，有的诗在听觉上已经接近扬抑格；《在拉比坟山的后面》(1711)采用了三重韵，而《牧童的哭泣》(1730)则是押交叉韵，而且诗行不均衡，10音节(5＋5)与4音节交替出现，这些对俄罗斯诗歌格律而言都是破天荒的。康捷米尔的讽刺诗是一种比较自由的音节诗，不再像从前那样，拘泥于押韵的诗行必须存在句法联系，还允许移行，从而使得他笔下的韵脚显得丰富多彩。康捷米尔的诗，标志着音节诗的鼎盛，也宣告了音节诗的终结。

第二编
18 世纪

第二章

18 世纪上半期

概　述

18 世纪的俄国诗歌就像当时其他许多文化现象一样,走过了一条复杂的快速发展的道路。丰富、紧张的社会生活哺育了诗歌,而诗歌的任务首先体现在从精神上教育和培养那个时代的人。俄国诗歌美学中的许多"第一次"都诞生在这一百年中,许多优秀的诗歌作品至今仍不失其艺术魅力。18 世纪的俄国诗歌是新的俄国文学的摇篮,同时也孕育了普希金及 19 世纪前期俄罗斯"黄金时代"诗歌的辉煌。

18 世纪是俄罗斯诗歌的积累期、转折期,其进程的流派主导特征空前明显。这一百年,可以清晰地分为上下两个半期:上半期是古典主义兴起和形成时期,下半期则是古典主义与感伤主义并存时期。

18 世纪初,俄国迎来了一个强大的民族振兴时期。宗法制大贵族的罗斯一去不复返,宗教文化开始世俗化。彼得大帝的改革不仅为俄国成为一个世界强国做了必要的准备,而且为科学、艺术、教育的快速发展提供了土壤。随着通向欧洲窗口的打开,俄国文学开始有了不同以往的特点,形成了所谓的俄国"新文学"。

从文学发展的角度而言,彼得大帝时期(1700—1730)是一个过渡时期,即从中世纪文学向全面欧洲化过渡。这一时期的文学延续了 17 世纪末期的文学传统,保留了古代俄罗斯书面文学的基本特点,如文本基本采用手抄形式,并且是匿名的;语言多使用外来语,艺术手法比较单一等。与此同时,文学逐渐世俗化,开始出现印刷的、作者署名的作品。诗歌创作在很大程度上保留了17 世纪音节诗的一些特点,如巴洛克的内容与形式。

彼得大帝时期的诗歌在很大程度上具有实用性,这首先表现在醒世类诗歌(дидактическая поэзия)和颂扬类诗歌(панегирическая лирика)中。醒世类诗歌具有教育功能,宣传和讲解欧洲的科学文化知识。在18世纪初这类诗歌有助于彼得大帝改革,非常具有现实意义,常被纳入学校教科书和科普知识读本中,因为它语言简洁,便于理解和记忆,提高了学习者的兴趣。卡里翁·伊斯托明(Карион Истомин, 1640—1717)、费奥多尔·波利卡尔波夫(Федор Поликарпов, ?—1731)和列昂季·马格尼茨基(Леонтий Магницкий, 1669—1739)既是这类诗歌的作者,也是教科书的编纂者。颂扬类诗歌主要歌颂彼得大帝的丰功伟绩,当时创作这类诗歌的三位著名诗人——费奥凡·普罗科波维奇(Феофан Прокопович, 1681—1736)、斯捷凡·亚沃尔斯基(Стефан Яворский, 1658—1722)和季米特里·罗斯托夫斯基(Димитрий Ростовский, 1651—1709)——均是乌克兰的宗教界人士。普罗科波维奇的代表作《胜利歌》(1709)描写的是波尔塔瓦战役,这在俄国诗歌中是第一次,对后来普希金创作叙事诗《波尔塔瓦》具有一定的影响。

爱情抒情诗是这一时期的一个全新现象,它的出现与当时新的社会生活方式,尤其是贵族舞会中女性登场有关。在此之前,爱情主题只存在于民间歌谣中,书面文学中从不涉及。因此,究其实质而言,爱情抒情诗不仅是新文学的一种表现形式,也成为18世纪初新的日常生活中的一个组成部分。爱情诗具有很强的书面性,而且越来越接近欧洲爱情诗的风格,诗歌语言较为多样化,比喻形象生动,如恋人的形象被赋予女神、星星、花朵、宝石等赞美之词。作者常常在诗的书写形式上动心思,因此出现一些活泼有趣的诗文排列形式,如十字架形或心形,从这一点上看,这算是俄国最早的图示诗。爱情诗的作者均为"世俗"各阶层人士,大多名不见经传。

这一时期具有"贺拉斯风格"的诗歌曾风靡一时,怀有人文主义情绪的诗人歌颂理性的自由,并认为这是人类最宝贵的精神财富。此外,还出现了欢快的祝酒歌,宣扬新的世俗生活。

由于启蒙主义思想在俄国的传播,从这一时期起,俄国诗人对人的个性抱有越来越浓厚的兴趣,作品中开始具有人道主义思想。诗人对人这个概念有了新的认识和理解,人不再被视为罪孽之源,而是积极的、具有自身价值的个体。在彼得大帝时期,作为公民和爱国者的人成为诗人笔下的理想形象。

18 世纪头 30 年孕育了俄国古典主义文学。政论家、诗人、剧作家和文学理论家费奥凡·普罗科波维奇在其著作《诗学》(《Поэтика》,1705)和《演讲术》(《Риторика》,1706)中探讨了一系列古典主义诗学和美学问题,并提出自己的观点。普罗科波维奇要求诗歌要有严肃的主题和高尚的思想,指出以爱的形式表现出来的人的感情是诗歌的第一创造者,认为诗歌不仅应该教导普通的公民,也应该让统治阶级变得更加明智。

彼得大帝时期,诗歌的成就并不突出,只是 18 世纪俄国诗歌发展的第一步,但是彼得大帝改革后所形成的思想和社会文化环境帮助康捷米尔,特别是罗蒙诺索夫的创作达到真正的艺术高峰。这一时期诗人们的创作尝试对后续文学的发展具有积极作用,因为它以自己的形式反映了当时文化生活的基本特征:人们意识的觉醒,开始关注国家大事,开始与宗教的、封建的旧思想和旧道德作斗争。就这个意义而言,彼得大帝时期的诗歌创作为俄国诗歌的继续发展铺垫了道路。

18 世纪俄国诗歌呈现出新的面貌。一方面,它保持并深化了 17 世纪俄国文学的优秀品质:爱国主义、与民间创作的联系、对人的个性越来越多的关注、对社会弊端和人性痼疾的揭露与嘲讽;另一方面,它表现出鲜明的时代特征,不仅反映了俄罗斯民族和国家体制形成和发展的过程中各基本阶段的思想脉络,而且直接参与解决迫切的政治、社会问题,成为民族文化和俄国人民不断自觉成长的强有力武器,从精神上和道德上影响了社会氛围。

18 世纪俄国诗歌出现许多重要变化,主要体现在以下几个方面。

首先是诗歌的民主化。其表现为诗歌内容的"世俗化":诗人开始关注"尘世的"喜怒哀乐,普通人成为抒写的对象。另外,诗人队伍发生了变化,具有启蒙主义思想以及关心民众生活的诗人逐渐取代僧侣出身的诗人,成为诗歌创作的主力军。

其次是诗歌体裁渐趋丰富。俄国诗歌中最早出现哀歌(элегия)是在 1725 年,由特列季雅科夫斯基创作(《哀彼得大帝驾崩》),他把这个体裁确定为"伴随哭泣和悲伤的诗",其主题和内容是表达对亡故的亲朋挚友的哀思以及重要的爱情感受。苏马罗科夫在《诗歌创作书简》(1747)中明确规定了哀歌的创作原则,缩小了它的主题范围,认为哀歌吟咏的只能是"爱的痛苦"。60年代和70年代初是哀歌创作的繁荣期,赫拉斯科夫、波波夫(М. И. Попов,1742—1790)及其他诗人都曾热衷于这种体裁。1729年康捷米尔创作的第一首讽刺诗(сатира)《告理智,或致诽谤学术者》奠定了他作为俄国讽刺文学流派的开创者的地位。在60—80年代,歌谣(песня)在俄国抒情诗中占主要地位,它促进了俄国诗歌的改革。歌谣吸收了民间歌谣中优秀的艺术因子,而且也像民间歌谣一样,表达的多是人内心的隐秘情感,这一点在苏马罗科夫的歌谣创作中表现得最为典型。其他诗人,如杰尔查文、德米特里耶夫、卡拉姆辛、利沃夫等都留下不少脍炙人口的佳作。寓言体裁的确立应归功于苏马罗科夫。虽然在他之前特列季雅科夫斯基曾经翻译过伊索寓言,但那是散文体,而不是诗歌体。苏马罗科夫的寓言采用新的格律,让各种音步自由组合,这种创新在表现各个角色时更具艺术表现力。翻译古希腊、罗马诗人的作品——贺拉斯和阿纳克利翁(尤其是后者)的诗歌——对18世纪俄国诗歌的发展起到了重要作用。阿纳克利翁的诗歌经由特列季雅科夫斯基、罗蒙诺索夫的译介,逐渐为俄国读者所熟悉。在50年代,苏马罗科夫借鉴了阿纳克利翁诗歌的一些特点,创造了俄国的阿纳克利翁体颂诗(анакреонтическая ода)。这种新诗体采用四音步扬抑格或者三音步抑扬格,阴性词尾,没有韵脚。作为一种轻诗(лёгкая поэзия)[①]体裁,其内容与爱情歌谣比较相近。这种诗体曾风靡一时,赫拉斯科夫、勒热夫斯基(А. А. Ржевский,1737—1804)、波格达诺维奇(И. Ф. Богданович,1744—1803)及其他诗人都写过这种诗。史诗(эпическая поэма)在古典主义诗歌体裁中地位尊贵,康捷米尔和罗蒙诺索夫都曾尝试这种体裁的创作,但均未成功。1779年赫拉斯科夫创作的《俄罗斯之歌》成为这一体裁的开山之作。

第三是形成了新的诗歌流派。18世纪俄国诗歌经历了从古典主义到感伤主义,从弘扬开明君主的理想到传达人的隐秘感受的发展道路。

18世纪俄国诗歌力求了解和接纳欧洲文化和哲学思想,欧洲启蒙主义的思想体系和创作实践给予俄国诗歌非常大的影响。俄国的启蒙运动带有鲜明

---

① "轻诗"产生于大革命以前的法国,发展了阿纳克利翁诗歌和享乐诗歌的传统。

的民族色彩，它是在与君主专制和农奴制政权的斗争中形成的。这样的思想氛围孕育了俄国古典主义诗歌。

古典主义（классицизм）形成和繁荣于法国，是17—18世纪流行于欧洲的主要文学思潮，在文艺理论和创作实践上以古希腊、罗马文学为典范，故而得名。俄国古典主义产生于18世纪初，要比西欧晚近百年。俄国古典主义的产生既是西欧（尤其是法国）古典主义影响的结果，同时也与俄国当时特定的社会、历史和文化土壤有关。

彼得大帝改革让俄国进入了一个新阶段，欧洲启蒙主义思想的种子落入充满生机的俄国土壤。启蒙主义思想在俄国诗人的作品中充满具体的含义：它意味着支持由彼得大帝开创的、符合民族利益的政治和经济事业。俄国诗人视彼得大帝为开明君主。彼得大帝、文明的俄罗斯帝国、完美的公民成为18世纪诗歌中的主要创作对象。一些具有启蒙主义思想的诗人开始关心国家和民族的未来，试图通过诗歌把进步思想灌输到人们的头脑中。从康捷米尔开始，俄国诗人歌颂科学和艺术，讥讽和嘲笑贵族和僧侣的愚昧无知。这样就形成了俄国的古典主义。康捷米尔、特列季雅科夫斯基、罗蒙诺索夫、苏马罗科夫、赫拉斯科夫、杰尔查文等人的作品代表了俄国古典主义的诗歌成就，他们在吸收欧洲古典主义美学精髓的同时，赋予其浓郁的民族色彩。俄国古典主义的美学思想在苏马罗科夫的《两封书简》中得到较为详尽的阐述。

俄国古典主义是依靠欧洲古典主义的成就发展起来的，它具有欧洲古典主义的一般特征，如确立了社会利益高于个人利益，理性高于感情，国家的"大"世界高于家庭的"小"世界，秩序高于混乱，文明高于自然等一系列原则。除此之外，它还体现出自己的民族特色和传统。

第一，俄国古典主义萌生于"世俗化"的文化和文学的土壤中，所以它一开始就为自己提出了启蒙的任务，力求教育读者并劝导君主以彼得大帝为榜样，谋求国家利益。

第二，俄国古典主义文学具有强烈的战斗精神和饱满的公民激情。康捷米尔第一个把讽刺诗体裁引进俄国文学，同时结合民间口头创作和讽刺传统，赋予自己的讽刺作品独特的民族色彩。揭露社会的弊端，同保守势力和反动势力作斗争是康捷米尔创作的特点。

第三,与启蒙主义思想相联系的俄国古典主义所塑造的开明君主渐离神性,已经具有一些人的特征;开明君主应该谋求国家的利益和人民的幸福,否则,他将遭到人民的鄙视和唾弃。启蒙主义思想表现的另一个方面,就是俄国古典主义承认人的自然平等,当然,这还仅限于精神层面上的平等,而不是社会意义上的平等。

第四,俄国古典主义文学中的理想人物体现在"新人"的形象上——这是一个"为了社会的利益而愉快劳动"(罗蒙诺索夫语)的公民和爱国者。他应该洞察宇宙的奥秘,成为一个积极的创造的主体,敢于同所有的社会恶习和不道德现象作斗争。为了履行和完成自己的职责,他必须克制个人感情,使之服从理性。

第五,俄国古典主义的文学理论是在具体的创作实践中探索得来的。从30年代中期到40年代末,俄国古典主义诗人对俄语诗体和文体进行了一系列改革,并严格限定了体裁的等级和适用范围。

古典主义对创作体裁有严格的要求,每一种体裁都有严格的标准。罗蒙诺索夫把文学体裁分为高级、中级和低级三个等级。属于"高级"体裁的有悲剧、颂诗和英雄史诗,用来表现重大的历史事件和伟大的历史人物以及公民主题;属于"中级"体裁有书信体作品(послание)、牧歌(пастораль)、哀歌(элегия),用来表现和平的生活、个人的感情和爱情;属于"低级"体裁有喜剧、讽刺作品、寓言等,用来嘲讽人的性格弱点和恶习。每一种体裁都要使用规定的、与之相适应的语体。书面语词用于高级体裁;通用词汇用于中级体裁;而口语、俚俗语词只能用于低级体裁。

在18世纪30年代以前,俄语诗都是音节诗。俄国的音节诗是从波兰的音节诗①借用来的,但波兰语的音节诗律却不适合俄语本身的特点②,用俄语作的音节诗不符合俄语的语音性质和重音体系,无法体现俄语特有的节奏和韵律,于是便产生了对诗体改革的要求。

俄语诗体改革的第一阶段由特列季雅科夫斯基完成,他的《新俄文诗律简论》(«Новый и краткий способ к сложению российских стихов», 1735)为改革

---

① 音节诗(вирши):一种只要求诗行的末尾押韵,而不讲求节奏的诗体。
② 波兰语中词的重音固定在倒数第二个音节上,而俄语中词的重音是不固定的。

俄语诗体奠定了基础。特列季雅科夫斯基认为,借用来的音节体系阻碍了俄语诗歌的发展。他把重音引入音节诗中,扩大了诗的最小音节单位,确定了音步的概念,进而提出了抑扬格和扬抑格的概念,把音步分为扬扬格、抑抑格、扬抑格和抑扬格四种,特别说明了诗中有规律重复音步的必要性,这样就建立了区别于散文的俄语节律诗的声调模式。特列季雅科夫斯基是音节重音诗体的首创者,他本人用扬抑格写诗,不过基本上只用阴韵(二重韵),而且他的诗体改革只限于长音节诗①。特列季雅科夫斯基对音节诗的改革并不彻底,尽管如此,他的诗歌已经开始从音节诗向音节重音诗体过渡。

始于特列季雅科夫斯基的俄语诗体改革最终由罗蒙诺索夫完成。罗蒙诺索夫发展了特列季雅科夫斯基的思想,并对俄语诗体进行了进一步的改革,为俄语抒情诗的繁荣奠定了基础。1736年罗蒙诺索夫赴德留学期间仔细研究了特列季雅科夫斯基的《新俄文诗律简论》,于1739年寄给俄国科学院一封信——《论俄文诗律书》(《Письмо о правилах российского стихотворства》)。罗蒙诺索夫在特列季雅科夫斯基诗歌改革的基础上,提出以四步抑扬格作为俄文诗的基本格律;扩大了俄语诗的音步,认为俄语诗不仅可以用扬抑格和抑扬格,还可以使用抑抑扬格、扬抑抑格、抑扬抑扬格(抑扬格与抑抑扬格的组合)以及扬抑扬抑抑格(由扬抑格和扬抑抑格构成);三音节的格律既可以使用阴韵,也可以使用阳韵(末重韵)和三重韵,这几种诗韵可以交替使用。此外,罗蒙诺索夫认为,音节重音诗体也可以适用于短音节诗(如8音节、6音节、4音节),而不只用于长音节诗。诗体改革最终确立了音节重音并重的作诗法,最大限度地契合了俄语的重音特点,成为后来俄语诗创作的基本原则。如果说特列季雅科夫斯基是俄国新诗的首倡者,那么,罗蒙诺索夫则消除了俄国诗歌发展的一切阻碍,并在自己的诗歌创作中积极推行和实践。随信附上的颂诗《攻克霍丁颂》是罗蒙诺索夫用四步抑扬格写的第一首诗。别林斯基认为,俄国新文学正是从这一年开始的。②古典主义诗人对俄语诗体和语体的改革为俄国新文学的形成和发展创造了较为有利的条件。

———————————

① 俄国的音节诗一般分为长音节诗和短音节诗。长音节诗由11—13个音节组成,短音节诗由4—9个音节组成。

② Белинский В. Г. Полное собрание сочинений. Т. 1. М. , 1955. С. 65.

古典主义诗人（上）

　　俄国古典主义诗人的创作与国家当时的政治生活密切相关。1725 年彼得大帝逝世后，俄国社会出现了一股否定改革、企图恢复旧的生活方式和国家管理形式的复辟势头。面对这种情况，以培养公民精神和爱国主义感情为己任的俄国古典主义诗人，支持在当时能够促进民族统一和国家政权的君主政体，他们或颂扬彼得大帝改革，把他塑造成一个理想的君主形象，或讽刺和批判贵族阶层的落后守旧和愚昧无知。因此，俄国古典主义诗歌在它产生之初就形成了两个基本特征：教育功能和讽刺精神。罗蒙诺索夫的庄严颂诗高昂激越，把读者带入充满高尚的公民精神和社会思想的世界；而康捷米尔的讽刺诗语言辛辣，人物刻画入木三分，具有强烈艺术感染力。

　　安吉奥赫·德米特里耶维奇·康捷米尔（Антиох Дмитриевич Кантемир，1708—1744）出生在君士坦丁堡，父亲是摩尔达维亚公、著名学者。1711 年俄土战争期间，康捷米尔随家迁居到莫斯科；自幼受到多方面的良好的教育，青年时代表现出诗歌创作才华，并创作了一些爱情歌谣，但都没有流传下来；从 1729 年起，开始创作讽刺诗；1731 年任伦敦驻办公使，1738 年被任命为俄国驻巴黎公使，1744 年逝于巴黎。

　　康捷米尔是在与否定彼得大帝改革的反动派进行政治斗争的紧张气氛中开始创作的，主要创作体裁是讽刺诗。讽刺诗经由康捷米尔引入俄国文学，然而，他创作的讽刺诗又多了一些本民族色彩。诗人依靠俄罗斯口头民间文学和讽刺传统，把当时的社会现实生活作为创作之源，因此，康捷米尔的讽刺诗具有鲜明的时代性和战斗精神。

康杰米尔一生共创作了 9 篇讽刺诗,其中前两篇最为著名。第一篇讽刺诗《告理智,或致诽谤学术者》抨击了试图在彼得大帝逝世后恢复旧的社会秩序的宗教界和上流社会的反动势力,塑造了一系列丑恶的人物形象,如假仁假义的主教克里东、不学无术的地主希尔万、酗酒成性的醉鬼卢卡、花花公子梅多尔等。他们是启蒙思想的敌人,是一股危险的社会力量。诗中的人物形象鲜明、准确,正如古典主义所要求的那样,他们中的每一个人都是一种品质的代表:愚蠢、因循守旧、不学无术、贪得无厌等。

第二篇讽刺诗《论堕落贵族的嫉妒与傲慢》是为捍卫彼得大帝推行的"官阶表"而作。作者以对话的形式,确切地说是辩论的形式,表现了两个贵族青年的思想交锋。叶甫盖尼喜欢吹嘘自己祖辈的功勋,不过他现在却满腹牢骚,因为他看到那些"老茧还未从粗糙的双手上褪掉"、"瓦罐还未从肩上卸掉"的人已经身居要职,而他这个理应得到高官厚禄的豪门弟子已经被人遗忘,官居末位。而另一个贵族青年费拉列特驳斥了叶甫盖尼的观点,他认为,人生来是平等的,他的价值不能以他所处的社会阶层而论,"高贵祖先的后代并不等同于高贵的人。"

康捷米尔对俄国文学的另一个贡献是他表现了农民的艰难处境。第五篇讽刺诗描写了一个生活贫困的农民,他渴望从军,希望因此而改变现在的生活状况。但是他当上兵之后,他的生活仍然像以前一样,没有一丝好转。在他看来,生活就是一个没有出路的怪圈。

瓦西里·基里洛维奇·特列季雅科夫斯基(Василий Кириллович Тредиаковский,1703—1768)出生在阿斯特拉罕的一个神父家庭,曾就读于斯拉夫—希腊—拉丁学院(1723—1726),先后到荷兰和法国大学学习数学和哲学,在国外期间曾用法语和俄语创作哀歌和爱情歌谣。他 1730 年回国,1732 年在科学院从事翻译工作,1745 年与罗蒙诺索夫一起被选为科学院教授,1759 年退休。

1732 年特列季雅科夫斯基翻译的法国作家塔尔曼的小说《爱之岛旅行记》(1730)的问世,是当时文学生活中的一件大事。特列季雅科夫斯基在翻译这部作品时,部分采用小说体,部分采用诗体。书中描写的男女主人公季尔西斯和阿明达的爱情故事让当时的俄国读者耳目一新,因此,小说一问世便产生了轰动性效应。特列季雅科夫斯基对俄国新文学的形成所具有的重要意义，与其说是他翻译了这本外国爱情小说，不如说是他为这本小说所写的翻译前言。在前言中他首次提出了古典主义艺术的一个重要原则，即内容与形式的统一。因此，他在翻译这本"甜蜜的爱情"小说时用的不是"斯拉夫语"，而是"最普通的俄语词汇，也就是我们彼此之间说的那种词汇"。特列季雅科夫斯基是俄国爱情诗、风景诗的奠基者，他为小说配的30多首诗就是最好的证明：这里既有爱情诗，也有风景诗，还有追忆往昔、怀念故乡的抒情诗，其中的《情歌》（1730）、《一个与梦中情人相离别的情郎的哭诉》（1730）等脍炙人口。特列季雅科夫斯基的一些爱情诗很具哲理性，如《爱的祈求》（1730）：

> 不能乱抓爱情（这并不奇怪），
> 　　它是所有的人的女皇，
> 　　　　讨厌如此的行径；
> 它到处闪着亮光，
> 　　因此每一个响亮地鼓掌的人，
> 　　　　都能快乐地看见爱情。
>
> 射向爱情的箭已经不需要：
> 　　所有的人都喜欢有爱的自由。
> 　　　　啊，值得珍惜的爱情！
> 爱情射中了一个人，
> 　　另外一个人就会为此而受伤害，
> 　　　　产生恶毒的憎恨！①

1766年特列季雅科夫斯基完成了诗体小说《忒勒马科斯》的创作，这是由法国作家费纳龙的小说《忒勒马科斯历险记》改编而成的。《忒勒马科斯》对俄国诗歌的贡献在于，它的作者第一次使用一种新的格律——无韵的6音步扬

---

① 《俄罗斯抒情诗选》，张草纫译，上海译文出版社，1992年，第10页。

抑抑格。后来俄国读者看到的荷马史诗,如格涅季奇翻译的《伊利亚特》和茹科夫斯基翻译的《奥德赛》使用的都是这种格律。然而,小说一出版便遭到叶卡捷琳娜二世的指责,认为小说的艺术性经不起推敲。女皇与其说是不满小说的艺术形式,不如说是不满小说的思想内容。

米哈伊尔 · 瓦西里耶维奇 · 罗蒙诺索夫（Михаил Васильевич Ломоносов, 1711—1765)出生在阿尔汉格尔斯克省的一个渔民家庭。小时候帮父亲出海捕鱼,并学会识字。1730 年他徒步来到莫斯科求学,进入斯拉夫—希腊—拉丁学院学习;1736 年作为优秀学生被派往彼得堡科学院附属大学学习,不久又被送到德国学习哲学、物理、化学和矿物学;回国后于 1745 年当选为彼得堡科学院化学教授。罗蒙诺索夫不仅为俄国自然科学的发展作出了杰出贡献,而且在人文科学领域也卓有建树: 推动了俄国诗歌艺术的发展,创作了《俄语语法》等。

俄国古典主义诗歌的卓越成就在罗蒙诺索夫的创作中得到最充分的体现,启蒙主义观点明显反映在他的诗歌创作之中。罗蒙诺索夫认为,诗人不能只局限于吟咏个人内心隐秘的活动和感受,他应该为国家发生的重大事件感到激动和振奋。诗歌应该表现崇高的思想和国家观念,这一观点反映在《与阿纳克利翁的谈话》(1757—1761)中。这是罗蒙诺索夫的纲领性诗篇,以对诗歌和诗人的任务持有不同观点的两个诗人之间的辩论形式写成。阿纳克利翁认为,诗歌的主要目的就是歌咏享乐、爱情和友谊,而罗蒙诺索夫坚决反对这种观点,认为诗人应该是一个爱国者,他应该颂扬自己的祖国,歌颂英雄的业绩:

> 爱情的思想啊,
> 不要再搅扰心智;
> 虽然我没有失去
> 爱情中真挚的柔情,
> 但更能让我欢欣的
> 是英雄们不朽的光荣。

译自罗马诗人贺拉斯的颂诗《我为自己建造了不朽的标志》(1747)更加明

确地体现了罗蒙诺索夫的诗学观，它为俄国诗人开创了诗人与诗歌任务主题的优秀传统。

罗蒙诺索夫认为，诗歌应该激发人们心中的崇高理想。因此，庄严颂诗（торжественная ода）成为他创作的基本体裁。罗蒙诺索夫把颂诗视为一种演说体裁，认为庄严颂诗的崇高的音律能把读者带入充满高尚的公民和社会思想的世界。在庄严颂诗中，罗蒙诺索夫把俄国伟大与强盛的主题、诗人的爱国主义热情与对彼得大帝的赞颂结合起来。在罗蒙诺索夫的笔下，彼得大帝是开明的君主，是俄国的改革者，是后世帝王效法的楷模，而“彼得大帝的事业”也成为俄国继续发展和前进的一面旗帜。在罗蒙诺索夫看来，君主的伟大是国家的伟大的象征。在《伊丽莎白女皇陛下登基日颂》（1747）中，罗蒙诺索夫在颂扬和美化女皇的同时，也希望她继承彼得大帝的事业，进行符合时代精神的新的改革，使俄国更加繁荣富强。从罗蒙诺索夫的颂诗中可以看出，诗人在诗中是一个爱国公民的形象，他意识到了自己有为人民和祖国服务的职责和使命。

随着时间的推移，罗蒙诺索夫逐渐认识到，坐在俄国王位上的彼得大帝的后继者们并不急于实现他的启蒙计划。于是，罗蒙诺索夫的诗中不再是一味地赞美，而是具有了揭露的成分（《改编的第 145 首赞美诗》，1747）。在这一方面，罗蒙诺索夫可谓杰尔查文的先驱。

罗蒙诺索夫创作的宗教颂诗（духовная ода）并不表现宗教内容，而是利用赞美诗的内容表现诗人的哲理思考。《朝思神之伟大》（1743）、《因见壮丽的北极光而夜思神之伟大》（1743）是科学哲理诗的典范，是用诗歌的形式描绘世界的科学图景的尝试。在《因见壮丽的北极光而夜思神之伟大》这首诗中，诗人从地球上遥望深邃的星空，猜想宇宙的奥秘，探问北极光的成因，在不可知的宇宙面前表现出无限困惑：

展现出一片深邃的星空；
深不可测，有无数行星。
如同滔滔海浪中的一颗砂子，
像万年冰层中的一点火星那样渺小，

又如狂暴的旋风中的一粒埃尘，

熊熊烈火中的一片羽毛，

我沉入这无底的深渊之中，

为无数的思绪所困扰。①

在诗中，罗蒙诺索夫不仅赞美大自然的伟大，而且在这种伟大面前还感受到一种"近乎神秘的恐惧"。然而，与启蒙时代精神相契合的是，罗蒙诺索夫所表现的人并不是无能为力的观察者，而是拥有智慧、善于思考、能洞察大自然奥秘的主体。罗蒙诺索夫提倡青年一代为科学献身，因为科学能够富国强兵，能够让人摆脱愚昧，幸福地生活：

科学哺育着年轻的一代，

也给老年人带来了愉快，

让幸福的生活锦上添花，

让不幸的时刻躲避灾害；

让繁重的家务充满乐趣，

让远途的旅行畅通无碍。

——《伊丽莎白女皇陛下登基日颂》

罗蒙诺索夫对俄国文学的贡献是巨大的，他对俄语和诗体的改革极大地促进了俄国新文学的形成和发展；他的诗歌克服了彼得大帝时期以来一直存在的思想与形式的脱节现象。别林斯基正确地评价了罗蒙诺索夫在俄国文学中的地位，认为俄国文学始于罗蒙诺索夫，因为他改变了俄国文学的面貌、性质，以及文学在社会生活和人们认识中的地位和作用，称他是"新文学之父和哺育者；是新文学的彼得大帝"。②

---

① 《俄罗斯抒情诗选》，张草纫译，上海译文出版社，1992 年，第 15 页。

② Белинский В. Г. Полное собрание сочинений. Т. 1. М., 1955. С. 42.

第三章

18世纪下半期

第一节

概　述

俄国古典主义高扬英雄主义,有助于建立民族文化和培养国家观念,是一种进步现象。古典主义重视诗歌文化,注意吸收、借鉴古希腊罗马和欧洲的艺术经验,充分挖掘诗歌所具有的独特艺术潜力。在 18 世纪 40—50 年代,古典主义是俄国的主要诗歌流派,但从 60 年代中期开始,随着感伤主义的出现,这种格局发生了变化。在这几十年中,俄国的社会矛盾不断加剧,汹涌澎湃的社会斗争为古典主义诗人提出了新的要求,诸多的政治、社会问题日益尖锐,而古典主义诗歌却无法回答。再有,古典主义在艺术思考上的纯理性,华丽的词藻,过分强调教育作用,否定个人感情和社会价值,都阻碍了文学的发展。尤其是在表达个人对周围环境态度的复杂性上,古典主义的纯理性主义创作体系更是显得力不从心。对创作体裁和语体的严格划分,限制了在一种体裁中用多种不同的艺术手法来展现人的复杂而丰富的内心生活,揭示其他的精神活动以及与现实的广泛联系,如此一来,便产生了改革现有的、阻碍诗歌发展的诗歌体系的迫切要求。

此时,感伤主义(сентиментализм)者开始率先尝试动摇古典主义美学规范的主导地位。他们在自己的作品中,首先是在诗歌中,传达了周围的现实与人的要求不相适应的感受,呼吁人们的行为要听从自己的感觉,而不是受理智的驱使;他们颂扬爱情和友谊,主张让人回归大自然。所有这一切都不能不引发整个俄语诗歌的体裁和修辞体系的根本性变化。

俄国感伤主义的形成在一定程度上受到西欧感伤主义的影响,俄国感伤主义作家在化用西欧文学成就的同时,也不失自己的民族特色。

　　作为一个进步的文学流派，俄国感伤主义在与古典主义的辩论中形成了自己的美学理论，产生了以新的形式表现生活和人的文学作品。感伤主义诗人同古典主义诗人一样具有启蒙思想，但与古典主义诗人不同的是，感伤主义诗人认为人的本性是善良的，因此，他的内心活动一开始是纯朴的，真诚的，没有仇恨和残酷。一切好的品质都是自然的，与生俱来的，而一切坏的品质都是对自然品质的扭曲。他们由此得出结论，认为社会制度和国家体制要么促进人的"自然"（合乎道德的）品质的发展，要么压制人的善良天性的复苏。不仅如此，感伤主义诗人还认为，人的自然感情和善良的天性是理想社会存在和公民美德的保证。他们确信，对祖国的爱源于对人的爱。就像卢梭所言，"一个好的儿子，好的丈夫，好的父亲"构成了一个好的公民。感伤主义诗人坚信感情高于理性，在人的生活中起主导作用是人的感情和个性，而不是理性。他们宣告人的价值不取决于社会等级和阶层，应该培养人的尊严意识，尊重自己的感情和才能。他们在作品中大力提倡对心灵的教育和道德的自我完善。不过，感伤主义诗人对人的本性的认识，就如同古典主义诗人为自己编织的建立理性国家的理想一样，都具有主观性，是抽象的、虚幻的。

　　在艺术形式上，感伤主义破除了古典主义的清规戒律，认为作者有选择创作题材、体裁和文体风格的自由。因此，感伤主义促进了文学的民主化。感伤主义诗人致力于表现人的隐秘的内心生活，揭示复杂的、矛盾的心理感受。他们创作的主要题材是爱情、友谊和安宁的生活；主要体裁有哀歌、书信体小说、歌谣、浪漫曲、田园诗等。感伤主义诗人也写颂诗，但颂诗的内容不是歌颂国家和帝王将相，而是传达普通人的感情和情绪。感伤主义诗人的主人公是来自各个阶层的人们，有农民、商人、贵族等。感伤主义的这些特点在卡拉姆辛、德米特里耶夫、穆拉维耶夫、拉季舍夫的作品中都得到鲜明的体现。

　　感伤主义在一定程度上促进了俄国文学的民族化，也是俄国文学向现实主义转变中的一个重要过程。但感伤主义的不足之处也是显而易见的：感伤主义诗人一味强调人的"感情"和"同情"，希望以此来解决社会矛盾。在残酷的社会现实中，这种不切实际的理想便发展为温情的空想，发展为伴着哀叹和眼泪的无所作为的忧郁。感伤主义诗人幻想个人与社会之间的统一，但在当时的俄国，这种愿望是不可能实现的。从另一方面来说，一个人如果脱离与国家的历史的联系,他的精神生活是不可能丰富和充实的。

古典主义和感伤主义因在对世界的认识和对人的认识上存在巨大差别而彼此对立,但有一点却是相同,即把人的理性与感情绝对地分开,这样就导致了一个问题,即不能正确地认识人,认识人与国家、社会的关系以及人在社会历史中的作用。对于当时的诗人来说,对"俄罗斯人"这一概念的认识,仍然局限于"俄罗斯贵族"(古典主义者)和"多愁善感的个人"(感伤主义者)的狭隘理解上。

60 年代俄国杂志和刊物的出现促进了俄国文学的发展。叶卡捷琳娜二世为了表明自己是一个开明君主,于 1769 年亲自参与创办讽刺杂志《万象》(«Всяческая всячина»),并希望把它办成批评性刊物。在此之后,讽刺杂志纷纷涌现,如诺维科夫的《雄蜂》(«Трутень»)、《空谈家》(«Пустомеля»)、《画家》(«Живописец»)、《钱袋》(«Кошелёк»)。诺维科夫的讽刺刊物与叶卡捷琳娜二世的官方讽刺刊物不同,其矛头直指农奴制,表现出真正的启蒙主义立场。

70 年代是俄国诗歌新老交替的时代,罗蒙诺索夫、苏里科夫、迈科夫等杰出诗人相继离世,卡普尼斯特(В. В. Капнист, 1758—1823)、赫姆尼采尔(И. И. Хемницер, 1745—1784)、利沃夫(Н. А. Львов, 1751—1803)等一代新秀崭露头角。他们不满现有的诗歌创作,另辟蹊径,寻求与前辈不同的艺术表现方式。

第二节
古典主义诗人（下）

　　18 世纪中后期开始,俄国诗歌格局发生了变化。一方面,古典主义诗歌的稳固地位受到了挑战,创作原则遭到质疑,新的文学流派蓄势待发,伺机而起。另一方面,诗歌的体裁规范遭到破坏,而且这种破坏首先来自古典主义阵营内部。苏马罗科夫和他的学生赫拉斯科夫,以及俄国古典主义最后一位杰出诗人杰尔查文,在创作中大胆尝试新的创作方法,努力发掘古典主义诗歌潜力,大胆突破了既有的原则和规范,他们的艺术探索为 19 世纪浪漫主义和现实主义诗歌的兴起提供了条件。

　　亚历山大·彼得罗维奇·苏马罗科夫（Александр Петрович Сумароков,1717—1777)出生在莫斯科一个古老的贵族家庭,15 岁之前在家里接受教育,后来在贵族陆军武备学校学习(1732—1740)。最初开始写诗时,苏马罗科夫曾受到特列季雅科夫斯基和罗蒙诺索夫的影响,而真正为他带来文学声誉的是他创作的爱情歌谣。四五十年代苏马罗科夫创作了几部悲剧,其中的爱情主题与社会哲理主题结合在一起。他曾担任俄国第一剧院院长(1756—1761),1759 年出版了俄国第一本文学杂志《勤劳的蜜蜂》(《Трудолюбивая пчела»)。后因其创作的讽刺诗引起叶卡捷琳娜二世的愤怒,他被迫离开彼得堡,晚年贫困而死。

　　与只钟情于"高级"体裁诗歌的罗蒙诺索夫不同,苏马罗科夫在 18 世纪俄国文学中可谓是创作体裁最丰富的作家,颂诗、哀歌、牧歌、讽刺诗、悲剧、寓言等,无不涉猎。苏马罗科夫一开始是作为古典主义理论家进入文学界的,1748 年他发表了《论俄语》和《论作诗法》两篇文章,不过在读者的心目中,他却是一个才华横溢的古典主义诗人。

苏马罗科夫的诗歌创作可以分为两部分:抒情诗和讽刺诗(包括寓言)。抒情诗在苏马罗科夫的创作中占主要地位,而他创作的哀歌,特别是歌谣(约 160 首),对俄国抒情诗的发展起到重要作用。如果说苏马罗科夫在创作颂诗时严格遵守古典主义的美学规范的话,那么,他在创作哀歌、寓言,尤其是抒情歌谣的时候,在许多方面则不是那么循规蹈矩了。苏马罗科夫认为,作为抒发感情的歌谣应该服从激情而不是受制于理性。他的爱情歌谣情绪饱满,诗情浓郁,尤其是感情真实,语言朴实,不事雕琢,这种用笔在18 世纪中期的诗歌创作中的确少见。苏马罗科夫的爱情歌谣曾流行一时,其中多表现爱的痛苦与忧郁:没有回报的爱、"不合法的"爱、嫉妒以及离别愁绪等。诗人着意描写主人公的心理活动,着笔精细,并能同时从男女主人公双方的角度去观察对方,构思巧妙,行文灵活,自成一体,如《不要伤心,我的爱人! ……》(1770):

不要伤心,我的爱人! 我自己也很悲伤,
我已经这么长久没同你见面,细述衷肠——
　　　　我那爱吃醋的丈夫不让我去任何地方,
　　　　我只要一转身,他马上又跟在我的身旁。

他强迫我和他永不割舍;
他说:"你为什么老是闷闷不乐?"
　　　　我想你,我的爱人,老是想你,
　　　　你的影子一直留在我的心里。①

苏马罗科夫抒情歌谣的另一个特点是把爱情主题与爱国主义精神结合在一起,如《原谅我,亲爱的……》(1770)、《啊,固若金汤的本德尔城……》(1770)等。

---

① 《俄罗斯抒情诗选》,张草纫译,上海译文出版社,1992 年,第 20 页。

如果我死,我要手里执枪而死,

打击敌人,保卫自己,不畏恐惧;

 你会听人说,我在战场上并不胆怯,

 我作战像恋爱时一样热烈。

——《原谅我,亲爱的……》

　　苏马罗科夫的歌谣深得俄罗斯民歌创作之精髓,例如《姑娘们在树林里游逛……》的特点是使用叠句,《不管我往哪里看,到哪里去……》(1765)描写一个姑娘在梦中用占卜的方式预测小伙子是否钟情于自己。欧洲古典主义的气韵与俄罗斯民歌的风格的混合,使苏马罗科夫的抒情诗别具一格。苏马罗科夫的诗韵律丰富多变,在一首诗中他能自如地运用抑扬格和扬抑格不断改变节奏和韵律,因此,与同时代的其他诗人相比,他的诗节奏更加自由流畅,更富有音乐性。作者以此来传达真实的感情,从而避免了古典主义在词语运用和语义上的"理性的"干瘪冷淡和逻辑拘束。当然,他的抒情诗还没有脱离纯理性主义的轨道,但却已经开始听凭作者心灵的驱使,能够反映人的精神活动和隐秘情感体验。

　　在当时的讽刺体裁作品中,苏马罗科夫的寓言最负盛名,并颇有创新。他的寓言活泼生动,常常会出现一些戏剧性的场景,内容多是讽刺和鞭挞社会弊端和人性弱点。此外,苏马罗科夫还是俄国古典主义戏剧的创始者。

　　米哈伊尔·马特维耶维奇·赫拉斯科夫(Михаил Матвеевич Херасков, 1733—1807)生于乌克兰的佩列亚斯拉夫(现在的佩列亚斯拉夫—赫梅利尼茨基)。其父是罗马尼亚大贵族的后裔,在彼得大帝时期来到俄国。1743 年赫拉斯科夫进入彼得堡贵族陆军武备学校学习,学习期间在苏马罗科夫的指导下开始撰写和发表文章;毕业后获少尉军衔,并在军队服务。自 1755 年起,赫拉斯科夫在莫斯科大学负责一些杂志的组办和领导工作,1763 年就任莫斯科大学校长;1770 年调任到彼得堡,在矿务总局任职;1778 年被任命为莫斯科大学第二任学监,1802 年退职。

　　作为苏马罗科夫的学生,赫拉斯科夫的许多作品都符合苏马罗科夫的讽刺批判精神。他的"劝谕颂诗"揭露了金钱和权位操控人的心灵,号召开明的贵族服务于科学、艺术和文学,成为让其他阶层学习的、品德高尚的道德楷模。在《致叶甫杰尔巴》(1763)一诗中作者尝试用理性来改变愚昧的人心。然而渐渐地,当他深入观察人的心灵并思考它的特性之后,其创作兴趣有所转移:他不再像以前那样研究上层人物的德行,而是对人的自然感情和感受发生了兴趣。在《寂静》这首诗中还出现了未来的感伤主义诗人所钟情的大自然描写和农民愉快劳动的场面:

> 小鸟在林间飞舞,
> 夜莺在那里鸣啼,
> 牲畜在牧场小憩,
> 牧女在编结花环。
> ……
> 农民此时汗水流,
> 劳动让他心欢喜。
> 猎犬拉犁在地头,
> 保他三餐不用愁。

在思考存在的本质的时候,诗人关注的首先是自然界和人的生命的脆弱、短暂和多变。赫拉斯科夫抒情诗的主题和思想内容为感伤主义和浪漫主义的萌生培育了土壤,生动形象的语言表达对感伤主义诗人颇有启发。

赫拉斯科夫的史诗创作丰富和发展了俄国古典主义诗歌。他于1779年创作的史诗《俄罗斯之歌》在俄国诗歌史上具有里程碑意义,它的问世标志着俄国诗人已掌握了所有的诗歌体裁。史诗以1552年俄国各公国联合起来攻占喀山为素材,塑造了英明君主伊凡雷帝的形象,颂扬了俄国人民与鞑靼人进行斗争的爱国主义精神和自我牺牲精神。从诗歌的长度来看,这部作品比普希金的诗体小说《叶甫盖尼·奥涅金》还要长大约2倍。而另一部史诗《弗拉基米尔》(1785)还要更长一些。

使古典主义创作原则遭受重创的是加甫里拉·罗曼诺维奇·杰尔查文(Гаврила Романович Державин,1743—1816)。杰尔查文生于卡拉姆齐村(现位于鞑靼自治共和国境内)的一个不富裕的贵族家庭,自幼没有机会上学,直到 1758 年喀山开办第一批学校后,才开始接受正规教育。在读书期间杰尔查文表现出绘画和造型艺术方面的才华。1762 年他中学还没有毕业,就被调到彼得堡服兵役,十年后才晋升为军官;1773 年末参与镇压普加乔夫起义,并因此受到宫廷的赏识;1782 年因创作《费丽察颂》受到叶卡捷琳娜二世的嘉奖;曾任奥洛涅茨省和坦波夫省省长(1784—1788),后来担任女皇的办公室秘书(1791—1793),1802 年任司法部部长,1803 年退职。

杰尔查文应该是俄国古典主义的最后一个诗人。他的早期创作多是模仿作品,特别是模仿罗蒙诺索夫的颂诗。古典主义创作原则像一条锁链束缚了年轻诗人的才华,扼杀了他的个性,杰尔查文自己也强烈意识到了这一点。从 1779 年开始,用杰尔查文自己的话说,他"选择了一条迥然不同的道路"。正是在这一年,他创作了《梅谢尔斯基公爵之死》(1779)和《在北方为皇室少年贺寿》(1779)两篇作品。在这两首诗中,杰尔查文打破了颂诗采用十行诗节的传统:《梅谢尔斯基公爵之死》由八行诗节构成,而《在北方为皇室少年贺寿》不分诗节。

《梅谢尔斯基公爵之死》已经不能被称为颂诗,它更像哀歌。整首诗堪称一种诗化的自白,表现了自我意识的觉醒与现实存在的悲剧冲突。主人公对自己丰富的精神世界和独一无二的个性感受得越强烈,对死亡的理解和接受就越具悲剧性。然而,在结尾处诗人笔锋一转,这种凄凉的气氛竟荡然无存,取而代之的是享乐主义的语调:

生命是上天赐予的瞬间厚礼;
那就让自己过得安宁
要怀着你那纯洁的心灵
高声赞美命运的打击。

《在北方为皇室少年贺寿》是献给未来的沙皇亚历山大一世的生日之作。毫无疑问,这应该是一首庄严颂诗,但杰尔查文却赋予它室内的、家庭抒情诗的调性,写成了一首普通的"生日贺诗",这种体裁在以往的古典主义创作中是不曾有过的。

新的诗歌内容要求新的诗歌表现形式,因此,诗歌的发展必须突破古典主义体系的刻板模式。尽管在此之前罗蒙诺索夫、苏马罗科夫等人已做过这方面的尝试,但真正的革新却是由杰尔查文实现的。

《费丽察颂》是杰尔查文根据叶卡捷琳娜二世写给自己的皇孙亚历山大的一篇童话《赫洛尔王子的故事》(1781)写成的。在诗中,杰尔查文并不是直接地,而是通过诗中象征着"幸福"的吉尔吉斯——卡伊沙茨汗国的公主费丽察,间接地颂扬女皇。他摒弃了以往颂诗对帝王的抽象的、程式化的溢美之词,而是在女王的日常生活和行为举止中体现她的勤政爱民、明达宽厚。杰尔查文运用对比的手法,把对女皇的赞颂与对她身边亲近大臣的讽刺相结合,这就破坏了古典主义确立的体裁的纯正性:

> 你不效法你的穆尔查①,
> ……
> 你从不珍惜自己的安闲,
> 坐在桌边又是读书又是撰文,
> 于是从你的笔端
> 给平民百姓带来无限欢欣;
> 你不像我总是贪玩纸牌,
> 从今天一早到次日清晨。②

此外,诗中的穆尔查是一个概括形象,通过抒情主体时而带有谐谑成分的独白表现出来。这一人物形象的各种特征都是有所指的,当时很多达官贵人都能根据诗中的描述对号入座。

杰尔查文的颂诗具有强烈的讽刺和揭露的性质,他创造了讽刺颂诗的模式,如著名的《致君王与法官》(1780)。这种颂诗还常常包含着谐谑的成分,如《大臣》(1794)。杰尔查文特有的"谐谑的俄文诗句"促进了诗歌的革新。他不

---

① 穆尔查:鞑靼语"王公"的意思,这里指"大臣"。
② 《俄国诗选》,魏荒弩译,湖南人民出版社,1988 年,第 3 页。

仅在一首诗中同时使用"高级的"和"低级的"词语,而且还把它们放在同一诗句中:

> 我的躯体在尘土中腐烂,
>
> 我的理智却能指挥雷神,
>
> 我是君王——我是奴隶——我是虫豸——我是上帝!
>
> ——《上帝》(1780—1784)

杰尔查文的颂诗具有哲学思辨的意味,在《上帝》这首诗中,我们可以清楚地看到罗蒙诺索夫的宗教颂诗的影响。人在浩瀚的宇宙之中并没有失去自我,这是因为在他身上集结着物质的和精神的双重力量。俄国生活新的历史阶段为杰尔查文提供了把人作为独立的个体来认识和感受的可能,这种可能使他能够在普遍与个别的统一之中表现人的个性和人的命运,思考生与死、瞬间与永恒(《瀑布》,1791—1794;《纪念碑》,1795;《天鹅》,1804;《自白》,1807)。

在革新颂诗的同时,杰尔查文继续着罗蒙诺索夫开创的事业。他常常使用对比的手法,把"无能的"达官显贵同多才多艺的俄罗斯人民相对照。对俄罗斯人民的兴趣促使他在文学创作中不懈地寻找民族性格和民族形式,合理地吸收民间文学的精粹,表现民族性特征。

在《俄罗斯姑娘》(1799)中,杰尔查文第一个把俄罗斯姑娘的乡村舞蹈写进诗中。在他看来,最珍贵的美不是虚无缥缈的抽象的美,而是现实生活中实实在在的美。诗人在普通劳动人民的生活中看到了真正的美,在农村姑娘的身上发现了纯朴的美:

> 用皮靴击打着节拍,
>
> 侧着脑袋走来走去,
>
> 双手轻盈,美目流盼,
>
> 抖动着肩膀表达心曲。
>
> ……
>
> 在浅蓝色的血管里

　　流动着鲜红的血液，
　　面颊上盛开的酒窝
　　洋溢着爱情的喜悦。

　　杰尔查文诗中所表现的世界是一个多样的、多彩的、多声的物质世界，他以日常生活中现实的形式、色彩和声音塑造了一个鲜明生动的世界，甚至连大自然的景物都有了具体的生活的样式。在《冬天的愿望》(1787)这首诗中，诗人把冬天描绘成一个穿着"缎子般光滑的毛皮大衣"、乘着轻便马车在白色原野上迅猛奔驰的俄国老爷。

　　现实的、活生生的、复杂的人的生活、趣味、激情、习俗，所有这些被古典主义视为"低级的"东西，不配用诗歌表现的东西，统统被纳入了杰尔查文的创作视野。用类似绘画中的景物写生的手法描绘日常生活，在他晚期创作中表现得尤为明显。诗人用鲜明的色彩强化瞬间的视觉印象，如在《致叶夫盖尼——兹万卡的生活》(1807)中对宴客餐桌的描写：

　　深红色的火腿，碧绿的蛋黄汤，
　　红黄相间的馅饼，乳白的干酪，鲜红的虾，
　　像树脂、琥珀般晶莹的是鱼子，
　　斑斓的狗鱼配上青青的葱叶——多么漂亮！

　　《致叶夫盖尼——兹万卡的生活》是杰尔查文创作成熟期的精品，是他的创作总结。杰尔查文为俄国诗人艺术地再现现实提供了一个新的视阈，帮助他们在日常生活之中寻找美和诗意。杰尔查文创作的独到之处就在于：把源源不断的、丰富多彩的生活和具有不同性格、精神世界的人作为诗歌的表现对象。如果说罗蒙诺索夫给予俄国诗歌韵律和节奏的话，那么，杰尔查文则给予它生机与活力。

　　杰尔查文是诗歌的创新者。他的诗歌破除了体裁间的壁垒，大胆地把讽刺诗与颂诗合为一体，并赋予其新的主题和内容。在杰尔查文的诗歌中第一次体现出作者的形象，反映了作者对世界及其所表现的现象、事件的态度，甚至是他的个人生活。他的诗浸染着尘世自然风物的色彩,读者在俄国诗歌中惊喜地看到了俄国的大自然和生活中的景物。因此,杰尔查文的诗是"极度民族的",是"俄国人民生活的忠实的回声",是"伟大的民族和奇妙的时代的自由而且庄严的表现。"①也有一些研究者认为,正是在杰尔查文的诗歌中首次出现了俄国文学中的前浪漫主义倾向。②

---

① 《别林斯基选集》,第一卷,满涛译,上海译文出版社,1979年,第47—50页。

② Степанова В. М. , Покровская И. А. , Юрьева О. Ю. Устное народное поэтическое творчество. Древнерусская литература. Русская литература ⅩⅧ века. Иркутск. : Восточно-Сибирская издательская компания. 2002. С. 167.

感伤主义诗人

感伤主义诗歌用充满感情的语言来表现人的内心情感,细腻的语言、含蓄的诗情很能引发读者的感情共鸣。因此,它在作为一种全新的艺术表现形式出现的同时,也为读者提供了一种全新的审美享受。有人说,俄国感伤主义时代是一个"异常热心于阅读的时代",[①]因为"在大自然的怀抱、在风景如画之地阅读在'多愁善感的人'的心中具有一种独特的魅力"。[②] 这话不无道理,俄国感伤主义诗人以其优秀的作品证明,与其说是用理性来读,不如说用心来读更符合感伤主义的诗学原则。

尼古拉·米哈依洛维奇·卡拉姆辛(Николай Михайлович Карамзин,1766—1826)出生于辛比尔斯克省的一个地主家庭。他先是在家接受教育,后到莫斯科寄宿学校读书,并在莫斯科大学听过课;曾一度接近尼·诺维科夫小组的共济会员,并在其主办的杂志上发表译作。为了形成自己的世界观和文学认识,卡拉姆辛阅读了大量的启蒙主义哲学和英法感伤主义文学作品。1789 年卡拉姆辛出国,游历了德国、瑞士、法国和英国,这使他有机会了解欧洲人民的文化和风俗,结识著名作家和哲学家。旅欧回国后,卡拉姆辛发表了《一个俄国旅行家的书信》(1792),讲述了他游历欧洲的印象和感受。这部作品不仅是作者"心灵的一面镜子",而且还为俄国读者认识欧洲提供了丰富多样的资料。1791 年创办的《莫斯科杂志》(«Московский журнал»)成为俄国感

[①] Борков П. Н. Проблемы исторического развития литературы. Л. , 1981. С. 148.

[②] Кочеткова Н. Д. Литература русского сентиментализма. СПб. , 1994. С. 161.

伤主义美学思想的阵地。他在杂志上发表了许多评论文章,阐述新流派的理论,同古典主义斗争,宣传欧洲感伤主义的优秀文学作品。法国雅各宾派的独裁让卡拉姆辛深感失望,创作热情也随之减退。1802—1803 年他又创办了《欧洲通报》(《Вестник Европы》),这是 19 世纪初俄国最优秀的杂志之一。从 18 世纪 90 年代中期开始,卡拉姆辛的兴趣转向历史研究,并编写了 12 卷本的《俄罗斯国家史》。

卡拉姆辛是俄国感伤主义的代表性人物,18 世纪 80 年代初开始从事文学活动,早年翻译过德国诗人格斯纳的田园诗、莎士比亚和莱辛的戏剧,1785—1789 年间参加过诺维科夫小组的活动,并深受其影响。启蒙主义思想唤醒了他对人及其丰富的精神世界和个性的兴趣,让他认识到人精神上的尊严并不取决于他财产的多少和阶层的高低,对人和人性的关注成为他创作和美学观的核心。1787 年创作的《诗》是卡拉姆辛的纲领性作品。在诗中他热情地赞美了莎士比亚等人的创作,认为他们的作品表现了"高尚的忧郁"、"不朽的智慧"、"大自然之美"等,表达了他的感伤主义创作观。

卡拉姆辛认为,诗人有两种生活、两个世界。如果他在现实生活中感到寂寞和不快,那么他可以逃离这个世界,漫游于幻想的世界,在那里他可以按自己的兴趣和意愿生活。他的这一观点得到后来的浪漫主义诗人的认同。在《赠不幸的诗人》(1796)中,卡拉姆辛直言不讳地说:

我的朋友!现实很乏味:
在心中玩赏自己的幻想吧,
否则生活将变得寂寞乏匮。

卡拉姆辛的诗曲调哀伤,意境凄美。忧郁的风景、悲伤的爱情、情绪的细微变化、分别时甜蜜的痛苦、对短暂易逝的尘世存在的哲理思考——所有构成个人生活本质的东西,都进入了卡拉姆辛那充满感伤的诗歌世界。在哀歌《忧郁》(1800)中,那种哀伤的音调、诗化的痛苦、力求表现陶醉于个人忧郁的感受,为浪漫主义哀歌的发展奠定了基础。

被命运压迫的温柔顺从的灵魂的激情，
不幸者的幸福和失望者的甜蜜！
啊忧郁！你对他们而言
比所有人造的欢愉和轻佻的安慰更可亲！

卡拉姆辛是俄国文学中最早进行叙事诗创作的诗人之一，他的叙事诗《格瓦利诺斯伯爵》(1789)、《阿丽娜》(1790)、《拉伊萨》(1791)为茹科夫斯基的叙事诗创作做了先期准备。尤其是《拉伊萨》，全诗充盈着浪漫主义情绪：被负心人抛弃的女主人公内心"暴风雨"般的感情变化完全与自然界的"暴风雨"相呼应：

黑夜中狂风悲号；
一道闪电划破长空；
雷声在乌云里炸响，
森林中暴雨轰鸣。

卡拉姆辛的创作主要集中在 1791—1803 年。在这十余年的文学活动中，他作为一个伟大的作家和诗人，作为俄国文学和语言的革新者，为俄国文学作出了重大贡献，在俄国文学史上这一时期被称为"卡拉姆辛时期"。卡拉姆辛对同时代人和后世的影响是巨大的，茹科夫斯基、巴丘什科夫、普希金、果戈理都不同程度地受到过他的影响。

伊万·伊万诺维奇·德米特里耶夫（Иван Иванович Дмитриев，1760—1837)出生在辛比尔斯克省的一个古老的贵族家庭，母亲是名门望族之后。他自幼喜欢读外国小说，并因此学会了法语。由于普加乔夫起义，德米特里耶夫全家搬到莫斯科。1744 年他被送进彼得堡谢苗诺夫近卫团服役，此后在军政界平步青云，1810—1814 年任司法部部长和总检察长，获弗拉基米尔一级勋章。1819 年德米特里耶夫离开军政界，全心投入文学创作。

德米特里耶夫在诗歌创作中虽然受卡拉姆辛的影响很大，是卡拉姆辛的朋友及其文学主张的忠实拥护者，但他却有着自己的独到之处。《莫斯科杂志》是德米特里耶夫创作的主要园地,在杂志上发表的童话故事和歌谣为他赢得了荣誉和声望。德米特里耶夫创作的童话故事很新颖。他的童话没有任何离奇的、幻想的成分,具有明显的讽刺意味。《时髦妻子》(1791)讲的是一个年轻的妻子如何欺骗自己年迈的丈夫,在自己家里与情人约会的故事。对妻子和丈夫的性格刻画是这篇童话的主要成就。主人公之间的对话自然、生动,准确地表现了人物的心理活动,这在俄国诗歌中是一个新的现象,得到普希金的高度赞赏。

歌谣体诗是德米特里耶夫创作中的一大成就,诗人的名字因之而家喻户晓。德米特里耶夫的歌谣多模仿民歌而作,曲调优美,适合吟唱,并且具有很强的叙述性和故事性。他创作的《一只灰鸽在呻吟》(1792)、《哎,要是我早先知道》(1792)、《静一静吧,多嘴多舌的小燕子》(1792)、《挣脱笼子的小鸟》(1794)均流行一时。《一只灰鸽在呻吟》是其中最负盛名的一篇,讲的是一只雌鸽离开了自己的伴侣飞走了,而忠诚的雄鸽因思念雌鸽终日流泪,最后忧郁而死。雌鸽回来后悔恨不已,整日"悲泣、哀鸣"。作者精心选择了富有情感色彩的词语,使用民歌中常用的指小表爱词语形式,营造出一种忧伤的情绪和气氛:

> 它从柔弱的树枝
> 飞到另一个枝头,
> 从四面八方等待着
> 自己亲爱的女友。
> ······
> 它终于跌倒在草地上,
> 用翅膀遮盖着小嘴;
> 它不再呻吟、呼吸;
> 可怜的鸽子······已永远入睡![①]

---

① 《俄罗斯抒情诗选》,张草纫译,上海译文出版社,1992年,第99—100页。对原译文略作改动。

　　这支歌谣音韵优美,哀婉感人,在俄罗斯广为传唱,而鸽子的形象也成为感伤主义诗歌的一个独特的象征。需要指出的是,德米特里耶夫的爱情歌谣的基调不是哀伤的,忧郁并不能表达诗人的所有情感。《喜悦》赞颂的是生存的快乐,生命是短暂的,忧愁和眼泪对生命毫无意义。这种观点在《朋友! 光阴苦短……》(1795)中进一步加强。诗人反对感伤主义诗人在痛苦中求快乐,而是关注现实生活中的人,以及他与周围世界的联系。在这一点上,他与杰尔查文有相似之处。

　　德米特里耶夫在 18 世纪末写的讽刺诗、寓言诗得到了社会的共鸣。他以格言警句和准确的概括为当时的贵族风气画了一幅幅速写图。在诗中,他不揭露,不说教,但简洁的言语中却包含重要的道理(如《别人的意见》,1794)。

　　在俄国诗歌史上,米哈伊尔·尼基季奇·穆拉维约夫(Михаил Никитич Муравьев, 1757—1807)出生于斯摩棱斯克,父亲是奥伦堡副省长。他 8 岁时开始学习德语、法语、拉丁语和数学;1768 年在莫斯科大学附中读书,并开始翻译拉辛和伏尔泰的作品;1770 年进入莫斯科大学学习,但不久因父亲调任而中断学业;1772 年进入著名的伊兹梅洛沃禁卫团,同时积极参加文学沙龙,从事文学创作。穆拉维约夫积极发展了苏马罗科夫开创的讽刺寓言传统,于 1773 年出版了第一本作品集《寓言》,里面包括 19 个寓言和一首诗。1785 年受叶卡捷琳娜二世之邀,穆拉维约夫担任皇子的俄语和历史教师,1792 年担任未来女皇伊丽莎白·阿列克谢耶芙娜的俄语教师。

　　在俄国诗歌史上,穆拉维约夫是第一个把自己的内心感情写成抒情日记的诗人。穆拉维约夫的抒情日记是诗人自己情感体验的记述,是一本心灵的编年史。诗人抒发了对家庭、友谊、爱情、事业、艺术的看法和感受,尤其是对自己父亲和姐姐的爱,感人至深。《从雄伟的伏尔加河沿岸……》(1776)塑造了一个成为孩子们高尚道德榜样的完美的父亲形象。穆拉维约夫开创了俄国诗歌中的家庭主题,并首次描写了对"甜蜜友谊"的崇拜心理。淳朴的、不事雕琢的乡村景象,与大自然的幸福融合是诗人吟咏的对象。哀歌《夜》(1785)是穆拉维约夫创作的最优秀、最有代表性的诗作之一:

　　我愉快地从染成金色的屋顶下

逃往安然的寂静的广袤森林，

我抛弃了沽名钓誉的华丽都市，

那里的幸福之路又湿又滑，沟壑之上缀满鲜花……

这首诗不仅具有感伤主义诗歌的伤感与抒怀，而且还预示了后来浪漫主义文学的基本情绪和要素：个人与社会的矛盾，城市与大自然的对立，对理想和大自然的崇尚以及浪漫主义诗歌特有的"逃离"的主题。

穆拉维约夫笔下的大自然很少是静态的。诗人喜欢观察春天和清晨时分处于苏醒状态的大自然，喜欢捕捉黄昏和夜晚降临时的美妙。在《旅行》、《小树林》以及18世纪70年代创作的一些诗歌中，外部印象和可视的诗意形象都转化成诗歌中的艺术细节。随着诗人情感的加强，诗人对外部世界的观察也浸染上了感情色彩：如秋天里的小草茎"无力地垂着头"，冬天里的雪花有着"柔软的绒毛"，可视的细节经过诗人的感情的滋润，有机地融合在一起。有时风景描写会让位于对形象的"雕塑式"塑造：如《小树林》中的马，《致赫姆尼采尔》中的诗人形象等。

穆拉维约夫的抒情诗打破了当时古典主义规定的体裁之间的严格界限，并把各种体裁元素进行融合。诗集《新的抒情实验》（1776）收录有书信体诗、哀歌、自然风景诗，但所有诗都冠以"颂诗"之名，尽管这已经完全不是古典主义概念中的颂诗。在70年代末，穆拉维约夫开始创作"轻诗"，其语言朴素、从容、轻快，采用自由韵。

在俄国历史上，第一个深刻地理解社会矛盾的本质、透彻地认识历史的本质首先是人民运动精神的，是贵族革命家、思想家和文学家亚历山大·尼古拉耶维奇·拉季舍夫（Александр Николаевич Радищев，1749—1802）。拉季舍夫出生于萨拉托夫省的一个富裕的地主家庭，曾在莱比锡大学学习法律和自然科学（1767—1771）。在国外期间，法国启蒙主义思想对他的世界观的形成产生了很大影响。回国后他先后在枢密院等机构任职。严格地说，拉季舍夫的文学活动始于1789年，该年出版了《费奥多尔·瓦西里耶维奇·乌沙科夫行传》。1790年，《从彼得堡到莫斯科旅行记》问世，书中对农奴制的批判和对国家、社会生活中丑陋现象的揭露激怒了叶卡捷琳娜二世女皇，很快拉季舍夫被捕,被判流放西伯利亚 10 年。他在流放期间撰写哲学论文以及经济和历史方面的论著,并创作了一些诗歌。亚历山大一世继位后,拉季舍夫获释,并参与法典编纂工作。出狱后,拉季舍夫继续宣传革命思想,但他的满腔抱负难以实现,于 1802 年在悲愤和失望中自杀。

拉季舍夫是 18 世纪俄国文学中的一个具有象征意义的人物,他的创作将 18 世纪政治思想、美学思想与语言艺术的主要特点熔于一炉,充分表现了俄国社会对自由和正义的追求、对摧残人的个性的专制制度的鞭挞。1773 年拉季舍夫翻译了法国启蒙主义者马布里的《关于希腊历史或希腊人幸与不幸的原因之思考》一书,他在书中的一个注释中指出:"专制政体是最违反人类本性的制度"。如何才能摆脱专制统治的桎梏? 拉季舍夫在颂诗《自由颂》(1783—1786)中做出了回答:

> 战斗的军队云涌风起,
> 希望鼓起了众人的勇气。
> 人人争用刽子手的鲜血,
> 把自己身上的耻辱清洗。
> 但只见,锋利的宝剑到处闪动,
> 死神以各种不同的姿态,
> 飞翔在沙皇倨傲的头顶。
> 欢呼吧,你被压迫的人民!
> 天赋给你的复仇权利
> 把沙皇押上断头台去。①

这首诗不论在内容上,还是在形式上,都有所创新。拉季舍夫变革了由罗蒙诺索夫开创的、被杰尔查文继承的颂诗体裁。他运用了颂诗特有的演说性、政论性、表现力和激越的音调,以此号召人民起来与沙皇专制进行斗争。这首诗的开篇也不同寻常:它不是一开始就把斗争的锋芒指向沙皇以及他的宠

---

① 《俄国诗选》,魏荒弩译,湖南人民出版社,1988 年,第 25 页。

臣,而是首先歌颂被诗人视为"上天最丰美的馈赠"和"一切伟大事业的根本"的自由。《自由颂》的部分诗节被收进《从彼得堡到莫斯科旅行记》。在《十八世纪》(1801)中,诗人对即将结束的、充满矛盾的18世纪进行了分析。他把这个世纪比喻成奔流入海的河流:自由的理想虽然没有实现,但这团希望之火仍然在燃烧,号召人们不要沉沦,要振作起来。这首诗没有写完,然而它却是对18世纪最好的总结。

拉季舍夫认为,作为一个作家和诗人,自己肩负着一项必要的使命:"为了用散文和诗歌进行创作的矫健的勇士,/我要在没有人迹的地方开辟一条道路……"他尝试用新的诗格创作符合民间文学风格的无韵诗,如《鹤》(1799)、历史叙事诗《为纪念古斯拉夫诸神赛诗会上唱的歌》(1800—1802)、《历史歌谣》(1795—1796)和诙谐叙事诗《鲍瓦》(1798—1799)等。

拉季舍夫是俄国革命诗的创始人。为了表达自己的革命思想,他不断寻找新的词语,创造了许多新的术语和概念,大胆使用斯拉夫词语、古俄语和圣经中的词语,并赋予这些古老的词语以新的色彩和含义。拉季舍夫的革命诗对后来的格涅季奇、普希金、十二月党人诗人、波列查耶夫的创作产生了重要影响。

第三编
19 世 纪

第四章

19世纪前期

第一节
概　述

在俄国精神生活和民族文化的历史上,19世纪的俄国诗歌可谓是辉煌的一页。俄国诗歌对当时的社会生活和精神发展起着非常重要的作用。俄国诗人始终关注自己人民的精神追求,用自己的诗歌迅速反映当时重大的社会历史事件。诗人们力求了解祖国的过去,预测它的未来,并确定自己在社会中的位置,敏锐地捕捉同时代人的各种情绪、感情的变化。他们努力地寻求并确立人类的精神价值,与此同时,试图唤起读者心中的"善良的感情",巩固他们对人类崇高使命的信念。可以毫不夸张地说,19世纪的俄国诗歌全面反映了俄罗斯的民族性格特征,表现了俄语的精神、惊人的思想表现力以及独特的音乐性。

到了19世纪初,俄国诗歌已经走过了一段漫长而复杂的发展道路。18世纪的古典主义和感伤主义已经成为强弩之末,尽管这两个流派的一些诗人(如杰尔查文、德米特里耶夫等)仍在继续自己的创作。不过在当时的诗歌中,已经确定了几个基本主题:公民、哲学和爱情。其中,为获得个性自由和权利而斗争的公民主题在19世纪初的俄国诗歌中表现得最为鲜明。诗人们开始利用民间口头文学元素,力求在民间创作中找到民族性格中的英雄特征。因此,那些表现人民的英雄气概和坚忍不拔精神的历史事件备受诗人关注。这也就不难理解,为什么在拉季舍夫流派诗人(普宁、波布嘉耶夫、沃斯托科夫等)以及后来的十二月党人诗人的作品中会频繁出现历史主题。

19世纪初,浪漫主义成为俄国文学中的主导流派。俄国浪漫主义的产生既有欧洲浪漫主义的影响,也有其繁衍的民族土壤和历史基础。俄国浪漫主义是在 1812 年卫国战争取得彻底胜利以及十二月党人建立第一批秘密组织的情况下形成和发展起来的。俄国的浪漫主义是一个非常复杂的现象,不仅存在着不同的派别,而且对于创作目的和艺术使命没有形成统一的观点。尽管如此,浪漫主义诗人仍然有一些共同的特征,如所有的浪漫主义诗人都不接受他们所生存的现实环境;对人的内心世界抱有极大兴趣,力求捍卫人的尊严,捍卫个人自由发展的权利;为建立具有民族特色的俄罗斯文化而斗争等。

在反映人与社会之间的矛盾上,浪漫主义诗人表现出不同的态度和艺术解决方式。作为俄国浪漫主义的代表诗人,茹科夫斯基和巴丘什科夫的创作中明显表现出对生活的失望和不满,反映了人类生存的紧张与矛盾的感受。在他们的诗歌中,个人以及个人的隐秘情感和情绪被提到首要地位,不过这两个诗人解决的方式却不尽相同。如果说茹科夫斯基是用人的精神独立性、寻找幸福和内心安宁等愿望来对抗现实生活的不和谐,那么,巴丘什科夫(尤其是他的早期创作)则偏重用个性的和谐发展来歌颂尘世生活的快乐,体现自己的道德观和艺术思想。

同样属于浪漫主义流派的十二月党人诗人,在表现和处理人与社会之间的矛盾上,使用的却是一种积极的方式。十二月党人诗人非常重视诗歌作为"公民教育"手段的作用。他们认为,艺术的主要任务在于为时代的先进思想服务,在于反对农奴专制制度,确立俄国文学的民族独特性。在创作中他们经常缅怀祖国的历史,寻找为民族独立和自由而战的历史事件,歌颂那些反对君主专制的斗士和民族领袖的英雄品格。十二月党人诗人笔下的核心形象是公民诗人:他不仅是一个诗人,而且还是一个反对专制并为人民的幸福生活而奋斗的政治活动家。

世界观和艺术观的不同,决定了诗人们的创作风格和方法也不同。沉湎于个人内心世界的茹科夫斯基和巴丘什科夫喜欢浅吟低唱,他们的诗歌侧重于抒情,创作的谣曲(баллада)和叙事诗都充满浓郁的抒情色彩,而抒情诗却具有自白和私人日记的性质。致力于用文学来教育和鼓舞人民的十二月党人诗人偏好"高级"诗歌体裁,他们经常使用政论颂诗和讽刺诗体裁,其诗歌富于雄辩,充满公民的激情和紧张庄重的音调及深刻的思想性。

19 世纪前期,作为"低级"体裁的寓言得到一定的发展,杰尔查文、德米特里耶夫、茹科夫斯基、达维多夫等诗人都非常重视寓言创作。寓言创作的盛行与当时把语言作为反映人民的历史经验及其道德思想的手段这一问题有关。在形成俄语标准语并在文学中体现民族性及其特点这条发展道路上,克雷洛夫(Иван Андреевич Крылов, 1769—1844)的寓言创作是一个重要阶段。克雷洛夫的寓言可以说是19世纪前期乃至整个19世纪俄国文学中寓言创作的最高成就。在克雷洛夫的寓言中,对人民、人民的道德及其性格特点的理解有了本质上的进步,作者在寓言中植入深刻的哲学、历史和道德方面的内容,让发源于民族文化的古老的寓言体裁焕发出新的生机。

对于人民这一概念,不同流派的诗人有不同的理解。在古典主义诗人的作品中,人民是一个愚昧无知的群体;在感伤主义诗人的笔下,人民是值得同情的对象。他们对人民的认识仍然具有抽象性和主观性。但克雷洛夫对人民这一概念有自己的理解。他认为,历史是一个连续不断的发展过程,社会不是抽象的理性概念的产物,而是一代又一代人活动的结果。任何一个人,不论他属于哪个社会阶层和等级,都是历史过程的参与者,而人们的伦理观和道德标准则形成于社会历史之中。因此,对于克雷洛夫而言,那些在千百年来人民的生活经验中形成的、构成民族核心的道德原则才是评判社会制度的标准。在自己的寓言中,克雷洛夫特别偏爱那些"下层人",而不是"上层人"。在他看来,民族生活的基础是靠人民的劳动建立的,因此,人民的道德最清楚地表现了他们对于生活和社会的理解。这也就不难明白,为什么克雷洛夫会在自己的寓言中经常使用包含人民智慧的成语、谚语和格言。不仅如此,在他的寓言中还能听到俄国各阶层的声音,他的寓言反映了俄国人民独特的思维方式,正因为此,果戈理把克雷洛夫的寓言称为"人民智慧之书"。克雷洛夫把民族的自我意识向前推进了一步,并且用经他加工过的民间俚俗语言丰富了文学语言。

在社会情绪高涨和贵族革命思想逐步形成的情况下,在杰尔查文、茹科夫斯基和巴丘什科夫等人创作的良好影响下,年轻的普希金形成了自己的诗学观,完成了前辈们的创作探求,创造了无与伦比的浪漫主义和现实主义的诗歌典范。他用新的内容、新的主题和体裁、充沛的感情和心理描写丰富了俄国诗歌。在普希金的诗歌中,个人首次开始了解自己民族的本质,认识自己在人民生活中的位置,试图揭示自己对现存世界秩序不满的根源,由此产生了对美好的自由、对完整而有价值的个人感情、对世界的深刻和辩证的认识。

普希金诗歌创作的阶段性特征非常明显。在皇村和彼得堡时期的诗歌创作受启蒙主义的哲学、古典主义和感伤主义美学的强烈影响,南方流放时期的诗歌充满浪漫主义激情,米哈伊洛夫斯科耶时期形成了诗人的现实主义创作观,而19世纪30年代的现实主义诗歌又有了新的特点。

普希金诗歌的魅力不仅来自诗人对深刻的、细微的情感的精准表达,而且来自于心灵的和谐,这种和谐又强化了读者心中源自诗歌本身的直观印象。普希金的抒情诗是真诚的、真实的、朴实的,是每个人都能理解的。

作为俄语标准语的创始人,普希金始终为"语言的准确性"而斗争。他的作品中不存在模糊的、不确定的词语意义,不同的语体各得其所,并达到了完整和谐的统一。作者赋予每一个描写对象以精当的词语,并做出恰如其分的情感表达。普希金独出心裁地把散文和诗歌、"高级的"和"低级的"词语糅合在一起。在他的诗歌中,语体逐渐失去了原来规定的等级:"低级的"词汇可能成为"高级的"词汇,相反,"高级的"词汇也可能成为"低级的"词汇。

新的诗歌文化并不是由普希金独自一人构建的,它是普希金和当时许多优秀的、被称为"普希金圈内的诗人"——如维亚泽姆斯基、杰尔维格、亚济科夫、维涅维季诺夫、科兹洛夫、巴拉廷斯基以及十二月党人诗人等——共同努力的结果,他们之中的每一个人都不同程度地为俄罗斯诗歌的发展作出了自己的贡献。这些诗人同普希金一道,积极投身于创立俄语标准语的伟大活动中,用新的艺术手法丰富了诗歌内容,确立了新的文学种类、体裁和主题,完善了俄语诗体。他们每个人都创造了自己的抒情主人公,借助主人公表达了自己对世界的看法,对生活的感受和思考。

1825年十二月党人起义失败之后,雷列耶夫被处决,丘赫尔别凯、别斯土热夫、奥陀耶夫斯基等被流放,沙皇的反动统治更加残酷,整个社会陷入更深的绝望和苦闷之中。所有这些都不能不对俄罗斯诗歌的内容和基调产生影响,使诗歌充溢着绝望、苦闷和怀疑的情绪。

怀疑和否定、反省和深思、试图认识以往的历史并用批判的眼光看待社会现象,成为19世纪30年代和40年代初俄国文学的典型特征。这一时期,诗歌创作让位于散文创作。然而,也是在这种艰难的环境中,普希金完成了诗体小说《叶甫盖尼·奥涅金》,创作了长诗《青铜骑士》、多篇童话以及在思想深度和感情上都达到了惊人水平的抒情诗;茹科夫斯基、巴拉廷斯基、达维多夫、亚济科夫、科兹洛夫等诗人笔耕不辍;而十二月党人诗人奥陀耶夫斯基、丘赫尔别凯等即使在监狱中也没有停止诗歌创作。此时,还是默默无闻的丘特切夫发表了自己的第一批诗作。

在普希金圈内的诗人中间,巴拉廷斯基很快脱颖而出。在巴拉廷斯基早期诗歌中,乐观的明朗与悲观的忧郁奇妙地结合在一起,而在晚期创作中痛苦和绝望则成为主旋律。巴拉廷斯基的作品不多,其哀歌创作在当时独树一帜。巴拉廷斯基的哀歌创作直接受到巴丘什科夫诗歌的影响,然而,他却不仅仅是巴丘什科夫的学生和继承者。巴丘什科夫的抒情在很大程度上具有假定性,缺乏具体的生活情境和现实的人物形象,而巴拉廷斯基的抒情真实而深刻,既有具体的生活细节,又不乏人物心理的细微描写。与此同时,巴拉廷斯基用具有现实主义风格的语言丰富了诗歌表达。因此,不论在内容上,还是在体裁上,都赋予哀歌创作以新的活力。可以说,巴拉廷斯基的哀歌是俄国浪漫主义诗歌在克服体裁的假定性道路上迈出的可观的一步。

在 19 世纪 30 年代末,具有卓越诗歌才华的莱蒙托夫展现了他的全部实力。莱蒙托夫是作为普希金的继承者进入俄国文学界的,他在发展普希金诸多艺术原则的同时,表现了俄国社会意识发展的新阶段,其浪漫主义诗歌充满悲戚的情感和紧张的思考。莱蒙托夫的诗歌一方面特别充分地反映出十二月党人革命失败之后人们悲观失望的情绪和精神悲剧,一方面又表现出强烈的反抗精神以及不与现存的社会秩序相妥协的信念。莱蒙托夫的创作深受十二月党人诗人和拜伦的浪漫主义诗歌传统的滋养,他笔下的抒情主人公是随时准备为自由献出生命的反抗者,但他内心却充满矛盾,这不仅表现为他与自己同代人在观念和信仰上的分歧,而且也表现为他与自己无法实现的理想之间的不协调,在他的诗中常常能感觉到由此而产生的悲观与孤独的情绪。

在莱蒙托夫的创作中,抒情诗占有非常重要的地位,关于社会、哲理、爱情、创作等主题的抒情诗形成了诗人独特的艺术体系,其基调是理想与现实、善与恶之间不可调和的矛盾,是自由和幸福的难以企及,是无法实现的与世界的和谐,以及由此而产生的反抗与失望并存的思想情绪。就体裁而言,莱蒙托夫的抒情诗不同于传统抒情诗,是各种体裁的杂糅,即在诗歌中把不同的体裁形式,如颂诗和哀歌、罗曼司和谣曲、书信体诗和短篇小说拼合在一起。不仅如此,其诗歌语言中还出现了散文化倾向。莱蒙托夫创造的艺术世界富丽多姿,其中"蕴藏着诗歌的全部力量……鲜洁的香味,华美的艺术形式,形象的诗情的魅力和高贵的朴素,充沛的力量,强有力的语言,钻石一般坚实、金属一般铿锵的诗句,饱满的感情,深刻而丰富的思想,包罗万象的内容,这些便是莱蒙托夫诗歌的类的特征及其将来伟大发展的保证。"①

19世纪的二三十年代是俄国诗歌的"黄金时代",俄国诗歌的太阳——普希金开创了俄罗斯民族文学,无与伦比的诗歌才华让他成为俄罗斯民族文化和精神生活的象征。因此,俄国诗歌的"黄金时代"通常也被理解为"普希金时代"。同时期还涌现出一批优秀的诗人,如十二月党人诗人和普希金圈内诗人等,他们每一个人都为俄国文学的发展作出了自己的贡献。这一时期浪漫主义诗歌取得了非凡的成就,普希金的浪漫主义诗歌为俄国文学带来了新的主题、形象和特点,并形成了新的风格和写作语言,莱蒙托夫以其卓越的艺术造诣推动俄国浪漫主义诗歌走向辉煌。"黄金时代"的诗歌发展强化了公民意识,加深了俄国民众对俄罗斯民族性的认识,强有力地推动了俄国社会的发展,同时也为20世纪"白银时代"诗歌的崛起提供了技术支持。

① 《别林斯基选集》,第二卷,满涛译,上海译文出版社,1979年,第476页。

第二节

浪漫主义诗人

19 世纪初的俄国文学经历了古典主义和感伤主义的良好影响,题材、体裁、艺术形象和创作手法都得到更新、丰富和充实。在这一时期,和文学思想一起大量涌进俄国的,还有 18 世纪末 19 世纪初欧洲形形色色的哲学、政治、历史思想。各种美学和文学体系的相互碰撞,具有世界意义的重大事件对文学进程的深刻影响,社会、政治和伦理观念在作家认识中的独特融合,都直接影响了 19 世纪初的俄国文学,而对文学体裁和艺术多样化的紧张探索是文学发展的先决条件。这一时期最突出的文学现象是浪漫主义(романтизм)。

对于什么是浪漫主义,它的重要的美学原则是什么,说法不一。从浪漫主义产生之日起一直到今天,围绕这些问题仍然存在着激烈的争论。但一般来说,浪漫主义具有如下一些特征:

浪漫主义的主要思想是颂扬具有独立意义的人,他意识到自己的独立性和自身价值,不愿被现实世界中荒谬的法律所束缚。所有的浪漫主义诗人都厌弃周围世界,他们选择了浪漫的"逃离",在现实生活之外寻找自己的理想。例如,茹科夫斯基在人的幽深的精神之中寻找理想的境界,巴丘什科夫在纵情享乐中寻求快适的生活,而十二月党人则在英雄的历史中追寻完美的社会。

对"此在世界"的彻底否定的结果,就是用理想来对抗现实,这是浪漫主义的一个很重要的原则。不接受现实世界,反对理性的无限权威,这从根本上影响到浪漫主义美学的形成以及浪漫主义主人公的性格特点。浪漫主义主人公总是处于与自己的周围世界相敌对的状态中。在与周围敌对世界的不断冲突和对自己理想的不断追寻中,浪漫主义主人公总是连连受挫,于是他选择了远离日常生活和社会,并深深感受到了内心的孤独和不安。他身上体现出不满现实的反抗因素,不过这种反抗是静态的,是以不同方式表现出来的不满情绪。这一点在茹科夫斯基和巴丘什科夫的诗歌中表现得尤为明显。浪漫主义主人公总是具有强烈的主观色彩,他身上通常反映了作者的性情。

由于不满现实生活,浪漫主义诗人便在异国风情和悠远的历史中寻找精神慰藉。对于浪漫主义诗人而言,重要的、真实的东西与其说是历史事实本身,不如说是对它所做的诗意的阐释。在历史中他们寻找的不是往事,而是理想。因此,他们在自己的作品中与其说是反映史实,不如说是按照他们自己的社会和美学理想来构建史实。另外,用大自然来对抗沉闷、荒诞的城市生活,也是浪漫主义的一个典型的艺术手法。

浪漫主义诗人大多重视民间创作,但最让他们感兴趣的,首先是口头民间创作中那些具有异国风情的东西,对其中所表现的人民的性格及其精神世界却少有关注。

浪漫主义诗人崇尚创作自由,反对古典主义对艺术创作所做的严格限定。对他们来说,重要的不是种种诗学规则,而是自由的诗歌创作个性。

上述特征是欧洲浪漫主义和俄国浪漫主义所共有,不过对于俄国浪漫主义来说,除了这些特征之外,它还有自己的民族性。

俄国浪漫主义形成于1810—1820年代,即卫国战争之后民族爱国主义热情高涨的时期。许多浪漫主义诗人都是这次战争的直接参与者。他们亲身经历了战争,目睹了俄国人民的高尚道德情操、爱国主义精神和自我牺牲精神,在他们的创作中都不同程度地反映了俄国的重大历史事件,歌颂俄国军民的英雄主义精神,为战争带给人民的苦难而痛心疾首。

俄国浪漫主义接受了欧洲的启蒙主义尤其是卢梭的思想,在作品中将不满现实、要求精神自由的人放到首位。尽管俄国浪漫主义是作为古典主义的一种反动,但浪漫主义诗人在创作中都或多或少吸收了古典主义和感伤主义诗学。俄国浪漫主义运动还提出了俄国文学中的许多具体问题,如俄罗斯文化的民族性、个体的社会价值、公民精神等。浪漫主义文学还创定了一些新的文学体裁,如叙事诗、哀歌、谣曲等。

茹科夫斯基和巴丘什科夫是俄国浪漫主义的奠基人。茹科夫斯基的诗歌激情在于表现人内在精神生活的独立性,这个人通过自己的意识棱镜来理解历史和现实、过去和未来。人的感情和情绪及其精神面貌在茹科夫斯基的诗歌中具有至高无上的价值。茹科夫斯基的大部分主人公都不接受官方的道德规范,因为那是与他的人道主义原则相对立的。茹科夫斯基的主人公厌弃贪婪、擅权、冷漠以及尘世的忙碌,向往人与人之间那种充满人性的关系以及引人向善的高尚感情。

瓦西里·安德烈耶维奇·茹科夫斯基(Василий Андреевич Жуковский,1783—1852)出生于图拉省农村。父亲是一个富有的地主,母亲是土耳其女俘,他的姓和父称取自自己的教父安德烈·茹科夫斯基。1797—1800 年茹科夫斯基就读于莫斯科大学附属贵族寄宿中学。从他在此期间所创作的诗歌中,可以看出他徘徊于两种文学传统之间:一方面与罗蒙诺索夫和杰尔查文的颂诗有关系,另一方面又受卡拉姆辛和德米特里耶夫的感伤主义诗歌的影响。早期的茹科夫斯基具有这样的一种折中性,即把颂诗传统哀歌化,这是综合两种诗歌传统的结果,同时也是向新诗学思考的跃动。1808—1810 年,茹科夫斯基独自负责《欧洲通报》杂志的出版工作,这是他文学活动的一个特殊阶段。自他接手后,杂志的内容更加符合新的精神,即浪漫主义精神。他为杂志撰写了多篇评论文章,阐述自己的创作观点。在这期间,茹科夫斯基高涨的创作热情与他对玛莎·普罗塔索娃的爱有直接关系,然而,有情人终未成眷属,特别是玛莎后来不幸的婚姻以及过早的离世,让茹科夫斯基对生活和命运感到悲观失望,所创作的诗歌自然也蒙上悲戚的色调。1812 年茹科夫斯基参加了莫斯科民团,1817 年迁居彼得堡后,很快融入当地的文学和社会生活之中。20 年代后半期,研究欧洲和俄国的历史成为茹科夫斯基的主要兴趣。30 年代茹科夫斯基共创作了 20 首谣曲、童话,并进行大量的翻译工作;40 年代移居德国。

茹科夫斯基的抒情诗是一个动态的创作体系,它存在于大的时代语境和诗人本人的创作发展过程中,是时代的各种思想和诗人的艺术探索相互作用的结果。茹科夫斯基抒情诗的主要调性就是对现实社会的失望,在诗人看来,在具有内在精神需求的人与僵死的社会之间存在一道无法逾越的鸿沟,因此他笔下的人总是失望的、孤独的。

茹科夫斯基早期抒情诗的风格形成于与英国前浪漫主义诗歌哲学的密切

联系之中。英国诗人哥尔德·斯密斯、约翰·德莱顿、亚历山大·蒲柏以及苏格兰诗人詹姆斯·汤姆森对茹科夫斯基的综合影响使之发生一种内化的反应，形成了一种"忧郁的哲学"，进而生发出对诗歌创作的新的思考——哀歌的诗学。

　　哀歌最初是悼念亡灵的忧伤的抒情歌曲，后来也被用以表现感情失落和愿望难成。受 18 世纪英国诗人的影响，茹科夫斯基也非常喜欢哀歌这种体裁。1802 年，茹科夫斯基在《欧洲通报》上发表译自英国诗人托马斯·格雷的哀歌《乡村墓地》，一举成名。这首哀歌的主要内容不是表现生活中的现象和事件，而是思考生活和人的命运。思想和感情成为诗人表述的主要对象，同时也反映出茹科夫斯基对人的灵魂和神秘主题的兴趣。《乡村墓地》中出现了一个重要的现象——抒情主人公，即有着自己的面貌和命运的主人公，这对俄国诗歌的发展有着深刻的影响。

　　茹科夫斯基诗歌的主要特点——梦幻世界的多维性、诗歌形象的生动可感、音韵的丰富和谐、画面的精巧雅致，第一次如此充分地展现在《乡村墓地》中，并在《黄昏》中得到进一步体现。

　　《黄昏》(1806)充分反映了作者的创作个性、内心世界、独特的处世态度和心理特征。《黄昏》意味着茹科夫斯基的创作已转向浪漫主义，为新型哀歌树立了一个完美的典范。

> 芦苇在小溪上发出仅能听出的瑟瑟声；
> 远处公鸡的啼声唤醒沉睡的村庄；
> 我听见草地上秧鸡粗犷的叫声，
> 　　以及森林中夜莺的歌唱……
>
> 　　把心中的欢乐、年轻时代的幸福、
> 友谊、爱情和对缪斯的奉献忘得干干净净？
> 不，不，纵使每一个人都不得不服从自己的命运，
> 　　但心中要铭记着永远不能忘记的友人……①

---

① 《俄罗斯抒情诗选》，张草纫译，上海译文出版社，1992 年，第 153—156 页。

《黄昏》深刻而充分地展现了茹科夫斯基自己的内心世界,他的心理状态,对乐与忧的独特体验。在诗的结尾,茹科夫斯基预言了诗人的特殊命运,并暗示出自己作为浪漫主义诗人所起的作用:

> 命运注定我走一条不可知的道路,
> 成为和平的村庄的朋友,爱大自然的美,
> 呼吸静静的栎树林下黄昏的空气,
> 并且弯下身子观看泛着泡沫的流水,
>
> 歌颂上帝、友谊、爱情和幸福。
> 啊,歌曲,无邪的童心的纯洁果实!
> 谁能用排箫使这似水流年充满欢乐,
> 　　他就得到了命运的恩赐![①]

茹科夫斯基早期创作的哀歌表现出浓郁的抒情意绪、富有感情的色调以及充满高尚精神的诗人性格,这一切的表达借助于词汇的表现力与柔和饱满的色彩以及诗歌语言多变的旋律。在《黄昏》中,抒情主题、疑问句式和感叹句式的复杂体系、感情体验的微妙变化不仅异常细致地传达出诗人的内心体验,而且形成了内在的、统一的整体。

茹科夫斯基的哀歌有其独到之处,即描写与沉思融为一体,心理分析和道德认识紧密结合,并赋予鲜明的俄罗斯民族体裁的特征。可以说,茹科夫斯基用自己的哀歌为俄国诗歌带来新的内容,并改革了诗歌结构。茹科夫斯基的哀歌偏重哲理思考,其中包含对各种"永恒"问题思考:肉体的死亡与精神的永恒之间的矛盾;对戕害高尚精神价值的现存社会的不满,渴望赋予个体所特有的人道情感,甚至是对爱情的体验。因此,也很难单纯地划分他的诗歌的风格——是隐秘抒情的,还是公民性的,诗中的现实是透过人的内心,通过他本人的、独特的体验表现出来的。在这里,感情抒发与哲理思考相统一,内部具

---

① 《俄罗斯抒情诗选》,张草纫译,上海译文出版社,1992年,第156页。

有多层次、多方面的联系,既有对美的抒发,又充满高尚的情感。

茹科夫斯基的抒情诗优美而富于情感,然而,吸引读者的不是对外部世界的细致摹写,而是通过暗示揭示存在于普通事物和现象之外的另一个理想的世界,以此召唤读者远离尘世的喧嚣,展示隐藏于自身的人的本质。

《无法言说之美》(1819)可以视为作为浪漫主义诗人的茹科夫斯基对美学和哲学认识的纲领性诗歌,这既是对浪漫主义创作本质的解释,也昭示着诗人对词语艺术的哲学认识:只有诗歌才能在瞬间记录下现实生活之外的毫无缺憾之美,因为在这种美中藏有亘古以来的神秘,而词语在任何时候都无法对美进行精准无误的表达。茹科夫斯基的这种认识在诗歌中的具体体现,是通过在“有限”中展现“无限”,通过在肉眼可视的事物(包括物体、人、动植物或者景物)中发现尘世之外的美。大自然因“造物主的存在”而成为一个生命体。诗人在此提出这样一个问题:“无法言说之美”(如“只有心才能感知”的“神圣的奥秘”,)是否能用恰当的语言表达出来? 在这首诗中,诗人提出关于诗歌对象的问题:诗歌的对象不是描绘有形可见的物体,而是表现那些难以捕捉的心灵活动。日常现象的逻辑无法揭示诗歌和大自然的奥秘,美好事物的内在本质只能在瞬息间的诗歌感受和对大自然的默默观察中呈现。

> 我们的语言何以面对令人惊叹的大自然?
> 它在怎样的不经意与轻松随意间
> 就把美播撒进世间万物之中……
>
> 无边无际的一切挤进一声长叹,
> 只有沉默能够说出明白的语言。

风景描写在茹科夫斯基的诗歌中占有重要地位。像其他浪漫主义诗人一样,茹科夫斯基笔下的风景充满原生的诗意,并与高尚的精神世界彼此交融。茹科夫斯基喜欢大自然中的安宁、寂静、平和,因此他歌唱的是祥和宁静的世界,没有外界纷扰和冲突的世界。在茹科夫斯基描写的大自然中,经常会有一个融入大自然的抒情主人公,他的内心极为敏锐、细腻地呼应着各种自然景物和现象,自然界在抒情主人公的心里引起丰富多变的体验与情绪,而这些恰恰构成了茹科夫斯基诗歌的独特内容。因此,与其说诗人描写的是大自然的现象,不如说是人的精神状态。这样也就不难理解,为什么茹科夫斯基笔下的大自然被称为"心灵的风景"。

在茹科夫斯基成熟期的创作中,贯穿着两个世界的浪漫主义思想:充斥各种现象的此岸世界和神秘的彼岸世界。在诗人看来,对外部世界的准确描写势必会影响到对世界奥秘的理解,因为只有直觉才能完成瞬间的诗意的顿悟。故此,茹科夫斯基对人的心灵抱有特殊的兴趣,因为大自然的"无形的心灵"会对此产生相应的反应,如《斯拉夫女人》(1815)、《大海》(1822)。在《大海》中,两个世界的浪漫主义思想以对照的形式表现:大海—天空,而抒情主人公的感情表达有赖于各种隐喻:

> 沉默的大海,碧蓝的大海,
> 我迷惘地站在你的深渊边上。
> 你是有生命的;你在呼吸;
> 你充满激动的爱情和骚扰的思想。①

诗人喜欢大自然中那种原生的、散发神秘气息的景象——夜、大海、雷雨,寂静的傍晚或者引人思考的夜晚总是让茹科夫斯基感到格外亲近。诗人擅长运用自然力的运动及其音响和词语本身所固有的印象来展现大自然的生命。

茹科夫斯基不断用新的形象和感受丰富俄国诗歌。他的抒情诗具有某种神秘的、不安的、忧郁的、怅惘的、无法言说的情绪,而这一切都与圣洁的、难以言传的美糅合在一起。对此别林斯基给予过高度评价,称茹科夫斯基的缪斯"赋予俄国诗歌灵魂和心脏"。

> 轻轻的,轻轻的风,
> 你为何吹得如此轻盈,甜蜜?

---

① 《俄罗斯抒情诗选》,张草纫译,上海译文出版社,1992年,第163页。

旖旎迷人的流水，
你为何闪着光,萦回嬉戏？

心中又充满什么感情？
是什么又在心中苏醒？
行踪飘忽的春天，
你把什么带进了我的心？[1]

——《春思》(1816)

反映战争的爱国主义抒情诗是茹科夫斯基创作中的一个重要组成部分。在卫国战争期间,茹科夫斯基参加了莫斯科民团,尽管他没有直接参加战斗,但他的爱国热情从当时的创作中可见一斑。《俄罗斯军营的歌手》(1812)是最负盛名的一篇。这是一首激励战士保家卫国、抗击法国"暴徒"和"强盗"的浪漫主义颂诗,在当时的俄国军营中广为传颂。与以往的爱国主义抒情诗不同,在这首诗里,诗人赋予爱国主义主题以私密的、带有个人内心情感的音调,让人感到格外亲切。爱国主义不再是冷峻生硬的,而是因诗人心灵的温暖带有几分柔情:

呵,勇士! 你的尸骨在何方？
　　你的坟茔会怎样？
美人流着眼泪去寻觅，
　　哪里有亲爱的人的遗迹……
在那里,早晨的露水更纯净，
　　嫩绿的青草更芳香，
在那里,美丽的花儿更甜蜜，
　　清明的白昼更欢畅；
而你安详的灵魂

---

[1] 《俄罗斯抒情诗选》,张草纫译,上海译文出版社,1992年,第159页。

会从神秘的幽荫之所飞出；

于是，心儿颤动不宁，

感应着爱人英魂的降临。①

这首诗表现了俄国人民在过去历史中的英雄主义传统。茹科夫斯基用23位卫国战争中的民族英雄构成了一个完整的爱国主义者肖像画廊，诗中的爱国主义不仅是将士在疆场挥洒热血，而且还包括俄国人民对祖国的爱，对大自然的爱。这首诗的结构由歌手的领唱与战士合唱的副歌的彼此交替构成，这种形式是俄国诗歌中的一种创新。

茹科夫斯基独特的创作个性最鲜明地表现在谣曲中。在西方文学中，谣曲的历史始于德国诗人毕尔格著名的《莱诺勒》(1774)。茹科夫斯基创作的谣曲可分为三种类型：俄罗斯谣曲，如《柳德米拉》(1808)、《斯维特兰娜》(1808—1812)；古希腊罗马谣曲，如《卡桑德拉》(1809)、《阿喀琉斯》(1812—1814)、《刻瑞斯的哀怨》(1831)；中世纪谣曲，如《凤鸣竖琴》(1814)、《斯马尔戈利姆城堡，或约翰节之夜》(1822)、《骑士罗兰》(1832)。

"俄罗斯谣曲"是在翻译中世纪谣曲的基础上赋予其俄罗斯民族精神。在这类谣曲中，茹科夫斯基再现了俄国民间历史歌曲和抒情歌曲中的主题和情节，例如姑娘等待情人从战场归来等等。谣曲所涉及的历史事件的地点和时间具有假定性，发生在中世纪的事件有可能被移植到古希腊罗马时代，或者相反。在大多数情况下，谣曲中的男女主人公都不满命运的安排，并奋起与之抗争，但与此同时，命运也会变得更加凶残，表现得更加可怕。在古希腊罗马谣曲中，茹科夫斯基把神话浪漫主义化了。诗人重新思考古希腊罗马的文化，把它视为从荒蛮和粗野向文明社会的过渡。中世纪谣曲表现的是有关被压抑的爱和"永恒的"爱，阴谋诡计以及犯罪等主题。这些带有宗教和神秘主义色彩的主题和情节在诗人的人道主义观照下焕发出亮丽的光彩。

茹科夫斯基创作的谣曲对于俄国浪漫主义的形成具有特殊意义。茹科夫斯基第一次为俄国读者展现了一个充满诗意、梦幻和紧张情节的艺术世界，里

① 《茹科夫斯基诗选》，黄成来、金留春译，上海译文出版社，1985年，第77—78页。

面不仅有各种民间神话、迷信、故事以及民俗仪式,而且让俄国读者了解到丰富多彩的中世纪欧洲民间文学。在谣曲中植入俄国民间文学的元素,是茹科夫斯基谣曲创作的最重要的一个特点。

茹科夫斯基一共创作了 39 首谣曲,第一首谣曲《柳德米拉》是在翻译德国诗人毕尔格谣曲《莱诺勒》的基础上改写而成的。在此之前,俄国诗歌中还没有出现过这种情节"恐怖"、描绘轻盈明晰的作品。《柳德米拉》的出现标志着俄国文学进入了浪漫主义发展阶段。诗中展现了女主人公柳德米拉复杂的内心世界,她完全沉醉于爱的情欲之中,忘记了自己所负有的对周围的人、对自己、对生活的道德责任。诗人认为,人应该控制自己对情欲的渴望,因为获取幸福绝不是生活的目的。柳德米拉的悲剧和罪过在于,她抱怨上帝,她想得到个人的幸福,但却违背了道德的约束,甚至违背了上帝的意志。在茹科夫斯基看来,不受约束的、不理性的愿望是危险的。

茹科夫斯基在保留毕尔格谣曲的情节模式的同时,进行了改写,使其俄罗斯化,例如把事件发生的背景转移到俄国,大量使用俄语口语和民歌用语。为了使自己的"模仿"符合俄国读者的审美情趣,他去掉或者化解了一些与俄国民众的信仰有所矛盾的场景,增添了原诗中并不注重的抒情气氛。正是这种自由模仿为俄国读者打开了一个新的诗歌世界。在《柳德米拉》之后,茹科夫斯基又翻译创作了一系列谣曲,它们为诗人赢得了"谣曲诗人"的美誉。

继《柳德米拉》之后,茹科夫斯基又以《莱诺勒》为蓝本,创作了《斯维特兰娜》。与《柳德米拉》明显不同的是,新改写的《斯维特兰娜》具有更加鲜明的民族色彩,如在叙述主显节夜晚占卜的情节时,俄罗斯民间文化和民歌传统清晰可见:

> 有一次,一个主显节的夜晚,
> 姑娘们在占卜:
> 她们从脚上脱下鞋,
> 丢在门后边;
> 寻觅那藏在雪里的指环;
> 她们悄悄躲在窗下听动静;

数着谷子把鸡喂;

她们把纯蜡来熔化;

　　再盛来清水一碗,

扔进金戒指和

绿宝石的耳环;

然后拿条白手绢

盖在碗口上,

就齐声唱起歌儿来占卜。①

营造神秘的气氛,带有幻想和虚构性质的故事情节,描写命运中的可怕经历,表现复仇、自我牺牲、对责任的信念、爱与无私等问题,茹科夫斯基为俄国读者展现的,就是由这些方面构成的一个新的艺术世界。谣曲故事情节的关键,在于人要战胜横亘在此岸世界和彼岸世界之间的障碍。

《斯维特兰娜》的情节结构反映了这种体裁所特有的艺术手法上的双重特征。谣曲开篇充满了神秘的浪漫主义激情,诗人巧妙地传达出年轻姑娘那种兴奋且胆怯的心理状态,对占卜未来所怀有的甜蜜的恐惧:

她胸中激动不宁,

心惊胆战地向后窥视,

被恐怖蒙住了眼睛……

烛花发出爆响声声,

蟋蟀,那午夜的报信人,

　　正凄戚地低鸣。②

在故事发展的高潮部分,茹科夫斯基打破了一开始设定的具有民族文化色彩的氛围,不失时机地插入了感伤主义的典型情景:"一只雪白的鸽子"对姑娘充满同情,用双翼护卫着她,把她从死人可怕的威吓中解救出来,让她从噩

---

① 《茹科夫斯基诗选》,黄成来、金留春译,上海译文出版社,1985年,第74页。
② 同上,第77页。

梦回到现实。从主人公的形象上看,斯维特兰娜不像柳德米拉那样,她没有抱怨命运,而是寄希望于神的意志。诗人赋予主人公一个幸福圆满的结局,意在确立人有追求和享受幸福的权利及对光明未来的信念("哦,你,我的斯维特兰娜,/最好不知道这些可怕的梦")。结尾把现实中的情景理想化了:幸福总在真实的生活中,而不幸总在梦境中。诗人用具有辩证意味的结语来强化这种理想化的结局:

> 我们生活的最好支持,
> 莫过于相信天意。
> 造物主的法律是善良的:
> 这里的不幸——只是虚幻的噩梦一场;
> 　　而幸福——就在于从梦中转醒。①

茹科夫斯基的谣曲为俄国诗歌开辟了浪漫主义流派,创造了一种新的体裁:故事情节的虚构性,事件的紧张发展,结尾的道德训诫,坦白的作者立场。继茹科夫斯基之后,传说性和传奇性成为谣曲体裁必不可少的元素。

《斯维特兰娜》是茹科夫斯基谣曲中为数不多的充满乐观音调的作品之一。他的大多数谣曲的基调是恐怖的,描写的主要内容是人的精神堕落和不道德带来的可怕后果。诗人呈现的不是人性中美好的一面,而是完全失去道德约束的人,如主教加贡藏匿面包,不愿施舍饥饿的民众(《上帝对主教的审判》,1831);主人公瓦尔维克残害自己的侄子——合法的帝位继承人(《瓦尔维克》,1814);强盗杀死手无寸铁的诗人伊比科斯(《伊比科斯的仙鹤》,1814)等。

在茹科夫斯基的晚期创作中,他所特有的人道主义有了更多宗教的和神秘主义的含义。在30年代后,茹科夫斯基主要翻译和改写一系列优秀外国诗歌(莎士比亚、歌德、司各特等),他的许多译作至今都是难以超越的范本,其中包括拜伦的《锡隆的囚徒》、席勒的《奥尔良姑娘》、荷马史诗《奥德修记》等。

茹科夫斯基与巴丘什科夫一起成为俄国浪漫主义诗歌的开创者。茹科夫

---

① 《茹科夫斯基诗选》,黄成来、金留春译,上海译文出版社,1985年,第87页。

斯基在浪漫主义诗歌中首次如此充分地揭示了一个独立的人的精神世界及其对周围世界的理解,他的过去和现在是通过个人的独特认识这一棱镜折射出来。茹科夫斯基的创作为俄国诗歌的发展开辟了一条新的道路。难怪别林斯基会这样说:"茹科夫斯基的出现惊动了俄国,……他是我们祖国的哥伦布。""茹科夫斯基的创作构成了我们文学的一个完整的阶段,构成我们社会道德发展的一个完整的阶段","如果没有茹科夫斯基我们就不会有普希金。"①

与茹科夫斯基并驾齐驱的另一位浪漫主义诗人是巴丘什科夫。巴丘什科夫创作的主要体裁是哀歌、书信体诗,而晚年创作以历史哀歌体裁为主。他的诗歌魅力在于,诗人以其瑰丽的想象创造出一个可视的、五彩缤纷的、理想的生存境界。他的主人公从沉闷的、忙碌的、毫无乐趣的日常生活中,逃往一个劳动的世界,一个充满温柔的爱、忠诚的友谊和永恒之美的世界。通过描写抒情主人公的心理,准确而充分地反映了诗人本人内心隐秘的情绪和感受。诗人渴望过一种更美好和更有尊严的生活,但他臆想出来的和谐世界是脆弱的,不稳固的,面对冷酷的现实他无能为力。因此,巴丘什科夫笔下的人尽管保留着精神上的完整,并且在诗人创造出来的理想世界中与大自然和周围的人们和谐相处,但在现实社会中却没有和谐。

康斯坦丁·尼古拉耶维奇·巴丘什科夫(Константин Николаевич Батюшков, 1787—1855)出生于沃洛格达的一个古老的贵族家庭,曾在彼得堡的一所私人寄宿学校读书,通晓法语、意大利语及拉丁语。1802 年他进入教育部工作,1805 年开始发表诗歌。著名活动家、诗人穆拉维约夫对巴丘什科夫的个性及创作的形成起到极大的影响。在他的影响下,巴丘什科夫学习了法国启蒙哲学和文学、古希腊罗马的诗歌、意大利文艺复兴时期的文学。1807 年巴丘什科夫应征入伍,一生中曾参加过三次重大战役,1815 年退役。

巴丘什科夫的早期诗歌充盈着愉快的音调。正像其他浪漫主义诗人一样,他向往脱离周围喧闹庸俗的世界。诗人有一个光明的理想,歌唱幸福与和谐的生活,并把这一理想以古希腊罗马世界的形象体现出来。诗人用古希腊罗马风情营造了一个理想的、假定的内心世界。他认为,只有古希腊罗马文化

---

① 《别林斯基选集》,第一卷,满涛译,上海译文出版社,1979 年,第 64 页。

能够促进和谐个性的发展,在那里他看见的是一个美好的世界,它与周围灰色的、毫无乐趣的现实迥然不同。巴丘什科夫赞美爱情、友谊、喧闹的盛宴(《欢乐时刻》,1810):

> 朋友们,让我们尽情享乐,
>
> 让我们带上玫瑰花环:
>
> 丽扎! 和你饮酒多么甜蜜,
>
> 和这活泼欢快的女神一起。

巴丘什科夫的诗歌体现出他的"轻诗"的创作风貌。他把"轻诗"与史诗、悲剧和庄严颂诗等古典主义诗歌中的"重大体裁"区分开来,称之为"小体裁",把用精巧的形式表达出来的个人的内心感受同启蒙时代的社会要求结合在一起。巴丘什科夫的"轻诗",如《幸福的人》(1810)、《泉》(1810)、《我的保护神》(1812)、《酒神的女祭司》(1814—1815)表现出反阿纳克利翁诗歌传统。在1816年的《论轻诗对语言的影响》一文中,他总结了不同诗人的创作特征,其中包括他自己的创作。

如果说茹科夫斯基赞美的是虚无缥缈的、充满神秘不安的预感的世界以及昙花一现、毫无结果的爱情,那么,巴丘什科夫歌唱的则是尘世生活的快乐和人存在的愉悦,他笔下的爱情充满现实的、尘世的幸福。巴丘什科夫在"轻诗"中描绘了一个"美丽的"、"像玫瑰一样绽放的"青年时期,抒情主人公"我"听命于美丽女神的召唤,并且常常有一个美丽迷人的女性出现在"我"的身旁,不过这个女性形象并不是某一特定的个别形象,它具有概括性,是"理想的美"的化身。在巴丘什科夫的艺术世界中,理想的女性是忠实的朋友、尘世之美和美妙的青春的体现:

> 像田野的玫瑰一样绯红,新鲜,
>
> 和我一起劳动忙碌,一起进餐……

——《达芙丽达》(1815)

在巴丘什科夫看来,赞美生活的快乐是抗拒充斥于周围的虚伪和伪善、抗拒生活的乏味与单调的一种独特方式。别林斯基指出:"强烈的欲望构成巴丘什科夫诗歌的灵魂,而对爱情痴狂的陶醉构成他诗歌的激情"。[①] 在他早期诗歌中间或闪现出忧郁的音调。享受生活和青春是与预感到人心理上的危机联系在一起的:在看似和谐的背后是心灵深处的悲哀。

巴丘什科夫的抒情诗充分展现了他的诗歌才华与创新。别林斯基认为,巴丘什科夫创造的艺术形象的主要特征是鲜明生动。然而,普希金却从中发现了"从容"和"甜美",认为他的诗具有"和谐的准确性"。鲜明生动的形象、平缓从容的语句、精雕细琢的画面与讽喻、象征和对细节的精致描绘融合在一起,这构成了巴丘什科夫抒情诗的艺术特征。

1812 年对巴丘什科夫来说具有重要意义。正是在这一年他的思想发生了真正的转折,逐渐形成了对历史的深刻思考。他看到了被战火焚烧的莫斯科和饥饿的人群,看到了战争给人们生活带来的贫困和痛苦。《致达什科夫》(1813)是巴丘什科夫在卫国战争期间创作的纲领性诗篇,诗人宣告了新的思想艺术观点,表现出强烈的爱国激情和公民自觉意识。诗中描述了被破坏的莫斯科、"被赶出故乡家门"的母亲以及他作为一个公民的内心感受。战争让他醒悟,让他摒弃了创作中享乐主义至上的原则,他不再歌唱"欢乐和爱情,逍遥自在、幸福和安宁,以及饮酒作乐的青春":

> 不! 不! 如果为了祖先的古城的荣誉,
>
> 我没有贡献出生命和对祖国的热爱,
>
> 没有在战场上为复仇而效忠;
>
> 如果在敌人的密集队形面前,
>
> 不多次挺起胸膛保护
>
> 走向光荣道路的遍体鳞伤的英雄;
>
> 我的朋友,那时候我将会
>
> 对所有的缪斯和美惠三女神,

---

① Белинский В. Г. Полное собрание сочинений. В 13 томах. Т. 7. М., 1955. С. 231.

对用爱情的手编织的花冠,

对饮酒狂歌的欢乐生活

都感到格格不入,无法相容!①

巴丘什科夫在卫国战争时期创作的诗歌像一本亲历战斗者行军作战的独特日记,这里可以听到战斗的声音、战事的进展和胜利的欢庆,如《俄国军队渡过涅曼河》(1813)、《渡莱茵河》(1814)、《朋友的影子》(1814)、《致尼基塔》(1817)等。值得指出的是,诗人不仅准确地描绘了战争,而且准确地表现了时代精神、人民的性格和普通俄国士兵的情感:

可能,他想起

自己家乡的河——

不由得把胸前的铜十字架

紧紧地贴在心窝……

——《渡莱茵河》

卫国战争以后,巴丘什科夫经历了一场精神危机:往日的理想与生存的不幸形成强烈的对立和冲突。在这一时期的创作中,早期抒情诗中那个明朗的、闪光的、诱人的世界消失了,取而代之的是与历史进程相吻合的失望情绪。在他的创作中出现历史哀歌题材,这是感叹人类道路多灾多难的悲歌。历史题材的出现,表明他对世界的认识已经融进了历史主义因素和哲理思考。

在哀歌《在瑞典城堡的废墟上》(1814)中,巴丘什科夫思考生活的变化无常。诗人在赞颂瑞典光荣的历史和英雄的人民的同时,不禁对现代资本主义瑞典的庸俗和乏味深感忧虑。诗人感慨万分:英雄何在? 人的鲜明个性何在? 为什么生活丧失高尚的追求而变得如此贫乏?

对俄国生活的洞察引起诗人忧郁的沉思,《奥德赛的远行》(1814)表现了诗人对祖国未来的忧思。抒情主人公从国外旅行回到祖国后,感到十分失望,

---

① 《俄罗斯抒情诗选》,张草纫译,上海译文出版社,1992 年,第 170 页。

因为祖国没有发生他所期望的任何变化。

世界观的变化促使巴丘什科夫重新思考"轻诗"的内容,创作重心由讽刺现实转向展现人的内心矛盾和孤独,如《最后的春天》(1815)、《赠友人》(1816);述说爱情的不幸,如《离别》(1820);揭示诗人与现实社会的冲突,如《濒临死亡的塔斯》(1817)。巴丘什科夫对生活普遍意义的认识变得越来越消极悲观,这使他笔下原先浸染着古代风情和爱国主义热情的丰富多彩的世界化为乌有:

> 生为奴隶的人,
> 死了仍将是奴隶。
> 死神未必会告诉他,
> 为什么他走在怪异的泪水之谷,
> 受苦,痛哭,忍耐,消亡。
>
> ——《麦基希德名言》(1821)

巴丘什科夫的创作道路是一条充满怀疑并孜孜不倦地探求真理的道路,他在生活和诗歌中苦苦地寻找自己的位置。他进行了许多创新,第一个使用了"铁的世纪"这一象征性标志来代表 19 世纪,这个称呼后来被普希金、巴拉廷斯基、勃洛克等许多诗人沿用。但遗憾的是,他的文学活动持续时间并不是很长。在 20 年代初,巴丘什科夫开始出现精神病症状,病情影响到他继续发挥创作才华。他晚期的大部分作品都被他在疾病发作时烧毁,留下来的只是一些支离破碎的残稿。

巴丘什科夫与茹科夫斯基一样,属于在自己的创作中追求简洁和自然的先驱者。他的诗歌总结了 18 世纪诗人的创作探索,并为普希金开创新时期俄国文学的繁荣培育了土壤。别林斯基在论及巴丘什科夫在俄国文学发展中的意义时指出:"巴丘什科夫在许许多多的方面都帮助普希金成为他真正成为的样子。对巴丘什科夫而言,只这一样功劳,就足以在俄国文学史上让人怀着爱戴与尊敬之情提起他的名字"。[1]

---

① Белинский В. Г. Полное собрание сочинений. Т. 7. М., 1955. С. 228.

第三节

十二月党人诗人

    在 19 世纪 10—20 年代的文学运动中，十二月党人诗人（поэты-декабристы）的创作占有重要地位。十二月党人诗人的最初创作是在 1816—1817 年间，这一时期也是十二月党人第一个秘密组织"拯救同盟"（Союз спасения，1816—1818）活动活跃时期。1821—1825 年是十二月党人诗人创作最具意义的时期，创作了许多具有政治性和战斗性的诗篇。十二月党人诗人的创作是与他们的社会政治斗争紧密联系在一起的。他们的文学纲领源自于他们的政治纲领。在同盟章程中，有专门一章用于阐明十二月党人诗人的美学基本原则。十二月党人诗人认为，诗歌的任务不在于协调词语，不在于华而不实的思想，而主要在于真诚地表达高尚的、引领人们向善的思想感情。他们坚持艺术为解放事业服务的创作理念，人民性、民族独立和俄罗斯文学的独特性在他们的美学思想中占据首要地位。在继承和发展拉季舍夫等 18 世纪末和 19 世纪初前辈的文学传统的同时，十二月党人诗人顺应时代要求，根据当时的社会政治任务，高举为民族的、表现爱国主义英雄精神的、革命解放的俄罗斯文学而斗争的旗帜。尽管在文学观点上，甚至是在创作实践上，十二月党人诗人没有达成完全的一致，许多东西取决于诗人的个性，如丘赫尔别凯的咏怀诗歌不同于雷列耶夫和别斯土热夫的诗歌风格，然而，在共同的政治任务的基础上形成了共同的文学美学原则，即革命浪漫主义原则。

    十二月党人诗人创作的一个典型特征就是对俄罗斯的历史、对祖国英雄的过去抱有深厚的兴趣，他们在历史中找到了为自由而斗争的楷模和典范。诗人们尤为关注反专制的战士和民族领袖，关注历史上反抗暴力压迫的民族起义。因而,在他们的诗歌中经常出现俄罗斯人民反抗外族(主要是鞑靼人和波兰人)侵略斗争的主题。忠实历史材料的真实不是他们的创作目的,历史在他们的作品中只是表达作者思想感情的载体,历史英雄常常充当表达作者政治观点的传声筒。十二月党人诗人的创作素材并不仅限于俄罗斯的历史与文化,古希腊罗马、法国和西班牙革命中的人物形象和事件都有助于他们宣传自己的政治思想和观点。

十二月党人诗人提出"公民诗人"的思想,在他们的诗中"公民诗人"表现为政治战士、贵族革命的宣传者、反专制的斗士、"人民幸福的歌手"。十二月党人的诗歌富于雄辩性和公民激情,诗歌体裁主要是政治颂诗、英雄史诗和公民悲剧。他们对古典主义诗学因素进行改造和化用,使之符合当时的政治任务和革命精神,表现诗歌的人民性,创造了革命浪漫主义的文体。

十二月党人诗人的创作对 20 年代俄国文学的发展起到重要作用。诗人们的爱国主义精神和革命追求,把文学事业视为政治思想斗争一部分的新的文学观,为俄国文学走上现实主义道路作出巨大贡献。十二月党人的诗歌传统在后来的俄国公民诗歌中得到进一步发展,波列查耶夫、莱蒙托夫、奥加辽夫和涅克拉索夫的创作都明显受到十二月党人诗歌的影响。

康德拉季·费奥多罗维奇·雷列耶夫(Кондратий Федорович Рылеев, 1795—1826)出生于彼得堡省索菲县的一个小贵族家庭,1810—1814 年在彼得堡第一武备学校学习,参加过俄法战争,并远征国外。回国后他在沃罗涅日省炮兵旅服役,后因憎恨阿拉克切耶夫的军事制度,于 1818 年退役。1821 年经杰尔维格介绍,雷列耶夫加入了"俄罗斯语言爱好者自由协会";1823 年与别斯土热夫一起创办《北极星》(《Полярная звезда》,1823—1825),这是当时俄国最优秀的刊物之一,具有鲜明的十二月党人的革命倾向。1823 年雷列耶夫加入秘密组织"北方协会"(Северное общество, 1822—1825)不久便成为该协会的领导人。起义失败后,雷列耶夫于 1826 年 7 月 13 在彼得保罗要塞被处绞刑。

雷列耶夫在武备学校学习期间就开始写诗,如《祖国之爱》(1813)、《致斯莫林斯基公爵》(1814)等。这些诗尽管还是不成熟的习作,但已经反映出他未来的创作倾向。让雷列耶夫一鸣惊人的是他于 1820 年在《涅瓦观察者》

（«Невский зритель»）上发表的讽刺诗《致宠臣》，诗人的勇气和正义感震惊了整个社会。这首诗揭露和抨击了当时炙手可热的权臣阿拉克切耶夫的恶行，斥责他"卑鄙而又阴险"，是"自己祖国疯狂的一霸"，是"依仗钻营而跃居高位的恶棍"，是祖国和人民的罪人：

　　你的所作所为就把你暴露给人民；
　　他们会认识到，是你限制了他们的自由，
　　是你以苛捐杂税搞得他们赤贫如洗，
　　是你使乡村失去了昔日美好的光景……①

　　诗人预言，这高傲的宠臣必将受到新的布鲁图斯或加图以及"被暴政激怒了的人民"的惩罚。雷列耶夫发表这首诗时，用的是自己的真实姓名，但阿拉克切耶夫并不敢公开承认自己就是诗中的宠臣，这使得诗人免遭一劫。

　　雷列耶夫在 20 年代创作的诗歌，证明了他是富有公民勇敢精神的歌手和捍卫者，如《致叶尔莫洛夫》（1821）、《公民的勇气》（1823）、《悼念拜伦》（1824）、《斯坦司》（1824）等。雷列耶夫政治抒情诗的突出特点，就是诗中充满高昂的革命激情、对祖国的"罪人"、"恶棍"的审判，以及对忘记自己公民责任的年轻一代的谴责。雷列耶夫认为，为祖国服务，信守理想，这是公民应尽的责任和义务。"我不是诗人，而是一个公民"（《致亚·亚·别斯土热夫》，1825），这一著名的诗句后来在涅克拉索夫的创作中得到进一步深化。

　　在起义前不久写的《公民》（1825）一诗恰似政治传单，具有直接的宣传鼓动性质。在诗中，雷列耶夫愤怒地斥责那些"在可耻的悠闲中打发年轻生命"的人和那些"不打算将来为人类自由而进行斗争"的人，号召公民应有勇敢精神。《公民》融合了雷列耶夫诗歌中的所有主题，强烈的政治现实性和高超的艺术技巧使它成为雷列耶夫最著名的诗篇。

　　在 1821—1823 年间，雷列耶夫创作了一系列"怀古诗"，于 1825 年出版了单行本。让年轻的一代了解人民的光辉历史，提醒他们不要忘记先辈的功勋，

---

① 《十二月党人诗选》，魏荒弩译，上海译文出版社，1985 年，第 98 页。

激发他们对祖国和人民的爱,是雷列耶夫创作怀古诗的主要目的;历史的爱国主义和公民观念的结合,是怀古诗的主要创作原则。在诗中,为祖国的独立和人民的自由而斗争、反对专制统治和压迫的战士形象占据中心地位。诗人歌颂了斯维亚托斯拉夫、德米特里·顿斯科伊、叶尔马克和伊万·苏萨宁的大无畏精神,特别是沃伦斯基,他是"公民的美德"的体现,是"祖国忠实的儿孙",是"可耻的不公正判决的不共戴天的敌人":

> 纵然他倒下了,但他
> 和他那美好而自由的
> 心灵的火焰般的激情,
> 将永远活在人民的心中。①

——《沃伦斯基》(1822)

雷列耶夫的怀古诗结合了庄严颂诗和历史小说的成分,这里既有对战斗功勋的描述,又有对某些公民原则和高尚品德的宣传,两者的有机融合形成了怀古诗抒情叙事相结合的体裁特点。宣传教育的宗旨影响了雷列耶夫真实地描述历史,诗中一些史实不够准确,对人物的把握也缺少应有的分寸,这些受到普希金的批评。尽管如此,怀古诗在当时产生的影响是相当广泛和巨大的,据赫尔岑回忆,即使是最边远地区的青年的手中都有这本诗集。

雷列耶夫与别斯土热夫一起创作的鼓动诗歌,是十二月党人诗歌中特殊的一页。《我们的沙皇,俄籍德国人》(1824)、《你说吧,说吧……》(1824)、《哎,待在祖国我感到厌恶……》(1824)、《一名铁匠走出打铁铺……》(1824)等,其中最有名的是后两首。在《哎,待在祖国我感到厌恶……》中,作者不仅巧妙地模仿了民歌,戏谑和嘲弄了沙皇老爷们,还把诗歌的人民性与革命内容结合起来。这里没有任何的空想成分,充满了具体的历史真实,反映了广大人民的心声。

叙事诗《沃伊纳罗夫斯基》(1823—1825)是雷列耶夫创作中迈出的新的一

---

① 《十二月党人诗选》,魏荒弩译,上海译文出版社,1985 年,第 121 页。

步。该诗取材于乌克兰历史,主要人物是乌克兰的盖特曼①、马塞帕和他的战友沃伊纳罗夫斯基。诗中的人物明显偏离历史原型,体现了雷列耶夫现代的公民理想和追求。但总体上说,不论在人物性格的心理刻画上,还是在人物关系的紧张性和悲剧性描写上,这首叙事诗要比怀古诗复杂得多,深刻得多。它在结构上融合了不同的题材和风格:献辞(致别斯土热夫)、马塞帕和沃伊纳罗夫斯基的传记,还有大量的注解,所有这些互相关联,形成一幅统一而复杂的时代画卷。

雷列耶夫在发展叙事诗的叙述功能基础上,力求全面展现人物的性格。诗中一方面通过一系列战役来展现沃伊纳罗夫斯基的顽强与刚毅;另一方面又借助细节描写展现他丰富的感情世界:他与救过他的哥萨克姑娘相爱、结婚,是一个爱妻子的丈夫和爱孩子的父亲。沃伊纳罗夫斯基形象的多面性是雷列耶夫的一大成就,这说明诗人的创作在向现实主义靠近。当时,除了普希金以外,还很少有人如此高超地刻画人物的肖像和性格。尽管普希金的艺术表现手法更加深广,但当时普希金还没有在叙事诗中刻画出一个历史人物。另外,诗中还塑造了一个勇敢的哥萨克姑娘,她陪伴自己的丈夫历尽千辛万苦,而无丝毫怨言。这一形象在涅克拉索夫的《俄罗斯妇女》中得到进一步体现。在俄国叙事诗中,《沃伊纳罗夫斯基》几乎是最早把公民思想与心理分析相结合的尝试。普希金说:"雷列耶夫的《沃伊纳罗夫斯基》是他所有怀古诗都无法比拟的,其文体日臻成熟,且成为地道的叙事风格,而这些我们几乎还不具备"。② 雷列耶夫的艺术创新对同时代人产生了很大的影响,普希金后来对《波尔塔瓦》的构思与创作即从中得到启发和借鉴。

继《沃伊纳罗夫斯基》之后,雷列耶夫又创作了另一部叙事诗《纳利瓦伊科》(1824—1825)(部分章节于1825年在《北极星》上刊登)。从保存下来的叙事诗残稿来看,诗中描绘了人民的日常生活和人民群众的民族自由解放斗争。该诗在塑造抗击波兰贵族、争取自由的乌克兰人民的领袖纳利瓦伊科时,突出了主人公与人民的接触,主人公的形象符合时代精神和斗争的需要。诗中最

---

① 盖特曼:17—18世纪乌克兰的统治者。

② Пушкин А. С. Полное собрание сочинений. В 16 томах. М.;Л.,1937 - 1959. Т. XIII. С. 84 - 85.

有力的一笔是"纳利瓦伊科的忏悔"：

> 我知道：谁最先起来
>
> 反抗人民的压迫者，
>
> 死亡就等待着他——
>
> 命运就是这样注定。
>
> 但是请告诉我，什么时候
>
> 不付出牺牲就能赎得自由？[①]

雷列耶夫的公民浪漫主义充满了人道的、自由的、建立在公正的法律基础之上的社会生活理想，这种公民浪漫主义和他对生活与创作的献身精神在普希金、莱蒙托夫、涅克拉索夫的艺术创作中得到响应。

威廉·卡尔洛维奇·丘赫尔别凯（Вильгельм Карлович Кюхельбекер，1797—1846)生于彼得堡。父亲是德国人。1811—1817 年他在皇村中学学习，与普希金、杰尔维格成为亲密朋友，1815 年开始发表诗歌。毕业后丘赫尔别凯在外交部供职，并加入了"俄罗斯语言爱好者自由协会"。

在皇村时期，丘赫尔别凯就显示出非凡的诗歌天赋。早期诗歌创作反映出他对古希腊罗马文学、神话和哲学的崇尚，以及德、法思想家和作家（黑格尔、席勒、歌德、卢梭等）对他的影响。《第一次悔过》(1818—1820)基本反映了诗人早期的创作特征。诗歌塑造了一个被贬黜的天使阿巴多纳，他是"破坏的使者，撒旦可怕的同盟者和敌人"，他忧郁、苦闷，充满怀疑和对上帝的反抗精神，但在"孤寂的忧郁"中体验到失去和谐存在的痛苦。这一形象成为莱蒙托夫笔下恶魔的先驱者。丘赫尔别凯这一时期的诗歌表现了他的孤独与彷徨，充满感伤的情绪，但他很快就从中摆脱出来，作品中对自由的热爱和公民的音调也越来越强烈。

20 年代是丘赫尔别凯公民诗歌创作的繁荣时期。创作的基本体裁是公民颂诗，诗中的主人公是反对专制、为自由而斗争、勇于牺牲的英雄。其中，《致

---

① 《十二月党人诗选》，魏荒弩译，上海译文出版社，1985 年，第 135 页。

阿哈特斯》(1821)、《致叶尔莫洛夫》(1821)、《致格里鲍耶陀夫》(1821)、《预言》(1822)等给人留下深刻印象。在这些诗中,诗人将热爱自由、号召斗争与爱国主义激情和祖国的形象结合起来:

> 阿哈特斯,阿哈特斯! 你是否听见那呼声?
> 它在召唤我们去战斗,去建立功勋。
> 我的火热的青年们,快快觉醒!
> 啊朋友,让我们快奔赴神圣的战争!
> ……
> 我们蔑视安乐、奢华和懒惰。
> 当宝剑为我们的祖国母亲
> 第一次在欢腾的搏斗中闪耀,
> 我们凯旋的日子就要来临![1]

——《致阿哈特斯》

与公民诗歌相呼应的是反映诗人使命的诗歌,如《诗人》(1820)、《致普希金》(1822)、《诅咒》(1822)、《诗人的命运》(1823)、《俄罗斯诗人的命运》(1845)等,表现了丘赫尔别凯对诗人使命和诗歌作用的认识。在丘赫尔别凯的心目中,诗人是不屈服专制统治的公民歌手,是预言家。他深知斗争的不可避免与残酷,但他毫不畏缩,勇敢地迎接斗争,这充分表现出作者的公民思想和英勇精神。此外,诗人在他的诗中还是人民的导师,能够预示和预见未来。

丘赫尔别凯非常关注欧洲人民的革命运动,在《尼斯》(1821)、《在莱茵河上》(1820或1821)、《希腊之歌》(1821)等诗中表现了对欧洲革命的热烈声援。在创作抒情诗的同时,丘赫尔别凯在1822—1823年间完成了叙事诗《卡桑德拉》,并开始着手创作关于格里鲍耶托夫的叙事诗。

在1824—1825年,丘赫尔别凯与奥陀耶夫斯基一起创办了《谟涅摩辛涅》(《Мнемозина》)丛刊,刊登普希金、格里鲍耶托夫、巴拉廷斯基、亚泽科夫、维

---

[1] 《十二月党人诗选》,魏荒弩译,上海译文出版社,1985年,第168页。

亚泽姆斯基等人的作品。丛刊名噪一时,这在很大程度上与丘赫尔别凯本人在刊物上发表的作品有关,尤其是《论我国诗歌,特别是近十年抒情诗的方向》这篇著名文章。文章批评了当时抒情诗中泛滥的消沉低迷的哀歌音调,认为抒情诗应该再现和歌颂"英雄的功勋和祖国的光荣",内容上要吸纳民族文化传统,积极提倡公民颂诗。

1825年以后,丘赫尔别凯的诗歌中开始出现悲哀、失望、和解的情绪,这主要与十二月党人起义失败有关,但这并不是他创作的主调。

十二月党人起义失败后,丘赫尔别凯被关押十年,后被流放到西伯利亚。然而,牢狱和流放并没有摧毁他的意志和信念,没有销蚀他的创作才华和浪漫主义激情。在此期间,他仍然从事文学创作,写日记、诗歌、剧本、小说和翻译莎士比亚的作品。在叙事诗《孤儿》(写于1833年,发表于1839年)中,诗人把视线转向普通人的日常生活和他们的痛苦,但却把他们的不幸看成是生活中的偶然事件。

丘赫尔别凯的革命活动和诗歌创作具有鲜明的个性。他的诗歌因糅合了公民理想、古典主义风格和十二月党人的浪漫主义原则,而具有矛盾性和独特性。

亚历山大·亚历山大罗维奇·别斯土热夫(Александр Александрович Бестужев, 1797—1837),笔名马林斯基,生于彼得堡一个贵族家庭。别斯土热夫对俄国文学运动的贡献主要是作为一个文学评论家和小说家,而这两方面对其他十二月党诗人来说,恰恰逊色于他们的诗歌创作。

别斯土热夫的诗歌创作题材丰富多样,有抒情诗、讽刺诗、书信体诗等。在他早期(1818—1819)创作的作品中,《仿布瓦洛的第一首讽刺诗》、《喜剧〈乐观主义者〉片段》、《致某些诗人》等属上乘之作。与雷列耶夫共同创作的鼓动诗在他的创作过程中具有重要意义。

在1823—1825年期间,别斯土热夫与雷列耶夫一起出版《北极星》丛刊,成为十二月党人运动的文学同路人。《北极星》每期的开篇之作都是别斯土热夫的纲领性文章,他从十二月党人的浪漫主义立场分析和评价过去和当时的俄国文学。

在流放期间,别斯土热夫继续从事诗歌和小说创作。这一时期创作的诗歌具有浓郁的浪漫主义气息,如《颅骨》(1828)、《时钟》(1829)、《梦》(1829)、《致云》(1829)、《秋天》(1831)、《忘掉吧,忘掉吧》(1835)、《在蔚蓝的海边,蔚蓝的远方……》(1834)等,诗人把对生活意义、个人命运和未实现的希望的思考寓于浪漫的象征和精致的隐喻之中。同时,诗人的乐观主义精神即使在最忧郁的诗中也能投射出来(《在蔚蓝的海边,蔚蓝的远方……》):

> 在蔚蓝的海边,蔚蓝的远方,
> 我把自己的心儿埋葬。
> 一想到昔日令人寒心的忧伤,
> 仿佛有一块不可摧毁的厚钢板,
> 把我的心儿同人们隔断。
> 我大梦沉沉。我的挡箭牌
> 无法打碎。然而在黑夜里
> 我有时觉得,严寒在退避,
> 我又复活了,我又年轻了,
> 目光中充满了美好的生气。①

被别斯土热夫称为"小说"的叙事诗《安德烈,别列亚斯拉夫斯基公爵》(1828)体现了一个真正公民谋求公众幸福的社会政治理想,证明了诗人对十二月党人革命的坚定信念。

亚历山大·伊万诺维奇·奥陀耶夫斯基(Александр Иванович Одоевский,1802—1839)生于彼得堡一个古老的王公家庭。他的诗歌基本上是在赤塔监狱和彼得罗夫工厂服苦役时创作的。后来,他被调到高加索当兵,在那里结识被流放的莱蒙托夫。

奥陀耶夫斯基很早就开始从事诗歌创作,但青年时代创作的大部分诗歌没有保留下来。《舞会》(1825)是这一时期的优秀作品,诗人愤怒地揭露了上流社会的精神空虚,这一主题在莱蒙托夫的《假面舞会》中得到发展和深化。

---

① 《俄罗斯抒情诗选》,张草纫译,上海译文出版社,1992年,第207页。

十二月党人起义失败后，奥陀耶夫斯基曾一度陷入痛苦和绝望的境地，但他很快便振作起来，坚信自己事业的正义性，《复活》(1826)、《诗人之梦》(1826—1827)等诗就是最好的例证。

在流放期间，奥陀耶夫斯基写了很多优秀的公民诗。《僵滞不动，如同棺内的死人……》(1831)是奥陀耶夫斯基在西伯利亚服苦役期间，闻听波兰革命的消息而作。诗中体现了斯拉夫人民团结一致的思想，坚信革命的烈火"将把刽子手的前额烧烂"这一天终将到来。《哀歌》(1829)是集深刻的思想性和完美的艺术性为一体的诗篇，诗人思考了十二月党人斗争的意义和作用，试图从未来的立场评价这次斗争。

然而，最能表现奥陀耶夫斯基诗歌才华、作为一个革命战士的坚强意志和政治思想的成熟性的作品，当属答普希金《在西伯利亚矿山的深处》一诗的《当那琴弦的热情的预言……》(1828 或 1829)。在诗中，诗人摒弃了个人倾向，以由共同的荣誉、思想和意志联系在一起的所有被流放的十二月党人的名义写成，表达了他们百折不回的坚强意志和对贵族革命的坚定信念：

> 我们悲惨的事业不会落空：
> 星星之火必将燃成熊熊的烈焰……
> ……
> 我们要把锁链打成利剑，
> 重新点燃自由的火炬……

奥陀耶夫斯基的浪漫主义诗歌主要分为两种：自我认识的抒情哲理诗和历史题材的抒情叙事诗或抒情诗剧。

自我认识的抒情哲理诗主要是缅怀青年时代的功勋、抒发对朋友和事业的忠诚以及监禁生活的痛苦(《你认识他们吗，我所如此热爱的……》，1836)：

> 你认识他们吗，我所如此热爱的、
> 又是同忧愁、共患难的人们？
> 你认识他们吗？——如同我，你热情地和他们握手，

并将那我早已熟悉的
友好的谈话转告给我，
而我又倾听着你这亲切的言语，
仿佛，我是在自己的故土，
又出现在同监难友的圈子里。

于是通过火热的沙漠的海洋，
旅行者千里迢迢去朝圣，
辽阔的冰冷的河水，棕榈的阴影
在远方招引他们……只是甜蜜的欺蒙
把他们迷惑；而力量使他们振奋，
这一支旅行者忘记了熊熊燃烧的
地狱般的酷热，又继续前进。①

　　抒情叙事诗或抒情诗剧在奥陀耶夫斯基的创作中占有重要位置。诗人采
用历史题材，寓意性地表达了内心的革命理想和信念。除叙事诗《瓦西里卡》
(1829—1830)外，其他的作品，如《特里兹纳》(1828)、《1610 年的圣女》
(1827 或 1830)、《不为人知的女漂泊者》(1829 或 1830)仿佛是俄国或古希腊
罗马历史画面中的一个"片断"。对个人和祖国命运的哀思、语言和形象的多
义性、动人的音乐性以及对历史的回溯，这些都加深了作品的穿透力和内在张
力，构成奥陀耶夫斯基富有个性的诗歌风貌。

---

① 《十二月党人诗选》，魏荒弩译，上海译文出版社，1985 年，第 194 页。

第四节

普希金圈内诗人

　　普希金圈内诗人(поэты пушкинского круга)是指和普希金生活在同一时代的一些著名诗人,他们的创作在题材、体裁、思想倾向和美学趣味方面存在明显相似之处,且彼此间具有紧密联系。之所以把他们与普希金联系在一起,是因为他们创作中的现代性以及与普希金的友好关系。他们中有目光敏锐、擅长写讽刺诗的维亚泽姆斯基,普希金的亲密朋友和战友、田园诗大师杰尔维格,才华横溢的维涅维季诺夫,自由和友谊的歌手亚济科夫,以心理描写见长的思想者巴拉廷斯基以及前面介绍过的十二月党人诗人等。他们当中的每一个人都在不同程度上为丰富和发展俄国诗歌作出了自己的贡献。他们同普希金一道,积极参与创建俄罗斯标准语言,努力用新的艺术手段丰富诗歌创作,研究并确立文学的新种类、新形式和新题材,完善俄语诗歌的创作方法。

　　普希金圈内诗人的诗歌主要具有如下几个特征:一、重视民间歌谣。诗人们对人民的迫切需要和利益做出了敏锐的反应,在自己的创作中力求传达出民间诗歌的精神和魅力,以此促进民族自觉意识的发展。他们创作了许多脍炙人口的民歌,如杰尔维格的《夜莺,我的夜莺……》、维亚泽姆斯基的《三套马车》、雷列耶夫的《叶尔马克之死》、格林卡的《囚徒之歌》、科兹洛夫的《傍晚的钟声》等。二、哀歌成为最重要体裁。哀歌为更加充分地反映诗人的内心世界和对生活的思考提供了可能,同时又把历史、哲学和社会政治等方面的问题纳入了诗歌世界。三、以十二月党人为主体的革命浪漫主义兴起。在浪漫主义中,十二月党人创造了一个独特的支流,即革命浪漫主义,它与以茹科夫斯基为代表的温和的、内省式的浪漫主义截然不同。尽管十二月党诗人也像茹科夫斯基一样,在诗中用一个臆造的、理想的世界来取代现存的世界,但他们在创作中找到了诗歌的人民性特征和民族特点,表现了历史英雄主义和爱国主义。在这一点上,十二月党人的浪漫主义与茹科夫斯基的浪漫主义有着明显的不同。四、创作风格的多样化。普希金圈内的诗人大多数属于浪漫主义诗人,但每个诗人又有自己独特的创作个性。如杰尔维格诗歌中与古希腊罗马文化相联系的新古典主义;十二月党人诗歌中具有 18 世纪启蒙主义思想的公民性;而维亚泽姆斯基、巴拉廷斯基在创作中已经逐渐转向清醒地、真实地反映现实,尽管他们所表现出的现实主义倾向各异。

普希金圈内诗人的创作个性是在复杂的条件下形成的。除了普希金的影响之外,他们还受到各种环境的影响,如所生活的社会环境,当时的社会运动以及各种刊物上展开的紧张的文学探索和斗争等。因此,就诗歌创作而言,他们与普希金之间既互相合作和互相影响,也出现了一些分歧和矛盾,甚至是"反普希金"的倾向。然而,正是由于这些分歧和矛盾的存在,才使得这一时期的俄国诗歌更加缤纷绚烂。可以说,没有这些风格各异的诗人及其创作,也就不可能构成紧张的、生机勃勃的普希金时代的文学全景。

彼得·安德烈耶维奇·维亚泽姆斯基(Пётр Андреевич Вяземский,1792—1878)出生在莫斯科一个显赫的公爵家庭,自幼受启蒙思想的教育,是伏尔泰的崇拜者。维亚泽姆斯基赞同先进贵族青年的对立情绪,并热衷于自由主义的变革。在波罗金诺战役中,他因英勇善战获得勋章;1817 年到华沙任职,因接触波兰的优秀文学家和进步思想,被沙皇解职,遣送回莫斯科。回国以后的维亚泽姆斯基尽管处在沙皇的秘密监视之中,但他仍然积极参加各种文学活动,秘密同十二月党人交往,同普希金交往,成为浪漫主义的衷心拥护者。

从 10 年代末到 20 年代初,维亚泽姆斯基的对立情绪变得更加激烈,并富有战斗性。他在这一时期创作的诗歌浸透着十二月党人的革命思想,充满了公民激情。在他的诗中,对社会的关注表现为诗人内心无法遏止的迫切需要,公民主题与个人感情主题相交融。在《苦闷》(1819)这首诗中,诗人在"心灵的祭坛前"发誓:"暴君定将成为敌人和祭祀的忠实朋友。"诗人的这种激进思想在《愤怒》(1820)一诗中发展到了极致:"我的阿波罗——是愤怒!""愤怒!熊

熊燃烧的烈火!"诗人无情地痛斥沙皇的暴虐和对公民权利的践踏:

> 不论是在祭坛的脚下,
> 还是在高高的御座旁,
> 我看到的都是沙皇的顺民,
> 而祖国的公民何在?
> 对于你们——祖国就是官廷,
> 就是盲目地为擅权者效忠!
> 向良心让步就能获取功名!
> 盯住权力——这是一切功名的桂冠!

这首诗,就其表现出的反暴政的激情和同专制制度势不两立的决心来讲,堪与拉耶夫斯基、雷列耶夫的革命诗篇相提并论。

在十二月党人起义失败之后,维亚泽姆斯基并没有失去战斗的力量。在《大海》(1826)中,他愤怒地谴责沙皇政府对十二月党人的残酷镇压,表达了对十二月党人的深切同情。与此同时,他创作中的讽刺色彩更加强烈。1828 年,被普希金称为"讽刺的诗人"的维亚泽姆斯基创作了著名的《俄罗斯的上帝》。诗人把讽刺的锋芒指向俄国的社会制度:从农民的贫困到旧贵族的衰败,以及投机钻营的盛行。然而,由于这些丑恶都被东正教会的威严所掩盖,最终导致人们对社会制度和政权体系的极端怨恨。这首诗深得赫尔岑的喜爱,并于 1854 年在伦敦发表,后来还被马克思译成德语,保存在自己的文稿中。

在这一时期的创作中,诗人从不同方面反映出脱离上流社会的主题,如《四轮马车》(1826)、《旅思》(1830)。道路、道路中的思考,是这一时期维亚泽姆斯基诗歌的重要主题之一。而于 1830 年创作的《诗人的三个世纪》是一篇具有创作宣言性质的诗作,有助于理解他诗歌世界的独特性。

维亚泽姆斯基是一个很有远见的诗人,具备成熟的理论修养。作为浪漫主义的宣传者和创作者,维亚泽姆斯基认为,浪漫主义是对受到禁锢的个性的解放,是对艺术中刻板模式的颠覆。这种浪漫主义的诗学观激发了维亚泽姆斯基新的创作冲动,促使诗人探索俄罗斯的历史文化特征和人民的精神,并把这种探索反映在他的诗歌创作中。正是维亚泽姆斯基把"人民性"这一概念引进俄国批评界。反映本民族的特征,表现人民的精神风貌,是维亚泽姆斯基诗歌的一个显著特征。在他的诗中,各种浪漫主义象征常常具有鲜明的民族色彩:路上的小铃铛和茶炊是民族文化的标志;第一场雪象征着北方俄罗斯人的性格。在描绘俄罗斯大自然的诗中,维亚泽姆斯基善于把自然风光与俄罗斯人民的日常生活和他们的内心感情结合在一起。作于1834年的《三套马车》就是这样一首脍炙人口的诗篇:

> 月儿从乌云下移动,
> 在绕着自己的轨道低回,
> 它直向旅人的脸上
> 洒下了流动的清辉。
>
> 这旅人是谁? 又来自何方?
> 他的旅途是不是很远很远?
> 他在这漆黑的夜里奔波,
> 是迫不得已,还是出于自愿?①

维亚泽姆斯基对俄罗斯的冬天似乎特别偏爱,在描写冬季的时候充满激情。《初雪》(1819)就是这样一篇精致优美的诗歌。初雪是俄罗斯北方人心灵的象征,冬季的冷峻之美孕育了他们特有的性情,冬天更能衬托出年轻人火热的感情和对生活的热爱。《初雪》这首诗用词非常"华美"(普希金语),但内容却不空泛。诗人描绘的是现实中的、富有俄罗斯风情的冬天,而不是抽象的、理想中的自然景色。

在维亚泽姆斯基的浪漫主义抒情诗中,洋溢着诗人的热情和真挚。与创作初期不同的是,诗人更加注重表现人民的日常生活,诗歌语言因之柔和顺畅,而僵硬的说教则让位于哲理性的思考。

---

① 《俄国诗选》,湖南人民出版社,魏荒弩译,1988年,第207页。

随着时间的推移,维亚泽姆斯基的思想日趋保守。他越来越远离时代新的进步力量、新的思想,并对它们抱有明显的敌视态度。在他 1840 年创作的《死亡把生命收割……》这首诗中,就已经开始流露出孤独、忧郁、消极的情绪,而晚年的创作基调则更加消沉、悲观。

尼古拉·米哈伊洛维奇·亚济科夫(Николай Михайлович Языков, 1803—1847)出生于辛比尔斯克的一个地主家庭。1823 年亚济科夫进入德国捷尔普特大学哲学系,在这里度过了七年的学习生活。1826 年他在三山村结识普希金,两位年轻的诗人彼此为对方的才华所吸引。当亚济科夫为普希金朗诵完自己的诗作《三山村》(1826)时,普希金不禁赞叹:"他胜过我们所有的人。"1829 年亚济科夫回到莫斯科。

亚济科夫的创作明显分为两个阶段:第一阶段从 20 年代大约到 1833 年,第二阶段从 1834 年到 1846 年。亚济科夫最优秀的作品大多数创作于 20 年代初到 30 年代中期,这一时期的抒情诗充满爱国主义思想和向往自由的乐观情绪。

亚济科夫的诗歌才华在他的抒情诗中展现得最为突出,尽管他也写了几首长诗,如《苏尔明中士》(1829)、《椴树》(1846)等,但都反响平平。

亚济科夫在大学时期创作的诗歌是他的一个重要成就。这一时期他创作了一系列"大学生歌谣",这些诗歌大多是歌颂自由自在的大学生活,歌颂自由、友谊和爱情。诗中的主人公是一个爱思考的大学生,他认为在专制的社会里,自由的感情和放任的行为都要胜过官方的道德规则和宗教禁忌。放纵的青春、沸腾的感情、大胆的玩笑,这些都是对社会的公开挑战。在诗中,这种浪漫主义的个性解放表现为主人公是兴高采烈地、有时甚至是不加思考地接纳生活赐予的一切欢乐:"热闹的宴会"、"享乐和饮酒"以及"无拘无束的自由"。他渴望自由,追求平等,鄙视沙皇的淫威:

> 这里没有权杖,没有镣铐,
>
> 我们人人平等,人人自由,
>
> 我们的思想不是别人的奴隶
>
> ……

即便俄国的皇帝来到这里，
我们也不会停下酒杯欠欠身。

——《歌谣》(1823)

  然而，诗人并没有沉迷于对自由的狂热幻想之中，他清楚地认识到人民身上的奴性意识。在《骄傲的自由的灵感……》(1824)和《人民的风暴还在沉默……》(1824)这两首诗中，诗人道出了自己心中的苦闷和哀痛：人民不懂得革命，"人民没有听到你的声音"，长期的奴役让他们的心灵变得麻木：

我看见奴隶的俄罗斯：
在神圣的祭坛面前，
拖着哗哗作响的镣铐，
在为沙皇虔诚地祈祷。

——《骄傲的自由的灵感……》

人民的愚昧让诗人悲愤不已，他痛苦地预示：

无论经过多少残酷的岁月——
俄罗斯就是不能觉醒！

——《人民的风暴还在沉默……》

  热爱自由和明显的社会对立情绪使亚济科夫与十二月党人接近。即使在十二月党人起义失败之后，他们英勇不屈的精神仍然激发他的创作热情。在《航海家》(1829)中，诗人用个人的精神力量与顽强的意志同给人带来灾难的、变化无常的大海的自然力量搏击：

兄弟们，大胆划吧，我已经
扳正鼓满风力的船帆：

让那行驶如飞的船只

乘风破浪,一往直前。①

转向俄罗斯的历史,寻求解决现代病症的办法,成为亚济科夫的感情依托。他创作的历史歌谣和叙事诗都是描写鞑靼人统治俄国的时期,如《鞑靼人统治俄国时的弹唱歌谣》(1823)、《叶甫帕基》②(1823),这种体裁与雷列耶夫的"怀古诗"和其他十二月党人的历史叙事诗相似。同他们一样,亚济科夫把古老的诺夫戈罗德看成是政治自由的象征。与他们不同的是,他不只是歌颂它,而且试图明白它覆灭的历史意义。在他的诗中,政治自由的理想是同个性独立的思想联系起来的。在这方面,他与普希金极为相近。

1838年亚济科夫因病到国外治疗,在意大利结交了果戈理。同果戈理一样,亚济科夫在那个时期也出现了精神危机。在30年代后期,特别是40年代,亚济科夫迷恋宗法制度,热心于《圣经》和宗教主题,诗歌中充斥着抽象的道德内容。在1844年和1845年相继出版的两本诗集,可以被视为他创作活动的总结。

亚济科夫诗歌的一个不容忽视的特点就是创新。他敢于破除传统框架,革新诗歌体裁形式。他创作的哀歌可以包含公民主题和个人感情主题;可以容纳各种音调——忧郁的、讽刺的、庄严的;可以变换不同的文体——从高雅语体到谈话语体,甚至是俚俗语体。这种艺术风格在浪漫主义诗歌中的确是开了先河,以后在俄罗斯现实主义诗歌中,尤其是在涅克拉索夫的诗歌中被发扬光大。不仅如此,亚济科夫对语言的驾驭能力令人折服,果戈理形象地比喻为"就像阿拉伯人驯服自己的野马一样"得心应手,而普希金则称他的诗为"活水"。

安东·安东诺维奇·杰尔维格(Антон Антонович Дельвиг,1798—1831)出生于莫斯科的一个少校家庭,1811年进入皇村中学读书,在此结识普

---

① 《俄罗斯抒情诗选》,张草纫译,上海译文出版社,1992年,第320页。
② 叶甫帕基·科罗弗拉特(Евпатий Коловрат)是具有传奇色彩的勇士,梁赞的大贵族。1237年冬他曾率领1700人的队伍在弗拉基米尔和苏兹达里打败蒙古鞑靼军队,后战死。他的事迹被写入《拔都攻占梁赞的故事》中。

希金,并成为挚友。杰尔维格最先发现普希金的杰出才华,称他为杰尔查文的继承者和新诗歌运动的领袖(见《悼念杰尔查文》,1816;《致普希金》,1815)。在皇村读书期间,杰尔维格酷爱古希腊罗马文化和俄国文学,从 1814 年开始发表诗歌。贵族学校毕业后,他与丘赫尔别凯、普希金一起创建了一个诗人自由协会组织——"诗人协会"(Союз поэтов)。从 1824 年起,普希金时代最好的丛刊之一《北方之花》(«Северные цветы»)开始发行,有普希金、茹科夫斯基、克雷洛夫、维亚泽姆斯基、巴拉廷斯基、科兹洛夫等作家参加。当十二月党人的刊物被禁止发行后,《北方之花》丛刊几乎成为莫斯科和彼得堡那些有才华的作家唯一的避难所。1830 年杰尔维格与普希金、维亚泽姆斯基一起编辑出版《文学报》(«Литературная газета»)。杰尔维格经常在报上发表文章,树立普希金流派的文学原则,批评一味迎合读者庸俗趣味的商业化文学,提倡培育青年读者高雅的美学标准。1830 年《文学报》因刊登反映法国七月革命的诗歌而被停刊,杰尔维格因此重病不起,不久就离开人世。

在 20 年代中期,杰尔维格已经成为一个卓有成就的抒情诗大师,他写了许多优秀的浪漫诗、哀歌、咏怀诗、十四行诗,但他创作中最基本的体裁是田园诗和"俄罗斯歌谣"(русская песня)。杰尔维格是一个以古典主义形式表现浪漫主义风貌的诗人。在咏怀诗和田园诗中,如《致狄翁》(1814)、《致丽列塔》(1814)、《采菲兹》(1814—1817)、《金莲花》(1824)等,他借助古典诗精致的形式、明快的节奏、鲜明的形象,创造出一个理想的、和谐的、宗法制的古希腊罗马世界。在这个世界里,人们过着自然纯朴的生活,尽管也有痛苦,但却懂得享受尘世间简单而真实的快乐:

> 我们坐下吧,亲爱的狄翁,秋天的树林枝繁叶茂,
> 绿荫下面多么凉爽,泉水熠熠发光,奔流不止,
> 在这里我们将忘却尘世的烦恼,让我们
> 把傍晚的时光献给酒神巴克科斯。

——《致狄翁》

杰尔维格田园诗中的情节通常发生在秋天的老树下、凉爽的寂静里、闪光

的泉水边。诗人总是赋予大自然以生动优美的画面,在纯朴清新的画面中表现出爱情的美好与高尚。《有一次吉吉尔和卓亚在两棵小悬铃木的树荫下幽会……》(1827)讲述了一个美好的爱情故事:热恋中的吉吉尔和卓娅在一次幽会的时候,分别在两棵小树上刻下对方的名字。当他们两鬓花白、步履蹒跚再次来到这两棵树下时,却吃惊地发现,这两棵树的树干竟紧紧靠拢,而他们的名字也连在一起。他们死后安详地躺在坟墓之中,老树成为他们爱情的见证。

在杰尔维格理想的世界中,无论是爱情和友谊,还是痛苦和死亡,都表现出人的精神与肉体的和谐与自然。在诗人的笔下,爱情和友谊是衡量一个人和整个社会的价值尺度。确定一个人尊严的不是财富、地位,而是朴实的感情,以及感情的纯洁和完整。

《朋友们》(1826)为我们描绘了一个世外桃源:所有的人们,不分尊卑贵贱,都和睦相处,什么都不能破坏他们平静的生活。在一天的劳动结束之后,当"秋天的黄昏降临阿卡迪亚",人们都聚集在两个智慧的老人周围,一边品尝着葡萄酒,一边欣赏他们的艺术。

十二月党人革命失败后,杰尔维格的诗中出现紧张的音调。诗人为黄金时代的终结感到悲哀,为人与人之间、人与自然之间失去和谐而深深地忧虑。现实的世界在优雅外表的遮掩下,隐藏着混乱,因此变得浮华和脆弱。这样一来,他的田园诗中渗透着哀歌的主题和情绪。

《黄金时代的终结》(1828)的结构形式是一个旅行者与牧人之间的对话,讲的是城市青年迈列吉爱上牧羊女阿玛丽娜,但迈列吉没有信守誓言,于是,灾难便降临整个国家。悲剧不仅涉及绝望的阿玛丽娜,而且,由于人与自然的和谐被破坏,阿尔卡吉城的美丽也黯然失色。这都是人的罪过,因为他心生贪欲,自私自利。阿尔卡吉城从此失去了田园生活,和谐的世界在城市文明的有害影响下被彻底颠覆:

唉,旅行者,苦啊!你就哭吧!赶快从这里逃走!
你到别处去寻找快乐和幸福!莫非这世界上
已经没有它们的踪迹,还是神已把它们从我们身边带走!

从这首诗中不难看出,生活在现代社会,诗人深感失望,这里没有真正的友谊和爱情,没有和谐。而在那个令诗人惋惜的、美好而完整的古希腊罗马世界的背后,站着的是一个失去完整性的人和诗人自己。他因人们的隔绝、孤独、分散而忧心忡忡,而惧怕未来。

严格地说,在杰尔维格的作品中,像《黄金时代的终结》这类田园诗已经不是传统的田园诗,因为它已失去了田园诗的内容核心——人与人之间、人与外部世界的和谐。杰尔维格的田园诗具有自己的特色,普希金认为他的田园诗是体现古代诗歌精神的最好典范。

在杰尔维格的创作中,另一个颇具特色的体裁是"俄罗斯歌谣"。可以说,在俄国诗人中,杰尔维格是民族抒情歌谣最优秀的创作者和诠释者之一,他能感受和表现民歌中的结构、气氛、诗歌象征中的诸多特点。另外,在"俄罗斯歌谣"中,诗人表现了一种民族特征,即他所认为的纯朴性与宗法制的结合。在这些歌谣中,常常充满忧郁的情调,总是听到轻声的抱怨,抱怨生活让人变得孤独,剥夺了他得到幸福的权利:

胸前的珍珠
在那个秋日失去了光泽,
手上的戒指
在那个冬夜碎成了两截,
或许等到春天一来,
心上人对我就不再理睬。

——《夜莺,我的夜莺……》

杰尔维格的"俄罗斯歌谣"以忧郁和凄凉的旋律,表现了普通俄罗斯人的生活和内心世界。这些诗音韵优美,感情真挚,富有表现力,很多被谱曲后,传唱至今,如《夜莺,我的夜莺……》(1825)、《小鸟唱呀,唱呀……》(1824)、《不是秋天的绵绵细雨……》(1829)等。

杰尔维格的诗歌从不涉及政治,他歌颂人世间的美、高尚的情操、内心的自由和人的尊严,在普希金时代的诗人中拥有光荣的一席之地。

叶甫盖尼·阿勃拉莫维奇·巴拉廷斯基（Евгений Абрамович Баратынский，1800—1844）出生于唐波夫省的一个贵族家庭，少年时曾在彼得堡贵族军官学校学习。1819 年他在彼得堡禁卫团当兵，并结识了茹科夫斯基、格林卡、杰尔维格、丘赫尔别凯和普希金，走上了文学创作道路。1820 年初，巴拉廷斯基被调往驻守芬兰的军队。正是在芬兰，他创作了大量重要作品，如哀诗《芬兰》（1820）、《苦闷》（1821）、《祖国》（1821）和叙事诗《欢宴》（1820）等，成长为一个诗人。从此，巴拉廷斯基的文学声名鹊起。

巴拉廷斯基是一个忧郁的诗人，对一切都怀疑和失望。他既不相信地上的和谐，也不相信天上的和谐；既怀疑"此在"幸福存在的可能性，又怀疑"彼在"幸福获得的可能性。在巴拉廷斯基看来，自古以来，人就具有二重性。不论是在自己的内心，还是在他周围的世界，都找不到和谐。正是这种认识，奠定了巴拉廷斯基诗歌忧郁、失望和矛盾的创作基调。

巴拉廷斯基的第一本诗集于 1827 年出版，这本诗集反映了巴拉廷斯基早期创作风格和创作主题，可以被看做诗人早期创作的总结。诗集共分三个部分："哀歌"、"集锦"、"书信体诗"，集中的每一首诗表现的都是不同的内心状态，彼此间没有必然的主题联系，但如果把它们汇集起来，就可以形成一条连绵不断的心理流程。

对幸福和生存价值的思考，是贯穿于诗集始终的主题，也是巴拉廷斯基整个创作的焦点。集中的大部分作品，如《该告别了，亲爱的朋友……》（1820）、《真理》（1823）、《绝望》（1823），描述的是心灵的波动与不安。抒情主人公热爱自由，渴望幸福，但一个人是否能获得幸福，取决于爱的愿望能否实现。而爱却是转瞬即逝的，是虚幻的，他是没有希望得到的。抒情主人公此时的内心处于一种迷茫的状态（《当金色的朝霞即将升起……》，1824—1825），他心怀幸福的理想，但幸福却悄悄溜走了，获得幸福的出路何在？

自童年我就渴望幸福，

可它从未对我垂青，

或许我终生与它无缘

在这生存的荒漠中?

——《真理》

对于这种渴望得到幸福的精神需求,生活给予的奖赏实在太少,或者可以说几乎没有。在这种情形下,内心的犹疑转而变成一种无所作为的平静:

> 我睡了,进入甜美的梦。
> 请忘掉往昔的憧憬:
> 你在我心中唤醒的
> 只是不安,而不是爱情。

——《失望》(1821)

抒情主人公不再相信"信誓旦旦",不再相信"海誓山盟",只想进入"甜美的睡梦"不被惊醒。然而,"甜美的睡梦"并非真的甜美,它虽然减轻了人内心的痛苦和失望,却是一种自欺欺人的、虚假的幸福,实际上是心灵冷漠的表现。

巴拉廷斯基笔下的爱是带有悲剧色彩的,他从不用爱的美好来渲染和烘托生活的美好,而是通过对离别、回忆、自省等一系列复杂感情的剖析,来展现思想的矛盾和心灵深处的律动,进而思考命运问题和存在的意义。他的抒情主人公总是对自己充满怀疑和不信任,于是世界在他心中留下的也只是一些哀伤的印记:

> 我们已经分离;我这一生只有
> 短短的一瞬有着的片刻魅力;
> 我再也听不见爱情的絮语,
> 我再也不能迷醉爱情的呼吸!
> 我拥有一切,忽然又都失去;
> 才开始做梦……而梦景却又隐匿!
> 现在我的幸福留给我的

只有过多的羞涩和忧郁。①

——《分离》(1820)

在传统哀歌的形式中表现出具体人物感情世界的丰富性和复杂性、矛盾性和多面性,是巴拉廷斯基哀歌的艺术特征。在他许多优秀的哀诗中,诗人强调的不是一味伤感的抒情主人公和对生活心灰意冷、哀恸青春飞逝的主题,而是人的个性和感情与他生活环境之间的冲突。在展现感情的多面性和矛盾性时,诗人使用了新的、更宽泛的艺术表现手法。

巴拉廷斯基的哀歌重在把人物的感情与他的心理活动结合起来,对感情活动和流动的心理过程的分析理性、冷静,且具有现实的准确性,这一点突出体现在《自白》(1823)这首诗中。抒情主人公的命运具有独特性,这是由于受日常生活和现实环境的影响:与恋人的多年分别、意想不到的人生波折、扭曲人性的社会舆论和环境。但在个体命运的独特性中,却体现出诸多的典型性和普遍性,以至于诗的结尾成为具有概括意义的哲理性结论:

对于自己我们无能为力,
而我们在青年时代,
匆忙许下的诺言,
在全知的命运看来可能是荒谬滑稽。

在与普希金同时代的诗人中,巴拉廷斯基是一个对大型诗歌体裁表现出严肃创作兴趣的诗人。除了早期创作的叙事诗《欢宴》外,巴拉廷斯基还创作了《埃达》(1826)、《舞会》(1828)、《姘妇》(1831)(后经修改,取名为《茨冈女人》)。与其他浪漫主义诗人不同的是,他善于在自己的作品中表现普通人的生活与感情。在他的叙事诗中,作者关注的是人们的现实生活和由社会原因造成的悲剧因素。在这几首长诗中,得到普希金高度评价的是《埃达》。《埃达》讲述的是一个芬兰农家姑娘与一个俄国骠骑兵的爱情故事。

---

① 《俄国诗选》,魏荒弩译,湖南人民出版社,1988 年,第 216 页。

故事的情节并没有更多的新颖之处,引起普希金注意的是巴拉廷斯基在人物的活动中表现人物性格的尝试,以及对女性内心感情的发掘。在这首诗中,女主人公埃达感情的每一个细微的变化,都在她的外表、话语和一举一动中留下了印记。为了突出埃达的人物性格,巴拉廷斯基有意把故事的背景设在芬兰色彩单调的边塞。普希金对《埃达》赞叹不已:"《埃达》这部作品以朴实无华为特色,叙述充满魅力,色彩绚丽,着墨不多但却独具匠心,刻画人物方面十分出色……","骠骑兵、埃达和诗人自己,每个人都在按自己的方式讲话。"①

巴拉廷斯基是一个善于思考的诗人,诗歌对他而言,与其说是自我表现的工具,不如说是认识的工具。他的爱情诗和哲理诗中的语词,在无损艺术性的情况下,都具有术语般的精准。

在二三十年代,巴拉廷斯基的诗歌表现出明显的哲理性内容。诗人深刻地思索历史和现实,他认为,贵族革命失败的原因之根本不在于社会方面,而在于人与自然永远的不协调,在于人心中内在的矛盾性——保持对人道主义理想的信仰,但这种信仰在任何时候都不能实现。诗人把对高尚人性的浪漫主义颂扬与清醒的、怀疑的、失望的观点相对立。在这一时期的哲理诗中,《最后的死亡》(1827)和《死亡》(1828)思考的是关于生命的本质和死亡的涵义。《芬兰》(1820)、《罗马》(1821)、《颅骨》(1824)探讨古代人民动荡生活的意义何在;如果一切已被神的意志预先决定,那么人为什么还要有激情等问题。在这些诗中,诗人提出了问题,但却找不到答案。

在后期创作中,巴拉廷斯基变得更加悲观,这自然与十二月党人革命失败后的整个社会气氛有关,除此之外,还有一个原因,就是他生活中的朋友——杰尔维格、格涅季奇、普希金等相继离开人世。他认为,新的一代并不能理解和接受老一辈人对艺术真谛的探索,以及对善与美的不懈追求,俄国的诗歌正面临着一个悲凉的黄昏时期。这种情绪集中体现在他生前最后的一本诗集《黄昏集》(1842)中。

"黄昏"作为诗集的题名,是具有象征意义的:这是"衰老世界的冬天"、

---

① 《普希金全集》,浙江文艺出版社,1997年,第6卷第84页;第8卷第235页。

"坟墓中的世界"、"夜的黑暗"、"一年中的傍晚"。《黄昏集》包括两个二律背反的世界——光明与黑暗、白昼与黑夜、有形的世界与无形的世界、正在失去的世界和即将来临的世界。在这些相互矛盾的含义里,产生一种过渡的和不完善的世界状态的语义形象。

《黄昏集》辑录了 30 年代下半期和 40 年代初期的诗作,表现的依然是他创作中的基本东西——诗人的精神探索和内心状态的相互否定。但如果说在 1827 年和 1835 年的诗集中,巴拉廷斯基强调的是这种精神探索和内心状态的个体性意义,那么,在《黄昏集》中,这种探索和状态被扩大和深化,具有一种普遍性和共性。

《黄昏集》的开篇之作《最后一个诗人》(1835),具有创作宣言的性质,诗中的冲突贯穿整个诗集。诗中表现出工业文明与大自然的对立,与艺术的对立,以及对人性的戕害:

> 时代沿着钢铁之路行进,
> 人心贪婪,公众的理想
> 愈益明显和无耻地沉迷于
> 迫切的需要和利益。
> 诗歌的幼稚的梦幻
> 在教育之光中消散,
> 一代代人不再醉心诗歌,
> 而是为工业四处奔忙。

"黑铁的世纪"是这首诗歌最主要的一个形象,也是《黄昏集》中的基本主题。在诗中,与"黑铁的世纪"相适应的季节是寒冷的冬天:"衰老世界的寒冬在闪光"。"黑铁的世纪"作为现时的主体,与另一个主体——过去的黄金世纪展开激烈的竞争。诗人深刻地揭示了自己时代的病症——追逐物质利益,但他找不到出路,也无力摆脱,诗中充满痛苦和绝望的呼喊。

《最后一个诗人》反映了这本诗集艺术整体的基本主旨,它与诗集中的其他几首诗,如《唉! 非原初力量的创造者! ……》(1838)、《前兆》(1839)、《你总是满面绯红,身着金裳……》(1840)、《偏见!他是一具陈旧真理的残骸……》(1841)、《诺文斯科耶》(1841)等,一起构成一个相对完整和紧密相连的形象——意义体系。诗人极其尖锐地揭示了人心中崇高激情的死亡、心灵的萎靡以及给世界带来美与和谐的艺术的消亡。

如果说《最后的诗人》是这本诗集的"引子"的话,那么,《秋天》(1837)则是它的"尾声"。尽管这不是诗集中的最后一首,但诗中的起首几行就已具有这种"总结"意味:

这就是九月!姗姗来迟的太阳,

闪耀着冷漠的光芒,

平静的水面上

金色的波光若隐若现,

灰色的烟雾弥漫山岗。

从表面上看,诗中的颜色语义与《最后的诗人》的隐喻意义没有什么必然联系,然而,从诗集的整个语境来看,《秋天》中的颜色在表现"铁的世纪"的语义完整性方面,并非是中性词汇。"银色"和"金色"原是与生活的美和力量相联系的,但在巴拉廷斯基的这首诗中,"金色"的语义象征却与世界浮华的、虚幻的外表紧紧地联系在一起。《黄昏集》不仅反映了巴拉廷斯基30年代下半期和40年代初期的世界观和创作观的总体面貌和特征,而且还折射出那个时代的变化和普遍的社会心理。

1843年秋,巴拉廷斯基出国旅行。在法国,与屠格涅夫和赫尔岑周围战友的交往给予他重大的影响。他在这一时期的创作中,表现出精神的复苏和对未来的信念,《火轮船》(1844)就是这一时期的代表作。《火轮船》展现了巴拉廷斯基新的精神风貌:这里没有怀疑,没有与生活的隔绝,有的是对新生活的热望和信心。《火轮船》是巴拉廷斯基艺术创作的新尝试,遗憾的是,这一尝试刚刚开始便意外中断:1844年6月,巴拉廷斯基猝死于意大利的那不勒斯。

巴拉廷斯基的诗歌具有独特的魅力,普希金认为:"巴拉廷斯基属于我国优秀诗人之列。他的独具一格,因为他善于思考。"①但在诗人生前和去世后的相当长一段时间,没有多少人能充分认识其诗歌的价值。基列耶夫斯基在《1829 年俄国文学评述》(《Обозрение русской словесности 1829 года》,1830)一文中曾肯定地指出:"要品味出巴拉廷斯基诗歌所有的微妙之处,需要具有比读其他诗人作品时更敏锐的听觉和更加凝神专注。他的作品我们读得越多,发现的新的、初看没有注意到的东西就越多——那些深藏于生活本身,但不是为任何人都能领悟的诗的真实征兆。"②巴拉廷斯基重新获得重视是在20 世纪初期,俄国象征派诗人认为,巴拉廷斯基的诗人特有的精神气质和作品中蕴含的美学品格与象征派极为相近,在象征主义者的眼中,他是一个具有独立精神的,可与丘特切夫比肩的抒情哲理诗人。

---

① 《普希金全集》,浙江文艺出版社,1997 年,第 6 卷,第 228 页。
② 同上,第 118 页。

哲学诗人

从 19 世纪 20 年代开始,哲学沙龙和团体成为俄国社会思想发展的一种特殊形式,其主要活动是研读西欧思想家和哲学家的文章,宣传他们的思想和观点,探讨各种哲学、伦理和美学问题,以及俄国社会的发展前途。在各种哲学团体中,最有影响的是"哲学协会"(Общество любомудрия)。该协会 1823 年成立于莫斯科,是一个具有哲学和文学双重性质的组织,主要研究德国康德、费希特、谢林等人的唯心主义哲学(其中谢林的"同一哲学"的影响最大),以及施莱格尔兄弟和歌德等人的浪漫主义诗学,旨在启蒙俄国,解放俄国人的思想,摆脱程式化的桎梏、不文明的现状。1825 年十二月党人起义失败后,协会自行解散。协会成员多是莫斯科大学贵族专修班的学生,也有莫斯科大学的学生和旁听生,主要有弗·费·奥陀耶夫斯基、德·弗·维涅维季诺夫、伊·瓦·基列夫斯基、亚·伊·科舍廖夫、斯·彼·舍维廖夫、尼·马·罗扎林、阿·斯·霍米亚科夫等。协会成员自称"哲学家"(любомудры),其作品主要发表在《欧洲通报》和《谟涅摩辛涅》上。协会解散后,《莫斯科导报》(《Московский вестник》)成为他们主要的创作阵地。

"哲学协会"对俄罗斯民族的哲学、历史、经济和美学的发展给予显著影响。受谢林的自然哲学观和"自我意识"观点的影响,协会成员着眼于民族的根源,他们试图站在本民族的立场上思考自己民族的现实和未来,从精神上和组成上都堪称斯拉夫派的鼻祖。许多成员同时具有诗人身份,即所谓的哲学诗人(поэты-любомудры)。哲学诗人把谢林的哲学思想和浪漫主义诗学融为一体,形成了一个复杂的艺术综合体。他们在诗歌创作中体现出来的哲学浪漫主义,首先意味着用历史的眼光看待文化。因此,哲学诗人都对历史,尤其是本民族的历史,抱有浓厚的兴趣。哲学诗人创立了俄国浪漫主义文学的一个分支——思想诗(поэзии мысли),即诗歌要揭示思想的结构和发展,为此反对普希金时代诗歌中体现的和谐理想,以及诗歌语言的流畅等传统认识。这类诗歌的主要特点是,诗歌不仅要具有哲学性,而且还要表现出自己的民族性。哲学诗人的文学活动促进了俄国哲学小说和诗歌的形成,确定了精神自我意识的重要性。

德米特里·弗拉基米罗维奇·维涅维季诺夫(Дмитрий Владимирович Веневитинов,1805—1827)出生于彼得堡的一个古老的贵族家庭,自幼受到极好的家庭教育,通晓拉丁语、希腊语、法语、德语、英语和意大利语,酷爱绘画和音乐。他曾在莫斯科大学旁听各种课程,对哲学、历史和文学理论的酷爱与对自然科学的兴趣有机融合,成为形成他的诗性哲理世界观的一个重要基础。1823年维涅维季诺夫与奥陀耶夫斯基、科舍廖夫、霍米亚科夫一起创办了"哲学协会";1825年通过考试进入外交部档案馆工作。1826年,维涅维季诺夫与普希金相识。普希金跟他一见如故,经常与他一起分享自己的创作构思。著名的献诗《致普希金》正是创作于这个时候,是维涅维季诺夫最优秀的作品之一。

维涅维季诺夫的文学评论和文学理论著述颇丰,但创作的诗歌并不多。正如其他哲学诗人一样,维涅维季诺夫深受谢林哲学思想的影响。他认为,人和人类的最高目的在于自我意识,自我意识是通往世界与个人和谐之路,因为所有本质的东西都反映在人的精神中。但这条道路是艰难曲折的:人要战胜存在中的矛盾,这就是为什么艺术家的命运既是美好的又是悲剧的原因所在。维涅维季诺夫的诗歌创作最充分地反映了他的哲学思想:存在的奥秘,人与大自然,艺术的本质和诗人的崇高使命。换言之,浪漫主义哲学和艺术几乎所有的基本问题在他的创作中都得到了反映。维涅维季诺夫的哲学和美学思想是在德国的哲学、美学思想和歌德的直接影响下形成的,但他的这些思想和观点在很多方面又有自己的独特性,符合俄国社会的要求,即必须在十二月党人之后的时期寻找新的生活方向,形成新的信念。

维涅维季诺夫的艺术创作在很多方面具有纲领性质。"思想诗"的基本特征在他创作中清晰可见：诗歌思想深刻而富有感情,表达明确而坦率。维涅维季诺夫诗歌的核心主题是诗人的命运。在维涅维季诺夫的艺术世界中,诗人作为上帝的选民高居于民众之上,高居于日常生活的庸俗之上。在诗人与残酷的现实之间没有一点共同之处(《诗人》,1826):

> 任凭周围欢乐的环境中
> 洋溢着轻狂的青春气息——
> 疯狂的叫喊,放浪的嬉笑,
> 不知节制的欢歌嬉戏:
> 这一切他感到格格不入,
> 只是默默地冷眼旁观,
> 只是偶尔从唇边嘴角
> 露出倏忽的微微一粲。[①]

诗人与世界的喧嚣格格不入,他生活在"神圣的静谧的梦中",这是"诸神的梦,诗人和灵感的梦",他完全沉湎于自己的幻想和思考之中——理解存在的法则,破解大自然的奥秘(《诗人与朋友》,1827)。

维涅维季诺夫的抒情诗具有内部的统一。在诗中,艺术家形象是思想者和创作者的结合。维涅维季诺夫认为,艺术创作者是人的本质力量的体现,是人的最高典范的体现。作为诗人的朋友、恋人、亲人,他们既是诗人讴歌的对象(《致我的女神》,1826;《遗言》,1826或1827;《写给我的宝石戒指》,1826或1827),同时又是歌手、艺术家和精神上的选民。

作为浪漫主义诗人,维涅维季诺夫远离政治斗争。然而,这并不意味着热爱自由的思想和情绪与他格格不入,他的一些诗歌富有公民思想,如《拜伦之死》(1825)、《希腊人之歌》(1825)、《诺夫哥罗德》(1826)等。维涅维季诺夫同情十二月党人,憎恶暴力和专横,他作品中表现出的精神的独立性和道德的纯洁性尤其引人注目。

[①] 《俄罗斯抒情诗选》,张草纫译,上海译文出版社,1992年,第343页。

维涅维季诺夫创作的诗歌虽然不多,但他作为诗人的影响却不可忽视。他的诗表达生动,节奏感强,富有力量。《哀歌》(1827)的开篇几句就很具有代表性:

> 迷人的美人！你唱得多么悦耳,
> 你歌唱着充满魅力的可爱的地方,
> 你歌唱着美丽而又炎热的南国！
> 我多么喜欢你回忆自己的往事,
> 我多么贪婪地倾听你的叙述,
> 一心向往着那个陌生的角落！
> 你吸足了那里清爽而新鲜的空气,
> 谈吐中也洋溢着这种清新的气息！①

维涅维季诺夫的诗歌语言鲜明朴素,思想深刻,表现了诗人的睿智和才华。对于维涅维季诺夫的诗歌,别林斯基给予高度的赞赏:“只有维涅维季诺夫一个人能把意见与感情、思想与形式融合在一起,因为在普希金时期的年轻人中,只有他一个人不是用冷的理智,而是用火热的同情和爱的力量拥抱大自然,能够深入大自然的圣殿……,然后把他从难于接近的祭坛上窥探到的崇高秘密表现在作品里。”②

维涅维季诺夫不满 22 岁就因病离世,他的诗歌是俄罗斯文学史上鲜明的,也是简短的一页。它作为美好的青春和爱情,作为伟大的希望,作为高尚的、纯洁的激情的象征而永垂史册。

斯捷潘·彼得罗维奇·舍维廖夫(Степан Петрович Шевырёв,1806—1864)是“思想诗歌”的创始人。他出生于萨拉托夫省的首席贵族家庭,幼年时接受家庭教育,长大后到莫斯科大学贵族专修班学习(1818—1822)。学习期间他开始写诗,翻译古希腊罗马文学和德国浪漫主义作品;毕业后供职于外交部档案馆;参与组织和出版哲学诗人的文学刊物《莫斯科导报》(1827—1830);

---

① 《俄罗斯抒情诗选》,张草纫译,上海译文出版社,1992 年,第 345 页。
② 《别林斯基选集》,第一卷,满涛译,上海译文出版社,1979 年,第 88 页。

1829—1832 年在意大利学习艺术史和建筑史,回国后在莫斯科大学讲授俄国文学史和诗歌理论等课程;1841 年起与波戈金(М. П. Погодин)一起领导《莫斯科人》(《Москвитянин》)杂志。在四五十年代的思想交锋中,舍维廖夫站在"官方人民性"的立场上,同别林斯基、赫尔岑等西欧派代表展开激烈论战。舍维廖夫是果戈理的挚友,1852 年果戈理去世后,他负责整理、出版果戈理的文稿和作品。1857 年他移居法国,1864 年故于巴黎。

舍维廖夫很早(1820 年)就开始发表诗歌,但诗歌创作在他整个的创作生涯中并不是主要的。作为新的诗歌流派——思想诗——的主要的理论家、组织者和策动者,舍维廖夫反对音韵优美但内容空洞的诗歌,认为过分强调语言的流畅和轻盈,就会压制思想的表达。作为文学理论家和批评家,他批评普希金的一些诗歌具有"草稿性",缺乏严肃深刻的思想,"俄罗斯人的感情"表现不足。在他看来,霍米亚科夫和亚济科夫的诗是"思想诗"的典范。

舍维廖夫的哲学诗有自己的特点,他的抒情诗以一种形象的形式阐述了他的美学和文学批评的主要观点。舍维廖夫的诗歌特点是纯理性、辩证性、宣言性、教育性,他非常重视诗歌中的思想,因为思想是永存不灭的(《思想》,1828):

> 一颗不明显的种子落到我们的头脑里,
> 汲取生活的汁液,在头脑中渐渐成熟;
> 时间一到,它就会在伟大的创作
> 或丰功伟绩中充分显露……
> 时间的过客在它底下无声地飞驰
> 帝国一个个兴盛衰亡,
> 在它深厚的福泽庇荫之下
> 人们一代代更迭,世运绵长。①

基于此,舍维廖夫认为,艺术家的创作思想也是永恒的、不死的(《智慧》,

---

① 《俄罗斯抒情诗选》,张草纫译,上海译文出版社,1992 年,第 355 页。

1828;《两种精神》,1829;《致老学究》,1830)。

　　舍维廖夫有一句名言:"根除杂草不是诗歌的事情。"这充分体现了他的浪漫主义文学立场。他认为,诗歌应该引领心灵走向美好和高尚。人与自然的同一是实现这一理想境界的最佳途径。大自然与人的精神生活的一致是他诗歌创作中的核心内容。在舍维廖夫的诗歌世界中,人是天地之间的连接点,他所有的精神力量都用于追求天上的世界。舍维廖夫这类主题的诗作较多,如《大自然的语言》(1825)、《精神的力量》1825)、《梦》(1827)、《斯坦司》(1828)等。对彼岸世界的追求充分体现在舍维廖夫对夜的思考中。在他的艺术思想中,夜是人与世界公开的融合,是人渗透到世界的奥秘之中。在哀歌《夜》(1828)中,夜的景象与人的精神状态形成隐喻式的对应,夜的纯净与和谐浸润在一片安宁之中,人的精神也同样如此。而精神的死亡、虚伪的激情和白昼空虚、忙碌的生活与梦形成对照。白天的大自然引发抒情主体对社会生活的忧虑,而夜晚的大自然则让人的精神得到安宁。在舍维廖夫笔下,夜的世界具有心理内涵,诗人力求揭示出人的精神世界的矛盾性,以表明他对理想的追求。

　　夜是多么美好,多么纯净,
　　情感是多么沉静、明朗和清新!
　　不论是生活的忙碌,还是淫逸的欲念
　　统统都与它们无关。

　　它们像太空一样自由自在;
　　它们像星辰一样和谐严整;
　　又如上帝怀抱中熟睡的世界,
　　那样的雄伟,那样的安宁。

　　在万籁沉睡之际,
　　我听见它们在齐声合唱,
　　那神秘陌生的音律,
　　顿时将我的身心充盈。

舍维廖夫的诗歌体裁丰富多样,有颂诗、哀歌、献诗、题诗、十四行诗、断片、情诗、讽刺诗等。如果说他早期的诗歌体裁具有沉思性,那么晚期的体裁形式则具有综合性。在词语的选用上,舍维廖夫敢于创新,在诗歌中大胆地使用古词语,把它与俚俗语词结合在一起,以此增加诗歌语言的质感。

舍维廖夫的诗歌创作致力于唤醒民族自我意识,克服在美学和艺术上的模仿风气。虽然他在诗歌创作中重思想,轻形式,但他的诗歌得到巴拉廷斯基、维亚泽姆斯基和果戈理的高度评价。

阿列克谢·斯捷潘诺维奇·霍米亚科夫(Алексей Степанович Хомяков,1804—1860)是斯拉夫派创始人之一,生于莫斯科一个古老的贵族家庭。他自幼受到良好的家庭教育,1821年通过考试获得莫斯科大学数学副博士学位。这一时期他与维涅维季诺夫交往密切,并对诗歌和翻译产生兴趣,之后加入"哲学协会"。1822年霍米亚科夫在阿斯特拉罕骑兵团服役,一年后转入彼得堡近卫骑兵团。在此期间他结识十二月党人诗人雷列耶夫和别斯土热夫,并在他们创办的《北极星》杂志上发表诗歌。1825年霍米亚科夫退役后出国学习绘画;1828—1829年重新入伍,参加俄土战争,战争结束后退役,专事田庄经营;1844年出版了第一本,也是生前唯一一本诗集《诗歌24首》;从1850年开始潜心研究宗教问题和俄国东正教历史。

霍米亚科夫的早期抒情诗具有浪漫主义风格,诗歌精神在许多方面符合哲学诗的特点——大自然与人的精神的同一,追求与世界的融合,如《致霞光》(1827)、《青春》(1827)、《灵感》(1828)、《斯坦司》(1829)等。早期抒情诗的重要主题之一是诗歌的本质和使命。在霍米亚科夫的诗中,诗人是人与大自然之间的媒介,而人极力想弄明白"大自然神秘的声音",力求实现精神与世界心灵的融合。

从30年代起,霍米亚科夫的诗歌主题和内容开始具有政论性和战斗性,他的许多诗都与他的哲学观和历史观紧密地联系在一起,充满公民激情,如《告别阿德里安堡①》(1830)、《鹰》(1832)、《自豪吧!》(1839)。霍米亚科夫反对现存制度,批评报刊检查上的政治迫害,歌颂语言和精神的自由,

---

① 现土耳其的埃迪尔内

揭露奴役和压迫。在这一方面,《致俄罗斯》(1854)最具代表性:

> 起来,我亲爱的祖国!
> 为了同胞! 上帝在召唤你……
> 快用忏悔之水将自己洗涤,
> 那双倍惩罚的雷声
> 就不会在你的头顶响起!
> 带着虔诚的心灵,
> 还有被忘记的头颅
> 恭顺地祈祷吧
> 用哭泣的圣油将
> 腐败的良心的伤口治愈!

霍米亚科夫仇恨压迫和暴力,信仰自由及其美好力量。他所有的斯拉夫主义学说都是关于自由的学说。这种对自由的酷爱最鲜明地体现在他的俄罗斯主题的诗中。诗人认为,俄罗斯的使命首先在于,它要向西方世界揭示自由的奥秘(《上帝的审判》,1854),在《致忏悔的俄罗斯》(1854)一诗中,诗人表现了自己对俄罗斯的信念以及俄罗斯民族所负有的救世使命:

> 前进! 人民在召唤你。
> 当你完成了浴血奋战,
> 请赐予他们神圣的自由。
> 给予思想的生命和生活的和平!

霍米亚科夫的政治抒情诗没有忧伤的情绪,他在诗歌中从来不会表现自己的软弱、内心的斗争、怀疑、徘徊,这一点与他同时代的诗人有明显的不同。霍米亚科夫总是在与敌人做斗争,而不是与自己做斗争。

在诗歌创作上,霍米亚科夫力求克服"轻诗"和"沙龙诗"的束缚,他的抒情诗充满哲学思想,富有朗诵的激情;喜欢使用古词语。

第六节

浪漫与现实之间

在 19 世纪前期的诗坛上，还有两位诗人占有特殊地位：一个是创作方法游走于浪漫主义与现实主义之间的波列查耶夫，一个是出身卑微、自学成才、作品中同样兼有浪漫主义与现实主义双重因素的民间歌手柯尔卓夫。

波列查耶夫的诗歌深受拉季舍夫和十二月党人诗人的影响，继承了俄国公民诗歌的优秀传统，是当时进步贵族阶级反抗封建农奴制度贵族的情绪和观点的鲜明体现，其早期抒情诗就已经触及社会问题。十二月党人起义的失败、与平民知识分子的接触、个人的不幸处境，让波列查耶夫的政治嗅觉更加敏锐，创作水平迅速提高。为了深刻揭露专制制度，抗议教会对人性和日常生活的束缚，谴责残酷的战争和非人道的牢狱生活，波列查耶夫大量使用讽刺和现实主义的创作手法。而"低级的"日常生活的细节、平民化的表达方式以及反映他所熟悉的"底层"现实生活的一些粗俗语言，又使他的诗歌带有某些自然主义的印记。波列查耶夫的诗意绪激昂，感情紧张且热烈，诗句简短，其结构类似于演说辞，这也是波列查耶夫在诗歌形式上的一个创新之举。

亚历山大·伊万诺维奇·波列查耶夫（Александр Иванович Полежаев，1804—1838)出生于奔萨省因萨尔县的波克雷什金诺，是地主与一个女农奴的私生子。他是在农奴和手艺工匠中间长大的，目睹了农奴的沉重劳动、贫困和非人的折磨，童年时的见闻与经历对未来诗人世界观的形成有着很大影响。1814—1820 年波列查耶夫就读于莫斯科一家私人学校，1820—1826 年在莫斯科大学语文系学习，毕业后去军队服役。1829 年他随部队开到高加索，在那里度过四年，并参加过多次战役。因不满沉闷严酷的军队生活，波列查耶夫曾两次逃离部队,并因此受罚服刑。1838年1月16日他因肺结核去世。

波列查耶夫在大学期间接触到了十二月党人的进步诗歌,并开始尝试诗歌创作。这一时期的作品发表在《欧洲通报》和一些丛刊上,其中最著名的一首是叙事诗《萨什卡》(1825)。《萨什卡》的创作明显受到18世纪俄罗斯文学中的讽刺诗的影响。当时,普希金的《叶甫盖尼·奥涅金》部分章节已经问世,波列查耶夫的这首诗与《叶甫盖尼·奥涅金》形成一种隐秘的论战。在《萨什卡》中,波列查耶夫选用了《叶甫盖尼·奥涅金》中所使用的诗格(四步抑扬格)和近似"奥涅金诗节"的诗节。不仅如此,他在作品中还多处直接或隐蔽地援引《叶甫盖尼·奥涅金》中的诗句和情节,把自己的主人公置于相似的情境之中,而主人公的名字用的是作者本人的名字。与普希金笔下的奥涅金不同的是,波列查耶夫的主人公是一个大学生,是上流社会的异类。虽然他也在娱乐和欢饮中消磨时光,但他鄙视上流社会各种限制人自由的礼仪。

这首诗从多方面表现出作者对上流社会的轻蔑和鄙视。作者嘲笑特权阶级及其官僚主义。他赞扬主人公的无神论思想,对牧师、僧侣和教会制度给予公开的嘲弄和挖苦。在诗人的笔下,俄罗斯是一个"用镣铐压迫人的头脑"的"愚蠢的祖国"。他幻想有朝一日祖国能"在自己的野蛮中清醒","让自己摆脱/卑鄙的刽子手的重负。"为了加强讽刺效果,波列查耶夫使用了一种低级、粗鲁的调性。诗中对许多日常生活细节进行了自然主义的描写,语言粗俗、猥亵,甚至出现一些色情场景。全诗以萨什卡重返大学,与同学相见,并希望重新开始以前狂放不羁的自由生活而结束。

《萨什卡》表现出作者反专制的民主激情。随着时间的推移,对沙皇政府的憎恨和对人民的同情在他的诗歌中得到越来越充分的体现。他痛苦地写道:"亲爱的祖国/被交给了刽子手"(《晚霞》,1826)。"沙皇这个上等兵/像掐死一只鸡一样,掐死了罗斯"(《命运》,1826—1828)。诗人为自己的无能为力感到愤怒:"奴役的锁链/在被缚的脚上哗啦作响,/而复仇的钢刀仍一动不动/握在冰冷的颤抖的手中"(《锁链》,1826—1828)。这类的诗还有《四国》(1826)、《巴尔塔萨王》(1826)等。

在军队服役期间是波列查耶夫创作的主要阶段。这一时期的一个重要创作主题是牢狱生活和痛苦的死亡。受到别林斯基赞扬的《被俘的易洛魁人之歌》(1828)歌颂了一个与敌人斗争到底的勇士：

> 我将死去！我无法自卫的躯体
>
> 将会使刽子手遭受耻辱！
>
> 但，我像一棵古老的橡树，
>
> 面对箭矢我岿然屹立，
>
> 我岿然屹立，勇敢地迎接
>
> 不幸的时刻来临！

内在的精神力量和意志甚至让主人公在面临死亡时仍然忠诚于自己的生活意义，这在《囚犯》(1828)一诗中表达得更为明确：

> 我被判刑！……法律判处我
>
> 耻辱的死刑！
>
> 但我毫无畏惧地在断头台上
>
> 迎接坟墓里凄凉的黑暗，
>
> 我结束我的生命，如活着的时候一般。

然而，反专制主义的激情常常转化为对社会政治问题的思考。在波列查耶夫的抒情诗中，"厄运的镣铐，宇宙的独裁"，因之而消亡的"受到命运惩罚的原子"，成为诗人哲学思考的对象。[1] 这类主题的诗还有《无情的人》(1828)、《活死人》(1828)等。在诗中波列查耶夫继承和发扬了拜伦的诗歌传统，然而，对于波列查耶夫而言，拜伦的创作主题和情节不单纯是文学传统，而且还是他个人的痛苦经历与情感体验。人与具有无限权力的命运抗争，脱离"活死人"的世俗生活等主题意蕴在莱蒙托夫的抒情诗中得到进一步发展。

在30年代，波列查耶夫创作了一组以高加索战争为题材的诗歌，如《哥萨克》(1830)、《库班之夜》(1830—1831)、《切尔克斯人的浪漫曲》(1831)、《山区

---

① Айхенвальд Ю. И. Силуэты русских писателей. М.：Республика，1994，С. 542.

民团之歌》(1832)，以及叙事诗《埃尔别里》(1830)、《契尔—尤尔特》(1831—1832)。诗人关注的中心不是异域风情和自然美景，而是普通民众的日常生活和艰难命运。作者以现实主义的笔法描写了俄国士兵经常忍受的危险和困苦，以一个普通士兵的视角审视战争，在展现俄国士兵和山民的勇敢精神的同时，揭示了战争的无意义和流血牺牲。他诅咒第一个拔出"战争之剑指向/生活着热爱和平的/人民的/安乐之邦"的人，并且坚信，终有一天"尚武的竖琴""将忘记战争和箭弩/快乐地歌唱和平"。高加索系列诗的艺术创新在于表现了战争的残酷和军人日常生活的沉重，语言平易活泼，使用了士兵语言和口语词语。

　　1833—1838 年，波列查耶夫的创作兴趣转向了历史。叙事诗《布鲁图斯的幻象》(1833)和《科里奥拉努斯》(1834)以罗马的历史事件为抒怀对象。作者继承了十二月党人诗人的传统，他不是追求史实的可靠与准确，而是意在以史料为依据提出当时俄国面临的迫切问题。

　　波列查耶夫创作的歌谣是他诗歌遗产中的一个重要组成部分。《短上衣》(1832)、《萨拉凡》(1834)、《你还要不停地下多久……》(1935)、《不要爱我，离开我吧……》(1836)，这些歌在当时广为流传，并成为优秀的俄罗斯传统歌曲。

　　波列查耶夫的创作方法经历了从前浪漫主义向浪漫主义和现实主义的逐渐转变。在滋养诗人的文学传统中，不仅有拜伦的主题与激情，而且还有十二月党人诗歌、普希金的诗歌以及民间文学（俄罗斯民歌、高加索民间创作和士兵歌）。别林斯基给予他高度评价："波列查耶夫诗歌的本性和特征的鲜明特色，是由证明其天性和精神的非凡力量的感情的非凡力量，以及证明其才能的非凡力量的紧凑表现的非凡力量所组成的。"[1]波列查耶夫的诗歌，就主题和内容而言，影响到了后来的涅克拉索夫，就诗歌形式而言，影响到了白银时代的诗人。

　　受茹科夫斯基等人影响，柯尔卓夫的创作是从浪漫主义起步的。

　　来自民间的柯尔卓夫深得民间歌谣之精髓。据统计，柯尔卓夫共创作了七百余首歌谣体诗和浪漫曲[2]。柯尔卓夫的歌谣不仅是俄罗斯文学传统的体

---

①　《别林斯基选集》，第五卷，辛未艾译，上海译文出版社，2005 年，第 157 页。

②　См.：Тонков В. А. А. В. Кольцов. Воронеж：Воронежское кн. изд-во，1953. С. 209.

现,也是其民族独特性的体现。柯尔卓夫是农民的歌手,他切实了解俄国农民,了解他们的田间劳作、日常生活、喜怒哀乐。他的诗歌就是农民生活与情感的艺术表现。他是俄罗斯诗歌史上第一个农民诗人,第一个为农民写作的诗人。他笔下的农民身强体壮,怀抱幸福和自由理想,具有丰富的精神世界。柯尔卓夫的诗流传很广,不仅成为民间曲目中不可分割的一部分,而且也是新民歌的典范,对俄罗斯民歌的发展产生了深远而积极的影响。

阿列克谢·瓦西里耶维奇·柯尔卓夫(Алексей Васильевич Кольцов,1809—1842)出生于沃罗涅什一个殷实的小市民家庭,自幼随父贩卖牲口,没有受过正规教育,但聪颖过人,酷爱读书。柯尔卓夫16岁时在集市上买到一本德米特里耶夫的诗集,被其所打动,遂萌生创作愿望,开始尝试写诗。与哲学家、诗人斯坦凯维奇的相识为他打开了通往莫斯科和彼得堡文学界的道路。在斯坦凯维奇的帮助下,柯尔卓夫于1835年出版了第一本诗集,并结识了别林斯基以及格林卡、茹科夫斯基、维亚泽姆斯基、奥陀耶夫斯基等诗人。拜访普希金给柯尔卓夫留下极为深刻的印象,1837年闻听普希金辞世,他当即写下了《森林》一诗悼念。33岁那年柯尔卓夫因患肺结核去世。

柯尔卓夫的创作活动是19世纪30年代俄国文学民主化进程最鲜明的表现之一。他总结了几个世纪民间艺术创作的成果,并且尝试着让文学走出贵族文学的沙龙,走向民间,面向民众。

别林斯基把柯尔卓夫的诗歌分为三类:第一类是用规范的格律,主要是用抑扬格和扬抑格创作的诗剧。其中的大部分作品具有模仿性质,基本是最初的练笔之作,这类作品有《孤儿》(1827)、《致同龄人》(1827)、《旅人》(1828)等。第二类是给柯尔卓夫带来声誉的俄罗斯歌谣。第三类是哲理抒情诗,亦即怀古诗。

在柯尔卓夫的创作中,俄罗斯歌谣占有非常重要的地位。柯尔卓夫的"俄罗斯歌谣"不仅让他声名鹊起,同时也使他超越了同时代的其他诗人。俄罗斯歌谣这一诗歌体裁出现在18世纪末,广泛流行于19世纪二三十年代,也就是1812年卫国战争之后俄国人民的民族自我意识异常高涨的时期。这种体裁是书面诗歌与民间口头创作的结合。在二三十年代,一些优秀诗人,如杰尔维格、格林卡等也写过这种体裁的作品,不过他们只是借用民歌中的一些形象、主题和修辞方法,具有模仿性和人工雕琢的痕迹。柯尔卓夫创作俄罗斯歌谣有自己的独到之处。诗人自己的生活经历使他能够真正理解和把握人民的精神和情绪。如果说上述诗人的歌谣主要是表达脱离现实的感伤与忧郁以及对爱情的感受,那么,柯尔卓夫的歌谣则浸润着深刻的生活现实和乐观主义精神,这使他的歌谣接近真正的民间诗歌。就这一方面而言,柯尔卓夫的诗歌在思想性上接近首先力求理解人民的"思想和感情方式"的普希金的诗歌。也可以说,柯尔卓夫与普希金走的是同一条创作道路。他像普希金一样,在当时文学发展过程中积极促进对民间诗歌内涵的深刻理解以及对人民现实生活中各种现象的研究。

柯尔卓夫是来自民间的诗人,因此比起同时代的其他诗人,他对俄罗斯歌谣的理解和运用更准确自如。柯尔卓夫的诗歌是民间的诗歌,更确切地说,是农民的诗歌。他诗中的主题、情节、形式都来源于民间口头抒情诗。这些主题、情节在他的诗歌中表现得形式更丰富,感受更深刻,感情更丰沛,色彩更浓郁,但本质并没有改变。柯尔卓夫保留了俄罗斯歌谣的基本框架和民族元素:如善良的小伙子、美丽的姑娘、勤劳的庄稼汉和割草人等人物形象,并在他们身上反映出俄罗斯人的性格。

柯尔卓夫的诗歌中真正的人民性最鲜明地体现在描写农民劳动的诗歌中。他的创新首先表现在善于以农民的视角描写劳动,把劳动视为生活、伟大精神和快乐的本源。柯尔卓夫准确地抓住了俄罗斯歌谣中民族精神之核心——农民劳动的诗意,如《庄稼汉之歌》(1831):

我高高兴兴地
操着耙,掌着犁,
我准备大车,
又装满谷粒。

我喜气洋洋
望着草垛,望着谷仓,
我打麦,我扬场……

　　喂！拉吧，大灰马。①

　　柯尔卓夫诗化了农民劳动。劳动的快乐给予农民特别的力量和坚忍，让他的心灵免遭农奴制和专制的毁灭。在他的诗中，农民是一个完整的人，在土地上劳动满足了他的精神需求：他为种子发芽感到高兴，欣喜地关注麦穗的成熟，他是大自然的共同参与者和生命起源的创造者。柯尔卓夫的主人公在劳动中、在大自然中变得更加强壮。在这里，人的劳动与大自然有机地结合在一起。对人民生活的深刻思考使得柯尔卓夫能够发现人民生活中那些主要的东西，突出本质的东西。格列勃·乌斯宾斯基称他为"农事劳动的诗人"，并且认为："包括普希金在内，谁也没有触及人民心灵以及主要是在农事劳动中培养起来的人民世界观中那些诗意的地方。"②

　　柯尔卓夫的诗歌世界是一个充满生机的世界。人是活生生的，和他一起存在的还有大自然。在《庄稼汉之歌》中，母亲——湿润的大地，是一个活生生的机体。像在民歌中一样，这里没有细节描绘和具体分析，因为诗人说的不是属于某一农民的分地，而是整个大地："朝霞喷射出/红色的火焰；/薄雾笼罩着/大地的面庞"（《收获》，1835）。

　　大自然的广袤辽阔与人的命运、英雄气概融为一体。柯尔卓夫的主人公的英雄气概是与生俱来的。割草人(1836)在劳动中所表现出来的英雄气概就是这样。割草者前往割草的草原是一望无际的，诗中的草原几乎是整个土地：

　　　你啊，我的草原，

　　　辽阔的草原，

　　　草原啊，

　　　你如此宽广

　　　一直延伸到

　　　黑海沿岸！

　①　《俄国诗选》，魏荒弩译，湖南人民出版社，1988 年，第 42—43 页。

　②　Успенский Г. И. Полн. собр. соч. в 14 т. Т. Ⅶ. М.-Л., 1949-1954. С. 36-37.

　　柯尔卓夫对大自然和世界的看法在怀古诗中有所变化,表现得更为复杂。当时民主主义批评界对他的评价并不充分。

　　柯尔卓夫也创作过不少独具一格的怀古诗。在《伟大的奥秘》(1833)、《人》(1836)和《诗人》(1840)等作品中,诗人对生与死的意义、人的价值和艺术的作用做了深入思考。别林斯基认为柯尔卓夫的怀古诗是一种独特新颖的诗歌体裁,一方面它与人民的生活联系在一起;另一方面,诗人的哲理思考是与同时代思想家的平等对话。另外,柯尔卓夫的怀古诗有别于雷列耶夫的怀古诗,前者同样富有哲理性,但诗中呈现的往往是人民的智慧,而不是个人的空洞议论。

　　柯尔卓夫也写过一些表现贫穷和困苦的诗,但都具有普遍的概括性。诗人带着内心的悲痛与同情讲述穷人的艰难生活和悲苦命运,柯尔卓夫诗中的这一主题预示了60年代民主主义诗歌所特有的倾向,如《痛苦的命运》(1837)、《里哈奇·库德里亚维奇的第二支歌》(1837)、《十字路口》(1840)、《穷人的命运》(1841)等。名作《农夫的沉思》(1837)中的主人公是一个可怜的小伙子,他孤单一人,生活穷困:

　　　　没金也没银,
　　　　住处一木棚,
　　　　耕地少犁杖,
　　　　缺马缺缰绳。①

　　穷人的痛苦命运常常借助民间诗歌里的词汇(如 беды, горя, злой судьбы)来表达。应该指出的是,柯尔卓夫的诗不仅描写了农民的"痛苦命运",而且也表达了与之顽强斗争的信心和勇气,如《乡村的灾难》(1838)说的是农民与财主作斗争,《鹰的沉思》反映了主人公对美好生活的渴望与追求。尽管主人公遭受了所有的痛苦和打击,但他仍然能够接受命运的挑战,勇敢地迎接任何不幸和苦难,因此,诗歌的音调浸透着乐观主义精神:

---

　　① 《俄罗斯抒情诗百首》,李锡胤、张草韧译,黑龙江人民出版社,1983年,第50页。

在痛苦的宴席上

要带着愉快的笑容；

迎接死亡——

要像夜莺一样歌唱！

——《道路》(1839)

柯尔卓夫的主人公具有坚定的意志，他总是勇往直前，没有丝毫犹豫，即便是"粗鲁的怀疑斩断了双翅"，却仍然相信"心灵的力量和强壮的肩膀"(《猜不透的真理》,1836)。苏联诗人巴维尔·安托科尔斯基认为战胜苦难的乐观主义精神是柯尔卓夫诗歌的"中枢神经"[①]。

自由的主题在柯尔卓夫的创作中占有显著位置。在柯尔卓夫的诗中，鹰的形象是与自由和反抗联系在一起的，如《鹰的沉思》、《斯坚卡·拉辛》(1838)等。在《坏天气里风在吼……》(1839)中诗人号召人民："起来吧——/张开力量的翅膀;/我们的快乐可能/就在山后藏!"《和生活算账》(1840)表现的是反抗不公正的社会制度和奴役生活："如果上帝赐我力量——/我定要把你捣毁!"《最后的斗争》(1838)揭示了人民追求美好生活的不灭的信念，这是人民心中的永久的乐观精神：

命运,你不要用灾祸威胁我,

你也不要让我和你搏斗,

我随时准备与你厮杀,

但你制服不了我!

家庭生活主题的诗歌揭示了普通俄罗斯妇女的内心世界，真实地表现了她们在宗法制农民家庭里的生活和地位。现实的内容确定了这类主题诗歌的艺术手法，它与民间文学，尤其是与描写家庭日常生活内容的民间抒情诗有着

[①] Слово о Кольцове. Русские советские писатели об А. В. Кольцове. Сост. Ласунский О. Г. Воронеж: Центр-Чернозем. кн. изд-во. 1969. С. 23.

密切的联系。诗歌中经常出现的是一个被强行出嫁的年轻农妇的悲剧性形象。《不经头脑,不经理智……》(1839)中的女主人公赋予俗语"处久了就会爱上了"以新的悲剧性的涵义。这类主题的诗歌在表现人民的高尚道德典范的同时,也传达了主人公精神解放的要求。渴望爱情、追求自由是《出逃》(1838)的中心思想,诗中把捍卫爱情和个人幸福的权利与被奴役的人民追求自由的愿望结合在一起。

柯尔卓夫的诗歌符合民歌精神,同时也复活了民间文学中的传统形象。民间成语"白里透红"在诗歌《割草人》中得到优美的体现:"在我的脸上/父亲的血液/在牛奶中点燃/一片红霞。"在《农民的酒宴》(1830)中"吃闭门羹"具体化的同时,获得了生动的形象性。他在许多歌谣中运用了民歌的修辞和结构手段:象征,如《戒指》(1830)、《珍贵的宝石戒指》(1836)、《姑娘的忧愁》(1840);抒情式祈求,如《夜莺,你别唱……》(1832)、《黑麦,你别喧嚷……》(1834);抒情独白,如《唉,为啥硬要让我嫁……》(1838)、《我对谁都不说……》(1840);比喻手法,如《青春如倏忽飞过的夜莺……》(1837);民歌中的修饰语,如"明亮的蜂蜡"、"纯金"、"湿润的土地"、"浅褐色的卷发"、"狂风"等。这些传统的手法在柯尔卓夫的诗歌中焕发出新的生命力,例如,他在使用抒情独白形式的时候,常常偏离民歌的传统风格,使之充满心理内涵。

柯尔卓夫的诗歌对俄罗斯文学产生了很大影响。具有民主主义精神的农民主题、形象和内容在涅克拉索夫以及涅克拉索夫流派的诗歌中得到进一步发展,他的诗歌传统直接影响到伊萨科夫斯基、特瓦尔多夫斯基等诗人。

普希金

概述

亚历山大·谢尔盖耶维奇·普希金（Александр Сергеевич Пушкин，1799—1837)用其短暂的一生造就了俄国诗歌史上的神话，开创了俄国诗歌的"黄金时代"。他的创作是动态的、发展的，与他本人的命运以及俄国 19 世纪前 30 年的社会政治和文化生活密切相关。在普希金身上，生活经历和创作经历是融为一体的。诗人的生活经历和体验影响到他的审美倾向和对创作道路的选择。反过来看，创作中的种种转变又是与他个人命运中的几个转折点相吻合的。与此同时，普希金的创作也为我们完整地理解诗人的个性及其创作心理的细微变化提供了丰富的资料。

普希金 1799 年 6 月 6 日出生于莫斯科一个贵族家庭，有黑人血统，早在童年时就认识卡拉姆辛和茹科夫斯基。1811—1817 年就读于皇村学校。皇村学校文学气氛浓厚，自由思想活跃。普希金经常在"阿尔扎马斯（Арзамас）文学社"中与文学界的保守派进行争论；1819 年参加蓝灯文学社；1820—1824 年流放南方，先后在克里米亚、高加索、基什尼奥夫和敖德萨度过了四年时光。1824—1826 年，普希金又在世袭庄园米哈伊洛夫斯科耶村过了两年幽禁生活。流放南方和幽禁乡村时期是普希金文学创作上的多产期。1825 年十二月党人起义，远在异地的普希金在道义上予以声援，所幸未受到牵连。1826 年普希金获准返回莫斯科和彼得堡。1830 年，普希金在父亲的庄园波尔金诺度过一个高产的秋天，史称"波尔金诺的秋天"。1831 年普希金与"莫斯科第一美人"娜塔丽娅·冈察洛娃结婚。1836 年普希金创办《现代人》杂志。1837 年 1 月

27 日,普希金与荷兰公使盖克伦的养子乔治·丹特士决斗,身负重伤,两天后与世长辞。

普希金的生平与创作可以明显分成以下几个时期。

皇村学校时期(1811—1817)是普希金作为诗人成长的摇篮时期,对于形成诗人的创作个性非常重要。普希金的创作形成和发展于 1812 年卫国战争结束后的社会情绪高涨时期,拉季舍夫的作品、18 世纪法国启蒙主义思想以及与当时俄国进步的贵族青年的接触,丰富了普希金的精神世界,开阔了他的社会、政治视野,奠定了他的创作底色。普希金诗歌才华的最初展露是在 1815 年由初级升入高级的公开考试中,他朗诵的具有爱国主义激情的诗作《皇村回忆》得到了主考官杰尔查文的高度赞赏。在皇村学校时期,普希金尝试各种各样的创作体裁:书信体诗、谣曲、哀歌、讽刺诗、爱情诗等。这一时期的大部分诗作都充满乐观的情绪和生机勃勃的人文主义思想。年轻的诗人呼唤自由(《给利金尼》,1815),歌颂友谊和爱情(《别离》,1817),同时也流露出伤感的情绪和对艺术与创作的思考(《致诗友》,1814;《小城》,1815;《致茹科夫斯基》,1816)。这一时期的创作明显受到前辈诗人杰尔查文、巴丘什科夫、茹科夫斯基等的影响,同时也表现出普希金驾驭诗歌语言的非凡能力。此外,普希金还参加了"阿尔扎马斯文学社"的活动,成为以茹科夫斯基为首的俄国新文学的拥护者和捍卫者。

彼得堡时期(1817—1820)是普希金诗歌才华迅速发展的时期。中学毕业后,普希金到外交部就职。无拘无束的上流社会生活吸引着普希金,这一时期的诗歌充满尘世生活的快乐,此时享乐主义的音调甚至强于皇村学校时期。然而,这一时期也是普希金在精神上迅速发展的时期。1819 年普希金加入了"绿灯社"(Зелёная лампа),与十二月党人的密切交往加强了普希金的政治热情,他的"轻诗"具有强烈的公民情绪和政治倾向(《致恰达耶夫》,1818;《自由颂》,1818;《乡村》,1819),不仅表达了诗人自己的政治观点,而且也代表了 10 年代末俄国贵族革命运动所具有的许多特点。这些锋芒毕露的诗篇被人们争相传诵,引起当局的恐慌和沙皇的恼怒,普希金被流放到南俄殖民地。与皇村学校时期相比,彼得堡时期的创作有了重要的变化,诗中隐含的不仅有浪漫主义因素,而且还有现实主义倾向,这一点在叙事诗《鲁斯兰与柳德米拉》(1817—

1820)中表现得尤为突出。不仅如此，这一时期的诗作中开始出现成熟期创作所特有的思辨性。

南方流放时期（1820年5月—1824年7月）既是普希金浪漫主义诗歌创作繁荣时期，也是其浪漫主义世界观出现危机的时期。这一时期的抒情诗，如《白昼的巨星已经黯淡……》(1820)、《致恰达耶夫》(1821)、《缪斯》(1821)、《囚徒》(1822)等，充满拜伦式的浪漫主义激情，散发着自由、叛逆和忧郁气息，同时也表达了诗人对现实生活的不满、对个人命运的痛苦思考。"南方浪漫主义叙事诗"《加百列之歌》(1821)、《高加索俘虏》(1820—1821)、《强盗兄弟》(1821—1822)、《巴赫奇萨拉伊喷泉》(1822—1823)的完成，确立了普希金在俄国文学中的地位。此时，俄国文学批评界展开了关于浪漫主义作家（诗人）能否创作出具有俄罗斯民族特色的诗歌这一问题的争论，普希金以自己新的诗歌作品和新的艺术体系给予了肯定的回答。由普希金开创的具有民族特色的浪漫主义诗歌的人物形象、主题、风格在相当长的时间内确定了俄国浪漫主义作家（诗人）的创作探索的走向。然而，也正是在这一时期，特别是经历了精神危机之后，普希金开始意识到浪漫主义创作方法在认识生活的客观规律时所具有的局限性，在他的浪漫主义创作内核中，现实主义因子日趋成熟。这一点清晰地反映在他1823年着手创作的叙事诗《茨冈人》和诗体小说《叶甫盖尼·奥涅金》中。

1824年7月，普希金又被流放到父母在普斯科夫省的领地米哈伊洛夫斯科耶村，受当地政府和父母监管。

米哈伊洛夫斯科耶村时期（1824年8月—1826年9月）是普希金的创作观和审美取向发生变化的时期，这一时期在普希金后来的创作中起到非常重要的作用。漫长的幽居岁月虽然中断了普希金与十二月党人的联系，但却让他有机会第一次如此长时间地、密切地接近人民和人民的生活。他在人民的生活和世世代代人民的智慧之中找到了创作依托，从俄罗斯民间歌谣和故事里汲取创作养分，诗歌内容和形式都具有深刻的人民性和现实性（《新郎》，1825；《斯坚卡·拉辛之歌》，1826）。虽然幽居乡村，但普希金仍然密切关注俄国文学的发展动向，从新的美学立场认识和评价它，忠实于现实和生活真实成为普希金美学批评的最重要标准。围绕当时文学界的争论，他坚决捍卫俄罗斯文学的民族特性，阐释自己对文学人民性的理解。

在米哈伊洛夫斯科耶村,普希金彻底转向了现实主义立场,尽管浪漫主义成分还继续存在于他的创作之中。如果说《白昼的巨星已经黯淡……》标志着普希金浪漫主义阶段的开始,那么《致大海》(1824)则意味着诗人与浪漫主义的决裂。在此期间,普希金完成了叙事诗《茨冈人》和《叶甫盖尼·奥涅金》的四至六章,创作了悲剧《鲍里斯·戈杜诺夫》(1825)、长诗《努林伯爵》(1825)以及大量抒情诗,其中组诗《咏怀兰经》(1824)、《安德烈·谢尼耶》(1825)、《我记得那美妙的瞬间》(1825)、《十月十九日》(1825)等是这一时期的优秀诗篇。

莫斯科和彼得堡时期(1826—1837)1826年秋天,新登基的尼古拉一世赦免普希金,普希金奉诏回到莫斯科觐见新沙皇,1827年10月获准前往彼得堡。虽说诗人重新获得了自由,但他实际上仍然处于当局的监视之下。身处空虚的、行尸走肉般的上流社会,诗人时常感到一种孤独的悲哀(《在世俗的、凄凉的、无边的草原……》,1827;《枉然的馈赠、偶然的馈赠……》,1828)。与此同时,普希金坚决捍卫创作自由(《诗人》,1827;《诗人与群氓》,1828)。

"波尔金诺的秋天"(1830年9—11月)是普希金创作的鼎盛时期,是他在30年代创作的一个独特序幕。在波尔金诺村滞留的短短三个月中,普希金取得了惊人的创作成就:《叶甫盖尼·奥涅金》最终完成,它可以作为普希金20年代艺术发展的象征性总结;《别尔金小说集》告别了感伤主义和浪漫主义文学的情节和主人公形象,开启了普希金小说创作的一个新阶段;四个"小悲剧"和一系列抒情诗(近30首)集中体现了普希金哲学思辨的创作风格;中篇小说《戈留辛诺村的故事》从一个农奴的视角展现当时的乡村生活;此外,还创作了叙事诗《科洛姆纳的小屋》和一篇童话诗。

1831年2月普希金与素有"莫斯科第一美人"之称的娜塔丽娅·冈察洛娃结婚,不久迁居彼得堡,同年又进入外交部供职。继叙事诗《波尔塔瓦》(1828)之后的另一部叙事诗《青铜骑士》于1833年问世。1837年1月27日,普希金不堪流亡到俄国的法国人丹特士的挑衅和侮辱,在与其决斗中不幸中弹,两天后辞世。

抒情诗

普希金首先是一个抒情诗人,抒情诗是其诗人天资最鲜明、最深刻的体现。普希金一生共创作了800多首抒情诗,而生前发表的仅有300多首。

普希金的抒情诗题材广泛,内容丰富,形式多样,感情真挚。这些诗或直抒胸臆,或借物咏怀,或激昂澎湃,或缠绵悱恻,它们犹如诗人个人生活和精神成长过程中的一座座路标,反映了他一生中所经历的各种事件和变故,以及因之而起的情绪变化和深刻的思考。诗人将个人的生存体验与复杂的历史意识以及人类整个文化传统融汇在短小的诗篇之中,以朴素简练的语句构筑了博大精深的诗歌意境。

自由——普希金创作的基本主题,贯穿于普希金的整个创作过程。"自由"一词不仅仅指个性的独立,摆脱上流社会的某些虚礼和偏见,而首先是指与反抗暴政和奴役的思想联系在一起的精神自由和公民权利的自由。

普希金的创作开始于1812年卫国战争所激起的民族爱国情绪高涨时期。在皇村中学的那几年,以及后来十二月党人的革命活动对普希金的精神和道德发展都产生了重大影响。而18世纪法国启蒙思想和拉季舍夫的作品丰富了他的精神世界,开阔了他的社会政治视野。早在《给利金尼》(1815)中诗人就表达了自己反对奴役、追求自由的爱国主义思想。

《自由颂》(1817)代表了普希金早期的政治观点,它表明了诗人反对暴政,希望用公正的法律调整和支配社会的思想:

> 统治者们! 不是自然,是法律
>
> 把王冠和王位给了你们,
>
> 你们虽然高居于人民之上,
>
> 但永恒的法律却高过你们。①

普希金认为,不论是人民,还是统治者,都必须遵守"法律",这是国家繁荣和人民富足的前提。如果破坏"法律",就会导致悲惨的结果。统治者如果不想落得法国大革命时期路易十六的下场,就必须遵守"法律":

---

① 本节抒情诗译文均引自《普希金抒情诗选》(上、下),人民文学出版社,1989年。以下不另做标注。

在法律可靠的荫庇下，

你们首先要把自己的头低下，

只有人民的自由和安宁，

才是宝座的永恒的卫兵。

《自由颂》体现了诗人自由主义的政治观，这与早期十二月党人拥护君主立宪制的政治主张相一致。尽管诗中不无矛盾之处，但他抨击暴政的火焰般的诗句激励了无数进步青年的革命斗志。

《致恰达耶夫》(1818)是一首广为传诵的政治抒情诗。诗中所表现的感情具有概括性，体现了一代人的政治理想和追求。他们渴望作为一名战士为荣誉而牺牲，因为他们肩负着摧毁专制政体的历史重任。他们要用自己正直自由的心灵的"火焰"照亮俄国漆黑的夜空：

同志啊，请相信：空中会升起

一颗迷人的幸福之星，

俄罗斯会从睡梦中惊醒，

并将在专制制度的废墟上

铭刻下我们的姓名！

把对朋友的个人情感与热烈澎湃的公民激情结合在一起是这首诗的独到之处，巧妙的隐喻、鲜明的对比和炽烈的感情是它突出的艺术特征。

《乡村》(1819)思考的是当时最重要的问题——饱受奴役的农民的生存处境。该诗由两部分构成，第一部分描写的是"偏僻荒凉的角落"的乡村风光：幽深的花园和清澈的小溪、白色的渔帆和碧蓝的湖面、散发着禾堆的清香的牧场和谷物干燥房的轻烟、寂静的田野和成群的牛羊……，大自然中的一切都和谐地融合在一起。然而，"一个可怕的念头"却令人深感不安（诗的第二部分）——在这和谐的大自然中发现一个令人沉痛的蒙昧落后的现象：

在这里，野蛮的贵族老爷——

命中注定要给人们带来死难，

他们丧失感情，无视法律，看不到眼泪，

听不到抱怨，只知挥舞强制的皮鞭，

掠夺农夫的劳动、财富和时间。

在这"强制的皮鞭"下，"所有的人一辈子拖着重轭，心中不敢萌生任何希望和欲念"。面对此情此景，诗人意识到自己的责任："但愿我的声音能把人们的心灵震撼！"遗憾的是，在诗的结尾，他却把人民的幸福寄托在沙皇的身上，幻想沙皇能恩赐人民自由，以致揭露的笔锋变得软弱无力：

朋友们啊！我是否能够看见——

人民不再受压迫，农奴制尊圣旨而崩陷，

那灿烂的霞光最终是否能够升起——

在文明的自由的祖国的九天？

1821 年春天，希腊人民起义的消息让普希金非常激动，他想象自己为了希腊的民族解放同希腊人民并肩作战，反抗土耳其的奴役(《战争》，1821)。希腊革命失败之后，西欧民族解放运动的浪潮也渐入低谷，意大利和西班牙以及其他国家的革命起义相继被镇压，以俄国专制政体为首的欧洲反动势力愈加嚣张。普希金强烈地感受到西方革命运动的悲剧性命运，虽然他依然在呼唤象征自由的"暴风雨"，但在 1823 年和 1824 年间遭遇了精神危机，产生了失望和忧郁的情绪。诗人为"滔滔巨澜"在"魔杖"的挥动之下化为"无声无息的死水一潭"(《波涛啊，是谁阻止你的奔泻……》，1823)而痛心疾首：

吃草为生吧，和睦的人们！

你们不会听见正义的召唤。

干吗要把自由赠给畜生？

它们本应听凭宰割或摧残。

——《我是荒野上自由的播种人……》(1823)

　　十二月党人起义失败的消息让普希金非常失望,这使得他的许多作品都
沾染上忧郁的音调。普希金对当时的自由主义丧失信心,也不再相信自己曾
经为之歌唱和痛苦的关于自由即将来临的豪言壮语。然而,精神危机并不意
味着对俄国和人类彻底丧失信心。普希金开始用批判的眼光重新审视十二月
党人乐观主义的幻想和他们的英雄主义行为,更加清醒地评价所有的政治事
件。他认识到,尽管经历了重重挫折,自由终将胜利,而为自由牺牲是不可避
免的。

　　1827年初,十二月党人穆拉维约夫的妻子要去西伯利亚看望丈夫,普希金
托她带去了两首著名的诗篇——《给普欣》(1826)和《在西伯利亚矿山的深
处……》(1827)。激越遒劲的诗句和温暖真诚的话语给予所有被流放的十二
月党人以极大的安慰和鼓舞。诗人勉励他们,为了共同的崇高追求要保持住
"高傲的耐心":

> 沉重的枷锁定会被打断,
> 监牢会崩塌——在监狱入口,
> 自由会欢快地和你们握手,
> 弟兄们将会交给你们刀剑。
>
> ——《在西伯利亚矿山的深处……》

　　另外两首诗——《阿利昂》(1827)和《1827年10月19日》表现的对自由必
胜的信心与早期的《致恰达耶夫》和《安德烈·谢尼耶》的思想完全一致。

　　《毒树》(1828)揭露了压制人的权利的专制暴政。"毒树"是恶的象征,它
生长在"草木枯萎的、吝啬的荒原",所有的生命都惧怕它,远离它,它是死亡之
源,甚至洒在枝叶上的雨水都会沾上毒汁。但是,沙皇却需要沾有毒汁的羽
箭,派去的"可怜的奴隶"用自己的生命为沙皇取来毒汁。诗中表达了这样的
思想:一个人强迫别人的意志屈从自己的意志,为了树立自己的强大威势而
牺牲别人的生命,用傲慢和专横控制世界,并不能证明他的伟大。

　　诗人的使命和诗歌的作用是普希金从创作之初就开始思考的问题。在
《致诗友》(1814)中普希金指出,诗人的使命并不是"只会押押韵",而要"给予

我们以理智和谆谆教导"。到 10 年代末期,诗人与诗歌成为普希金创作的主要题材之一。在 1826—1831 年间,普希金就这一主题创作了一系列重要作品:《先知》(1826)、《诗人》(1827)、《诗人和群氓》(1828)《致诗人》(1830)、《回声》(1831)等。在这些诗中,普希金思考了诗歌的创作自由、诗人与政权、诗人与人民的复杂关系;发展了自己关于诗人使命的观点:诗人不光有天赋,还要有责任感,他应该走高尚使命所确定的道路。

《先知》以寓言的形式讲述了一个普通人如何变成先知的过程。天使赋予他先知的眼睛和耳朵,给他安上智慧的舌头,然后把一块熊熊燃烧的火炭填入他的胸膛,这时上帝的声音向他召唤:

> "起来吧,先知,你听,你看,
> 按照我的意志去行事吧,
> 把海洋和大地统统走遍,
> 用我的语言把人心点燃。"

诗歌对于普希金而言,永远是一种艺术,是创作精神的最高表现。真正的诗歌应该唤起人们心中善良的、人道主义的情感,应该"用语言把人心点燃"。《先知》是普希金创作中的纲领性诗歌。该诗结合了罗蒙诺索夫和杰尔查文公民颂诗和哲理颂诗的传统,结合了十二月党人创作中关于诗人使命的主题,其诗句冷峻、克制,富于雄辩。

在《诗人》中普希金指出,诗人是一个复杂的机体,他既是上帝创造力量的一部分,也是一个平凡之人,会一头扎进"纷乱的认识的日常杂务中"。只有上帝的声音和诗人的灵感相碰撞,"他的心灵才会猛地一惊",他的身上才会显现出真正诗人的品质:

> 他在人世的欢愉中受苦,
> 世间的各种流言和他无缘,
> 他不让自己骄傲的头颅
> 倒向人世的偶像的脚前……

普希金认为,诗人应该是自由的,他不应依赖任何形式的庇护。创作的自由、诗人人格的独立是进行正常创作所必需的条件。在《诗人和群氓》中普希金塑造了一个为了自由表达自己的思想、为了诗歌的真实性、为了不受金钱和人们的摆布而斗争的诗人形象。因此,在《致诗人》中作者对诗人说:

> 诗人！且莫看重时人的癖好。
> 狂热捧场的片刻喧闹即将平静;
> 你会听到蠢货的指责、群氓的嘲笑,
> 但是,你要镇静,你要沉着、坚定。

不仅如此,诗人命中注定要成为一个孤独的人,他热切的呼唤像山谷的回声,得不到应有的理解和回应(《回声》)。

《我给自己建起了一座非人工的纪念碑……》(1836)不只是普希金对自己的生活、命运和创作的总结,而且还重申了关于诗人和诗人伟大使命的思想。普希金一生都在歌颂人性、善、美和自由,他用不朽的作品为自己建造了一座"非人工的纪念碑",他为此感到骄傲,因为他表达了人民的声音,是人民的先知:

> 我将长期地受到人民的尊敬和爱戴:
> 因为我用竖琴唤起了人们善良的感情,
> 因为我歌颂过自由,在我的残酷的时代,
> 我还曾为死者呼吁同情。

友谊和爱情是普希金诗中永恒的主题。在普希金的诗中,友谊是真诚的祝福和无私的帮助,是人生不可分割的一部分。《题普欣纪念册》(1817)、《别离》(1817)记载了诗人对皇村的留恋和对友谊的坚贞。

在写给"绿灯社"的创始人之一雅·尼·托尔斯泰的诗中(《致雅·尼·托尔斯泰函摘抄》,1822),普希金回想起"绿灯社"自由热烈的争论、同志式的亲切友好的气氛:

> 在那里,我们曾以彼此的誓盟
> 同这一切结下了永久的联系,
> 在那里,我们体会到有益的幸福,
> 在那里,头戴椭圆帽,平起平坐,
> 我们围着圆桌,亲切和睦……

为纪念皇村学校校庆日而作的《十月十九》(1825)是普希金歌颂友谊的佳作。诗中并不是就友谊发表枯燥抽象的议论,而是像与亲近的朋友进行推心置腹的交谈。普希金用抒情的笔调描绘了自己昔日同窗好友的音容笑貌和个性特征,回忆起学生时代难以忘怀的往事和老师的辛勤培育:

> 祝福皇村中学,祝它茁壮发展!
> 祝福已故的和健在的各位师长,
> 是他们给了我们青春华年,
> 让我们怀着感激之情,一起举杯,
> 不念旧恶,共祝幸福平安。

《冬天的晚上》(1825)表达了诗人与自己奶娘之间难以割舍的深厚感情。风暴肆虐的寒冬景象衬托出诗人的孤寂和忧郁,而奶娘的陪伴和她的民歌抚慰了他受伤的心灵。

爱情诗是普希金创作中的一个重要组成部分,诗人20年代中期的诗歌探索表现在对这一永恒主题的阐释之中。建立在个人主观心理内容之上的爱情诗具有深刻的概括意义:爱情是一种深沉炽热的情感,它既充满柔情蜜意,又富有自我牺牲的精神,它能使人变得高尚和纯洁。诗中的感情总是那样的静谧柔和,富有仁爱之心。普希金的爱情诗感情真挚热烈,语言疏朗明快,形式精致优美。

《我记得那美妙的瞬间》是普希金抒情诗中最优美的诗篇之一。意外相逢的"美妙的瞬间"唤起诗人温馨的回忆:

> 我记得那美妙的瞬间:

你就在我的眼前降临，

如同昙花一现的梦幻，

如同纯真之美的化身。

"美妙的瞬间"给抒情主人公带来难以言喻的欣喜，也让他领略到曲终人散后的孤寂。心灵因"纷乱的忙碌"而不安，又在"囚禁的黑暗中"渐渐枯萎。然而再次的相逢让他的心灵重新觉醒：

心儿在狂喜中跳动，

一切又为它萌生：

有崇敬的神明，有灵感，

有生命，有泪水，也有爱情。

对于普希金而言，爱情是快乐的源泉，是生活的馈赠，而爱情建构又是多维的，是微妙而复杂的。

普希金爱情诗的一个显著特点，就是常常通过意境来表达自己的心绪。《夜幕笼罩着格鲁吉亚山岗……》(1829)这首精致的小诗通过两个意象——"夜幕笼罩……山岗"、"心儿……燃烧"，准确地揭示出抒情主人公特定境遇中的心态：

我忧伤而又舒畅，哀思明净；

你的倩影充满我的愁肠……

抒情主人公产生一种茫然的失落感，但他任何时候都不沮丧，对爱情的追求深沉而又执著，心儿为爱再次燃烧，因为，"它不能不把你爱上。"伤感的情调与执著的意念使这首诗蕴含着深刻的张力。

真诚的表白、高度的理性、温柔的感情交融在《我爱过您……》(1829)这首诗中。抒情主人公的感情是忐忑不安的，他心中爱情的火焰还没有止熄，但他不想让自己无望的感情扰乱对方的安宁。他的爱是那样强烈和高尚：

我爱过您：也许，我心中，

爱情还没有完全消退；

但愿它不再扰乱您吧，

我丝毫不想使您伤悲。

我爱过您，默默而无望，

我的心受尽羞怯、嫉妒的折磨；

我爱得那样真诚，那样温柔，

愿别人爱您也能像我。

"我爱过您"在诗中重复了三次，但每一次都有新的涵义。在诗的结尾，真诚的祝福取代了充满忧伤的独白："愿别人爱您也像我。"面对没有回报的爱情，抒情主人公没有妒忌，没有诅咒，没有否定，而是带着爱和祝福看待一切。他把所有美好的东西都存留在心中，让"美妙的瞬间"化为永恒。诗中虽然没有复杂的意象和精辟的警句，但却抽象出深刻的哲思和理喻，令人回味无穷。

普希金的哲理诗体现了诗人世界观的嬗变过程。普希金在诗中思考的是永恒的问题：人生的意义、善与恶、死亡与不朽等。普希金的哲理诗的独到之处在于：它具有深刻的个人的隐秘性。诗人通过自己的切身经历，把对生命的体验和感悟凝练成形而上的意义，这使得普希金的哲理诗有别于丘特切夫和勃洛克的哲理诗。

在皇村中学时期，普希金受巴丘什科夫的影响，从享乐主义的立场上看待生活的意义。他认为，人存在的目的就是享乐、交友、酒筵，如《致同学们》(1814)、《阿纳克利翁之墓》(1815)等：

要把享乐一饮而尽，

要活得无忧无虑、无动于衷！

要顺随那生活的瞬息，

在青春时代，愿你年轻！

——《给托尔斯泰的斯坦司》(1819)

普希金的思想转折是从 20 年代开始的,这一时期他开始总结自己以往的生活和创作。在南方流放时期,他沉湎于浪漫主义思想,拜伦和拿破仑是他的精神偶像,他对世界的认识也发生了变化。新的理想和追求吸引着他,他抛弃了原来的理想和自己年轻时的嗜好(《我不惋惜我的青春良辰……》,1820)。作为一个浪漫主义诗人,他认为生活的目的是要建功立业。浪漫主义特有的渴望行动、英雄主义、豪壮的激情表现在这一时期的抒情诗中:

> 为了寻找新鲜的印象,
> 我逃离了亲爱的故乡;
> 我逃离了娇生惯养的一帮,
> 须臾的青春须臾的伙伴。
>
> ——《白昼的巨星已经黯淡……》

对生命的价值、人的命运、自由、道德的沉思和追问体现在《致大海》中。人渴望实现自身的价值,渴望自由,但人在客观环境中的不自由和他试图突破一切束缚的愿望常常发生冲突,因而形成困扰人生的一大痛苦:

> 你期待,你召唤——我却被束缚;
> 我心灵的挣扎也是枉然;
> 为那强烈的激情所迷惑,
> 我只得停留在你的岸边……

在《不论我漫步在喧闹的大街……》(1829)中,普希金开始思考死亡与不朽、新旧交替的问题。永恒的大自然让抒情主人公慨叹人的存在之短暂,他把"林中长老的年轮"和自己"湮没无闻的一生"相对比;甚至婴儿的出生都让他感到自己在慢慢"腐朽"。但是,死亡并不是人生的悲剧,因为每个人都曾有过风华正茂的岁月,都曾度过丰富多彩的时光:

> 但愿在我的寒墓入口,

将会有年轻生命的欢乐，

但愿淡漠无情的大自然，

将展示它永不衰的美色。

　　生活的意义只有那些善于思考的人才能够最充分地感受到。普希金的抒情诗给我们这样一种启示，生活是一条源源不断的河流，虽然生活的道路坎坷难行，但总会有和谐、幸福和爱情。诗人以明智而豁达的心态理解生活，他相信，理性的秩序和美构成人存在的基础：

但是，我的朋友啊，我不想离开人世，

我愿意活着，为了思考和经受苦难；

我相信，生活不仅是操劳、灾难和烦扰，

总会有赏心悦目的事和我相伴。

　　　　　　　　　　　　　　　　——《哀歌》(1830)

　　《我又重游……》(1835)这篇优美的诗章就是普希金重回皇村时创作的。十年过去了，这亲切又熟悉的地方并没有多大改变，只是在两棵老树根旁长满了嫩绿的小树丛。诗人对新旧交替、死亡和不朽的问题的思考，在自然界的和谐之中找到答案：

叫我的孙儿来听这沙沙声，

在与友人促膝谈心之后，

他乘兴深夜从这里经过，

满怀着欣喜的思绪回转

并把我缅怀。

　　人是连接时空的链环，理解人的作用是普希金愉快地接受生活的前提条件。普希金将个人的命运纳入历史发展的前景中，把自己的生活经历和内心体验视为连接过去和未来的一个环节，这种感觉赋予他巨大的道德力量。他将人道、仁爱作为未来人们之间的主要原则,把不朽理解为对后世的良好影响。这种温煦的人文精神和博大的关爱使诗歌的思想内涵具有更深邃的哲理意蕴,诗歌境界也更加开阔。

　　普希金的风景诗的特点与他的创作阶段直接相关,风景描写是与表现不同的艺术宗旨结合在一起的。在皇村学校时期,诗中的风景多是田园风光,"万籁俱寂"的月夜成为主人公回想光荣的俄罗斯"辉煌的时代"的背景(《皇村回忆》);"田野的静谧"和"泛着熠熠白光"的渔帆同人们中间存在的奴役、无知的"蒙昧落后的现象"相对立(《乡村》)。在普希金创作的浪漫主义阶段,风景也具有浪漫主义的特征,诗中描写的多是异域情调的风光,自然景象反映了抒情主人公的情绪变化和内心状态。在米哈伊洛夫斯科耶村时期,诗中的俄罗斯自然风光与创作中的人民性相结合。从 20 年代后半期开始,大自然的画面作为独立的表现客体,在诗中占据中心位置。如《冬天的道路》(1826)、《有谁知道那个地方,天空闪耀着……》(1828)、《冷风还在飕飕地吹着……》(1828)、《高加索》(1829)、《雪崩》(1829)等。在晚期的抒情诗中,风景常常蕴含着象征意义和哲理思考,有助诗人表现自己的立场和观点。

　　《冬天的早晨》(1829)和《秋》(1833)是普希金两首著名的风景诗。

　　《冬天的早晨》描写的是暴风雪过后俄罗斯冬天的自然景象。"严寒和阳光;多么晴朗",昨夜的暴风雪已经过去,凭窗向外探望:

> 在那蓝莹莹的天穹之下,
> 白雪上闪着艳红的阳光,
> 犹如一条条华美的地毯;
> 只有透明的树林黝黑如常,
> 枞树透过白霜泛出翠绿,
> 河水在冰层下闪闪流淌。

　　大自然从昏暗转向明朗,从无序和混乱转向美丽和安详,这对抒情主人公而言是世界和谐的体现。冬日的阳光照亮了抒情主人公的心灵和生活,虽然坐在温暖的炉火旁很惬意,但他更想纵马驰骋于茫茫雪原,这不仅展现出主人公丰富的内心世界,而且也表现了人与自然融合的思想。

断章《秋》的引诗出自杰尔查文的《致叶夫盖尼—兹万卡的生活》一诗。这首诗发展了杰尔查文的乡村庄园主题:无拘无束地享受乡村生活的快乐、欣赏大自然的美景、沉浸于读书与创作的喜悦之中。《秋》的抒情主人公深深地陶醉在秋天的大自然中:春天解冻的天气让他感到"难耐";半年之长的冬天连"习惯穴居的熊"都会感到厌倦;夏天的酷暑和灰尘"在扼杀精神上的一切才能";只有秋天,像一个"无人疼爱的孩子"博得了他的欢心:

> 忧郁的季节啊,美不胜收!
> 你那临别时的姿容令我心旷神怡——
> 我爱大自然凋萎时的五彩缤纷,
> 树林披上深红和金色的外衣,
> 树荫里,气息清新,风声沙沙,
> 轻绡似的浮动的雾气把天空遮蔽,
> 还有那少见的阳光,初降的寒冽
> 和远方来的白发隆冬的威胁。

主人公喜爱秋天,因为秋天不仅让他神采焕发,热望涌动,而且还激发了他的创作灵感:

> 就在这甜蜜的静谧中我忘却世界,
> 我的幻想催我进入甜蜜的梦境,
> 我心中的诗就这样渐渐地苏醒……

叙事诗和诗体小说

在普希金的创作中,叙事诗与抒情诗一样,占有非常重要的地位。普希金一生共创作 12 首叙事诗,其中《鲁斯兰与柳德米拉》(1817—1820)、《高加索俘虏》(1820—1821)、《巴赫奇萨拉伊喷泉》(1822—1823)、《茨冈人》(1823—1824)、《青铜骑士》(1833)最为著名。

《鲁斯兰与柳德米拉》是普希金创作的第一部叙事诗,是普希金深入研究大量的俄国童话和魔幻骑士作品的艺术结晶。因诗中融合了各种美学成分,致使创作体裁带有某种模糊性,这让普希金的这篇诗作接近浪漫主义作品。"《鲁斯兰与柳德米拉》的创新意义并不在于普希金赞颂基辅罗斯和神奇勇士的民族精神,而在于他摆脱了现有的魔幻骑士题材叙述的假定性。"①这种叙述方式为诗体小说《叶甫盖尼·奥涅金》的问世奠定了创作基础。

在南方流放期间,普希金创作了一组著名的"南方浪漫主义叙事诗",集中体现了普希金对爱情、自由、作为个体的人进行的哲理思考。其中,《巴赫奇萨拉伊喷泉》以其浓郁的抒情、紧张的情节、对大自然丰美富丽的描写、灵动的诗意和音乐性令读者动容。诗歌的叙述方式灵活自如,融现实和幻想于一体,是艺术创新的又一次有益的尝试。在《高加索俘虏》和《茨冈人》中,普希金着重反映 20 年代那些热爱自由、充满幻想,但又对上流社会的文明深感失望的贵族青年的内心矛盾。在创作这两部叙事诗的几年间,普希金的世界观在不断发生变化,诗人力求弄清楚一个重要问题:在当时的社会条件下为什么不可能获得自由。大概从 1823 年开始,普希金顽强地、坚持不懈地探寻解决这个历史之谜的途径。对这一问题的思考加快了普希金的创作向现实主义过渡,在《茨冈人》中,诗人把人物与社会环境联系起来,使其形象更加饱满,更具有时代特点。在《高加索俘虏》和《茨冈人》中,普希金塑造了由"世纪病"产生的"多余人"形象的雏形,笔下的俘虏和阿列哥是畸形社会的牺牲品,他们要逃离"文明"的社会,同时又是这个社会致命的精神痼疾的带菌者。这种性格在后来的叶甫盖尼·奥涅金身上得以进一步发展和深化,并且成为俄国具体生活环境下培育出来的典型性格特征。

彼得大帝在普希金 1820 年代下半期的创作中占有重要地位。《波尔塔瓦》是普希金创作的唯一一首历史叙事诗,描写的是"年轻的俄罗斯"在彼得大帝的统领下取得的光辉成就,以及乌克兰的历史人物马塞帕的爱情故事。在塑造彼得大帝的形象时,普希金没有像古典主义史诗那样把他人为地英雄化,

① Кулешов В. И. История русской литературы XIX века. М. : Изд-во Московского ун-та, 1997, С. 136.

也没有赋予他浪漫主义色彩,而是把彼得大帝放在现实环境中。严谨的历史主义和丰富的社会、政治内容赋予长诗特殊的意义,普希金开始思考历史事件对普通人命运的影响,女主人公玛丽雅的不幸遭遇已经预示了《青铜骑士》中叶甫盖尼的悲剧性命运。

普希金在不同时期创作的叙事诗具有不同的创作风格和艺术特色,但创作风格的变化并不影响其创作主题和艺术思考的连续性和完整性。诗人在每个时期都为自己提出不同的创作任务,但究其实质而言,都是围绕个人与社会之间的关系这一根本问题而进行的,这一点从不同时期的作品,如《茨冈人》、《青铜骑士》以及诗体小说《叶甫盖尼·奥涅金》中可见一斑。

《茨冈人》(1823—1824)是普希金南方叙事诗的代表作。和《高加索俘虏》一样,普希金力求在《茨冈人》中反映19世纪初的年轻人的共同特点。《茨冈人》发展了《高加索俘虏》的主题,两首叙事诗的主人公也非常相似。《茨冈人》的主人公阿列哥像高加索的俘虏一样,对"出卖着自己的意志","只知去祈求锁链和钱财"[①]的城市生活厌恶已极,他从令人窒息的生活环境中逃离出来,来到了没有法律、也不受任何责任和义务约束的流浪的茨冈人中间。阿列哥享受了两年自由自在的茨冈人的生活,他得到了自由、精神安宁和金菲拉的爱情。但金菲拉移情别恋破坏了他生活中的平静与和谐,他的自尊心受到侮辱,他的心被嫉妒啃噬着,燃起复仇的火焰。老茨冈人——金菲拉的父亲,试图用自己年轻时所经历的爱情的痛苦和经验说服他,但阿列哥听不进老人的劝告:

> ……不,不必多说,
> 我决不会放弃我的权利!
> 甚至我会以复仇为享乐。

阿列哥杀死了金菲拉和与她相爱的年轻的茨冈人。至此,阿列哥自私自利的个人主义本性暴露无遗。这个曾经极力挣脱锁链的束缚、追求自由的人,又企图把不自由的锁链套在自己所爱的人身上。普希金借老茨冈人之口,严

---

① 本节叙事诗译文均引自《普希金全集》,第3卷,浙江文艺出版社,1997年。以下不再另作标注。

厉谴责了主人公个人主义自由的本质:"你寻求自由只是为了自己。"阿列哥是不道德的社会的牺牲品,同时他身上又具有致命的道德痼疾。这种典型的性格特征在奥涅金的身上继续发展。

阿列哥命运的悖谬就在于,正是他——这个自由和正义的捍卫者,给纯朴的茨冈人的生活带来血腥和暴力,这不仅暴露了主人公的道德无力,而且也说明"文明的儿子"与茨冈人的群体生活是完全不相容的。他的第二次逃离(从茨冈人生活中逃离)表明阿列哥在自然人中、在他们朴实的生活中寻求自由的可能性不复存在。阿列哥只有一条出路:重新回到"窒息的城市奴役的生活"之中。这一点意味着现实主义在普希金创作理念中的胜利。

普希金认为,被城市文明培养出来的人是不可能在大自然的怀抱中过宗法制生活的,因为他无法抗拒他所受的文明的影响,这是长诗的重要思想。普希金把人置于特定的教育环境和客观现实之中,人作为社会的产物,其浪漫主义的自由意志不能不受到特定历史条件和法律的制约。普希金不再把自由的思想同内心不自由、受个人主义思想毒害的浪漫主义主人公联系在一起,取而代之的是对沉重现实的思考:不论是文明社会,还是宗法制社会,都已失去了和谐,到处都存在矛盾:

> 但你们也没有什么幸福,
> 天地间的可怜的子孙们!……
> 而在破破烂烂的帐篷下
> 定居的也只是痛苦的梦。
> 你们的漂泊无定的屋宇
> 荒野里也不能避开穷困,
> 到处是无可逃躲的苦难,
> 没有什么屏障摆脱命运。

和《高加索俘虏》相比,《茨冈人》的冲突建立在文明的和未开化的社会之间、受过启蒙教育的"欧洲人"和"野蛮的"、朴实的茨冈人之间的冲突之上。两个社会之间的冲突是通过主人公的行为、彼此间的相互关系和他们的爱情表现的,这使得该诗更具紧张性和戏剧性;主人公的性格与社会环境联系在一起,因而更加丰满,更有典型性。诗中没有截然分明的正面和反面人物,也没有把茨冈人的社会和老茨冈人及金菲拉的形象理想化;在描写地方风俗方面也比《高加索俘虏》更加充实生动;另外该叙事诗重情节处理而轻抒情作用。总之,《茨冈人》标志着普希金正逐渐克服浪漫主义诗人的主观主义倾向和对生活的浪漫主义的理想化,但浪漫主义的积极方面——反抗现实中的消极面、对未来的热情、创作自由的原则、心理描写、抒情的激情——这些都继续保留在普希金未来的创作中,有机地融入了他的现实主义创作。

叙事诗《青铜骑士》(1833)是继《波尔塔瓦》之后又一部描写彼得大帝的作品。这是普希金最完美、最深刻、最具艺术魅力的作品之一,同时也最鲜明地体现了普希金的历史哲学观。该诗涉及的问题复杂而又多样:彼得大帝活动中的创造性和专制性、国家利益与个人利益之间的相互关系以及两种利益在历史进程中发生冲突的必然性、"小人物"等诸多问题。

《青铜骑士》从歌颂彼得大帝改革活动的庄严序曲开始,在结构上分为互为对比的两个部分。在序曲中,普希金热情讴歌了彼得大帝——这个强有力的改革者和彼得堡的创建者的丰功伟绩:

> 他在碧浪无际的河岸上,
> 心中满怀着伟大的思想,
> 向着远方瞩望。
> ……
> 他在这样想:
> 我们从这里威吓瑞典人。
> 这里要建立起一座城市
> 来震慑那些傲慢的四邻。
> 这里大自然让我们决定
> 把通向欧洲的窗户打通;
> 要我们在这海岸上站稳。
> 这新的波浪向这里驶来,

我们将款待我们的上宾。

接下来,序曲中高昂的激情被忧郁的叙述所代替,普希金讲述了一个贫寒的小官吏叶甫盖尼的生活故事。

叶甫盖尼是一个贫寒的、善良的小官吏,他想用"辛勤刻苦的劳力"为自己赚得"独立与荣光",渴望同爱他的巴拉莎建立一个虽然简陋但却安适的家庭。叶甫盖尼这些幸福的幻想是合理的,也是一个人应该拥有的神圣权利,但它们却不能实现,一场洪水卷走了叶甫盖尼所有美好的愿望。突如其来的灾难让叶甫盖尼的思想发生了深刻变化,他从个人痛苦中产生对生存的哲理性思考:

难道说我们的整个人生
只是一场空洞虚幻的梦,
只是上天对人间的戏弄?

洪水过后,叶甫盖尼急忙跑到巴拉莎的家,他眼前出现这样一幅情景:

那个熟悉的地方。他一看,
再也不认识。可怕的景象!
他面前横七竖八一大堆;
有的倒塌了,有的被冲光;
有的房子已斜倾向一旁,
有的已经完全冲倒在地,
还有的被冲得搬了地方;
四周像是在战场上一样,
尸体纵横。……

洪水冲走了巴拉莎母女和她们的小屋,叶甫盖尼再也找不到他的心上人了,他一下子疯了,发狂地大笑起来。

洪水退去之后，人们又恢复了正常的生活，只有叶甫盖尼穿着破烂的衣服四处乱跑，过着"不像野兽，也不像人"的日子。在一个凄风冷雨的夜晚，叶甫盖尼走到青铜骑士像前。他望着这个"半个世界的统治者"，似乎找到了自己不幸遭遇的根源，心中燃烧起愤怒的火焰：

"好，你这个奇迹的创造者！
你等着瞧！……"

叶甫盖尼在自己身上感受到彼得大帝专制的威力，大胆地向他挑战。但他的抗议是如此软弱无力，什么都不能解决。

在诗中，普希金通过象征和对比的手法深刻认识和表现彼得大帝改革的复杂的辩证关系。彼得大帝是俄国伟大的改革者，彼得堡的创建人，青铜骑士既是彼得大帝光辉形象的体现，也是专制政体和残酷力量的化身。彼得大帝的伟大事业有益于国家，但对人民、对单独的个人常常是残酷的。普希金在承认彼得大帝伟大的同时，也在捍卫每个人应有的个人幸福的权利。"小人物"叶甫盖尼与国家强大政权之间的冲突以叶甫盖尼的失败而告终，他无法挣脱强权淫威对他的制约：

铜骑士骑着奔驰的快马
紧跟在后边飞快地追赶；
而可怜的疯人整整一夜
不管向着什么地方跑去，
铜骑士响着沉重的蹄声
老是紧紧地跟在他后边。

《青铜骑士》是普希金思考彼得大帝改革的历史意义和改革后俄国进一步发展的果实。普希金通过叶甫盖尼和"青铜骑士"的矛盾对立，揭示出国家利益和个人理想之间冲突，但现实没有给予诗人解决这一历史问题的可能性。当个人的需要与专制强权发生冲突的时候，他永远要遭受失败，而个人与国家之间的和谐不可能在不公正的社会制度的土壤中生长。

诗体小说《叶甫盖尼·奥涅金》(1823—1830)是普希金创作的巅峰之作，是俄国文学中第一部现实主义作品。这部小说的意义不仅在于它描绘了19 世纪 20 年代俄国现实的广阔全景，而且还在于它极其充分地展示了诗人自己的个性。正像别林斯基指出的那样："《奥涅金》是普希金的最真挚的作品，他的幻想的最钟爱的宠子，……这里有他的全部生活、全部灵魂、全部爱情；这里有他的感情、观念、理想。"①

在《叶甫盖尼·奥涅金》中，普希金提出的艺术任务是与《高加索的俘虏》和《茨冈人》一脉相承的。诗人试图了解彼得堡贵族社会的同时代人，寻找年轻的贵族知识分子悲观失望的社会、历史原因。小说中的主人公被放置在他们所熟悉的环境中，每个人都有自己的经历、心理、习惯和对生活的理解，通过他们的思想、感情和行为来展现出当时俄国的社会生活和整个时代的思想情绪。

叶甫盖尼·奥涅金的形象概括了高加索俘虏和阿列哥身上体现的一切特征，但我们面前已不是一个浪漫主义主人公，奥涅金是 19 世纪 20 年代俄国社会、历史和现实的典型：他的生活和命运既受他的个人品质制约，又受特定的社会环境制约。

奥涅金是这个社会的产物，但他又与这个社会格格不入。高尚的心灵和"锐利而冷静的智慧"使奥涅金有别于周围一味沉湎于声色犬马的贵族青年，他渐渐对醉生梦死的上流社会感到厌倦，对生活失去了兴趣：

　　不：情感在他心中早已僵冷；
　　他早厌弃社交界的喧嚷
　　……
　　简单说：是俄国的忧郁病
　　慢慢地逐渐地控制了他……②

---

① 《别林斯基选集》，第四卷，满涛、辛未艾译，上海译文出版社，1991 年，第 520 页。
② 本诗译文引自《普希金全集》，第 4 卷，浙江文艺出版社，1997 年。以下不再另作标注。

生活的空虚折磨着奥涅金,他感到忧郁、苦闷。为了继承叔父的遗产,他来到了乡下,尝试做一些有益于社会的活动——采用地租制减轻徭役制的重负,却遭到周围地主的敌视,他心中刚刚迸发出的那点儿热情的火星旋即熄灭了。

奥涅金的性格形成于特定的社会环境和特定的历史时代,他的怀疑、失望,是"俄国的忧郁病"的普遍反映,普希金在奥涅金的情绪中敏锐地觉察到一代人的精神危机。奥涅金是一个善于思考、热爱自由的人,但他没有像格里鲍耶陀夫笔下的恰茨基那样火热的感情和强烈的政治反抗精神;他人道地对待农民,但没有思考过他们的命运。

奥涅金与连斯基的冲突和决斗,完全暴露出上流社会的生活准则对奥涅金根深蒂固的影响。奥涅金曾暗自审判自己,不该轻率地戏弄他与连斯基之间的友谊,但他又害怕"所谓社会舆论"的嘲笑,贵族社会的偏见和虚荣心促使他开枪打死连斯基。正是在这个意义上,别林斯基称他为"迫不得已的利己主义者"。

奥涅金的形象揭示了贵族知识分子的两重性。他的悲剧就在于,尽管他天资聪慧,与庸俗和空虚的周围环境相敌对,但却不能彻底与之断绝;他为自己的生活感到苦恼,但又缺少一种使生活变得充实和有意义的"目的"和"劳动"。他在生活中找不到自己的位置,成为社会中的"多余人"。

与奥涅金形象相对立的是连斯基——20年代贵族知识分子中浪漫主义的典型。连斯基是一个"康德的崇拜者和诗人","爱好自由的"幻想家。主宰奥涅金的首先是理智和对生活的冷漠经验,连斯基与他恰恰相反,是感情强于理智;奥涅金对一切都抱怀疑态度,连斯基则真诚地相信人,相信爱情、友谊以及奥涅金深感失望的一切:

> 上流社会中冷酷的淫乱
> 还不曾使得他心灰意冷,
> 他心头依然热烈地充满
> 友谊的温暖、姑娘的爱情;
> 他的心依然是纯洁无瑕,

希望在亲切地抚爱着他……

在连斯基的身上，可以看到普希金青年时期曾经有过的浪漫主义幻想，但此时诗人却抱以温和的嘲讽：连斯基所理解的现实超出了现实本身所固有的具体性和矛盾性，相信"世界的美满"是孩子般的幼稚。连斯基不理解生活和人们，他一厢情愿地生活在自己的幻想世界中，这导致了他人生的悲剧。

在别稿中，普希金指出，连斯基可能"像雷列耶夫被人绞死"。普希金把连斯基与十二月党人联系在一起，连斯基浪漫主义的幻想和热情、相信善和美是许多年轻的十二月党人曾经有过的。普希金在连斯基的身上再现了十二月党人的许多特点，诸如高尚的理想和对生活缺乏了解、与他们深感失望的现实相隔绝等。

热爱自由的思想和对人的个性的认识使两个性格截然不同的人亲近起来。可以看出，不论是奥涅金，还是连斯基，都与当时的进步运动相联系，但普希金对自己的主人公们持批判态度。普希金指出，脱离人民的土壤是两个主人公不幸的根源，诗人强烈谴责了贵族教育的浅薄和反人民性。

小说中的正面形象是达吉雅娜，普希金称她为"我的可爱的理想"、"灵魂上的俄国人"，是俄国文学中最富诗意的形象。达吉雅娜与奥涅金生活在同样的环境中，但她在思想上和感情上都远离这种环境。在文中，达吉雅娜不仅与奥涅金形成对照，而且也与奥尔加——眼界狭窄的典型的贵族小姐形成对照。

虽然身为贵族小姐，但达吉雅娜特有的性格、道德面貌、精神趣味使她与普通的贵族小姐有着本质的区别。她喜欢看理查逊和卢梭的小说，但她不同于奥涅金和连斯基，她的根永远与俄罗斯、与自己的故乡连在一起。她酷爱俄罗斯的民间故事和歌谣，相信民间的凶吉预兆和占卜，把善良的奶妈视为自己最亲近的人。与人民的生活、与俄罗斯大自然的接近深刻地影响了达吉雅娜的世界观。

达吉雅娜（灵魂上的俄国人，
她也不知道为什么这样）
那么热爱俄罗斯的冬景，

> 热爱它美丽的寒冷风光,
> 爱太阳下的凛冽的霜冻,
> 爱乘雪橇滑行,爱晚霞中
> 闪闪发光的玫瑰色的雪片,
> 也爱主显节夜晚的黑暗。
> ……
> 达吉雅娜一向就很相信
> 民间的古老的传说故事,
> 相信梦、相信用纸牌算命,
> 相信月亮的预兆和暗示……

达吉雅娜贤淑、聪慧、痴情而又不失理智。当她爱上奥涅金后,不顾上流社会的虚伪礼教,大胆向他表明自己的心迹,在给奥涅金的信中坦陈自己真诚而又炽烈的感情:

> 见您在村里,哪怕很少见,
> 哪怕一礼拜只见您一面,
> 只要让我听听您的声音,
> 跟您讲句话,然后就去想,
> 想啊想,直到再跟您遇上,
> 日日夜夜掂着这桩事情。
> ……
> 我会找到个称心的伴侣,
> 会成为一个忠实的贤妻,
> 会成为一个善良的母亲。

达吉雅娜对待爱情的严肃态度和自我牺牲精神与奥涅金冷酷的个人主义形成鲜明的比照。奥涅金的拒绝让她陷入了深深的痛苦之中。当她在奥涅金的书房看到奥涅金所读的书籍后,开始学会用批判的眼光看待周围的人和世界,对奥涅金也有了更深的了解。

达吉雅娜身上体现了俄罗斯民族性格。与人民传统相适应,普希金赋予达吉雅娜的精神世界异常的完整性。当她不得已嫁给一个她不爱的将军之后,尽管她还爱着奥涅金,但却拒绝了奥涅金的感情,这不仅是尊重自己的丈夫,而且首先是尊重她自己,她不能牺牲自己的名誉、道德和人格尊严。正是这一点使达吉雅娜高出她所处的庸俗的上流社会,帮助她战胜了自己的痛苦。

达吉雅娜像一朵出淤泥而不染的荷花,普希金称之为"俄罗斯灵魂"。她精神的完整性最大限度地表现出高雅的贵族文化与朴素的乡村文化的和谐统一,而这正是普希金的诗学理想。

小说中塑造的典型环境中的典型形象具有高度的艺术概括力,从主人公们的命运中可以真实地看到当时俄国的现实生活。"《奥涅金》可以说是俄国生活的百科全书和高度人民性的作品。……它对于俄国社会是一个自觉的过程,它几乎是向前迈出的第一步,但却是多么伟大的一步!"①

《叶甫盖尼·奥涅金》是一部集诗歌与散文为一体的诗体小说,采用了独特的艺术形式——"奥涅金诗节"(онегинская строфа)。这是普希金专为这部作品制定的格律,在欧洲十四行诗体的格律基础上结合了俄语音节和重音特点,采用四步抑扬格。每节十四行,由三组四行诗和一组两行诗组成:第一组使用交叉韵(abab),第二组使用成对韵(ccdd),第三组用环抱韵(effe),最后一组两行诗用连韵(gg),各行音节数为 9 8 9 8 9 9 8 8 9 8 8 9 8 8。每一诗节的前八行点明主题、交待情节和内容,接下来的四行把主题推至高潮,最后两行概括总结。诗节之间衔接和谐、论证清晰,既在意义和节奏上构成一个相对封闭的整体,且彼此之间又不失内在联系,从而使整部小说显得极其严整。

Мой дядя самых честных правил, (а)

Когда не в шутку занемог, (b)

Он уважать себя заставил (а)

И лучше выдумать не мог. (b)

---

① 《别林斯基选集》,第四卷,满涛、辛未艾译,上海译文出版社,1991 年,第 628 页。

Его пример другим наука；(c)

Но，боже мой，какая скука（c）

С больным сидеть и день и ночь，（d）

Не отходя ни шагу прочь！（d）

Какое низкое коварство（e）

Полуживого забавлять，（f）

Ему подушки поправлять，（f）

Печально подносить лекарство，（e）

Вздыхать и думать про себя（g）

Когда же чёрт возьмёт тебя？（g）

我的伯父最讲究家规，

这会儿正病得奄奄一息，

他叫人要好好孝敬长辈，

亏他想出这绝妙的主意。

他的榜样真堪称楷模；

可是，上帝，这有多难过，

日日夜夜守着这病人，

寸步不离叫人如何容忍！

得想出多么下贱的把戏，

讨取这半死老头的欢心，

得把枕头摆得四平八稳，

还要满面愁容送上药剂，

我边叹息边暗自寻思：

何年何月鬼才把你抓去！①

　　诗体小说的另一个显著特点是采用了与情节相关的"抒情插笔"（лирические отступления），它们用于实现作者的各种目的：或补充、深化和发展主题情节，

---

① 《叶甫盖尼·奥涅金》，冯春译，广西师范大学出版社，2016 年，第 4 页。

用作者的经验证实发生事件的可靠性;或对故事中触及的一些问题发表评论,表达自己的观点;或向读者揭示小说写作的特点,甚至是作者的写作计划;或回忆过去以及对生活的思考,为读者展现作者的精神世界。作者的插笔把抒情、叙事和评论融为一体,优美的形式与朴素的语言相得益彰,不仅深化和扩展了小说叙述的功能,而且鲜明地反映出诗人的个性。例如,在第三章中(从第 11 节到第 14 节)作者使用了大量的抒情插笔嘲讽旧式文学的创作模式:

> 热情洋溢的作家必然
> 让他的文体带上庄重的格调,
> 他的主人公往往是个典范,
> 塑造得尽善尽美,十分完好。
> 他描绘的人物都很可爱,
> 却总是受到不公正的迫害,
> 他多愁善感,颖悟聪明,
> 而相貌也长得迷人英俊,
> 那热情兴奋的主人公通常
> 怀着极其纯洁热烈的爱情,
> 随时准备为情人而牺牲,
> 在小说最后一部的结尾上,
> 罪恶总是受到应有的惩罚,
> 善良也会得到应有的报答。①

抒情插笔对于塑造形象起到重要作用,而且每节插笔都具有严整的结构和独特的风格,是一个意义完整的片段。

普希金在俄国文化中占有特殊地位。他为俄国文学创作了具有世界水准的艺术作品,不论是作为一个人,还是作为一位艺术家,他都已然成为俄罗斯

---

① 《叶甫盖尼·奥涅金》,冯春译,广西师范大学出版社,2016 年,第 90—91 页。

精神生活的象征。还是在 1834 年,果戈理就十分具有预见性地指出:"一提到普希金的名字,就立刻会想到俄罗斯民族诗人。……他像辞书一样的包含着我们语言的全部财富、力量和伸缩性。他比一切人都更广远地展开了我们语言的界限和指出了它的全部空间。普希金是非凡的现象,也许是俄罗斯精神的唯一现象:这是将来也许在两百年之后出现的像他这样发展的俄罗斯人。"[1]车尔尼雪夫斯基赞扬普希金是"真正伟大的俄罗斯诗人",他"第一个开始以惊人的正确性和深刻性来描写俄罗斯气质和俄罗斯人民各阶层的生活"[2]。

普希金诗歌的基本特点是真诚和真实:每一首诗都表达的是真实的感受和情绪,每一句话都力求用艺术的形式真实地反映现实生活——在普希金的诗歌中跳动着"俄国生活的脉搏"[3]。普希金的诗歌是热爱自由、爱国主义精神、人民的智慧和人道主义感情及强大创造力的最好体现,他的所有创作都充满一种战胜一切的勇敢精神,坚信真理和人道主义思想会最终取得胜利。

---

[1]　罗果夫主编:《普希金文集》,时代出版社,1957 年,第 293 页。
[2]　同上,第 302 页。
[3]　《别林斯基选集》,第二卷,满涛译,上海译文出版社,1979 年,第 404 页。

第八节

莱蒙托夫

概述

米哈伊尔·尤里耶维奇·莱蒙托夫（Михаил Юрьевич Лермонтов，1814—1841），伟大的俄罗斯诗人，小说家，剧作家。他生于莫斯科的一个贵族家庭，父亲是退役的步兵大尉，母亲在他三岁那年病逝。诗人童年是在奔萨省外祖母的庄园度过的，自幼受到良好的家庭教育，通晓法语和德语，很早就对文学感兴趣，并开始写诗。1825 年夏天，外祖母带着莱蒙托夫来到高加索矿泉疗养，诗人童年印象中高加索的自然风光和当地山民的生活风俗在他的早期作品，如《高加索》(1830)、《问候你们，高加索蓝色的山脉！……》(1832)中都有鲜明的表现。1828—1830 年莱蒙托夫在莫斯科大学附属贵族寄宿中学学习，这是当时俄国最好的学校之一，茹科夫斯基、格里鲍耶托夫、丘特切夫等曾在此就读。在学校莱蒙托夫受到系统的人文教育，阅读了罗蒙诺索夫、杰尔查文、茹科夫斯基、巴丘什科夫、普希金、拜伦、席勒等人的作品，尤其是拜伦和普希金诗中对专制暴政的鞭挞、对民主和自由的讴歌，以及那磅礴的气势和瑰丽的想象都给莱蒙托夫留下终生难忘的印象。叙事诗《契尔克斯人》、《高加索俘虏》是模仿普希金而作，《海盗》、《罪犯》、《奥列格》、《两兄弟》则具有"拜伦式的"风格。在早期抒情诗中，具有拜伦气质的抒情主人公形象与诗人本身极为接近，有很强的自传性质。抒情主人公追求完美、幸福，敢于抗争不公正的命运，具有大无畏的牺牲精神。

在莫斯科大学学习时期(1830—1832)对莱蒙托夫的个性和世界观的形成具有重要意义。在这里，他接触到了十二月党诗人雷列耶夫和普希金写的禁诗手抄本,发表了处女作《春天》(1830)。1830—1831年间,莱蒙托夫的创作中出现了社会主题和内容。严格地说,莱蒙托夫创作的政治抒情诗极少,他诗中的社会政治问题通常是与诗人的哲学思考、心理体验以及对个人命运的自我分析结合在一起的。这一点在30年代初的抒情诗中表现得尤为突出,如《土耳其人的哀怨》(1829)以及一些表现欧洲革命和法国大革命的诗中(《1830年7月30日,巴黎》;《7月10日》(1830);《译自安德烈·舍尼埃》,1830—1831)。1832年莱蒙托夫转至彼得堡近卫军骑兵士官学校,在这里参与杂志《校园霞光》(«Школьная заря»)的编纂工作,并在上面发表了一些反映士官学校生活的叙事诗和抒情诗。1834年在士官学校毕业后,他获得骑兵少尉的军衔,在骠骑兵团服役。

自30年代中期以后,亦即莱蒙托夫的创作步入成熟期之后,抒情主人公身上虽然仍能反射出诗人的影子,但这种成分已明显减少,转而成为同代人的缩影。这一时期的创作内容更加丰富,创作体裁和风格也更加多样化,许多抒情诗带有现实主义成分,对外部世界的描绘更加清晰,更富细节性。不过,在1837年之前的这几年里,莱蒙托夫的创作事业很不顺利,许多诗作得不到发表,其中不乏被后世传诵的名篇佳作,如《天使》(1831)、《帆》(1831)、《人鱼公主》(1832)、《奄奄一息的角斗士》(1836)等;叙事诗《大贵族奥尔沙》(1835—1836)也被各大刊物拒之门外,《假面舞会》(1835—1836)没有通过官方审查;《哈吉·阿勃列克》(1835)虽获发表,但批评界的反应却很冷淡。在这一时期,莱蒙托夫与文学界的联系似乎中断了。

为悼念普希金而创作的抒情诗《诗人之死》(1837)成为莱蒙托夫创作和命运的重要转折:它不仅是莱蒙托夫向迫害普希金的宫廷佞臣发出的公开声讨和战斗檄文,也表明了莱蒙托夫作为普希金文学事业的继承人继续同专制统治进行斗争的决心。这篇杰作为莱蒙托夫赢得了巨大的文学声望,他也因此而被流放到格鲁吉亚。流放期间,莱蒙托夫结识了格鲁吉亚的一些知识分子,并对当地的民间文学、民族语言和民族风俗表现出浓厚的兴趣,高加索主题在他的创作中始终占有重要地位。

1838年初莱蒙托夫返回彼得堡,在这里结识了别林斯基以及茹科夫斯基、维亚泽姆斯基、奥陀耶夫斯基等诗人,并加入"十六人小组"。接下来的这两年是莱蒙托夫创作的繁荣期和文学声誉飞升时期。叙事诗《沙皇伊万·瓦西里耶维奇、年轻的近卫士和勇敢的商人卡拉希尼科夫之歌》(1837)、《恶魔》(1829—1839)、《童僧》(1839)以及各种主题的抒情诗相继问世,与此同时他开始创作现实主义小说《当代英雄》。莱蒙托夫流放归来后创作的作品以及他本人独立不羁的行为引起了沙皇宫廷和统治阶层的不悦和敌视,1840 年春他与法国公使之子巴兰特的决斗导致他第二次被流放到高加索。1841 年 2 月莱蒙托夫回彼得堡休假,在他生命的最后几个月创作了一系列优秀诗篇:《祖国》、《悬崖》、《争吵》、《叶子》、《不,我爱你没有那么炽烈……》,以及最后一篇诗作《先知》。1841 年 6 月 15 日莱蒙托夫因与一名军官发生冲突而死于决斗。

抒情诗

莱蒙托夫是在浪漫主义文学的熏陶下成长起来的,浪漫主义抒情主人公的斗争精神和崇高理想对莱蒙托夫内心世界的形成产生了深刻的影响,因而,他的抒情诗自始至终蕴含着勇敢的反抗、迎接挑战、等待暴风雨的激情。诗人自童年时心中就藏有"一团非人间的火焰",这火焰在他的心中慢慢地养成了"傲视一切的创造的思想"。莱蒙托夫是一个行动的诗人,在《水流》(1831)一诗中,诗人显示了他热切参与生活的渴望和不畏苦难的品性:

> 我心中有股激情的泉水,
> 它伟大而神奇不凡;
> ……
> 这泉水是与生命俱生的,
> 它也将与生命同亡;
> 它有弱点,也有强处,
> 但它使人们迷惘;
> 首先享有它是一种幸福,
> 但我却愿让出这种悠闲,
> 换取至福与苦难的

些许而短暂的瞬间。①

渴望从事公民的事业、渴望接受命运的考验、渴望把豪迈的语言和英雄的行为结合在一起的理想使他与十二月党诗人、与拜伦、与具有反抗精神的浪漫主义主人公很接近。

对生活善于深思的态度，积极干预社会生活的热望是莱蒙托夫一生中的两大特点。在莫斯科大学读书期间，莱蒙托夫就开始紧张地思索着复杂的社会政治问题，认为不进行积极的斗争，生命就会失去意义：

人生是这般苦闷，假如没有斗争。

……

我需要行动，希望把每个日子

都能化为不朽的时刻，好像是

伟大英雄的幽灵……

——《1831 年 6 月 11 日》

1830 年俄国南部和东部因霍乱流行而相继发生暴动，残酷的社会政治斗争引起了莱蒙托夫的关注。同年 7 月，法国发生了革命，莱蒙托夫对此做出迅捷、热烈的回应，愤然写下了《1830 年 7 月 30 日，巴黎》一诗，表达了他对人民斗争的同情、理解和对专制暴政的抗议：

啊！暴君呀，你将用什么来

偿还这一笔正义的血债，

人民的血债、公民的血债。

……

你将被永恒的创伤杀死，

转过你那双乞怜的眼睛，

---

① 本节诗歌译文均引自《莱蒙托夫文集》（抒情诗、叙事诗），余振译，上海译文出版社，1998 年。以下不另做标注。

浴血的队伍将高声叫道：

他是有罪的！他就是罪人！

当时莱蒙托夫对革命的认识还不是很清楚，但在他的创作中已经表现出鲜明的政治态度和立场。他盼望在俄国也会发生这样的革命，预示那一天的到来：

将会来到俄罗斯黑暗的一年，

那时沙皇的皇冠将丢到一边；

百姓将忘记他们往昔的敬仰，

死亡和鲜血将成为人的食粮。

——《预言》(1830)

诗人这种忧国忧民的感情并不是抽象的、空泛的，从对人民革命的理解中可以看出他对现存的社会制度、秩序和道德的否定，就思想高度而言，超过了普希金和十二月党人。

十二月党人起义被镇压后，尼古拉一世统治下的俄国更加黑暗，残暴的专制统治犹如铁钳，剪断了一切有生机的力量，它纵容上流社会的荒淫与无耻，却阻挠有志之士有所作为。"30 年代的青年的孤独状态比十二月党人那一代青年的孤独状态更加悲惨，……十二月党人是战士，参加了战争，摆在他们面前的是国内战争中值得肯定的事实。对于后一代来说，实践的社会活动的可能性已经没有了，他们面前是尼古拉一世残酷镇压十二月党人起义的恐怖"。[1] 崇高的理想并不能付诸行动，理想与现实产生了冲突，这是莱蒙托夫的不幸，也是那个时代的不幸，这种不幸从不同的侧面反映在莱蒙托夫的诗歌当中，使他的诗歌充满了忧伤和悲郁的气质。

孤独和苦闷是莱蒙托夫诗歌中一个永恒的主题。莱蒙托夫的诗歌创作始于停滞时期，当十二月党人的运动已经沉寂，而新的进步一代还没有形成，面

——————————

① 别尔嘉耶夫：《俄罗斯思想》，雷永生、邱守娟译. 三联书店，1995 年，第 22—23 页。

对这样的社会形势,诗人内心自然会产生孤独和失望。莱蒙托夫看到,在黑暗的专制统治下,个人与社会之间的联系消失了,周围的世界犹如密封的铁桶一样令人窒闷。这个时代不需要也不能容忍他的崇高理想和大无畏精神,他只能空有一腔热血,而无用武之地,因此陷入孤独和苦闷之中:

> 孤独中拖着人生的锁链,
> 这可要叫我们不寒而栗。
> 分享欢乐倒是人人愿意——
> 但谁也不愿来分担悲戚。
> 我独自像个空幻的沙皇,
> 心中填满了种种的苦痛,
> 我眼看着,岁月像梦一般地
>   消逝了,听从命运的决定,
>   它们又来了,带着镀过金、
>   但依然是那旧有的幻梦,
>   我望见一座孤寂的坟墓,
>   它等着;为什么还在逡巡?
>   任何人也不为这个哀伤,
>   人们将(这个我十分相信)
>   对于我的死大大地庆幸,
>   甚至祝贺我渺小的诞生……

这首题为《孤独》的诗写于1830年,当时莱蒙托夫只有16岁,但是诗人对孤独的体验却如此深刻,如此悲凉,实在令人感叹。与孤独和苦闷相伴的是理想的幻灭和对未来的迷惘:

> 那里你看得出早早袭击我的
> 生命、已经凋零的热情的遗痕;
> 往事的回忆使我得不到安慰,

我站在万丈深渊上,孑然一身,

命运把我的一切扼杀在那里;

如同小树长在临海的悬崖上,

它被雷雨打折的树枝顺从着

任情奔腾的碧波在飘向他方。

——《请伸过手来,靠近诗人的胸口》(1831)

残酷的现实折断了诗人希望的羽翼,使他高傲炽烈的心灵遭受摧残,他多想像鸟一样在天空中自由翱翔:

为什么我不是一只鸟、不是一只呀

从我头顶飞过的草原上的乌鸦?

为什么我不能够在天空中翱翔遨游?

为什么我不能爱恋着一个自由?

——《希望》(1831)

对于莱蒙托夫来说,没有自由的生活,没有斗争的生活,就不是真正的生活。生活自身的价值就在于它不应辜负人的存在,并且无愧于他的崇高使命。因此诗人在《我要生活! 我要悲哀……》(1832)中向这个死气沉沉的社会发出了呐喊:

没有痛苦还算诗人生活?

没有风暴还算什么大海?

他想要生活,拼出困惫的

烦恼,拼出无休止的苦痛。

他想要买取天国的声音,

他不愿平白地获得光荣。

理想与现实的冲突在莱蒙托夫的创作中得到了异常激烈的反映。诗人为我们塑造了一个不安于现状、寻求紧张生活的浪漫主义的抒情主人公的形象，他具有丰富的精神潜质，感到自己有无穷的力量，但是却因在现实社会中找不到施展的舞台而苦闷，这一形象在莱蒙托夫著名的诗篇《帆》(1832)中更加鲜明：

> 大海上淡蓝色的云雾里
> 有一片孤帆闪耀着白光！……
> 它寻求什么，在迢迢异地？
> 它抛下什么，在它的故乡？……
>
> 波浪在汹涌——海风在狂呼，
> 桅杆弓起腰轧轧地作响……
> 唉唉！它不是在寻求幸福，
> 不是逃避幸福奔向他方！
>
> 下面是清比蓝天的波涛，
> 上面是那金黄色的阳光……
> 而它，不安的，在祈求风暴，
> 仿佛在风暴中才能有安详！

诗人设立了两个意象——大海和帆，二者的对立象征着现实生活与人的个性之间的对峙。帆是一个孤独的漂泊者的形象：既不属于"迢迢异地"，也不属于"它的故乡"；帆又是一个桀骜不驯的战斗者的形象："清比蓝天的波涛"和"金黄色的阳光"都不能让他感到满足，只有"风暴"才能让他得到"安详"。

孤独的意象在莱蒙托夫诗中是丰富的，多变的：它是"荒野北国"孤独生长的"苍松"(《在荒野的北国……》，1841)，是"在荒野中低低地哭泣"的"悬崖老人"(《悬崖》，1841)，是"被无情的风暴所追逐"的"落叶"(《叶子》，1841)，是一个被放逐的浪子(《云》，1840)，是一个身陷囹圄的囚徒(《希望》，1832、《囚徒》，1837、《邻人》，1837)。随着诗人对现实社会的认识的不断加深，这一主题也在不断丰富、不断深化。

　　孤独、失望的抒情主人公沉湎于自己悲愤的情绪之中。如果说茹科夫斯基把人与世界的联系定格在"永恒的"生活之中,普希金把人纳入民族历史和世界历史之中,并且以此确立人与世界的统一关系,巴拉廷斯基认为人的孤独是命中注定,但诗歌能修复人与社会之间的裂痕,那么莱蒙托夫则说出了残酷的真实:世界与人是敌对的,而人渴望绝对自由,其中包括脱离社会的自由。这种认识加深了莱蒙托夫的否定情绪,加深了他与上流社会、与人群(在莱蒙托夫的诗中指的是愚昧的、还未觉悟的民众),甚至与上帝之间的敌对关系。

　　对诗人与人群、与社会之间关系的紧张思考是莱蒙托夫诗歌创作中的一个重要组成部分。在他的诗中,创作个体与人群、与社会之间的关系是互不理解的,甚至是敌对的,这种关系在《预言者》(1841)中表现得尤为明显。诗人—预言(先知)者的形象在普希金的许多诗篇中出现过,但莱蒙托夫的诗人—预言者形象却有自己时代的特征。如果说普希金在诗中展现的是上帝创造预言者的过程,那么,莱蒙托夫在诗中揭示的是预言者行动的结果。在莱蒙托夫的这首诗中,世人的不理解、不信任使预言者的生活充满痛苦和磨难。自从预言者开始宣布"爱情与正义的真谛",他便遭到周围人们"疯狂猛烈的责难和非议",他不得不生活在荒野里,"靠着上天的恩赐"度日。当他急急忙忙跑过一个嘈杂的城市时,背后传来人们的嘲笑和侮辱:

> 看哪:这就是你们的前鉴!
> 他跟我们合不来,太高傲。
> 蠢东西,他想要我们相信,
> 上帝借他的嘴巴来传道!
>
> 孩子们,你们仔细看看他:
> 他多么苍白、憔悴和郁悒!
> 看哪,看他怎样落魄、穷困,
> 大家又怎样把他鄙弃!

　　具有讽刺意味的是，这个被上帝派来教育、训导人们的人，却成了被人们教育和训导的对象，这是怎样的一种悲哀！

　　正是由于莱蒙托夫把自己看成一个真正的诗人，社会的沉闷、愚昧和人们萎靡不振的精神状态才会让他深感忧虑，与此同时，他又不断地进行自我认识，自我剖析。《沉思》（1838）的中心思想就是思考同时代人的命运，这一思考在早期的《独白》（1829）中已有所反映，而在《沉思》中得到进一步深化，更多地融进了时代的内容。莱蒙托夫是怎样评价他们这一代人的呢？

> 我们刚离开摇篮，头脑就装满
> 先祖的谬误和他们的迟钝的才能，
> ……
> 我们对善和恶恬然漠不关心，
> 走上竞技场没有搏斗便败退下来；
> 在危难面前我们怯懦地畏缩犹疑，
> 在权力面前——却是卑鄙下流的奴才。

　　诗人像一个严厉的法官，斥责同代人的无为与消沉，指责他们不试图改变自己的命运，只是一味地沉迷于享乐，挥霍青春。诗人用对比的方法揭示出他们日渐枯萎的内心世界：

> 我们倒也在憎、我们倒也偶尔在爱，
> 但对于憎、对于爱什么都不愿牺牲，
> 烈火在血流中沸腾时，心中主宰的
> 却是莫名的神秘的寒冷。

　　诗人的评价是残酷的，但是值得注意的是，这首诗的主人公是"我们"，这就意味着诗人并没有把自己排除在同代人之外，他在指责他们的同时，也在指责自己，这不仅表现出诗人高度的责任感，使这首诗更具锐利性，同时也增强了诗的悲剧色彩——诗人的悲剧是与自己时代的悲剧、自己国家的悲剧分不开的。这首诗沉郁中见刚劲,赢得了别林斯基的高度赞赏:"它以金刚钻般坚实的诗句,奔涌激情的雷霆万钧的力量,高贵愤怒和深刻哀愁的巨大威力,震惊了所有的人……这些诗句是用鲜血写成的;它们发自被凌辱的灵魂的深处:这是一个认为缺乏内心生活比最可怕的肉体死亡还要难受千万倍的人的哀号,呻吟!……在新的一代人中间,有谁不会在它里面找到对于自己的忧郁、精神冷酷、内心空虚的解答,有谁不会用自己的哀号和呻吟去响应它呢?"①《又苦闷又烦忧……》(1840)是莱蒙托夫又一首重要的诗,这首诗表达了 30 年代所有进步人士的心情:人生被视为"空虚的愚蠢的游戏","快乐和痛苦也全都不值一文",这种情绪在他诗中的多次出现说明诗人一直在进行紧张的思索,一直在寻找解决问题的办法,他的每一句诗都是用自己的体验和痛苦凝聚而成的。因此,赫尔岑说:"勇敢的、悲哀的思想始终铭刻在他的头脑里,这种思想通过他的一切诗歌而表现……莱蒙托夫的沉思就是他的诗歌,他的痛苦,他的力量。"②

1837 年 1 月 19 日普希金死于决斗的噩耗震惊了莱蒙托夫,他在悲愤之中迅疾写下了俄罗斯文学史上的不朽之作《诗人之死》。几天之内,成千上万份手抄稿像雪片一样飞遍彼得堡的大街小巷。诗中充满了对普希金的爱戴之情和对罪魁祸首们的愤怒,这不仅是莱蒙托夫自己的感受,而且也代表了人民的心声。当莱蒙托夫得知沙皇政府不但袒护凶手,而且还指责普希金时,无比震怒,在原诗上又挥就了十六行。在这最后的十六行诗中,莱蒙托夫义正词严地指出,杀害普希金的不仅仅是丹特士一个人,而且还有隐藏在他身后的上流社会,是那些"蜂拥在宝座前的贪婪的一群",他们才是真正的凶手!"这些扼杀自由、天才、光荣的屠夫"终将会受到"神的裁判","严厉的裁判"!

> 你们,以下流卑贱著称的
>
> 先人们滋生下的傲慢无耻的儿孙,
>
> 你们用你们那奴隶的脚踵践踏了
>
> 幸运的角逐中败北的人们的迹踪!

---

① 《别林斯基选集》,第二卷,满涛译,上海译文出版社,1979 年,第 508—510 页。
② 《赫尔岑论文学》,辛未艾译,上海译文出版社,1989 年,第 68 页。

你们,蜂拥在宝座前的贪婪的一群,

这些扼杀自由、天才、光荣的屠夫啊!

你们躲在法律荫庇下,对你们

公正和正义——一向是嘿口无声!……

但是还有神的裁判啊,荒淫的嬖人!

严厉的裁判等着你们;

他绝不理睬金银的声响,

他早看透你们的心思、你们的行径。

那时你们求助于诽谤将徒然无用:

鬼蜮伎俩再不帮助你们,

而你们即使用你们那所有的污血

也洗不净诗人正义血痕!

　　莱蒙托夫一针见血地揭露了沙皇宫廷迫害诗人的罪恶行径,诗中虽然讲的是普希金被害的这一具体事件,但诗人把它阐释为正义与邪恶、光明与黑暗的永恒的斗争。诗人那火一样的激情和炽烈的诗句犹如黑暗中的一道闪电,震撼着人们的心灵,高尔基赞誉这首诗是"俄国诗坛上最得力之作"。[①] 这首带有强烈政治色彩的诗篇,也震撼了俄国文坛,它的问世标志着莱蒙托夫创作新阶段的开始,奠定了诗人作为普希金继承者的地位。

　　莱蒙托夫对诗人与人群、诗人与社会关系的思考与诗人的使命问题密切相关,这一问题在他的早期诗作中就已经多次提到。莱蒙托夫很早就意识到自己是一个诗人,他认为诗人的使命就在于同人民交流,应当用振奋人心的语言引导社会去为美好的未来斗争。他在《编辑、读者与作家》(1840)中提出了对于诗的社会内容的看法。在另一首诗《诗人》(1838)中,莱蒙托夫采用形象对比的方式,把诗人的使命与剑的使命相比较,认为诗人应该是一个惩治邪恶的剑的形象。饰有"黄金花纹"、"霜刃犀利"的宝剑一旦脱离了战斗,就只能是一个挂在墙上的"黄金玩具",不会有人理睬。诗人也一样,如果把世人"景仰

---

　　① 高尔基:《俄国文学史》,缪灵珠译,上海译文出版社,1979年,第279页。

的权威换得了黄金",屈服于命运,那么诗人就丧失了自己的使命。诗人的使命是什么? 诗人的使命应该是这样:

> 你的诗神灵般飞在人群头上;
> 　　而高尚的思想的回声,
> 像人民喜庆或灾难的日子里
> 　　市民会议的大钟轰鸣。

如果诗人丧失了自己的使命就会被人们嘲笑、忘记,那么诗人也就失去作为诗人的价值和意义,因此,在诗的结尾响起了催人振奋的声音:

> 被嘲笑的预言者,你还能醒来?
> 　　还是对那复仇的声音
> 再不能从黄金的剑鞘拔出你
> 　　被满轻蔑绣痕的利刃?

莱蒙托夫对诗人使命的看法继承了十二月党人的革命传统。诗人与诗、诗人使命的主题一直是俄罗斯文学的一个重要的主题,它最先出现在十二月党诗人和普希金的诗中,由莱蒙托夫继承,以后又被涅克拉索夫、马雅可夫斯基、阿赫玛托娃、帕斯捷尔纳克等诗人继承和发展。

莱蒙托夫是一个深沉的爱国主义者,对祖国的爱贯穿于他的全部创作之中。这种深沉的爱一方面表现为对祖国光辉历史以及为此而浴血奋战的英雄的颂扬,一方面表现为对祖国的大自然以及世世代代辛苦劳作的普通劳动者的赞美。

《波罗金诺》写于1837年,这是莱蒙托夫为纪念卫国战争二十五周年而作的,在诗中,莱蒙托夫歌颂了俄国士兵的功勋,他们是1812年卫国战争的勇士。故事的讲述者是一个淳朴的老炮手,他向一个年轻的士兵讲述了波罗金诺战役的战斗过程和场面。诗歌的结构是以谈话的形式出现的:

"请讲讲,老伯伯,可是当真,

大火烧了的莫斯科不是

白白地给了法国人?

不是发生过激烈的战争?

据说是非常激烈的战争?

波罗金诺激战的这一日

全国人都记在心中!"

——是的,我们那时候的人们,

全不是如今这样子的人:

是武士——决不像你们!

……

　　"是的,我们那时候的人们,……决不像你们",这是这首诗的所要表达的中心思想,这个朴素的观点从一个老兵的口中说出,意义非同寻常,莱蒙托夫赋予这句话特殊的含义。他把充满英雄主义的史诗般的过去同庸碌无为的30年代相比照,他为不惜生命捍卫祖国的勇士们感到骄傲和自豪,更为同时代人的萎靡感到羞愧和痛苦。对于莱蒙托夫来说,人最宝贵的就是勇敢、正义、不畏强暴、敢于斗争的精神,而他周围的同时代人缺少的正是这些。因此,俄罗斯英雄的历史成为他的精神寄托,他只能在历史中去寻找伟大的人物和他们身上完整的人格,这一点也体现在叙事诗《沙皇伊凡·瓦西里耶维奇、年轻的禁卫兵和勇敢的商人卡拉希尼科夫之歌》中。

　　在具体的历史环境和生活场景中塑造人物形象是莱蒙托夫创作成熟期的一个显著特征,诗人把内心感情的抒发方式从浪漫主义的直抒胸臆转向现实主义的客观描写,从抽象的认识转向生活中具体的形象。《波罗金诺》是一首开现实主义风格先河的诗作,它塑造了一个同人民血肉相连的普通士兵的形象,是从战争的参与者——一个普通士兵的视角来展现战争的进程。在莱蒙托夫之前还没有人这样描写过战争,这种新的风格在诗体书信《瓦列里克》中得到确定和发展,为后来俄罗斯文学中战争题材的创作开辟了新的可能性。

托尔斯泰曾经说,没有《波罗金诺》,就没有《战争与和平》。另外,诗中质朴的感情、对历史真实的细节描绘、不加修饰的民间口语,都体现出这首诗的人民性,标志着莱蒙托夫在向现实主义转变的道路上前进了一大步,是他诗歌创作的一个里程碑。

对祖国的爱不仅表现在爱它的辉煌历史,爱它的英雄人民,还表现在将它与俄国普通劳动者的生活结合在一起。《祖国》是一篇优秀的爱国主义抒情诗,它是莱蒙托夫在 1841 年初从流放地返回彼得堡休假时写下的。诗中采用白描般的手法,由静到动,由自然到生命,表达了对祖国的"奇异的爱情":

> 我爱祖国,但却用的是奇异的爱情!
> 　　连我的理智也不能把它制胜。
> 　　　无论是鲜血换来的光荣、
> 　无论是充满了高傲的虔信的宁静、
> 　无论是那远古时代的神圣的传言,
> 　都不能激起我心中的慰藉的幻梦。

是什么引起诗人如此强烈、如此神圣、如此奇异的感情呢? 是他在月夜乘着马车行驶在乡间小路上看到的情景:"草原上凄清冷漠的沉静"、"无尽的森林"、"奔腾的河流"、"颤抖的灯火"、"野火冒起的轻烟"、"草原上过夜的大队车马",还有"闪着微光的白桦",然而,还有更加让他倾心动情的场景:

> 我怀着人所不知的快乐
> 望着堆满谷物的打谷场、
> 覆盖着稻草的农家草房、
> 镶嵌着浮雕窗板的小床;
> 而在有露水的节日夜晚
> 在那醉酒的农人笑谈中,
> 观看那伴着口哨的舞蹈,
> 我可以直看到夜半深更。

诗人不仅爱祖国大自然的广袤和美丽,更爱乡村温馨和谐的生活气息。劳动者的厚朴、勤劳和对生活的热爱唤起他心中"人所不知的快乐",这种快乐是与普通劳动者的快乐融合在一起的,他感到人与大自然的和谐,人与上帝的亲近。

对祖国的爱引发诗人内心中另外一种强烈的情绪——对上流社会的恨。憎恨"上流社会的黑暗"这一主题贯穿于莱蒙托夫的整个创作之中。在《常常,被包围在花花绿绿的人群中……》(1840)中,他把上流社会比作假面舞会,厌恶和憎恨他们的虚假、欺骗、淫逸:

> 啊,我真想搅乱他们那欢乐的嬉戏,
> 　而正对着他们的眼睛大胆地投以
> 　　我注满悲愤的铁的诗句!

正是上流社会统治者的腐朽和黑暗才使俄罗斯变得"满目污垢",成为"奴隶的国土、老爷的国土"。

由此可以看出,莱蒙托夫对祖国的爱是深沉的、强烈的和复杂的,他清楚地认识到自己与祖国、与人民血肉相连的关系,他为祖国的辽阔和美丽感到自豪,同时也为现实中的黑暗感到深深的忧虑和痛心,杜勃罗留波夫把他的这种"奇异的爱情"称为是"真诚地、神圣地、理智地"理解对祖国的爱。

莱蒙托夫创作的哲理诗集中体现了诗人对个人在世界、在历史中的地位的探索。对人与宇宙之间关系的认识可以反映出莱蒙托夫对生活的认识。《当那苍黄色的麦浪在随风起伏……》(1837)表现的是诗人内心与大自然的和谐。诗的前三节描绘了三个不同季节的自然景象,每一花一草都具有灵性,画面清新,色调明丽。最后,画面从外部世界转向人的内心深处:

> 这时才能平息住我心头的烦忧,
> 　这时才能展开我额头的颦蹙,——
> 我在天国里才能够看得见上帝,
> 　在人间才真领会幸福的根由……

自然界的和美消解了主人公心中的烦忧,使他确信世界的美好。与莱蒙托夫早期创作不同,诗中的大自然不再是苦闷心灵物化的外部表象——或阴郁凄冷或狂怒不安,而是作为一个独立的客体,变得宁静温和,成了痛苦心灵的栖息之地。

把个体同宇宙融合在一起是莱蒙托夫一生最后几篇诗歌中表现出来的理想。《我独自一人走上广阔的大路……》(1841)的"我"独自一人走在"广阔的"、"多石的道路"上,"我"是孤独的,但此时的大自然却是另一番景象:

> 夜色深沉。荒野在静听上帝,
> 星星和星星正在低声的倾谈。

身处奇妙的大自然中,"我"问自己"期望着什么? 惋惜着什么?","我"早已没有什么惋惜和期望了,但这并不是对生活的心灰意冷:"我在寻求着自由,寻求着平静!"这是诗人的理想,也是他的幻想。自然的和谐带给人心灵的愉悦:

> 美妙的歌声娱悦着我的两耳,
> 整日整夜地向我歌唱着爱情,
> 繁茂的橡树永远地碧绿苍翠,
> 俯伏在我的头顶上喧嚷不停。

在这里,大自然被人格化了,而远离喧嚣的人被自然化了,人与自然达到和谐的统一,人的心灵在自然中得到净化和提升,和谐战胜了不和谐。

在莱蒙托夫成熟期的创作中可以看出,诗人对生活、对人生的认识和思考更加理性、更加复杂。

爱情诗是莱蒙托夫诗歌创作的一个重要环节,这里流动着诗人对爱情的看法、重要的思想情绪和具体的心理变化。在莱蒙托夫大部分的爱情诗中,恋人形象有真实的原型基础,吐露具体的感受和回忆往事成为诗的主要内容。莱蒙托夫的爱情诗具有浓郁的悲剧色彩,这与诗人自身的经历有很大的关系。

莱蒙托夫曾经有过三次恋爱经历，但每一次带给他的都不是甜蜜和喜悦，而是失落和忧伤。爱情不仅没有使他摆脱孤独，反而使他陷入更深的孤独和痛苦之中，理想与现实的冲突也渗透到这美好的感情之中，诗人看到爱的不可能性，因而，爱情的真实性受到了怀疑：

> 要提防爱情：它会过去的，
> 它用幻想去激动你的心，
> 为它而焦心会戕害了你，
> 任什么也不能使你复生。

——《担心》（1830）

《我对你不愿再低声下气……》（1832）描述的是抒情主人公从恋爱到失恋的心理发展、变化的过程。抒情主人坦率真诚，渴望得到爱情，愿为纯洁的爱情牺牲自我，愿以整个身心回报恋人：

> 这样为你的明眸和微笑
> 牺牲掉如许青春的年华，
> 这样在那么长的时间内
> 把你看作年轻时的希冀，
> 而憎恨着整个世上的人，
> 为了能更为有力地爱你。

但是，一腔痴情却付之东流，回报他的只是"狡猾的负义"，他满怀悲愤和懊恼，而那颗高傲的心却不再低声下气，不再祈求施舍与怜悯：

> 我很高傲！别了！去爱别人，
> 梦想向他人去找爱情吧；
> 对无论任何人间的东西，
> 我决不去做奴隶和牛马。

　　恋人的变幻无常和负义不仅深深刺伤了他真诚的心,而且还改变了他对爱情的态度。爱情不再是神圣的、崇高的,而是逢场作戏,是生活中的消遣:

> 今后我将在爱情中享乐,
> 将对所有的人倾吐誓言,
> 将同所有的人尽情欢笑,
> 不愿对任何人泪流满面,
> 将毫无忌惮地去欺骗人,
> 为了不像过去那样地爱;
> 当天使背弃了我的时候,
> 女人还可以尊重和信赖?

　　他外表放浪不羁,内心却处于极度的痛苦和矛盾之中,他在游戏爱情的同时,又不甘心失败,他禀性中的倨傲又显现出来:

> 我已准备好死亡和痛苦,
> 并向整个世界挑起战斗,
> 狂人哪!——只是为了再一次
> 握握你年轻的迷人的手!

　　这首诗对抒情主人公的心理变化描写得既细腻又深刻,富有戏剧性冲突,把主人公内心的狂热、失落、懊丧、冷漠、复仇的种种情绪全部展现出来。从主人公对爱情的态度可以看出他对人生的态度,在他的身上已经隐约地可以看到《当代英雄》毕巧林的影子。

　　《1831年6月11日》是莱蒙托夫早期创作的一个重要诗篇,也可被视为他早期诗歌创作的汇总。全诗共有32个诗节,揭示了诗人对现实的认识和对生命价值的追问,是诗人早期思想发展变化的一部心灵史。同时,这首诗中表现出莱蒙托夫早期浪漫主义抒情主人公形象的共性特征:他浑身充满战斗的激情,追求自由和幸福,但又始终处于理想与现实的矛盾之中;他是一个孤傲愤世的漂泊者,同时又是一个否定一切的、冷酷的恶魔。

莱蒙托夫是艰难的过渡时期的诗人,他的创作体现了在普希金之后的俄国诗歌的特点,反映了先进的贵族知识分子在思想认识上的进步,他们不向禁锢人的心灵和自由的专制制度妥协,但在十二月党人起义失败之后,又失去了进行公开斗争的可能性;他们感觉到自身有无穷的力量,但又对实行社会变革失去了信心。莱蒙托夫的抒情诗,不论是反抗与行动的主题、孤独与苦闷的主题,还是诗人与社会的主题,甚至是爱情主题,都反映出他的一个基本认识——理想与现实的矛盾。当所有的社会思想都归于沉寂之时,莱蒙托夫勇敢地表达他对社会、对人群,甚至对上帝的否定,呼吁自由、渴望斗争,这是诗人的公民勇气和胆识的表现。直到生命的最后,莱蒙托夫都在为争取个人的自由和祖国的自由而抗争。因此,别林斯基说:"莱蒙托夫是一位完全属于另一个时代的诗人,他的诗歌是我们社会的历史发展锁链中的一个全新的环节。"[①]

叙事诗

叙事诗是莱蒙托夫最喜欢的创作体裁之一。包括未完成的作品在内,莱蒙托夫共创作了 29 首叙事诗。这些作品题材广泛,内容丰富,风格多样。有些作品看上去像"双生子",如创作于 30 年代上半期的"东方"叙事组诗;有些作品虽然创作于同一时期,但创作风格却截然不同,如《沙皇伊万·瓦西里耶维奇、年轻的近卫士和勇敢的商人卡拉希尼科夫之歌》和《恶魔》。

创作于 1828—1830 年间的叙事诗,如《契尔克斯人》、《高加索俘房》、《海盗》、《罪犯》等,是莱蒙托夫对大型诗歌体裁的最早尝试,主要模仿普希金、拜伦、别斯土热夫和科兹洛夫等人的作品创作而成。其中的《高加索俘房》与普希金的作品同名,其中的许多诗句是改写或者直接取用于普希金的作品,但与普希金不同的是,莱蒙托夫更注重刻画大自然的形象,并把自然景物与抒情主人公的感情世界进行有机的融合。在莱蒙托夫早期作品中,大自然并不臣属于人类,而是与人具有同等重要的地位,这种认识在作者晚期创作的叙事诗,

---

① 《别林斯基选集》,第二卷,满涛译,上海译文出版社,1979 年,第 477 页。

尤其是《童僧》中,得到进一步发展和体现。由此可以看出,莱蒙托夫不是简单地模仿和复制前人的作品,而是在前辈的诗歌经验中吸收了那些能够有助于表现自己创作个性的东西。进入 30 年代之后,莱蒙托夫相继创作了《忏悔》(1831)、《最后一个自由之子》(1831)、《伊斯梅尔—贝》(1832)、《立陶宛女郎》(1832)、《巴斯通吉山村》(1834)、《哈吉·阿勃列克》、《萨什卡》、《大贵族奥尔沙》等叙事诗。《大贵族奥尔沙》是一部优秀的作品,描写的是伊凡雷帝时代大贵族奥尔沙与具有反抗精神的奴隶阿尔谢尼之间的冲突。与此前的几部叙事诗不同,在《大贵族奥尔沙》中莱蒙托夫不仅诗意地表现了外部的具体世界,而且力求揭示两个主人公性格的矛盾性,展现性格中的正反两方面特征。别林斯基高度评价这部作品:"此刻我沉醉于《奥尔沙》,有些地方写得好得要命,而整个调子给人一种奇怪的、疯狂的享受。"[1]尽管作品中还存在不足之处,但别林斯基认为比莱蒙托夫"其他许多充满艺术性的叙事诗都高超和重要"[2]。《大贵族奥尔沙》是莱蒙托夫艺术思维中的一个重要环节,使前后的叙事诗创作具有了某些联系性:《忏悔》当中的一些诗句被用在《大贵族奥尔沙》中,而后者的部分诗句又出现在《沙皇伊万·瓦西里耶维奇、年轻的近卫士和勇敢的商人卡拉希尼科夫之歌》和《童僧》之中。

在此值得一提的是《沙皇伊万·瓦西里耶维奇、年轻的近卫士和勇敢的商人卡拉希尼科夫之歌》。这是一部民歌体裁的叙事诗,讲述的是发生在伊凡雷帝时期的一个故事。沙皇的近卫士基里别耶维奇看上了商人卡拉希尼科夫的妻子,并对其进行侮辱。卡拉希尼科夫为了捍卫自己的尊严,在沙皇的拳斗场上与基里别耶维奇进行了生死较量。商人一拳击毙了近卫士,而他自己也被沙皇的刽子手押上了断头台。卡拉希尼科夫和基里别耶维奇是莱蒙托夫浪漫主义叙事诗中两个具有代表性的人物。卡拉希尼科夫延续了"反抗的复仇者"这一英雄形象(如《最后一个自由之子》中的瓦吉姆和《大贵族奥尔沙》中的阿尔谢尼),然而,与以往的英雄形象不同的是,卡拉希尼科夫捍卫的不仅是自己的尊严、家庭的荣誉和个人的权利,而且还有人民的道德准则。而另一形象基

---

① Белинский В. Г. Полное собрание сочинений. В 13 томах. Т. 12. М. , 1955. С. 111.
② Там же, Т. 6, С. 548.

里别耶维奇则是民歌版的"恶魔"，他无视人民的道德准则，对他而言，除了沙皇的意志和个人欲望之外，不存在任何神圣的东西。他虽然像卡拉希尼科夫一样勇敢，但他的勇敢却是具有破坏性的、不道德的，最终要因之受到惩罚。

莱蒙托夫叙事诗的经典之作当推晚期创作的《童僧》和《恶魔》，这两部作品反映了诗人浪漫主义的最高成就。

《童僧》是莱蒙托夫根据他在格鲁吉亚游历时听到的一个真实的故事创作的。故事讲的是一个高加索少年，在他六七岁时被俄军俘获，因途中身患重病被一所寺院收留并成为一名童僧。长年与世隔绝的生活摧残着他的身心，终有一天他逃出寺院，去寻找自由，想重新回到故乡的山区。可是他出逃的企图失败了，他在森林里迷了路，最后昏倒在地，人们又把他带回寺院。《童僧》在结构上采取的是濒临死亡的主人公的独白形式，回忆他出逃三天的经历和感受。

与普希金浪漫主义长诗中的主人公不同，童僧是一个被迫过奴隶般生活的"自然的人"，自幼心中燃烧着的"火般的热情"呼唤着他飞向"激动与战斗的世界"，"像苍鹰般自由自在"地生活。童僧是一个行动的英雄，他像莱蒙托夫所有具有反抗精神的主人公一样，认为生活的意义就在于行动，在于斗争。在出逃的三天中他历尽磨难，与豹子的决死搏斗突出了他的勇敢与坚毅。在森林里度过的充满惊恐和搏斗的三天让他体验到了真正的生活，即使以生命为代价也在所不惜，他在临终前对训诫、规劝他的老僧说：

> 假使没有这幸福的三天，
> 我一生比你衰朽的残年
> 还要更凄惶，还要更悲惨。

童僧英勇无畏的行动是以悲剧告终的：他最终还是死在了他自幼就一心想挣脱的牢笼一样的寺院里。悲剧的原因就在于童僧的强劲精神与羸弱身体处于不协调的状态之中，远离自然环境的寺院生活给他打上深深的烙印，他像一朵狱中的小花：

……它孤寂而枯黄，

生长在阴湿石板夹缝中，

很久舒展不开它娇嫩的

小叶，等待着回生的阳光。

而当它被人们移栽到花园里，朝霞刚刚升起，它便被"炎热的阳光烧得枯萎"。童僧内在的矛盾性获得了外在的表现：广袤开阔的大自然与封闭的寺院环境之间的拒斥性。强大的精神在与之不相符的生活秩序中必将死亡，逃往大自然的主人公深感力不从心，终于在森林之中迷失方向。

童僧的行动虽然失败了，但这不能摧毁他对自由的渴望和激情，这激情本身就是毫不妥协的反抗精神的象征。可以说，莱蒙托夫在《童僧》中把主人公的叛逆精神和不屈的意志开掘到了极致，在非人性的生存环境中赋予主人公极具挑战性的行为，使主人公的形象更富英雄的浪漫主义的色彩。

《童僧》还表现了莱蒙托夫的另一个愿望，即让人们回到大自然的怀抱，返璞归真，并把它作为可以带给人幸福的社会基础。这是脱离现实的幻想，是乌托邦，他的思想因此走进了死胡同。然而，莱蒙托夫的精神就在于：他从未停止过对自由的希望，从未停止过内心痛苦的思索。

如果说《童僧》反映的矛盾和冲突发生在人间的话，那么，在《恶魔》中，莱蒙托夫则把这种矛盾和冲突放置到整个宇宙的背景下，这种宏大的背景同时赋予诗中人物形象以宏大性。诗人借助于《圣经》中恶魔与上帝为敌的故事，塑造了一个富有传奇色彩的、极其复杂的、矛盾的恶魔形象。恶魔是一个勇敢的叛逆者，他因反抗上帝而被谪放出天国；他是"认识和自由的皇帝"，是智慧和意志的化身；他又是个在人间"散播着罪恶得不到欣喜的"孤独的、邪恶的精灵，是"竭尽全力憎恨一切"、"蔑视世上的一切"怀疑主义者和虚无主义者。他身上同时并存着善与恶两种截然对立的品质，既令人神往，又令人恐慌。

这个对一切都憎恨和蔑视的冷酷的精灵被塔玛拉的美貌震惊，他那空漠沉寂的心房又重新懂得"爱情、至善以及美的神圣"，他又重新想起"往日的幸福的梦幻"。然而，恶魔心中这种美好的感情却引发了另一个邪恶的欲念：为了得到塔玛拉，在塔玛拉新婚前夕，他用幻象扰乱了她未婚夫的心智，致其死亡。随后,他又用幻象瓦解了塔玛拉对未婚夫的思念,让她心中"充满罪恶的思想",不再理会人间"纯洁的欢乐"。

塔玛拉让恶魔第一次领悟了"爱情的哀伤、爱情的激动",他来到塔玛拉修行的修道院:

> 他走了进去,要准备去爱,
> 带着为幸福而敞开的心,
> 他心中在想,他所期待的
> 新生活的时刻现已来临。

恶魔对塔玛拉的爱情是极为矛盾的,他爱塔玛拉,可是,他的爱又是自私的,他要用塔玛拉的爱情作为换取他与天国和解的筹码。为了能够再生并重新回到和谐的天国,他乞求塔玛拉:

> 啊,怜悯我吧,请听我来说!
> 你只要用一句话就可以
> 让我重回到至善和天国。
> 披上你爱情的神圣衣饰,
> 我还能在那里出现,成为
> 新的光辉中的新的天使

恶魔的祈求打动了善良的塔玛拉。为了让恶魔"断绝对罪恶的欲念",塔玛拉接受了他的爱情,但是这爱情却让她走向了死亡,恶魔一吻的致命毒液让她的生命之花顷刻凋零。恶魔既是一个胜利者,又是一个失败者,塔玛拉的死注定了恶魔的不能再生:

> 傲慢、孤独的他在宇宙间
> 又孑然一身,同以往一样,
> 既没有爱情,也没有期望!

　　恶魔命运的讽刺性在于：恶魔反抗上帝，但他又希望重新回到和谐的天国；他要报复上帝和世界，但又把自己排除在道德价值之外，结果也报复了自己；他渴望善，却借助恶的手段获得。他是"认识和自由的皇帝"，但他没有希望，没有信仰，永远陷入了怀疑的深渊，而巨大的权力、绝对的自由和全知全能也只能成为他的痛苦。他蔑视和憎恨人世，但同时又想要体验与整个世界相融合的愉悦，这只能是一个不可能实现的妄想，因为不论是天国，还是尘世，都有它自己的生存规则。尽管恶魔身上激情迸发，但他始终处于这种矛盾的境地，终因找不到出路、找不到自己的位置而忧郁和痛苦。

　　莱蒙托夫在《恶魔》中借助浪漫主义的神话传说，运用具有惊人力量的心理现实主义的细节把主人公内在的矛盾和冲突揭示得淋漓尽致。《恶魔》几乎集中了他创作中的一切重要主题：自由与意志、行动与功勋、漂泊与放逐、天与地、善与恶、时间与永恒、爱情与死亡。诗中还融会了他创作中所涉及的基本问题：关于人的认识权力、反抗世界秩序的权力以及人是否有为了个人自由而付出道德价值的权力等，并使其上升到哲学概括的层面上，这些都是《恶魔》这篇叙事诗的深刻性和复杂性所在，也是它恒久恒新的魅力所在。

　　与其他俄国古典诗人相比，莱蒙托夫的创作具有独特的内在统一性和明确的目的性，这首先表现在他笔下的主人公形象具有鲜明的共性特征，并贯穿于整个创作之中。《童僧》和《恶魔》的主人公分别概括了贯穿莱蒙托夫创作中的两类人物形象：他们富有强烈的叛逆精神，但一个是禀性恢宏、酷爱自由、渴望行动的英雄主义的典型代表，另一个则是集善恶于一身、孤傲冷酷、具有强烈否定精神的恶魔形象。另外，它还表现在许多作品之间十分紧密的联系上，创作方向呈线性发展：《童僧》承袭了《忏悔》和《大贵族奥尔沙》这两部叙事诗的某些情节和结构框架；《恶魔》这一主题早在 1829 年的抒情诗《我的恶魔》中就已出现，在创作过程中提炼了早期叙事诗《司命天使》(1831) 和《死亡天使》(1831) 的艺术精华。

　　在俄罗斯文学史上，莱蒙托夫的名字是与普希金紧紧连在一起的。作为普希金的继承者，他不仅继承了普希金所开创的文学传统，而且在创作过程中不断丰富和发展,形成自己独特的艺术风格。莱蒙托夫的创作生涯虽然短暂,但却尝试了各种各样的文艺体类,并形成了自己的风格。他过于短暂的生命和艺术生涯为世人留下了许多灿若明珠的诗篇,也留下了无限的遗憾,因为没有人能够估量出他的艺术成就所能达到的高度,正如高尔基所说:"莱蒙托夫是一曲未唱完的歌。"

第五章

19世纪中期

第一节
概　述

　　19 世纪 40 年代的俄国诗歌远没有小说发展得景气。在普希金、莱蒙托夫和柯尔卓夫去世后,俄国诗歌开始出现一定的衰落。小说把诗歌从杂志的版面上挤了出去,读者对诗歌失去了兴趣,诗集出版得越来越少,甚至是停止出版。造成这种结果的原因是多方面的,但主要原因在于,当时的俄国小说已经走上了表现现实生活中的社会矛盾和反映时代的思想艺术问题的道路,而诗歌仍然在伪浪漫主义的轨道上继续发展,几乎没有触及民众所关心的社会政治问题。

　　与此同时,40 年代的社会生活渐趋活跃,意识形态的斗争日益尖锐。围绕"俄国向何处去"这一问题,斯拉夫派和西欧派之间展开了激烈的争论。在进行思想斗争的过程中,西欧派中的自由主义者和革命民主主义先驱之间也划清了界限。复杂而尖锐的意识形态斗争使许多诗人意识到,为了真实地、及时地反映生活中的矛盾和个人的内心感受,必须寻找新的创作道路和手段。具有这种愿望的不仅是那些逐渐从浪漫主义向现实主义转变的诗人,而且还有那些仍然遵循浪漫主义创作原则的诗人。

　　作为 19 世纪中期最著名的浪漫主义诗人的丘特切夫,在 40 年代几乎没有作品发表,他的名字也逐渐被人淡忘。读者对丘特切夫的关注始于 1850 年涅克拉索夫的一篇评论丘特切夫的文章《俄罗斯的二流诗人》。在这篇文章中,涅克拉索夫称丘特切夫为"卓越的诗歌天才",并且把他的诗歌创作归到"俄罗斯诗歌领域里少有的、杰出的现象"之中。

　　丘特切夫是以写哲理诗见长的诗人,他敏锐地感受到了所处时代的转折性,力求理解存在的深层问题并试图洞彻各种重大事件的历史意义,其抒情诗的特点是悲剧性地理解和接受生活。丘特切夫把发生在周围世界以及人们内心的一切都表现为两种对抗力量的连续不断的斗争,如自然界的昼与夜、光明与黑暗,人心中的善与恶、理性与感情等。在诗人看来,这种斗争与周围世界和人的意识中的反复无常及混乱有关。在丘特切夫的抒情诗中,大自然和人是不可分的。如果说在自然界中诗人还能够感觉出"各种自然力量搏斗的和谐"的话,那么,人类生活对他而言则完全是无法解决的矛盾和绝境。在这一点上可以看出不同于莱蒙托夫时代的、在新的社会历史条件下产生的悲哀与孤独的心理。这种心理致使他的爱情诗也沾染上了悲伤的阴郁的调子。

40年代的俄国诗歌在进入相对"沉寂"的状态的同时,也在积蓄力量,为迎接新一轮的诗歌创作高潮做了准备。从50年代中期开始,俄国诗歌(尤其是抒情诗)呈现出繁荣景象。在40年代步入诗坛的诗人,如涅克拉索夫、尼基金、奥加辽夫、迈科夫、波隆斯基、阿·康·托尔斯泰、费特等,在50年代已经充分展现出自己的艺术魅力。他们的诗集相继出版,在读者中间迅速地流传开来。

早在40年代,这些诗人由于对社会、生活、艺术等重要问题持有不同的观点而出现分野。一派是以涅克拉索夫为首的,包括尼基金、奥加辽夫、普列谢耶夫等在内的民主主义诗人;另一派是以费特为代表的,包括迈科夫、波隆斯基、阿·康·托尔斯泰等在内的"纯艺术派"(Чистое искусство)诗人。民主主义诗人政治立场鲜明,积极参与社会生活,关注重大的社会政治问题。他们继承和发扬了俄国文学中公民诗歌的传统,其作品反映了农民的艰难生活和城市的贫困,揭露了地主阶级和官吏的专横与暴力,表现了普通劳动者的希望和追求。"纯艺术"派诗人的艺术追求却截然相反。他们宣称要为"真正的艺术"而斗争,认为关心和反映社会现实生活中的问题与矛盾是与真正的诗歌不相符的,诗歌关心的只是"人类心灵的永恒本性",因此,"诗的世界"和"公民活动的世界"是互不相容的。到了五六十年代,随着社会意识形态斗争的日益尖锐,社会政治力量的不断分化,这两个诗歌派别之间的分歧也越来越大,两者之间的思想论战随之越来越激烈,进而形成了两个不同的文学阵营。到了60年代,那些拥护和坚持涅克拉索夫艺术创作原则的诗人形成了一个独立的文学流派,文学史上称之为"涅克拉索夫流派"（Некрасовская школа）。

　　作为涅克拉索夫流派的核心人物,革命民主主义诗人的典型代表,涅克拉索夫的创作对于 19 世纪中期乃至后来的俄国诗歌创作具有划时代意义,新的主人公、新的题材随涅克拉索夫的创作一起进入俄国诗歌。涅克拉索夫确定了对诗歌本质和意义的新认识。其著名诗句"你可以不是诗人,但必须做一个公民"进一步发展了十二月党人诗人的"公民诗人"的创作思想,成为新型诗人信念的象征。故此,车尔尼雪夫斯基认为,涅克拉索夫是俄国"诗歌一个全新时代的开创者"。[①] 涅克拉索夫诗歌的最重要的特点是把公民思想与诗人本人对贫困祖国的忧伤、对统治阶级的鞭笞和公开的仇恨、对人民不幸命运的同情融合在一起。在俄国文学中,还没有谁像涅克拉索夫那样深刻而全面地反映俄国人民的苦难,展现俄罗斯民族性格的复杂性和矛盾性,表达俄国劳苦民众反抗奴役、不畏强暴、渴望自由的精神追求。诗人把农民以及农民的保护者理解为受难者和圣经中的先知。他目睹人民的疾苦,为自己无力改变丑恶的现实世界和人民痛苦的生存状况而感到痛心疾首,由此在他的抒情诗中出现了忏悔意识,这在以往的俄罗斯诗歌中从未有过。涅克拉索的诗歌对几代具有进步思想的诗人都产生了很大的影响,其诗歌传统不仅集中体现在涅克拉索夫流派诗人的创作中,也不同程度地被当时讽刺杂志《星火》（«Искра»）旗下的诗人们、农民诗人苏里科夫、德罗任以及后来的无产阶级诗人所继承。

　　与涅克拉索夫流派诗人背道而驰的是"纯艺术派"诗人。他们拒绝艺术的教育功能,创作题材只限于大自然、爱情和艺术这几方面。在当时俄国社会政治斗争风起云涌之时,他们的这种艺术观的确不合时宜,也因之为评论界所诟病。尽管他们的诗歌选题比较狭窄,但是对于相同的题材,每一个诗人却表现出不同的理解和艺术创新。他们在诗歌形式、诗歌语言以及心理描写方面所作的贡献,越来越受到人们的重视。迈科夫的诗歌灵感不仅来自诗人自身和他周围的世界,而且还来自古希腊、罗马的悠久历史。他的诗歌节奏柔和,语言准确朴素,形式雅致精巧,对丰富多彩的世界始终充满真挚的激情和惊奇。迈科夫的创作道路并不平坦。尽管他不止一次地指出,艺术首先是完美精致

---

① Чернышевский Н. Г. Полн. собр. соч. в 15 томах. Т. 14. М. , 1949. С. 323.

的形式,但他的创作实践(尤其是在 50 年代之后)并未囿于"纯艺术"的框架之内。波隆斯基在 1849 年、1855 年和 1859 年出版的三本诗集得到评论界的赞扬,被认为洋溢着人道主义情感。诗人不仅乐于抒发自己内心的隐秘感受,而且对日常生活、普通人的命运以及他们内心世界同样充满兴趣。波隆斯基的诗歌具有很强的音乐性,诗歌形象朴素自然,且丰富多变。谐谑叙事诗《音乐家蠡斯》(1859)是他最好的作品之一,具有民间文学的风格。不论在对历史和社会的认识上,还是在自己的创作中,阿·康·托尔斯泰都是一个浪漫主义者。艺术对他而言,是通往永恒和无限的唯一道路,它不取决于时间,也不取决于世人。他在 50 年代创作的爱情抒情诗占有非常重要的地位,笔下的女主人公具有个体性和具体性,在这一点上,他与丘特切夫和涅克拉索夫很相似。也许阿·康·托尔斯泰对人的内心感受的表现不够深刻,但他的诗歌形式和语言却是无可挑剔。不仅如此,他的诗总是很新颖,而这种新颖又特别清晰地表现在他的那些具有民诗风格的作品中。他后来的创作明显表现出向现实主义转变的倾向。

作为"纯艺术派"诗人的领袖,费特在当时得到的评价并不像现在这样高。尽管费特在 50 年代已经蜚声诗坛,但在 60 年代依然受到了像皮萨列夫等反唯美主义者的蔑视。民主主义者同样厌弃费特的诗歌,认为它脱离时代精神,规避社会政治问题,更无法容忍费特公开支持保守主义的做法。然而对于保守主义阵营来说,正在寻求艺术创新的费特的诗歌并不总是合他们的口味。只是到了 80 年代,社会上又出现对"纯诗歌"的兴趣,费特才得到屠格涅夫、托尔斯泰的支持。然而,真正发现和理解费特诗歌的艺术价值,并视其为自己流派的创作圭臬的只有象征主义诗人。费特诗歌的基本主题是赞美大自然、爱情、艺术和理想。如果说丘特切夫是用一双哲学家眼睛来看待大自然的话,那么,费特则是用一双艺术家的眼睛去观察大自然。在他的抒情诗中,感官印象(色彩、声音、气味)具有非常重要的作用。费特在表现人的内心世界方面独树一帜。他成功地展现了由大自然和爱情引发的瞬息间的感觉和情绪,力求记录下瞬间感受,并传达出充盈于心的激动、兴奋或者生活在没有安宁与和谐的世界中的悲剧性体验。

在 19 世纪中期,公民诗歌传统被奥加辽夫、彼得拉舍夫斯基小组的普列谢耶夫、杜罗夫(С. Ф. Дуров，1816—1869)等民主主义诗人发扬光大。奥加辽夫从30年代就开始了诗歌创作。他的抒情对象是普通人以及他们贫困的生活,抒情主人公是一个思想先进、善于思考,并且不懈地追求真理的人。他的诗歌主题成为后来的涅克拉索夫以及这一流派诗人的固定创作主题。渴望斗争和积极的行动,渴望唤起民众的社会意识,号召具有民主主义倾向的年轻人与专制和暴力进行斗争是普列谢耶夫抒情诗的主题特点。他的诗歌思想鲜明,感情充沛,并怀有一种模糊的、抽象的理想。由于疾病的影响,其晚期诗歌表现出悲观情绪。

　　19世纪中期也是讽刺诗歌繁荣的时期。几乎社会生活和文学生活的所有方面都成了诗人们讽刺的对象:批判农奴制,揭露社会矛盾,讽刺政府的改革、自由主义和斯拉夫派,嘲笑"纯艺术"的追随者等。当时《现代人》杂志开设了一个讽刺作品副刊《警笛》,负责人是杜勃罗留波夫。署名为科兹马·普鲁特科夫的作者是这一栏目的积极撰稿人。普鲁特科夫式的格言、双关语、寓言和讽刺模拟作品受到读者的热烈欢迎。实际上,科兹马·普鲁特科夫是热姆丘日尼科夫兄弟(А. В. Жемчужников 和 А. М. Жемчужников)和阿·康·托尔斯泰共同使用的一个笔名。1859年瓦·库罗奇金(В. С. Курочкин，1831—1875)与漫画家斯捷潘诺夫(Н. А. Степанов，1807—1877)一起创办了讽刺周刊《星火》,刊物一贯坚持的革命民主主义立场为它赢得了很高的声望,成为当时公开发行的、为数不多的进步杂志之一。杜勃罗留波夫、库罗奇金兄弟、米纳耶夫以及一些活跃在《星火》杂志上的诗人都创作了不少读者喜闻乐见的讽刺作品。

　　俄国诗歌发展到70年代呈现出逐渐衰落的趋势。一些著名诗人,如丘特切夫(1873)、阿·康·托尔斯泰(1875)、奥加辽夫(1877)、涅克拉索夫(1878)和苏里科夫(1880)等相继辞世。在这一时期,民主主义诗歌和"纯艺术派"诗歌之间的斗争不仅没有减弱,反而有所加强。与此同时,每一流派内部都出现了分化,即便是在同一诗人的创作中也发生了很大的变化,比如,"纯艺术派"的代表诗人费特和迈科夫。费特的晚期创作由于受到叔本华的哲学思想的影响,因而对世界持悲观的认识。如果说费特在四五十年代创作的诗歌主要表现人与大自然的美与和谐,那么,从60年代末开始,他更侧重于思考人与世界、存在与死亡的关系。诗集《黄昏之火》贯穿着作者的这样一个思想：人类社会已经失去了和谐，无可避免地断裂成碎片。即使是在他的爱情诗中，也失去了以往惯有的轻盈与快乐，取而代之的是诗人对爱情的痛苦体验。迈科夫在70年代创作不少历史题材的叙事诗、谣曲和诗剧。在这些作品中，迈科夫的注意力从个别的史实细节转向思考历史所蕴含的内在意义。虽然他对古希腊、罗马的历史仍旧怀有浓厚的兴趣，但是诗中已经没有了华丽的装饰性、雕塑性和对外部事物的细致摹写。

涅克拉索夫流派活跃了整整20年(1856—1877)，涅克拉索夫去世后，倡导"到民间去"的民粹派开始积极活动，民粹派诗歌应运而生。

第二节

涅克拉索夫流派诗人

涅克拉索夫流派（Некрасовская школа）形成于 19 世纪 60 年代。需要说明的是，这个流派既不是由涅克拉索夫开始的，也不是由他结束的。之所以用涅克拉索夫的名字来命名，是因为涅克拉索夫的诗歌最充分地体现了 40—70 年代俄国公民诗歌的全部特征，他的创作对形成具有公民性和鲜明政治倾向的俄国民主主义诗歌起到了至关重要的作用。

"涅克拉索夫流派"这一概念首先是由车尔尼雪夫斯基提出来的[①]，它是俄国民主主义诗歌中的一个艺术体系。这一流派的诗人在世界观、创作思想和艺术特点上基本一致或者相近，他们不仅在诗歌创作上受到涅克拉索夫的直接影响，而且还在很多方面与涅克拉索夫本人有联系。这一流派的诗人大都是平民知识分子，他们深入了解俄国现实，能够正确理解和同情人民的痛苦。他们像涅克拉索夫一样，反对"纯艺术派"的观点，拥护民主主义思想。这一流派的所有诗人都是涅克拉索夫主办的《现代人》(«Современники»，1836—1866)和《祖国纪事》(«Отечественные записки»)杂志的撰稿人。涅克拉索夫流派为俄国公民诗的发展做出了巨大贡献，与"纯艺术派"的论战最能说明问题。

人民性是涅克拉索夫流派的创作本质，它不仅表现为以人民和人民的生活为描写对象，而且还表现为用人民的声音说话。因此，这一流派的诗歌不论在创作形式上，还是在思想内容上，都能为广大民众所接受和理解。对于涅克

---

① Чернышевский Н. Г. Полн. собр. соч. В 15 томах. Т. 14. М., 1949. С. 323.

拉索夫流派的诗人们来说，"人民"不仅仅是一个文学主题和诗歌的表现对象，他们的创作、斗争和生活意义最后都将归结于这一根本元素。在他们的诗歌中出现了一个新的主人公形象：他为公众服务，具有公民责任感。

公民性是这一流派最鲜明的创作特点。诗人们在作品中批判性地表现各种社会关系，暴露生活中的矛盾和阴暗面，反映迫切的社会问题。他们当中的许多人和涅克拉索夫一样，具有革命的战斗精神，但也有些诗人虽然表现人民的生活状况和艰难处境，却不是革命民主主义者，如尼基金。涅克拉索夫流派的诗歌继承了俄国公民诗歌的传统，但与十二月党人诗人创作的公民诗歌有所不同：它具有公开的宣传鼓动性和招贴画般的讽刺性。

涅克拉索夫流派的诗人主要有杜勃罗留波夫、米哈伊洛夫、尼基金、特列福廖夫、瓦·库罗奇金、米纳耶夫等。这些诗人的创作多种多样，每个人都有自己的创作优势，如杜勃罗留波夫和米纳耶夫以写讽刺诗见长，尼基金和特列福廖夫是农民诗人。他们创作特点的不同也证明了涅克拉索夫影响的多面性。

尼古拉·亚历山德罗维奇·杜勃罗留波夫（Николай Александрович Добролюбов，1836—1861）以文学评论著称，常被与同时代的别尔嘉耶夫、车尔尼雪夫斯基相提并论。他出生于下诺夫哥罗德的一个神甫家庭，曾就读于宗教学校。杜勃罗留波夫首先是以评论家的身份进入俄罗斯文学界的，他继承了别林斯基和车尔尼雪夫斯基的文学批评思想，写出了许多优秀的文学评论，为俄国文学，尤其是60年代的革命民主主义文学的发展做出了巨大贡献。

杜勃罗留波夫的早期诗歌是宗教题材，具有模仿性质，缺乏艺术性，他本人后来也不满意这些粗劣的习作。后来，涅克拉索夫和海涅的诗歌对杜勃罗留波夫的创作产生了很大影响，他开始创作政治抒情诗，并且在诗中表现出强烈的批判精神和公民性。

为社会和人民服务是杜勃罗留波夫诗歌创作的基础。杜勃罗留波夫认为，俄罗斯需要的不是阿谀逢迎的弹唱诗人，不是哗众取宠的抒情诗人，不是谄媚歌手的颂诗，而是针砭时弊、催人振奋的讽刺诗人，俄罗斯需要他们真实的、痛苦的语言（《不是战争的轰鸣，不是流血的战斗……》，1855）。

反对沙皇专制，揭露农奴制的残酷，号召民众为自由而斗争是杜勃罗留波夫政治抒情诗的基本精神。《奥列宁灵柩前的沉思》(1855)揭露了农奴主的残暴。奥列宁是一个地主,他生性残忍,百般虐待手下的农奴,最后被愤怒的农奴打死。诗中列举了奥列宁的种种罪恶,但作者不是仅仅停留于事实的描述,而是要号召农民起来革命,推翻沙皇暴政,实现真正的平等。《致罗森塔尔》(1855)讲的是大学生罗森塔尔试图组织农民起义,但这一计划最终失败,起义的领导者被流放到西伯利亚。作者盛赞主人公的革命精神,号召人们为他报仇。

杜勃罗留波夫的政治抒情诗的特点是思想清醒,观点深刻。《祭尼古拉一世》(1855)揭示了王权更迭的本质,尼古拉一世的死并没有让诗人产生希望:

> 一个暴君没了,另一个戴上了皇冠,
> 重新用暴政统治国家。

不论是作为文学评论家,还是作为诗人,杜勃罗留波夫都进一步发展了别林斯基的美学思想。《为纪念别林斯基举杯》(1858)高度赞扬了这位伟大批评家的战斗精神和个人品质:

> 他正直并充满力量,
> 沿着真理和善的道路
> 毫不畏惧地走向死亡。
> 在他无情的否定中
> 呈现出一个新的时代,
> 一个真实了解社会的时代。

《生活中还有许多工作……》(1861)以自白的形式道出了作者的思想:他要脚踏实地地为民众服务,并随时准备牺牲自己的生命。他意识到为自由而斗争的战士还很少,因此,他号召人民起来革命,号召年轻的一代坚信革命理想。

《让我死吧——悲伤还不够……》、《亲爱的朋友,我将死去……》(均为

1861年)可以看做杜勃罗留波夫的诗歌遗训。这两首诗是他对自己的诗歌创作做的总结。第一首得到屠格涅夫的高度评价,被屠格涅夫用在了小说《烟》中。第二首诗曾作为卷首语出现在1862年出版的《杜勃罗留波夫文集》的扉页上:

> 亲爱的朋友,我将死去
> 因为我正直无比;
> 但我相信我的故乡
> 会把我的名字牢记。

> 亲爱的朋友,我将死去,
> 我的心此时宁静无比……
> 我将为你祈祷祝福:
> 愿你也沿着那条道路前进。

作为诗人的杜勃罗留波夫以写政治讽刺诗见长,其诗歌的突出特点是思想鲜明,感情热烈,语言犀利,讽刺辛辣。杜勃罗留波夫在《现代人》副刊《警笛》上用不同的笔名发表了许多讽刺诗。在诗中他嘲笑了官方民族性和君主政体思想捍卫者的丑恶,嘲笑了自由主义者、"纯艺术派"崇拜者。《慈善家老爷的痛苦》(1858)、《社会活动家》(1860)、《没有恐惧和责难的骑士》(1860)等无情地抨击了自由主义者"傲慢的空谈",指责他们践踏民族尊严,藐视普通民众的权利。

米哈伊尔·拉里昂诺维奇·米哈伊洛夫(Михаил Ларионович Михайлов,1829—1865)出生于奥伦堡,父亲是政府官员,祖父是农奴。他从小受到良好的家庭教育,通晓多种外语,熟知俄国文学和外国文学;1846年作为旁听生进入彼得堡大学学习,在那里结识了车尔尼雪夫斯基;1859年开始负责《现代人》杂志中的外国文学专栏;1861年因印发政治传单而被判到西伯利亚矿山服六年苦役,1865年病故。

米哈伊洛夫自1845年开始发表诗歌,到了1852年他已成为一位著名诗人。米哈伊洛夫的创作主要受柯尔卓夫和涅克拉索夫的影响。从某种程度上说,他创作中的人民性的最终形成主要受柯尔卓夫的诗歌影响。初入文坛的米哈伊洛夫总是力图写出符合柯尔卓夫的诗歌精神的诗作,这一点从《旅途》(1848)中对草原的描写就能看出来:

> 我面前是一片
> 凄凉的草原。
> 我耳边还响着
> 临别赠言。
>
> 我眼前呈现着
> 亲切的容颜。
> 我拼命地叫喊着:
> 再见！再见！
>
> 殷勤的别语
> 犹在耳边……
> 但周围是寂静的,
> 凄凉的草原。①

1852 年米哈伊洛夫来到了彼得堡,开始与《现代人》杂志的作家们密切接触,在思想和创作上受到涅克拉索夫、车尔尼雪夫斯基的影响,最终形成了革命民主主义观点。他诗歌中的公民性不断加强:思考祖国的命运(《考验何时过去……》,1853,1858?),思考真实的和虚伪的爱国主义(《主啊,用你的火烧掉……》,1854)。这些诗都是用"高级"语体写成的,富有雄辩的激情。他的许多诗反映了当时迫切的社会问题。《小酒馆》(1848)触及一个尖锐的社会问题——作为农民沉重赋役的代役租问题。《啊,人民的心在哀痛！……》

---

① 《俄罗斯抒情诗选》,张草纫译,上海译文出版社,1992 年,第 701 页。

(1861)揭露了尼古拉二世的强盗式改革：

> 啊,人民的心在哀痛!
> 在你难以忍受的苦难中间
> 不要期望幸福和自由
> 会从沙皇手里落到你身边。
> ……
> 不要相信那些诡诈的诺言:
> 沙皇的恩赐就是收买和欺骗。
> 如同施舍给乞丐的铜子儿,
> 不会给他造成损失,哪怕丁点。

1861年4月米哈伊洛夫因印发政治传单被捕。他在狱中得知杜勃罗留波夫的死讯后,怀着悲痛写下了《纪念杜勃罗留波夫》(1861)一诗,号召人们继续革命事业:

> 兄弟们,让爱把你们紧密地
> 联结成一个友好的队伍,
> 让仇恨激发你们投入
> 正义的公开的战斗!

米哈伊洛夫在入狱期间创作的诗歌标志着他诗歌创作上质的飞跃。在狱中米哈伊洛夫为革命斗争的沉寂而感到痛苦,诗人带着责备的口吻写道:

> 在监狱的墙后是狱友们的沉默,
> 在监狱的墙后传来镣铐的声音:
> 在我的祖国,没有活跃的思想,
> 也没有勇敢的号召和蓬勃的事业!
> ——《在监狱的墙后是狱友们的沉默……》(1863—1864)

作为政治抒情诗人和涅克拉索夫的战友，米哈伊洛夫的诗充满革命斗争的激情，鼓励人们积极行动。在《五个人》(1861—1862)中作者颂扬了十二月党人的献身精神，并且相信他们将永远活在人民的心中：

> 人民的爱代代相传，
> 它像一盏长明灯，
> 永远为你们点亮。

像涅克拉索夫一样，米哈伊洛夫也喜欢创作历史题材的诗歌。在《使徒安德烈》(1860—1861)中他利用古老俄罗斯的传说来表现自己的政治思想，抨击奴役人民的独裁体制。叙事诗《瓦吉姆》(1861)旨在唤醒人民的反抗意识，号召他们为自己的自由而斗争：

> 明天黑夜之前
> 你们要把自己的刀磨得更锋利，
> 明天黑夜之前
> 每个人都要召集一个忠诚的队伍。

米哈伊洛夫创作的反农奴制的诗别有新意。《格鲁尼亚》(1847)描写了一个整日劳碌的农奴女格鲁尼亚的痛苦命运：她被迫遵从父命与万尼亚分手，将要嫁给一个她不爱的男人，此时她正忧郁地望着窗外纷飞的雪花，思念着她的万尼亚。《地主》(1847)继承了拉季舍夫和果戈理的批判讽刺传统，与涅克拉索夫的《犬猎》(1846)在主题上彼此呼应。诗中的地主是个斯拉夫主义者，年轻时披着自由主义者的外衣。全诗的内容就是他的自我吹捧：他如何有才华，写的歌颂自由和真理的诗歌曾受到赞扬；他到过巴黎、伦敦、罗马，但国外的两年经历更激发了他的爱国热情等等。作者并没有对他的言论发表评论，而是通过他对自家奴仆的态度揭穿他的真实面目：

> 哎，万卡，快把狗给我圈拢起来，

哎,宪卡,把马给我养得欢实点儿。

这两句话反复出现在地主的独白后面,在整个诗的结构中起到讽刺作用。在诗的结尾,地主对农奴的责骂与他的假仁假义形成鲜明对比:

坏蛋!要我跟你们说多少回!……
站住!我要用鞭子抽你们的背!

米哈伊洛夫还创作了一些讽刺诗。《被抓的伦敦小偷的即兴诗》(1860)、《大胡子》(1862)、《忠诚》(1862—1864)、《罚金》(1862—1864)、《警察的人道》(1862—1864)、《立宪主义者》(1862—1864)、《宽宏大量的法律》(1864)等批判了专制制度和立宪派分子,揭露了剥削阶级对善良和正义的人们的迫害与摧残。作者巧妙地运用同音异义词和同义词来加强诗歌的讽刺效果。

米哈伊洛夫还把大量的精力用于翻译创作,他翻译了18和19世纪许多欧美著名诗人和小说家的作品,如歌德、雪莱、拜伦、海涅、雨果、密茨凯维奇等。此外,他还翻译了乌克兰诗人谢甫琴科的诗歌。

伊万·萨维奇·尼基金(Иван Саввич Никитин,1824—1861)出生于沃罗涅日的一个商人家庭,八岁时进入神学校学习,后来转入沃罗涅日中学。在中学期间他酷爱读普希金、茹科夫斯基、莱蒙托夫、果戈理和莎士比亚的作品,并尝试写诗。1844年其父破产后开了一家大车店,他被迫辍学帮助经营。1859年尼基金在沃罗涅日开了一个书店,此处成为当地社会和文学生活中心。1861年他因患肺结核病逝。

尼基金从1849年开始创作诗歌,1853年在沃罗涅日重新发表的《罗斯》为他赢得了声誉。尼基金在早期创作的一些诗歌,如《森林》(1849)、《草原之春》(1849)、《泉》(1850)等,虽然有模仿普希金、柯尔卓夫、莱蒙托夫的痕迹,却也在一定程度上展示出作者的诗歌才华。

尼基金的诗歌很有特点,这个特点就在于他在自己的诗歌中综合了众多诗人的创作风格,并在此基础上形成自己的特色。在他的一些诗中可以看到涅克拉索夫的主题和形象,在另一些诗中又可以感受到迈科夫和费特的笔法和风格。他的诗在保守主义者看来过于激进,而在革命民主主义者看来又过于保守。"纯艺术"的追随者认为他的诗歌中含有过多的"涅克拉索夫流派"的社会性,而涅克拉索夫流派的诗人又指责他的诗歌追求唯美主义。

在创作过程中,尼基金力求汲取各家之长。他不仅绕开了"纯艺术派"和涅克拉索夫流派之间的冲突,而且还试图把这两个互相对立的流派融为一体。但这种融合并不容易。《湖岸上的早晨》(1854)是尼基金在这方面所做的一个尝试。诗的开始部分展现的是费特和迈科夫笔下那种田园风光:晴朗的早晨微风和煦,天鹅绒般的草地泛出新绿,东方浸没在晨曦里;一丛丛爆竹柳的嫩枝被朝霞镶上了金边,绚丽的火焰照亮了湖面……接下来描写两个庄稼汉和两个孩子在湖边张网捕鱼的热闹场面,他们一边捕鱼,一边说笑。令人意想不到的是,就在这赏心悦目的画面中出现了一个被遗弃的小女孩,她病得像一棵枯萎的小草。在诗的结尾,小女孩忧伤地看着跟随大人一起回村的那两个男孩子:

> 小女孩满怀忧郁
> 目送着他们,
> 她的蓝眼睛里
> 泪光盈盈。

这首诗的艺术构思与涅克拉索夫于 1847 年创作的《夜里我奔驰在黑暗的大街上》完全不同。涅克拉索夫为了渲染诗中的悲剧气氛,选择了深夜、黑暗、暴风雨和寒冬作为叙述背景,把一个女人的悲苦命运抒发得淋漓尽致。而在尼基金的这首诗中,弃儿的悲剧不仅没有得到加强,反而被开头如诗如画的景色冲淡了。乍看起来,这种构思的确有悖常规,但实际上却反映出作者对世界、对生活的认识。在尼基金看来,世界的美与充实捍卫着世界的和谐,生活中固然充满痛苦,但生活不会因恶和不公正而结束。这种观点在《晨》(1855)这首诗中表现得更加明确。《晨》的结构与《湖岸上的早晨》大致相同,一开始描写的是万物苏醒的清晨:星光渐暗,云朵似火,白雾在草地上弥漫;微风渐起,水面泛起层层涟漪,野鸭吵闹着扎进河里,远处钟声悠扬……人们也开始了一天的劳碌：

> 渔夫在窝棚中醒来，
> 他摘下渔网,扛起了船桨……
> 农夫扛着木犁边走边唱,
> 生活的苦难压在年轻人的肩上……
> 心儿啊,你不要悲伤! 不要烦忧!
> 你好,太阳! 你好,愉快的早晨!

自然美景与人的痛苦命运相组合成为尼基金抒情诗中的一种结构模式,或许两者的对比更令人回味。

尼基金理解人民的不幸和痛苦,他在诗中真实、具体地表现了城市和农村的贫困生活。他的许多诗都是写农村的贫困,如《贫穷》(1846—1856)、《乞丐》(1857)、《乡村的穷人》(1857);写繁重的劳动,如《纤夫》(1854)、《耕夫》(1856);写俄罗斯妇女的不幸命运,如《车夫的妻子》(1854)、《一个农妇的故事》(1854)、《纺织女》(1858)。

在尼基金反映社会问题的诗中常常能看到涅克拉索夫诗歌的主题和形象,如《车夫的讲述》(1854)与涅克拉索夫的《在旅途中》形成呼应;在《街头偶遇》(1855)中能看到涅克拉索夫的《在乡村》的主题和情节。这首诗采用对话形式,一个母亲对另一个母亲述说眼看自己的孩子快被饿死的悲痛:

> "哎呀,苦啊,我亲爱的!
> 孩子们在长大——心疼啊,
> 一个快要死了——那可是自己的骨血,
> 可怜啊,我的朋友,真是太可怜了!"

尼基金真实地表现了人民的痛苦,但与涅克拉索夫的诗歌相比,他的诗歌内涵比较单一。涅克拉索夫的诗歌不仅表现了人民的痛苦,而且也表现了人民的英雄气概以及精神世界的丰富和美。尽管如此,作为涅克拉索夫流派的一个优秀诗人,尼基金有自己的贡献。他为俄国诗歌塑造了新的主人公:纤夫、小市民、富农、小商人。在他的诗歌中能听到各种人的声音:仆役、工匠、耕田人、车夫、纺织女、母亲,他们各有各的特点,每个人都以不同的形式表现了生活的不幸和社会的不公正。尼基金的抒情诗与民间口头创作紧密联系,但与柯尔卓夫诗歌的歌谣性并不一样,他的诗通常带有叙事成分、生活写实场景和小说般的情节,因此一般都比较长,有的多达几十行。

与涅克拉索夫流派的其他诗人不同,尼基金不是革命民主主义者,只是一个持改良主义观点的民主主义者。他同情人民的疾苦,但他不主张用革命来反抗农奴制,因为他们的斗争是孤立无援的,最终是要失败的。与其白白地流血,不如学会“信教和忍耐”(《村中夜宿》,1857—1858)。

勇敢地接受生活中的各种不幸和悲剧,这是无法回避的考验。抱怨没有任何意义,不如用唱歌来发泄自己的痛苦(《突如其来的悲伤》,1854)。尼基金认为,俄罗斯人的力量不在于愤怒,不在于反抗的冲动,而在于学会郑重地接受命运的打击,勇敢地背负起自己的十字架。因此,他非常注重那种能够帮助人民战胜命运的精神力量,而这种力量在他看来就是宗教。

尼基金具有很深的宗教情结。在他的诗中,一切美好的东西都与宗教联系在一起,包括祖国在内:

这就是你,
我的强大的罗斯,
我的东正教的
祖国!

——《罗斯》(1851)

他对世界上善与恶的思考也同样带有宗教性质,他的宗教哲理诗发展了柯尔卓夫的“怀古诗”的传统。在《沉思》(1849)、《永恒》(1849—1853)、《天空》(1849—1853)、《祈祷》(1853)、《新约》(1853)等诗中,诗人对善与恶、生与死等永恒问题进行了深刻思考,极力推崇基督教的自我牺牲精神。尼基金的宗教信仰并不脱离现实生活,他认为,宗教信仰能够帮助人在精神上战胜尘世生存中的痛苦,因此,他诗中的农民都是信教的,如《乡村的冬夜》(1853)。

尼基金的风景诗颇能体现他在诗歌方面的造诣。尼基金倾向于客观地描写大自然,而不像其他诗人那样,赋予自然景象以心理内涵。他善于表现处于运动状态和过渡状态的大自然,如黎明或夜晚的来临、季节的更替等动态过程。《草原之春》节奏欢快,形式活泼。作者采用拟人的手法把草原当作一个活的生命,然后采用设问的形式让草原回忆自己去年春天时的风姿,最后把草原从冬眠中唤醒,让她做好迎接春天的准备:

> 而此时你还在睡,
> 像死人一样赤裸身体;
> 四周一片沉寂,
> 如同进了墓地……
>
> 醒醒吧!先前的
> 那个季节如期而至;
> ……
> 快用珍珠般的露珠
> 装扮自己;
> 快去邀请客人,
> 欢庆春天。

正是在大自然中诗人感受到了一种令人愉快的力量的存在。在《田野》(1849)中,大自然是一个赐予生命的母亲,而人却是让她操心的孩子:孩子越亲近大自然母亲,他就会变得越完美和越自由。不仅如此,大自然还能治愈人精神上的痛苦:

> 我又重新来到你身边,
> 带着我徒然的忧郁。
> 我又一次凝望你的昏暗,

倾听那无拘无束的声音。

我像一个被意志复活的囚徒，

或许在你那幽深的密林里，

我会忘记心灵上的伤痛

和生活中的不如意。

——《森林》(1849)

随着创作的不断成熟，尼基金笔下的大自然形象也更加具体化，具有更鲜明的民族色彩。大自然成为祖国—俄罗斯这一完整形象的一部分，如《罗斯》(1851)、《南方和北方》(1851)、《迎接冬天》(1854)，在这些诗中可以明显感觉到莱蒙托夫的抒情诗《祖国》对尼基金的影响。

尼基金创作的叙事诗不多，其中《商人》(1854—1857)和《塔拉斯》(1860)是比较有名的两首。

《商人》的主人公卡尔普·卢季奇为贫穷所迫，不得已靠诈骗为生，但他还没有完全丧失善良的天性。为了捞取财富，他在强权面前奴颜婢膝，周旋于冒险家和投机商人中间。在塑造这个形象时，尼基金加进了自己的思想和感情，力求引起读者对主人公的同情和怜悯。这首诗使用了对话形式和口语词汇，其中的一些对白看上去更像是诗剧。这首诗受到杜勃罗留波夫的高度评价，他称其充满真正的人道主义思想。

在《塔拉斯》中作者塑造了一个新型农民形象。主人公塔拉斯的生活是沉重的、艰难的，在四五十年代资本主义发展的条件下，他选择靠诚实的劳动过日子。然而，他常常感到自己受到贫穷的威胁。他为此感到恐慌，并试图找到一种更稳固的生活状态。塔拉斯去拉纤，他抛弃了家庭，脱离了农民阶级，但这一切都徒劳无益。他没能摆脱贫困，没能为自己找到更安定的生活。后来塔拉斯为救一个落水者而死。诗歌反映了一个普通人的贫困生活、繁重的劳动和无止境的痛苦，同时也表现出作者对社会的敏锐观察。

尼基金的诗朴实自然，音乐性强，其中有近60首被谱成曲。他以现实主义的手法反映了人民的生活，表现了人民的痛苦。尼基金在50年代创作的诗歌为涅克拉索夫创作《严寒，通红的鼻子》和《谁在俄罗斯能过好日子》做了前期准备。他的诗歌对苏里科夫和德罗任产生了直接影响,也受到伊萨科夫斯基和特瓦尔多夫斯基的喜爱。

列昂尼德·尼古拉耶维奇·特列福廖夫(Леонид Николаевич Трефолев,1839—1905)出生于雅罗斯拉夫尔省一个不富裕的地主家庭。他六岁起就酷爱读书,尤其喜欢俄罗斯民间童话,12 岁时开始写诗,并出版了自己手写的杂志;1856 年毕业于雅罗斯拉夫尔中学,因没钱继续求学便在《雅罗斯拉夫尔省府公报》(«Ярославские тубернские ведомости»)做助理编辑,1866—1871 年任编辑;1872—1887 年担任《雅罗斯拉夫尔地方自治局公报》的编辑。1857 年特列福廖夫开始发表诗作,之后的作品都发表在当地的刊物上,自 1864 年起发表在库罗奇金的《星火》和涅克拉索夫的《现代人》等知名刊物上。

特列福廖夫早期创作的大都是爱情诗,歌颂的是柏拉图式的爱情。他曾一度倾向于"纯艺术派"诗歌,但很快就摆脱其影响,开始关注普通人和受压迫者的生活和命运,确定了诗歌创作的民主主义基调。特列福廖夫创作的基本内容是表现人民的贫穷状态,对他们的苦难报以深切的同情,揭露统治阶级的残酷、虚伪和不道德,相信人民的力量和未来的解放。民主主义内容确定了特列福廖夫诗歌的民主主义形式。像涅克拉索夫一样,他的诗歌常常具有情节性和口语性。

作为涅克拉索夫流派的诗人,特列福廖夫充分运用了涅克拉索夫的诗歌成就,包括诗歌的节奏、民间词汇、民间文学成分等等。就诗歌创作而言,特列福廖夫与涅克拉索夫的相似,与其说是外在的,不如说是内在的,即他们对农民及其地位,以及俄罗斯妇女的命运,有着相似的认识,对改革后的俄国有着相似的看法,对诗歌的意义和任务有着相似的理解。

特列福廖夫塑造了许多生动的小人物形象,如变成酒徒和"小丑"的退职小文官、受压迫的农夫马卡尔、跳喀马林舞的卡西扬等。《跳喀马林舞的农夫之歌》(1867)的主人公卡西扬是一个贫苦的农民,他在庆祝自己命名日的那一天因饮酒过度而死亡。该诗使用民间舞曲的节奏来表现卡西扬的豪放性格,同时也突出了他的悲惨命运:

二月二十九号这一天

卡西扬把满满一升该死的酒

灌进他那有罪的肚子里,

他忘记了心爱的妻子

和自己可爱的孩子,

一对年幼的双胞胎。

《祸不单行的穷汉马卡尔》(1872)中的马卡尔与卡西扬不同,他是一个有家庭责任感的男人,他爱自己的妻子,但面对患病的妻子却一筹莫展:

穷汉马卡尔爱妻子,此时不知天已黑,

他坐卧不宁,长吁短叹,两眼含着泪。

眼泪帮不了穷,老话说得没有错,

苦命的娘们身体更糟糕。

"别哭了,亲爱的,"——马卡尔微微一笑决定了——

"我去城里卖了咱的马和车。

再花些钱请大夫:那个贪得无厌的坏家伙!"

马卡尔走进草棚傻了眼:里面空荡荡,马被偷走了。

作者在表现像马卡尔这样生活在社会底层的小人物的生活与命运的同时,指出了造成他们的不幸和痛苦的罪魁祸首。在《船夫曲》(1865)中作者愤怒地揭露了船主剥削船工的罪行:

你好好数数吧,大胡子读书人,

在伏尔加河多石的沿岸

是多少俄罗斯人的白骨

装满了你的船!

《一封信》(1867)继续了《船夫曲》中的工人主题,反映了外出打短工的农民的艰苦生活:

我们工人的住房糟糕透顶：
伤寒和霍乱让我们像苍蝇一样死掉。
我们这里的疾病数都数不清，
世界上有多少病魔彼得堡就有多少！

从 70 年代开始，特列福廖夫在《星火》、《闹钟》、《碎片》等刊物发表了许多讽刺诗，如批判自由主义者和沙皇的《我们的沙皇——年轻的音乐家》(1883)、《音乐家》(1883)、《亚历山大三世和教士伊万》(1883)等。

公民诗人的形象体现在纲领性诗歌《三诗人》(1891)、《纪念伊万·扎哈洛维奇·苏里科夫》(1880)、《纪念讽刺作家萨尔蒂科夫》以及怀念涅克拉索夫的《我们聚集一起向歌手致敬》等诗中。

在 80 年代反动统治时期，社会气氛异常沉闷，人们看不见任何希望，陷入沮丧和绝望之中。《衰弱的人》反映的正是这种普遍的社会情绪：

兄弟们，我等不到第二个春天！
我不能奔向开满鲜花的草原，
我也不能紧紧握住你的手。
我是如此衰弱，甚至……
我都无法给任何人诅咒。

从整体上来看，特列福廖夫缺少涅克拉索夫的革命激情，他创作的民主主义诗歌也没有表现出鲜明的革命目的性，甚至在一些诗中(尤其是 80 年代)还出现沮丧、顺从的音调。但应该指出的是，即使是在反动统治最黑暗的日子，特列福廖夫都仍然相信人民的强大力量和未来的解放。他深知，农奴制虽然废除了，但人民的苦难并没有结束(《血流》，1899)。他预感到不远的将来，在不断高涨的革命运动中终将迎来俄罗斯真正的解放(《致自由》)。优秀诗篇《致俄罗斯》(1877)表达了诗人对祖国未来的希望：

他们用兵器和铅弹

把你搅扰得破碎不堪，

他们捆住你的手脚，

给你戴上荆棘的冠冕。

要有信心！暴君会消灭，

阴谋和欺诈终将被揭发。

要有信心！你的创伤

会痊愈，你的荆冠会摘下。①

翻译作品是特列福廖夫创作遗产的一个重要组成部分。他不仅翻译了法、德、英等欧洲诗人的作品，而且还翻译了乌克兰、波兰、塞尔维亚等国家的诗歌。

特列福廖夫的诗歌通俗易懂，语言朴实无华，且具有歌唱性。他的许多诗歌都成为广为流传的民间歌曲，其中《船夫曲》、《跳喀马林舞的农夫之歌》、《车夫》(1868)等更是经久不衰。

特列福廖夫的诗歌具有涅克拉索夫流派诗歌的普遍特点，但作为一个优秀的诗人，特列福廖夫也表现出自己的特点和风格。涅克拉索夫对特列福廖夫有很高的评价，认为"特列福廖夫的诗能够打动人心。这是真正的大师，而不是副手"。当他听到别人说特列福廖夫是他的学生时，涅克拉索夫回答道："确切地说，是拥护者。如果是学生的话，老师应该为有这样的学生而感到骄傲。"②

---

① 《俄罗斯抒情诗选》，张草纫译，上海译文出版社，1992 年，第 805—806 页。

② Русские писатели ХIХ век: Биобиблиографический словарь. В 2 частях. Под ред. Николаева П. А. Ч. 2, М.: Просвещение, Учебная литература, 1996, С. 361.

第三节

纯艺术派诗人

在 19 世纪四五十年代，围绕农奴制和俄国向何处去的问题，俄国知识界和文学界展开了激烈的争论，以费特为首的纯艺术派就是在与以涅克拉索夫为首的革命民主派的争论中形成的。亚历山大·德鲁日宁和巴维尔·安年科夫是这一流派的理论家。"纯艺术派诗歌"（Поэзия Чистого искусства）这一概念出现在俄国文艺批评界是带有否定意味的，它被用来批评以费特为代表的，包括阿·迈科夫、雅·波隆斯基、阿·康·托尔斯泰以及尼·谢尔宾娜、列·梅伊等在内的一些诗人创作形式的局限性和题材的狭窄性，以及他们主张"为艺术而艺术"的创作观。然而，这一流派的诗人们对这一称呼不但不反感，反倒欣然接受。他们认为，诗歌是诗人内心真实情感的自然流露，不应受到任何外界的强制。诗人应该超越于日常生活之上，而不应服务于某一团体的暂时趣味。正如阿·康·托尔斯泰所说的那样："留下来的将是那些真实的、永恒的、纯粹的东西……我将毕生尽瘁于此。"[1]作为"纯艺术诗歌"的领袖人物，费特强烈而坚定地反对诗歌中的任何社会政治思想与倾向。他认为，在诗歌中不应存在任何实用性，拙劣的实用性与真正的艺术是不相容的，诗歌的宗旨就是追求和表现美，把人们从"充斥无限欲望的痛苦的世界引向一个没有欲望的纯粹观照的世界"[2]。能够引起诗人兴趣的只有美。因此，"纯艺术派"诗人对当时的社会政治问题不感兴趣，他们在自己的主观世界中寻找抒情表

---

[1]　Эммануэль Вагеманс. Русская литература от Петра Великого до наших дней, М. : РГГУ, 2002, C. 151.

[2]　Русские поэты (антология). Т. 1. М. : Детская литература, 1989. C. 12.

达的新道路,并创作了许多优美的抒情作品,为风景抒情诗和爱情抒情诗做出了重要贡献。"纯艺术派"诗人无一例外地遵循"艺术只服务于艺术本身"的创作原则,然而他们的艺术风格却不尽相同,有着各自的独到之处。

　　阿波罗·尼古拉耶维奇·迈科夫(Аполлон Николаевич Майков,1821—1897)出生于贵族世家,1837 年考入彼得堡大学法律系,1840 年开始发表作品。他 1842 年出版第一部诗集,其中的大部分是仿照古希腊罗马的题材创作的古风诗,形象生动优美,语言晓畅明晰,得到别林斯基的极高评价:"他的诗句令人想起俄国诗坛第一流诗人们的作品,这便是伟大的、带来最美好希望的征兆!"①但别林斯基同时也指出了他的缺点,即创作题材狭窄、不符合时代精神,建议他多接触现实生活。1847 年出版的第二部诗集《罗马特写》,不仅再现了古罗马遗址的雄伟壮丽和丰美的自然景色,而且也真实地描述了当地人民生活的贫困和日常生活情景,表明迈科夫的创作方向有所转变。40 年代下半期,迈科夫与屠格涅夫、涅克拉索夫、别林斯基有过密切接触,曾参与彼得拉舍夫斯基小组的活动,在《祖国纪事》和《现代人》上发表过许多诗作。他这一时期的创作受自然派的影响:长诗《玛申卡》(1846)描写的是小人物的悲惨命运,《两种命运》(1845)丰富了莱蒙托夫笔下毕巧林式的人物形象,讲述的是一个"多余人"的故事。从 50 年代起,迈科夫的思想越来越倾向斯拉夫派,成为一个坚定的保皇党人。他支持克里米亚战争,对沙皇政府存有幻想,歌颂尼古拉一世的伟大(《马车》,1854)。50 年代末期,迈科夫参加了去希腊群岛的海上考察。重游欧洲令他的诗歌创作结出丰硕的果实:根据对意大利的崭新印象创作了组诗《那不勒斯相册》(1858—1859),这是描写那不勒斯人民生活的一部独特的诗体小说;《新希腊民歌》(1859)则是研究新希腊历史与文化的结晶。六七十年代,迈科夫创作了许多历史题材的作品,其中常常交织着诗人对哲学和宗教问题的思考,这一点在诗剧《三死》(1852—1863)中表现得最为突出。诗中不仅歌颂了古罗马英雄高尚的精神,而且古老世界的两个重要的哲学体系——享乐主义和禁欲主义在此发生碰撞。迈科夫晚年自然风景诗的创作明显减少,而"永恒的"哲学和宗教问题、古老东方的民间传说、斯拉夫历史等成

---

　　①　《别林斯基选集》,第三卷,满涛译,上海译文出版社,1982 年,第 351 页。

为他思索和创作的主要对象。诗体悲剧《两个世界》(1880)是迈科夫创作的里程碑,显示了作者高超的艺术造诣,迈科夫因此获得俄国科学院普希金奖。1889年,迈科夫完成了对《伊戈尔远征记》的翻译,这部用现代俄语翻译的古代英雄史诗至今仍具有极高的科学和艺术价值。

迈科夫的诗平和恬静,画面清新细密,格调淡雅温馨,具有田园诗的风格,同时在他的创作中也反映出普希金的诗学特征:描写准确、具体,主题发展具有清晰的逻辑性,形象朴素,比喻朴素。这些艺术特色在他的自然风景诗中表现得最为充分和鲜明:

> 当阴影像一团团透明的烟雾
> 笼罩着堆满麦垛的黄色的田亩,
> 青青的树林和草地潮湿的牧草;
> 当湖面上那泛白的雾气的烟柱
> 在稀疏的芦苇中缓缓地摇动,
> 天鹅毕现在水汽里在做着惊醒的梦,——
> 这时,我走向金合欢和榭木林的浓荫中,
> 走向坐落在浓荫的自己亲爱的草棚……①

——《梦》(1839)

迈科夫的自然风景诗充分展示了诗人的才华。《钓鱼》(1855)被涅克拉索夫称为迈科夫"最好的作品",是他"才华不断增长和完善的最好的证明"②。这首长约一百九十余行的诗并不以紧张离奇的故事情节取胜,而是因生动地传达了钓鱼者各种情绪和感受令人折服。诗人描绘了不同时段的迷人的自然景色,把人们习以为常的钓鱼场景刻画得既真实又充满艺术情趣;语言朴素流畅,诗中穿插的人物对话和惊喜的叫喊让整幅画面富有动感;钓鱼者在生机勃勃、交汇着万籁之声的大自然中感受到力量,感受到与大自然的融合:

---

① 《俄国诗选》,魏荒弩译,湖南人民出版社,1988年,第320页。
② Майков А. Н., Стихотворения. М.:Худож. литература, 1984, С. 12.

那一瞬间，当夜的帷幕从大自然的身上褪下

太阳突然一跃跳进紫红色的朝霞，

伴着林中所有的喧闹和叶子的响动

你在我的心中与上帝对话！

我因你而畅快、呼吸，像大自然的一块机体，

我充满力量，祖先渴求的自由

令我幸福欢愉，即使岁月流逝

两鬓斑白，我也像孩子一样快乐无比！

　　在迈科夫眼里，大自然是美的化身，它充满隐秘的思想（"在我的心中一切都怀有思想"）；里面居住着各种神话中的精灵（"扇动着轻盈翅膀"的森林女神、"额头上带着啤酒花"的法俄诺斯），它是有灵性的，有自己的心理活动。

　　迈科夫的风景诗，时常融入了诗人的哲学思考，意味深长，这一点与丘特切夫和费特很接近。在诗人眼里，大千世界、宇宙万物蕴藏着"诗之和谐的神性秘密"：

诗之和谐的神性秘密

别指望到智者的书中找寻：

当你独自在沉睡的岸边徘徊，

偶尔用心去谛听芦苇的声音、

橡树的絮语，捕捉和体会它们

非凡的音响……和谐的八行诗便会

自然而然地脱口而出，

仿佛林中的音乐激越、优美。

——《八行诗》

　　迈科夫的自然风景诗大多可以归为两个视角——"在户外"和"在故乡"。这些作品往往以明快的诗句、形象的比喻、缤纷的色彩见长。例如，《雨中》（1856）展现的是在茂密的枞树下躲雨时的美妙画面：

太阳出来了,小雨还在下
在长满苔藓的枞树下,
我们仿佛待在一个金色的笼子里;
我们周围的地上雨点犹如跳珠;
雨一滴一滴地从枞树叶子上掉下来,
闪着亮光,落在你的脑袋上……①

诗人用和谐的眼光看待自然,用自己身上的每一个细胞感受自然,因而,他的这些真挚纯朴的诗既能打动成人的心灵,又能让孩子们感到亲切:

金子,天上掉下来的金子! ——
孩子们叫嚷着跑进了雨中……
——别闹了,孩子们,我们把它好好收藏,
就像收藏金色的麦粒一样
放进散发面包香味的满满的粮仓!

——《夏天的雨》(1856)

在迈科夫的诗中,"金色的雨"常常是乡村风景的标志和象征。诗人笔下的乡村是五谷丰登、其乐融融的田园景象:

草地上飘荡着干草的芳香……
歌声令人心情欢畅,
农妇们拿着草耙列队
前进,干草随风摇荡。②

——《刈草场》(1856)

农民以及他们的农事劳作是美丽大自然中的一道生动和谐的风景(《天

---

① 《俄罗斯抒情诗选》,张草纫译,上海译文出版社,1992年,第627页。
② 同上,第628页。

哪！昨天在下雨》,1855;《秋》,1856):

> 男男女女的割麦人钻进海洋似的麦地,
> 他们愉快地绑着一抱抱沉甸甸的麦捆。
>
> ——《麦田》(1856)

总的来说,迈科夫的自然风景诗呈现一种静态的美,且略带理性意味,情景交融,具有古代抒情诗的美学特征,这使他更接近于古典主义诗人,或者可以把他称为新古典主义诗人。

爱情诗在迈科夫的创作中虽然远不如风景诗突出,但他笔下也不乏构思精巧的隽永之作:

> 我喜欢你的头轻偎我的肩膀,
> 你深情凝望,我仿佛垂目思索,
> 你揣摩着我的心思。受到你的感召,
> 我的目光不由自主地转向你,与你的目光汇合。
> 我们无言地一笑,似乎在甜蜜的沉默中
> 我们心领神会,用微笑和眼神说了许多许多。

迈科夫对世界历史和世界文化非常痴迷,他以此为题材的作品甚多。打开他的诗集,会令人感觉这就是一个世界文化的万花筒,从东方世界到斯拉夫各族,到东方诸国,从古希腊罗马到近世的西方,诗人在历史时空中不停穿梭,在世界文化中恣意徜徉,将古往今来的历史文化主题与形象尽收笔端,这从他的组诗《咏怀》、《来自东方世界》、《罗马特写》、《那不勒斯相册》、《国家与民族》、《来自斯拉夫世界》可见一斑。例如从《新希腊民歌》不难看出,诗人是如何学习文化、借鉴希腊民歌并从中获取灵感的:

> 燕子从苍茫的大海
> 行色匆匆地飞临,

她落在枝头,细语呢喃:

任凭你二月多么凶狠,

任凭你三月多么阴沉,

纵使飞雪,纵使下雨,

大地依旧春潮萌动。

——《燕子从苍茫的大海……》(1858)

迈科夫一生经历平淡无奇,波澜不惊,他的作品,触及现实生活及其矛盾的极少,社会性单薄,除了纯艺术派的美学观点使然,可能与他的生平特点不无关系。

雅科夫·彼得罗维奇·波隆斯基(Яков Петрович Полонский,1819—1898)出生于梁赞省一个贫穷的小官吏家庭,在当地中学毕业以后于 1838 年进入莫斯科大学法律系学习。在学期间他靠业余授课维持生活,1844 年大学毕业;1846—1852 年在梯弗里斯任职,同时兼任《外高加索通报》(«Закавказский вестник»)副主编,1853 年迁居彼得堡。自 1860 年起,他在外国书刊检查委员会任职。

波隆斯基的早期创作具有城市浪漫曲的特点。1844 年,他的第一本诗集《音阶》出版,得到别林斯基的赏识。而第二本诗集《1845 年短诗》刚一面世,就被别林斯基彻底否定。第三本诗集《外高加索乐师》(1849)充盈着五光十色的异域情调和风景如画的自然美景,受到了涅克拉索夫的称赞,尤其其中的《幽居女人》(1846),不胫而走,迅速成为俄罗斯诗歌名作。诗中极富浪漫主义色彩的女主人公形象,也让后来的象征派诗人感到异常亲近:

在一条熟悉的街上,

　　我记得有一座老屋,

高高的、昏暗的楼梯,

　　挂上了窗帘的窗户。

一盏孤灯直到夜半

　　依旧不熄,亮如明星,

风儿悄无声息地
　　　把窗帘轻轻拂动。
没人知道那里住的
　　　怎样一个幽居女人，
怎样一种神秘的力量
　　　把我朝那个地方吸引。
怎样一位神奇的少女
　　　在犯忌的午夜时分
把我迎接，啊可怜的，
　　　拖着一根长辫的女人。
怎样稚气的话语啊，
　　　她反复说给我听：
关于遥远的国度，
　　　关于未知的人生。
她并不稚气的吻，
　　　滚烫地贴近我的唇，
她颤抖着对我低语：
　　　"听我说，离开此地！
我们将是自由的鸟儿——
　　　我们会忘记傲慢的人世……
去那没有离别的地方，
　　　去那不须归来的异地……"
说罢泪水潸然而下——
　　　双唇噼啪吻个不停——
风儿惶恐不安地
　　　把窗帘剧烈地摇动。

　　波隆斯基回到彼得堡之后，文学生涯历经坎坷。1850—1860 年俄国文学界两个阵营之间不可调和的斗争使他的创作声誉受到重创，而萨尔蒂科夫—

谢德林在《祖国纪事》上发表的评论更具毁灭性：波隆斯基被称为"二流诗人"，是没有自己创作特色的"折中主义者"。作为一个诗人，波隆斯基只想成为他自己，而不愿亲近任何文学派别。尽管诗人承认不可能有"没有痛苦"的爱和超然于现实问题之外的生活(《致一个疲惫的人》，1863)，但他仍捍卫自己"爱"的诗篇(《为了少数人》，1860；《致公民诗人》，1864)。到了80年代，波隆斯基已经是一个很有名望的诗人。在他晚年的创作中，除了继续早期诗歌的主题之外，还出现了新的内容，在《日落》(1881)和《晚钟》(1890)这两本诗集中出现了忧郁和死亡的主题以及诗人对人的幸福短暂性的思考。

就像其他"纯艺术"派诗人的作品一样，波隆斯基的诗歌同样被指责为远离时代和社会现实。虽说诗人与自己时代激进的社会运动没有直接的、内在的联系，但他却能怀着诚挚的人道主义看待它，特别是那些富有牺牲精神的人们(《女囚》，1878)：

她与我何干！不是妻子，不是情人，

　　也不是我的心肝女儿，

可为什么她那该死的命运

　　总是日夜纠缠我，挥之不去？

最能代表波隆斯基创作特点的优秀诗篇，如《夜晚来到婴儿的摇篮……》(1841)、《夜的影子来了……》(1842)、《冬天的道路》(1844)、《在风浪中颠簸》(1850)、《从高加索归来……》(1851)、《我的篝火在雾中闪耀……》(1853)、《小铃铛》(1854)等，与其说是因其思想内容而出色，不如说是因其强烈的抒情力量而动人心弦。这些诗不仅形象优美，表现形式异常简洁，而且传达出人物内心朦胧的、忧郁的、略带梦呓般的感受。

对现实生活的"残酷打击"忍让顺从是诗人一生的性格特点，也是他诗中特有的音调，这一点在《是我第一个离开世界奔向永恒……》(1860)这首诗中反映得最为典型。在诗中，诗人谈及了"这个罪恶的尘世"，在这里人们忍饥挨饿，物欲横流，充斥着谎言和虚伪，善过于畏葸，"而真理是那样的可怕，心儿都不敢相信它。"这种惨状连上苍都感到震惊，可尽管如此，诗人却这样来结束全诗：

> 然而——
> 你要说，我从不诅咒；
> 我会说，你给过祝福！……

这种"心灵的哭泣"，忍让的态度和"从不诅咒"是波隆斯基个人品行和抒情诗彼此不可分割的特征。诗人听从内心的真诚召唤，珍珠般的诗行从他的笔端喷涌而出：

> 我何以爱你，明亮的夜——
> 这么爱你，以至要怀着痛苦把你欣赏！
> 我何以爱你，静谧的夜！
> 你没有给我，而是给别人带来安详！
>
> ——《夜》(1850)

夜、黄昏、梦和幻想是波隆斯基诗歌中常见的主题，也是"纯艺术"派诗人创作中共同的主题。

爱情在波隆斯基的诗中常常表现为对曾经有过的、被毁灭的情感忧郁而感人的回忆。这是对不可能存在的幸福的幻想，是对不幸将至的不安的预感，是对注定要痛苦的未来的担忧：

> 你编织乌黑发辫的花冠，
> 你稚气的面庞让我想起
> 我们梦见的所有幸福，
> 孩子般纯真的爱情梦幻。
>
> ——《你编织乌黑发辫的花冠……》(1864)

波隆斯基的诗感情真挚，朴实无华，他常常选用日常生活中的词语来表达

人物内心复杂的情绪,旋律悠扬,朗朗上口:

> 不管马儿跑得多么快,
> 我总嫌太慢。眼前的景物一模一样:
> 草原接着草原,田地接着田地……
> "马车夫,你为何不歌唱?……"①

——《旅途》(1842)

波隆斯基的许多诗描写的都是普通平民的生活情景,给人以亲切之感,这些诗被谱曲之后,成为真正的人民的歌曲。然而,他诗歌的价值不可能仅限于此,更主要是在于诗人能敏锐地洞察人的内心世界中与大自然、爱情和艺术相联系的各种情感和感受。此外,在他的诗中还有许多独创的、全新的、让人意想不到的意象,如《朝霞华美的寒冷浸满花园……》(1850)、《夜的影子来了……》(1842)、《春天》(1853)等:

> 夜的影子来了
> 像一个守卫站在我的门边!
> 她眸中幽深的黑暗
> 勇敢地直视我的双眼;
> 她在我的耳边温柔低语,
> 她的发辫如游蛇在我的脸上
> 翩跹……

——《夜的影子来了……》

波隆斯基诗歌既有真实反映社会底层人生活的现实主义因素,又极具十分个人化的唯美主义的心理景象,屠格涅夫、费特、陀思妥耶夫斯基、契诃夫等都对波隆斯基的诗歌做出了积极的评价。波隆斯基的这些精彩诗章、他独具

---

① 《俄罗斯抒情诗选》,张草纫译,上海译文出版社,1992 年,第 594 页。

一格的艺术创新对年轻的勃洛克产生了深刻的影响,而在马雅可夫斯基、扎布罗茨基等人的创作中也能看到对波隆斯基诗文或明或暗的援引。在波隆斯基的诗中,那些曾经令诗人自己激动不安的东西,那些被他的同时代人视为怪异的东西,只有在20世纪的诗歌中才能获得真正的理解和现实意义。

阿列克谢·康斯坦丁诺维奇·托尔斯泰(Алексей Константинович Толстой,1817—1875)出生于彼得堡的一个贵族家庭,童年在舅父(20年代著名的小说家阿列克谢·彼罗夫斯基,笔名为安东·波戈列里斯基)的庄园度过。在舅父的指导下,他六岁时开始写诗。托尔斯泰1834年成为莫斯科外交部档案馆的"大学生",1837年在俄国驻德外交使团任职,1840年回国后在沙皇宫廷中任职,1861年辞去公职后隐居乡下,专心文学创作。

托尔斯泰发表的第一篇作品是幻想小说《吸血鬼》(1841),当时引起了别林斯基的注意。他在40年代写了许多诗,但是很晚才发表。在50年代,他开始在《现代人》上发表作品(以抒情诗为主),并与热姆丘日尼科夫兄弟合作,以科兹马·普鲁特科夫为笔名,发表了许多讽刺幽默诗、剧本、格言警句,曾产生广泛影响。1867年他出版了第一本诗集。1862年他创作了戏剧长诗《唐璜》,赋予世界文学史上的这个经典形象以自己独特的理解,力求揭示其内心世界善恶交织的复杂性。历史诗剧三部曲《伊凡雷帝之死》(1866)、《沙皇费奥多尔·伊凡诺维奇》(1868)、《沙皇鲍里斯》(1870)代表了托尔斯泰的最高艺术成就,三部曲的艺术价值在于其不仅连续再现了三个沙皇各不相同的帝王命运、当时的历史事件及他们复杂的心理和性格,而且还触及了当时的道德和政治问题。

托尔斯泰的诗歌作品可以分为两类:一类是反映古代罗斯生活和表现强烈英雄主义精神的叙事诗、壮士歌和寓言诗,一类是歌咏大自然的纯朴、美好与和谐的抒情诗。

从40年代起,托尔斯泰就开始创作历史叙事诗,如《瓦西里·希巴诺夫》(1840)、《米哈伊尔·列普宁公爵》(1840年代)等,这也是他后来创作的一个重要题材,如《蛇妖图加林》(1867)、《哈拉尔与雅罗斯拉夫娜之歌》(1869)、《三次血战》(1869)等。托尔斯泰认为,现存的国家体制存在许多弊端,只有在遥远的过去,在基辅罗斯和诺夫哥罗德时期才能找到人民的幸福和安康,才能实现各阶层的统一和融合。在这些历史叙事诗、壮士歌中,诗人还尽情赞美了不畏强暴的古代民族英雄和义士，与十二月党诗人雷列耶夫的怀古诗有异曲同工之妙。但与之不同的是，托尔斯泰笔下的主人公都不是直面反击专制主义统治，而是试图以道德力量与专制暴政抗衡。应该指出的是，在托尔斯泰的叙事诗中，英雄的史诗气息是与对自然万物的爱结合在一起的，这也是他叙事诗的一个重要特征。

托尔斯泰的抒情诗主要表现诗人对艺术、大自然和爱情的认识与感受。他把艺术的本质和任务理想化，认为艺术是连接人世与"另一个世界"的桥梁，而"永恒思想的王国"是艺术的滥觞。诗人的任务就是表现诸如人的心灵、大自然和国家体制等方面美的东西，因为美能唤醒潜隐在人天性中的最好的品质。尽管托尔斯泰向往"另一个世界"，但他在诗中依然表现出对"整个尘世"极其强烈的眷恋之情（《萨特阔》，1817—1872），以及对故乡大自然的爱和美的细腻深刻的感受。尘世对于托尔斯泰而言，与其说是反映了某种"永恒的思想"，莫如说是反映了具体的物质的现实。倾心于尘世的生动和它的美丽，善于用词语捕捉和传达大自然的形状、色彩、声音和气味，是托尔斯泰所有抒情诗、叙事诗乃至壮士歌的艺术特色。

托尔斯泰认为"快乐的"音调是自己诗歌的典型特征，而与大自然的交往和对大自然的爱则是诗歌"快乐的"前提。由于诗人的童年是在庄园里度过的，所以，对大自然的美好记忆自幼时就扎根在他的心里，这在他的诗中表现为对祖国大自然的浓厚兴趣和对大自然之美的细腻感受，以及发自肺腑的赞颂：

故乡啊，我亲爱的故乡！
骏马在自由驰骋，
群鹰在空中翱翔，
荒野里不时传来狼的嚎叫！

多美呀，我的故园！
多美呀，那茂密的森林！
那儿有风、有云和草原，

还有云霄中歌唱的夜莺！①

——《故乡啊，我亲爱的故乡！……》(1856)

在托尔斯泰的许多风景诗中都回响着这种"快乐的"音调，如《让云雀的歌声更加响亮……》(1858)、《大门又朝湿润的台阶敞开……》(1870)、《大地百花竞放。草地披上春天的盛装……》(1875)等。值得一提的是，这种"快乐的"语调时常伴随着自由不羁、热情豪放的情感和铿锵的音韵而存在：

我的风铃草呀，

你这草原上的花朵！

……

我的斯拉夫马呀，

你又粗野又倔强！

马呀，我们要广阔的天地！

忘记那狭小的领域，

向着那未知的目标，

我们飞速向前驰去。②

——《我的风铃草呀……》(1854)

俄罗斯大自然那种广袤无垠、自由奔放的品性，第一次被托尔斯泰以"驰骋的骏马"这一概括的形象展现出来，从而具有鲜明的民族色彩，这一意象在后来的勃洛克和叶赛宁的诗中再次出现。

在大自然的四季之中，生机勃发、百花竞放的春天尤为诗人所钟爱。春天是生命和力量的象征，它能让人摆脱内心的矛盾和痛苦，带给人欢欣和快乐：

---

① 《俄国诗选》，魏荒弩译，湖南人民出版社，1988 年，第 330 页。
② 同上，第 326 页。个别字有改动。

空中传来不知是谁的声音，
说着幸福、爱情、青春和信赖，
奔腾的溪流大声应和，
渐黄的芦苇花也在轻轻摇摆。

——《大门又朝湿润的台阶敞开……》

在托尔斯泰的诗中，春天不仅孕育着万物生长，而且也让人心中的爱情萌动：

那是在早春的时节，
　　在白桦树的绿荫下，
你含笑站在我面前，
　　柔柔地垂下眼眸……
那是对我爱情的回答，
　　你柔柔地垂下眼眸——
啊生命！啊森林！啊阳光！
　　啊青春！啊希望！

——《那是在早春的时节……》(1871)

在这首诗中可以看出，心爱的女性形象在托尔斯泰的爱情诗中表现得具体生动，富有个性，蕴含着纯洁的道德情感、真实的人性和人道主义，在这一点上他与丘特切夫相同。

托尔斯泰的爱情诗几乎都是献给他的妻子索菲亚·安德烈耶夫娜·米勒的，《在人声喧哗的舞会上……》(1851)就是写诗人在一次化装舞会上与索菲亚相遇的情景。

对托尔斯泰而言，人的感情是一种自发的力量，就像海潮一样有涨有落，不应受到任何约束(《不要相信我，朋友，当你痛苦不堪的时候……》，1856)。爱情又像大海一样，交替出现情绪的高涨与低落、宁静与躁动，因而，大海的形象对他来说尤为亲近(《海在摇动，一浪跟着一浪……》，1856；《海浪如山耸起……》，1866)。尽管爱情有时会令人痛苦，然而，泛神论的世界观又使诗人深信，"世间的痛苦将会过去",和谐的生活即将来临(《泪花在你妒忌的眼中闪动……》,1858)。

在揭示人物的内心感受和活动的时候,托尔斯泰广泛使用把大自然的形象与人内心世界并列描写的方法,即一段写景,一段写情,情从景生,情景交融。《秋。我们可怜的园林日渐荒芜……》(1858)就是采用这种手法,把主人公难以言表的爱的感受刻画得细致入微:

秋。我们可怜的园林日渐荒芜。
枯黄的叶子飒飒地迎风飞舞;
只有远在深谷中凋零的花楸,
枝头挂满了红得耀眼的嘟噜。

我默默地暖着、握着你的小手,
内心里深感愉快,也充满忧愁,
我注视着你的眼睛悄悄流泪,
我有多爱你啊,就是说不出口!

爱的感受在这首诗中表现得如此缠绵悱恻,如此委婉曲致,我们不能不叹服诗人对恋爱心理细腻而深刻的体验。诗人在爱情中不只体验到难以言表的幸福和喜悦,而且从中发现了生活中最重要的原则。他相信,爱情,正像他所体验到的那样,能唤起人对生活的向往和对周围世界的创造性的激情,这种对爱情生命力的真诚的、纯洁的信念使他的爱情诗同样具有"快乐的"音调。

阿·康·托尔斯泰的抒情诗具有惊人的朴素、简练与真挚,诗人把对大自然的深切的感情与民间语言、和谐的音韵有机地结合在一起,从而使作品更加接近俄罗斯民歌。

第四节

公民诗人

　　公民诗歌(Гражданская поэзия)是 19 世纪中期俄国社会、政治斗争的一个缩影。公民诗歌经由十二月党人诗人、普希金、莱蒙托夫的推动和发展,已成为俄国诗歌中的一个重要组成部分。伟大的民主主义诗人涅克拉索夫创造性地丰富和发展了公民诗歌的内涵及其艺术表现手法,由此奠定了它在俄国诗歌史中的地位。与涅克拉索夫同时代的其他一些优秀的民主主义诗人,如奥加辽夫、普列谢耶夫等,他们同样积极致力于公民诗歌的创作,虽其艺术成就无法与涅克拉索夫相提并论,但为 19 世纪中期俄国公民诗歌的繁荣所作出的努力是值得肯定的。

　　尼古拉·普拉东诺维奇·奥加辽夫(Николай Платонович Огарёв, 1813—1877),19 世纪中期俄国著名的诗人和贵族革命家。在 20 年代他结识了赫尔岑,并与其成为终身战友。奥加辽夫曾因从事革命活动两次被捕;与十二月党人诗人奥陀耶夫斯基友情深厚,于 1838 年创作了《我见过你们,遥远国度的外来人……》;1856 年侨居国外,在伦敦与赫尔岑一起从事"自由俄罗斯印刷所"的活动,并共同创办《钟声》(《Колокол》)报。

　　奥加辽夫在 30 年代到 40 年代上半期创作的诗歌揭示了进步的贵族知识分子探索生活道路的心路历程,这种体验是复杂的,充满艰辛和悲剧色彩。其中的许多著名诗篇都是在沙皇统治异常残酷的 30 年代完成的。抒情主人公是时代的先进人物,他紧张地探索着生活道路,思考着贵族知识分子的社会历史作用。生存的根本问题让他感到不安,他渴望自由,渴望认识真理。然而,理想与现实的冲突决定了这一时期诗歌的悲剧性内涵,诗人在《一个多余人的

自白》(1859)中没有掩饰自己内心的矛盾和犹豫:

> 我们曾经宣誓……
> 我们曾经互相拥抱鼓励。
> 我们曾经因年轻的激动而哭泣……
> 尔后怎么办?
> 出路在哪里? ——
> 一筹莫展!

这种心理体验是三四十年代贵族知识分子所特有的。在思考俄罗斯的命运这个问题上,奥加辽夫和莱蒙托夫表现出同样的悲情气质。作者藐视那些只是语言上的巨人的空想家,但现实的残酷与复杂也让他感到孤独与失望:

> 那美好的希望和理想
> 像秋雨中的树叶一样
> 坠落,干枯而萎黄。
>
> ——《赠友人》(1837)

诗人揭示了三四十年代革命者政治孤独的心理体验。这类主题的诗歌还有《与世界不和》(1833)、《诗人的命运》(1837)、《带着我那颗痛苦不堪的心……》(1837)、《老屋》(1839)等。即使在晚期创作,如《马特维·拉达耶夫》(1856—1858,1859)中,这种情绪也时有表现。这种情绪的产生并不是偶然的,其中有阶级出身的局限性,这是贵族革命者无法完全避免的。尽管如此,比起同时代的其他诗人,奥加辽夫的思想仍是更贴近革命民主主义思想。

随着政治斗争的日趋尖锐,奥加辽夫寻求新的诗歌形式表达自己的革命思想。他和雷列耶夫一样,在历史和民间文学中寻找自己思想的代言人。不过有一点是与雷列耶夫不同的,奥加辽夫的政治抒情诗不是史诗性的,而是演说性的。这种演说性也表现在一些书信体诗中,如《致伊斯坎德尔》、《致赫尔岑》(1833)、《悼念普希金》(1837)、《〈钟声〉序言》(1856)等。奥加辽夫在思想

上和艺术上受到雷列耶夫的影响很大。他在《纪念雷列耶夫》(1859)中明确地
表达了对他的敬仰：

> 雷列耶夫是我的第一盏灯……
> 是我精神上的亲生父亲——
> 在这个世界上，你的名字
> 于我是英勇的遗训，
> 是指路的星。

奥加辽夫常常追忆十二月党人，缅怀他们的革命业绩。《大学生》
(1869)表现了民主主义者的革命信念，他们"因为沙皇进行报复"和"贵族们的
害怕"，而遭到流放，在"白雪茫茫的西伯利亚的苦役中"结束了自己生命。《如
果我能再活几年……》(1860—1861)和《贝多芬的英雄交响曲》(1874)歌颂了
"自由的头生子"，作者相信与往昔的"神圣的联系"能够成为也应该成为俄罗
斯大地上社会政治和精神复兴的一种动力。叙事诗《牢狱》(1857—1858)成为
当时革命者的狱中之歌。

　　奥加辽夫继承了十二月党人、普希金和莱蒙托夫的诗歌传统，但他既不模
仿普希金和莱蒙托夫，也不模仿雷列耶夫，而是找到了自己的创作道路，体现
出自己的创作个性。奥加辽夫诗歌的独特性在于把表达"纯粹的"、个人隐秘
情感与火热的政治激情，与对世界的怀疑和否定结合在一起。在他的诗歌中，
公民诗与抒发个人情感的诗之间没有明显的界限，因为每一首诗几乎都包含
这两个方面，佳作《自由》(1858)不失为这一方面的例证：

> 我总是梦见雪和平原，
> 看见农夫那张熟悉的脸，
> 满腮胡须，勇士般威严，
> 他一边挣脱镣铐，一边对我说着
> 我那不变的、有力的词：
> 自由！自由！

　　奥加辽夫从 30 年代末 40 年代初开始倾向于表现人民的生活,《冬夜》(1840)、《乡村更夫》(1840)、《农舍》(1841—1842)、《道路》(1841)、《小酒馆》(1842),以生动的细节具体而微地表现了普通人的生活状况。这一时期的作品具有现实主义风格,与前一阶段的浪漫主义和主观主义情绪判然有别。

　　爱情题材在奥加辽夫的创作中占有重要地位。奥加辽夫的爱情诗与其个人经历有关,如《我不能给你足够的幸福……》(1841)、《她病了,而我却不知道……》(1867)。许多爱情诗是以书信体写的,如《致 H》(1850)、《给娜塔莎》(1867)等。组诗《爱情之书》(1841—1844)塑造了一个迷人的女性形象,她让抒情主人公体验到一种纯洁而高尚的,但却得不到回应的爱情:

　　　　我爱您,但对我的爱

　　　　我一个字都不会提起。

　　　　也不会给您看这些诗句,

　　　　我把这一切都藏在心里。

　　奥加辽夫还创作了不少风景诗,如《夜》(1840)、《在海边》(1840)、《秋》(1840—1841)、《黄昏》(1840—1841)、《春》(1842)、《在忧郁多雾的北方……》(1842)、《黎明》(1854—1855)等。

　　奥加辽夫的叙事诗是他创作中的一大成就。他在 30 年代末和 40 年代初创作了三首叙事诗《顿河》(1838—1839)、《海的女皇》(19 世纪 30 年代末 40 年代初)、《幽默》(完整版发表于 1867 年)。其中《幽默》具有特别的意义:从抒情主人公的身上可以看见作者的影子。在他身上流着"另一种血液",在他心中有着"另一种信念":"我心中怀有对民众的爱,/还有罗伯斯庇尔的仇恨。"诗的第二部分充满揭露的激情,表现出对农奴专制制度必定灭亡的信心。奥加辽夫在四五十年代也创作了一些优秀的叙事诗。其中《乡村》(1847)、《老爷》(1840 年代末)、《冬天的道路》(1856)在体裁上与当时风俗作家的诗化小说很相像。这种体裁是在普希金时代的浪漫主义叙事诗的基础上发展而来的,十分贴近现实生活。奥加辽夫在叙事诗中融合了抒情诗的特点。《乡村》具有自传性,表现贵族知识分子对人民的责任。诗中的主人公试图改善农民的生活,但农民不相信他,改革最终没有成功,于是主人公决然去了革命运动如火如荼的国外,为的是"口诛笔伐"他所憎恨的农奴制专制制度。《老爷》的主人公安德烈·波塔贝奇也想成为一个改革者,一开始他把自己表现为一个自由主义者和人民的朋友,后来却成了一个农奴主。作者令人信服地描述了一个有抱负的贵族知识分子逐渐失去意志的精神转变过程。《冬天的道路》没有情节描写,一路上所见的情景引起主人公的思绪。

奥加辽夫的诗歌朴实、真诚,具有饱满的政治激情,是俄国革命运动历史上最复杂的一个阶段的真实反映。他的诗既表现了自己的内心生活以及精神发展历程,也揭示了当时贵族革命者普遍的心理特征。在创作中,奥加辽夫不仅继承了俄国优秀的诗歌传统,而且依靠各种形式的民间口头创作,如童话、宣叙调、出嫁送葬的哀歌等,试图创造新的诗歌语言。他还借用民间诗歌的节律体系和歌唱性创作了一些诗歌,如《姑娘》(1859)、《孩子,上帝的仁慈与你同在……》(1858)。奥加辽夫在诗歌方面改革并不总是成功的,但却能够体现其创作特点。别林斯基指出,他的诗具有"内在的忧郁的音乐性",诗中的感情"虽然是平静的,但却是深沉的"。这一点从他的诗歌标题中可见一斑:《我的祈祷》(1838)、《渴望安宁》(1838)、《失和》(1840)、《内心的音乐》(1841)、《多愁》(1841)等。

阿列克谢·尼古拉耶维奇·普列谢耶夫(Алексей Николаевич Плещеев,1825—1893)出生于科斯特罗马的一个官吏家庭,1843年就读于彼得堡大学东方系,大学期间经常参加批评家瓦·迈科夫家的沙龙。作为彼得拉舍夫斯基小组的主要成员,他与小组的杜罗夫、帕尔姆、陀思妥耶夫斯基等交往密切。

普列谢耶夫从1844年开始发表诗歌,他的诗歌创作主要集中在40—60年代,即1845—1863年。这期间他共出版过四本诗集,之后的30年中只有一本诗集问世(1887),里面的新作并不多。普列谢耶夫的最后一本诗集(1898)是1887年诗集的再版。

普列谢耶夫的早期抒情诗具有社会主义乌托邦思想。《致诗人》(1847)表现出作者的人道主义激情和一个空想主义者对未来世界的美好预见。像那个时代的大多数诗人一样,普列谢耶夫的诗中也难免会流露出些许忧郁、失望和孤独的情绪。然而,传统的浪漫主义主题在他的诗中是作为对社会不满的一种反应,并且与抒情主人公的"神圣的痛苦"有关:抒情主人公内心的不安和"怀疑的阴郁情绪"是因为目睹了"祖国和家乡的灾难"和"战友们的痛苦",不过这种忧郁总是伴随着对胜利的坚定信念,终将被"真理的信使和高尚的战士"所战胜(《正直的人们,沿着布满荆棘的道路……》,1863)。他的主人公从来不会放弃自己"神圣的梦想":

> 至死我都不会失去信念:
> 爱和真理之光终将照亮我们的世界……
>
> ——《幻影》(1859)

不仅如此,普列谢耶夫还在《咏怀》(1844)、《我的一位熟人》(1858)、《这个时代的孩子们都是病态的……》(1858)、《两条道路》(1862)、《智者的劝告》(1862)等诗中指责一味沉溺于悲观情绪的人们和意志薄弱者。在他的一些诗中,具有高尚理想的主人公与"生活在父辈思想里"的"群盲"们形成鲜明对比。

普列谢耶夫诗歌的主要品质在他最初的创作中已经体现出来,即反对专制制度的社会倾向性。他的大部分诗歌都以某种形式触及社会的迫切问题,表明自己的政治立场。《穷人》体现出社会平等的思想:"人不是为灾难和镣铐而生。"在《前进! 朋友们,不要恐惧和彷徨……》(1846)中,诗人号召朋友们建立"英勇的功勋",不要恐惧和彷徨:

> 前进! 朋友们,不要恐惧和彷徨,
> 勇敢地去建立功勋。
> 我已经看见天空上
> 神圣的黎明的曙光。

基于这种社会立场,普列谢耶夫认为诗人的使命在于为"崇高目标"、为"艺术自由"和"强大真理"而服务。在《歌者之爱》(1845)、《梦》(1846)和《致青年》(1862)等诗中,普列谢耶夫认为,诗人的声音应该是"真理之声",应该成为"真理之光",青年一代要敢于"和命运斗争","热爱神圣的真理","用坚定的手举起新生活的旗帜"。

爱情是普列谢耶夫创作中的一个不可忽视的主题。他写了不少优秀的爱情诗,如《纪念》(1844)、《我偶然与您相遇……》(1846)、《哀歌》(1846)、《歌》(1858)等。对于诗人来说,志趣相投是相爱的基础,因此,两个人精神上的统一非常重要:

> 我应该离开你……
> 爱情于我们遥不可及
> 我们的志趣各异。

大自然在普列谢耶夫的诗中表现为一种纯净的美,这种美是与周围的生活相对立的:

> 在这里的阳光下没有敌意;
> 没有我们每天都说的谎言;
> 在这里人将沐浴
> 爱和真理的光辉。

> ——《我的花园》(1858)

此外,普列谢耶夫给孩子们写了许多诗,《春天》(1872)、《在别墅》(1875)、《祖母和孙子》(1878)、《云杉》(1887)等不仅语言清新,感情真挚,富有教益,并且不失艺术性。在诗人眼里,孩子们是未来生活的建设者,因此要教导他们崇尚善和美,热爱祖国,让他们懂得自己对人民的职责。

普列谢耶夫的诗歌具有音乐性,其中许多被柴可夫斯基、穆索尔斯基和拉赫马尼诺夫等作曲家谱曲成歌。

第五节

涅克拉索夫

概述

尼古拉·阿列克谢耶维奇·涅克拉索夫（Николай Алексеевич Некрасов，1821—1878），伟大的革命民主主义诗人、小说家。他出生于乌克兰波多利斯克省涅米洛夫镇，父亲是一个专横暴戾的地主、退役军官。他三岁时举家迁居到位于伏尔加河畔的祖传领地格列什涅沃村，年幼的涅克拉索夫在这里度过了他的童年时代，并且第一次接触到了人民生活的各个方面，看到了生活在残暴农奴制下的农民的贫困和屈辱。童年时代留下的深刻印象致使涅克拉索夫后来每次返回故乡都是怀着极其矛盾和痛苦的心情：一方面他对故乡有着无限的爱，另一方面这又迫使他想起农民备受奴役的生活和自己的地主家庭。陀思妥耶夫斯基认为，涅克拉索夫"在生活之初就有一颗受伤的心，这个任何时候都无法愈合的伤口成为此后他终生诗歌创作的所有激情和痛苦的根源"[①]。早在雅罗斯拉夫中学读书期间（1832—1837），涅克拉索夫就对文学产生了浓厚的兴趣，并开始尝试诗歌写作。1838年他来到彼得堡继续求学，但他没有遵从父命进入武备学校，而是投考彼得堡大学，父亲一怒之下断绝了对他的经济资助。此后，涅克拉索夫不得不在饥寒交迫之中完成学业并从事写作。

1840年，涅克拉索夫的第一本诗集《幻想与声音》出版，没有获得成功，诗集中的大部分是具有浪漫主义色彩的模仿作品，因其缺乏独创性而受到别林

[①] Русские писатели XIX век. Биобиблиографический словарь. В 2 ч. Под ред. Николаева П. А. М.: Просвещение, Учебная литература, 1996. Ч. 2. С. 64.

斯基的批评。但值得肯定的是,在这部诗集中,涅克拉索夫已经明确提出了诗人的崇高使命这一主题:"谁要是为了黄金而把自己出卖给别人,/这种人就不是诗人"(《这种人就不是诗人》,1839)。在40年代初期,与别林斯基的结识成为涅克拉索夫创作道路上的转折点。在别林斯基的影响和帮助下,涅克拉索夫彻底转向了现实主义立场,并成为坚定的民主主义者。涅克拉索夫不仅是果戈理"自然派"思想的热情宣传者,而且他的创作也清晰地体现出"自然派"的重要原则:真实地反映现实,关注普通人的生活——这首先表现为关注农民和城市底层人的生活,以及对农奴制度和各种不公正的社会现象的仇视。在40年代,涅克拉索夫创作了许多优秀诗篇:《在旅途中》(1845)、《醉汉》(1845)、《园丁》(1846)、《三套马车》(1846)、《昨天,在五点多钟的时候……》(1848)等。这些诗直接面向社会底层人民的生活,关注他们的痛苦和悲惨的命运。诗人在讲述主人公不幸的遭际的时候,总是力求把他们的行为与经历同他们的生活环境和社会地位联系起来。

40年代中期,涅克拉索夫主持出版了《彼得堡风貌素描》(1845)和《彼得堡文集》(1846)等"自然派"文集。这些文集真实地反映了俄国现实社会中的各个方面,尖锐地提出了许多社会问题。1846年,涅克拉索夫和作家帕纳耶夫共同主办《现代人》杂志。在涅克拉索夫担任主编期间,《现代人》团结了别林斯基、赫尔岑、屠格涅夫、冈察洛夫及其他著名作家和诗人,成为宣传进步思想的艺术阵地,对俄国社会产生了巨大的影响。后来,车尔尼雪夫斯基和杜勃罗留波夫相继加入了《现代人》的编辑工作,这愈发增强了《现代人》的战斗性和革命性。在《现代人》被查封之后,涅克拉索夫于1868年接办了《祖国纪事》杂志。他同谢德林等并肩战斗,继续发扬《现代人》的优秀传统。

1856年诗人的第二本诗集《涅克拉索夫诗选》问世,这成为当时社会和文学界中的一个重要事件。《涅克拉索夫诗选》汇集了诗人在1856年以前创作的诗歌精华,由四部分组成:第一部分收录的主要是反映普通人生活中的痛苦与不幸的诗歌,除了上述提到的《在旅途中》、《园丁》之外,还有《弗拉斯》(1855)、《被遗忘的乡村》(1855)等;第二部分由讽刺诗组成,如《摇篮歌》(1845)、《当代颂歌》(1845)、《犬猎》(1846)、《道学家》(1847)、《慈善家》(1853)等,嘲讽和揭露了贵族和官僚的虚伪、钻营和腐败的真实面目;第三部分是叙事诗《萨莎》,诗歌指出,随着社会运动的高涨,贵族知识分子应该退出历史舞台,取而代之的是新的时代英雄。诗歌塑造了一个乡村姑娘萨莎的形象,她朴实美丽,来自于人民,力求在生活中找到自己的位置,成为对人民有用的人。尽管她所从事的活动还十分有限,但她的性格已经清晰地表现出注重实干的倾向;第四部分是一组抒情诗,这里有诗人对自己不快的童年的追忆(《在一个神秘的穷乡僻壤》,1846;《故园》,1846);有对悲郁的青年时代的哀思(《夜里我奔驰在黑暗的大街上……》,1847;《最后的挽歌》,1855);还有对人的命运的冷峻思考(《缪斯》,1852;《温良的诗人有福了……》,1852;《沉默吧,复仇与忧伤的缪斯……》,1855)等表现诗人艺术创作观的诗作。涅克拉索夫的第二本诗集充分反映出作者强烈的革命民主主义世界观和创作原则,在社会上引起极大的反响,屠格涅夫认为这是"自普希金时代之后不曾有过的"[①]。

五六十年代是涅克拉索夫创作的繁盛时期。在第二本诗集出版之后,涅克拉索夫又陆续创作了具有自传性质的抒情诗《伏尔加河上》(1860)、《片刻骑士》(1862),以及《大门前的沉思》(1858)、《叶辽穆什卡之歌》(1859)、《葬礼》(1861)、《绿色的喧嚣》(1862)、《卡里斯特拉特》(1863)、《奥琳娜,士兵的母亲》(1863)、《铁路》(1864)等具有揭露性的诗歌,而叙事诗《货郎》(1861)、《严寒,通红的鼻子》(1863—1864)则是集思想性和艺术性为一体的典范。此外,在涅克拉索夫这一时期的创作中,还有一个非常引人注目的现象,那就是诗人写了许多关于孩子们的诗。在这些诗中,既能听到在半手工作坊中被折磨得如同"形销骨立的小囚犯"的孩子们的控诉和哭声(《孩子们的哭声》,1860),又能看到像"田野里一朵朵鲜花"般的乡村儿童和热爱劳动的"指甲盖儿农民"小弗拉斯的朴实与可爱(《农民的孩子们》,1861)。诗人在表达对孩子们无限的热爱的同时,还为他们稚嫩的双肩过早地扛起生活的重担感到怜惜,他深信,这些孩子是俄罗斯民族的希望,从他们中间,从人民中间,"光荣伟大"和"具有博爱心胸"的人将被培育出来(《小学生》,1856)。

在70年代,涅克拉索夫接连创作出几种不同风格的叙事诗:历史叙事诗

① Якушин Н. И. Н. А. Некрасов в жизни и творчестве. М.: Русское слово, 2001. С. 36.

《祖父》(1870)、《俄罗斯妇女》(1871—1872)、讽刺叙事诗《同时代的人们》(1875)、抒情叙事诗《母亲》(未完成)(1877)以及具有浓郁民间文学色彩的叙事诗巨著《谁在俄罗斯能过好日子》(1863—1877)。1877年3月，涅克拉索夫的最后一本诗集《最后的歌》出版，共辑录22首诗，其中包括19首抒情诗、叙事诗《同时代的人们》、《母亲》和《催眠曲》(1877)。这本诗集仿佛是诗人留下的一本独特的诗体遗嘱，涵盖了他创作中的各种重要主题，反映了当时社会的主要矛盾和同时代人的思想、情绪，同时也是诗人对自己生活和创作历程的回顾与总结。

抒情诗

涅克拉索夫的抒情诗是俄国诗歌发展中的一个新的阶段。他的抒情诗展现了新的社会阶段中一个民主主义者的思想、观点和感受，表现了诗人从一个全新的角度和立场对现实的观察和反映，确定了诗人的公民性创作原则。著名的《诗人与公民》(1855—1856)是反映涅克拉索夫创作原则的纲领性诗篇，在诗中，涅克拉索夫旗帜鲜明地指出"你可以不是诗人，但必须做一个公民"的革命民主主义艺术观。涅克拉索夫认为，诗歌创作对于诗人而言是一项重要的社会事业，诗人没有权利逃避为实现进步理想而进行的斗争，"为了祖国的光荣，为了信念，为了爱"而去赴汤蹈火，成为自己祖国的公民，这是诗人应尽的职责：

> 做一个公民！为艺术服务，
> 为他人的幸福而生活，
> 让你的才华服从于
> 那包容一切的爱情……①（原文中"爱情"为大写）

在《诗人与公民》中，涅克拉索夫所表明的观点，即诗人的使命是成为革命斗争的积极参与者，是与别林斯基和车尔尼雪夫斯基的美学观一脉相承的，这

---

① 《涅克拉索夫文集》，第一卷，魏荒弩译，上海译文出版社，1992年，第322页。本章引用的涅克拉索夫诗歌除标注外，均选自此译本(1—4卷)。

首诗因其强烈而鲜明的战斗性,成为19世纪中后期俄国革命民主主义诗歌的一面旗帜。

作为一个公民诗人,涅克拉索夫对人民有着无限的爱,对统治者有着刻骨的恨,这种爱与恨成为他创作的强大动力,同时也造就了他诗中的缪斯形象。涅克拉索夫诗中的缪斯与传统意义上的古希腊罗马神话中的缪斯完全不同,他的缪斯是一个受难的村姑形象:

她的胸膛没有发出一点声音,
　　只有皮鞭在挥舞,嗖嗖地响……
我对缪斯说道:"看呀!
　　你这亲姊妹的形象!"

　　　　　　　　　　　　　　　——《昨天,在五点多钟的时候》

缪斯在涅克拉索夫的诗中是一个哀泣的、悲伤的缪斯,是穷苦人的缪斯,是高傲的、美丽的、坚忍地面对苦难并号召人们复仇的缪斯。毫无疑问,涅克拉索夫的诗对19世纪50年代进步的社会思想的形成做出了重大贡献。诗人把自己视为人民的代言人和保护者,在1874年的《哀歌》中写道:

让变化无常的时尚直冲我们说吧,
什么"人民苦难"的主题已经过时,
什么诗歌应该把它忘记,——
青年人呀,你们不要相信!绝不会的。

涅克拉索夫看到,废除农奴制以后,俄国农民的经济状况实际上并没有改变,这就意味着他为人民争取幸福的斗争不能停止,他至死都没有改变这一信念。关注时代的紧迫问题,关注那些"被侮辱与被损害"者的悲苦命运,是涅克拉索夫诗歌的创作根基。在这里,我们着重介绍他的几首代表性抒情诗:《三套马车》、《夜里我奔驰在黑暗的大街上……》、《被遗忘的乡村》、《大门前的沉思》、《铁路》。

《三套马车》通过描述一个乡下姑娘对爱情的追求和向往,揭示出生活在农奴制下的俄国农村妇女悲惨的一生。这首诗的女主人公是一个情窦初开的村姑,她撇开女伴"贪婪地向着大路张望",还不时地"跟着飞驰的三套马车在奔跑"——她在急切地等待心爱的年轻军官的到来。她的头发"像夜一般黝黑","弯弯的眉毛下面""滴溜溜闪动着一双调皮的大眼睛",她不但美丽,而且富有朝气,每一个人都会为她着迷:

> 对你表示赞赏并不稀奇,
> 每一个人都会爱上你……
> ……
> 黑眉毛村姑的秋波一转,
> 充满了沸腾热血的魔力,
> 它能使一个老人倾家荡产,
> 会将爱情投入青年的心里。

照理说,这样一个纯真美丽的姑娘应该得到命运的垂青,应该享受到幸福美满的生活,然而,诗人在此笔锋一转,预示出她不幸的未来:她的地位和出身注定她要嫁给一个邋遢的庄稼汉,她鲜活的生命也将在专制夫权的虐待下和终生的劳累中过早地枯萎凋零:

> 爱找碴儿的丈夫会来打你,
> 婆婆把你折磨得死去活来。
>
> 由于粗重而又艰苦的活计,
> 你还来不及开花就要凋零……

愚昧、艰难、痛苦的生活摧残着她的青春和生命,而比肉体更早地死去的则是她年轻时的希望和梦想。在噩梦般的生活中,她那曾经表情丰富的脸上会突然出现"呆滞的甘心忍受的神情"和"永恒的惊恐",她将和千千万万的俄国农妇一样，走完她悲苦的一生：

> 当你走完自己艰辛的道路，
> 就会把你徒然耗尽的力量
> 和那无法温暖的胸膛
> 统统地埋进阴湿的坟场。

在诗中，女主人公如花的青春和她注定要过早凋萎的生命形成鲜明的对比和反差，而她命运的悲剧性正是在这种对比和反差中凸显出来。在诗的结尾，对女主人公命运的悲剧性的感受愈加强烈：

> 不要再向大路怅惘地张望，
> 也不要跟着马车急急追赶，
> 快点把苦恼着你的惊慌失措
> 永远抑制在自己的心间！

> 你是追赶不上那狂奔的马车的：
> 马儿健壮、膘肥腿又疾——
> 车夫醉意朦胧，年轻的骑兵少尉
> 旋风似地向另一个姑娘驰去……

诗的结尾部分浸透着深切的悲哀之情：女主人公是无力改变自己的命运和未来的，她也不可能追赶上那"狂奔的马车"。理想是美好的，而现实却是残酷的、丑陋的，理想与现实之间的对比加强了这首诗的悲剧气氛。在诗中，诗人对女主人公采取的是一种开放的态度，他用"你"来称呼女主人公，以此拉近了两者之间的距离。女主人公的遭遇和命运具有代表性，从她的一生中可以看到千千万万备受奴役和摧残的俄国农村妇女的一生，这也正是这首诗的深刻意义所在。

《夜里我奔驰在黑暗的大街上……》是一首催人泪下的诗篇，它讲述了一个生活在社会底层的妇女的悲惨遭际：她的父亲又穷又狠，把她嫁给一个她不爱的人，她不甘忍受丈夫的粗暴和殴打，离家出走，和一个贫病交加的男人生活在一起。在那个能呼出雾气的寒冷的房间里，她用自己的呵气温暖小儿子冰凉的手臂，儿子最终因冻饿而死。分文皆无的她只得到街上出卖自己的肉体，然后给儿子买了一口小棺材，给病弱的丈夫带回了食物。丈夫明知这钱的来源，但他只能把这屈辱压在心底：

> 什么机缘拯救了我们？是不是上帝的帮助？
> 你迟迟不肯吐露悲惨的真情，
> 　　我也什么都不问，
> 我们只有相望着痛哭，
> 我只有满腔的郁结和悲愤……

诗中女主人公的命运是悲惨的，黑暗、暴力、寒冷、贫困、疾病、死亡这些人类最恐怖的东西时刻在威胁着她的生命。她以自己的方式与命运抗争，但在这个毫无同情心的残酷的世界中，她的抗争又是何等地无助与无力，甚至招致人们的唾弃，而她未来的道路又会是怎样？

> 如今你在哪里？是同不幸的贫困
> 所作的这场凶恶的斗争把你毁了呢？
> 还是你仍然在走着习惯的道路，
> 或是你注定的命运已经结束？
> 有谁来保护你呢？人们将毫无例外地
> 用一个可怕的名字称呼你，
> 只有我的心里却萦回着一片诅咒——
> 　　就是这也会突然地静息！……

这一连串的问句既深化了女主人公的悲剧性，同时也催人深思，让人从中领悟出：造成她悲剧的根源正是不平等的非人性的社会制度。这首诗以极其朴实的语言塑造出一个典型的"被侮辱和被损害的"妇女形象,具有巨大的社会容量和震撼人心的艺术力量。

《被遗忘的乡村》讲的是发生在一个村子里的几件事:老太婆涅妮拉想跟庄园管理员要点木料修修房子,却遭到拒绝,老太婆想:"老爷要来了",他会吩咐给我木料的;农民们因贪婪的邻人放高利贷而输掉了自己的土地,他们也在想:"老爷就要来了",他只要说一句话,就会把土地重新还给我们;由于总管的横加干涉,娜塔莎不能嫁给一个"自由的农民",她同样在想:"老爷就要来了!"老爷是村里人至高无上的主宰和权威:

> 不管大人、小孩——事情稍有争论——
>
> "老爷就要来了!"众口一词地重复着……

这个被老爷遗忘的乡村中所有的大事小情都取决于老爷一个人的意志,人们在望眼欲穿地盼着老爷的到来,祈望得到他的"吩咐"和"裁决"。他们就这样日复一日、年复一年地等着:

> 涅妮拉已经死了;邻家那个大骗子
>
> 在别人的土地上获得了百倍的收成;
>
> 从前的小伙子都长起了大胡子;
>
> 那个自由的农民只落得去当兵,
>
> 娜塔莎早已对结婚不抱希望……
>
> 老爷还是不露面……老爷还是不回乡!

诗的结尾出现一个令人啼笑皆非的场面——老爷终于来了,但他却躺在棺材里:

> 老爷就躺在棺材里,棺材后是一位新老爷。
>
> 给老的行过葬礼,新的擦干了眼泪,
>
> 便坐上了轿车——往彼得堡驶去。

　　这首诗写于1855年,当时尼古拉一世已经去世,亚历山大二世刚刚登基。这就不难看出,诗人笔下的老爷暗指尼古拉一世,新老爷是影射亚历山大二世,而"被遗忘的乡村"则是整个俄国的象征。很显然,这首诗具有极强的讽刺意味,讽刺的锋芒直指沙皇老爷和构成俄国生活本质的社会经济关系,而这种关系的根本冲突与对立是通过"被遗忘的乡村"中老爷与农民之间关系的荒谬性来体现的。诗中几乎听不到诗人的声音,但是却能明显感觉到他对农奴制的恨,对农民的同情以及对他们逆来顺受的生活态度的嘲讽。

　　必须结束这种逆来顺受、听天由命的痛苦生活,奋起反抗不平等的社会制度是《大门前的沉思》发出的最强音。《大门前的沉思》以达官贵人的豪华官邸作为情节发展的出发点,通过对比描写,展现出官邸的大门前两种截然不同的画面:每逢喜庆节日,这座大门都要接待一批批前来拜谒敬贺的趋炎附势的客人们;而在平常的日子,一些穷苦人却将大门团团围住,他们前来求差谋职,请愿诉苦。几个乡下来的请愿者引起了诗人的特别注意:他们衣衫褴褛,脸和手晒得黝黑,佝偻的背上各背着一个行囊,由于长途跋涉,穿着草鞋的双脚都血迹斑斑。他们带着希望和痛苦的神情哀求看门人:"放我们进去吧!"然而,尽管他们解开自己的钱包,拿出微薄的门礼,却还是被看门人轰走,因为"主人不爱看见这衣衫褴褛的穷百姓"。他们绝望地摊开双手,在太阳的炙烤下走远。而此时,这豪华官邸的主人正在做着"酣畅的好梦","陶醉于无耻的阿谀、追求妇女、大吃大喝、金迷纸醉"的生活,他对善行早已置若罔闻,即便是天上的雷霆也不会令他惊恐。一边是统治阶层的骄奢淫逸,一边是沿途乞讨、痛苦呻吟的人民,这鲜明的对比令诗人心中无限感慨,悲愤万分:

　　……祖国的大地啊!
　　请给我指出这样一个处所,
　　这样的角落我还不曾见过,
　　在那里你的播种者和保护人——
　　俄罗斯的农民可以不再呻吟。

　　"哪里有人民,哪里就有呻吟",人民巨大的悲哀胜过"横扫田野、茫茫无

际"的伏尔加河水。人民的苦难引起诗人深切的同情和沉思,他期盼着人民早日觉醒,早日结束被奴役的屈辱生活:

> 你这绵绵不绝的呻吟意味着什么?
> 你是否充满了力量,还会觉醒?
> 难道你还要服从命运的法则?
> 难道你所能做的,都已经完成?
> 难道你创作了一支婉转呻吟的歌曲,
> 而灵魂就永远沉睡不醒?……

在这首诗中,诗人表现出强烈的民主主义激情,他不仅揭露和谴责了统治阶级的腐败堕落,为深受压迫和奴役的劳动人民伸张正义,而且还教育他们摆脱奴性,振奋精神,靠积极的斗争来改变自己悲惨的生存状况和命运。

1861年的改革使农民摆脱了农奴制的桎梏,但并没有从根本上改变他们的生活处境,土地仍然掌握在地主手中。失去分地的农民不得不四处寻找活路,他们去工厂做工,去修筑铁路、公路,忍受着工头的重重盘剥和压榨,《铁路》这首诗讲述的正是这种情况。

《铁路》是涅克拉索夫根据1842—1851年建设尼古拉铁路(即现在的"十月铁路")这一真实情况创作的。当时社会上普遍认为,克列因米赫尔公爵是这条铁路的建设者,而涅克拉索夫在诗中坚定地指出,苦难深重的俄国人民才是这条铁路真正的建设者。

这首诗共分四个部分,由车厢内父子俩人(将军和他的儿子)的谈话引发全诗。瓦尼亚问父亲:"这条铁路是谁修的?"父亲回答:"是彼得·安德烈耶维奇·克列因米赫尔公爵。"

第一部分描写的是抒情主人公"我"看到的车窗外的秋天景色,这在全诗中起到铺垫和衬托的作用,诗人意在用大自然的美来反衬现实中的丑恶。

第二部分是全诗的核心。在这一部分,诗人全方位、深刻地展现了人民的形象。映入我们眼帘的是千千万万贫苦的铁路建设者:他们忍饥挨饿,永远弯着腰、驼着背,酷热、严寒和繁重的劳役摧残着他们的身体,他们双手溃烂,两脚浮肿,染上了疟疾和坏血病,此外,还要忍受长官的鞭打和工头的敲诈。

> 人民在这场骇人听闻的斗争中,
> 给这不毛的荒原平添了无限生机,
> 又在这里给自己找到葬身的墓地。

> 正是这条铁路:狭窄的路基,
> 铁轨,桥梁,一根根标柱,
> 而铁路两旁尽是俄罗斯人的白骨……

诗人指出,是这些来自祖国各个角落的"庄稼汉弟兄们"用自己的血汗和生命铺就了这条铁路,他们的劳动应该得到社会的承认和尊重:

> 我们都不妨学一学
> 这种高尚的劳动习惯……
> 感谢人民的劳动吧,
> 还要学会尊敬庄稼汉。

诗人在第三部分揭穿了将军的真实面目。这个外表看来很有教养的人,实际上头脑空虚、性情残忍。他否定人民的创造成就,在他的眼里,人民是"破坏的能人",是"一群粗野的醉鬼"。

第四部分描写铁路竣工之后的场面。终于熬出头的庄稼汉们聚集在账房门前等着领工钱,可是算来算去,他们不但得不到分文报酬,每个人反倒欠下承包商的账!后来,那个假仁假义的胖商人不仅"慷慨地"把他们欠的账"全部免掉",而且还拿出一桶酒来犒赏他们。于是,这些愚昧可怜的人们高喊着"乌拉",向那个胖商人飞奔。在此,诗人揭露了作为资产阶级的代表人物承包商对劳动者的无耻的敲诈和剥削,同时也痛苦地看到人民的愚昧无知和所受的凌辱。即便如此,诗人还是相信,人民终究会用自己的胸膛"给自己开辟一条宽广、光明的道路",尽管这一天还很遥远。

毫不夸张地说,在俄国文学史上没有人像涅克拉索夫那样,如此深沉地抒发了对人民的爱与同情,如此深刻而全面地阐释了俄罗斯民族性格的复杂性与矛盾性。涅克拉索夫不仅是人民痛苦的歌手,而且还是激发人民斗志和潜在力量的鼓舞者。诗人在对人民的爱中找到了道德支撑,从而确认了自己的创作取向和诗歌价值。

然而,涅克拉索夫的诗歌世界又是多面性的。公民诗歌是涅克拉索夫创作的主要部分,但并不是全部。过去由于我们过于强调和偏爱涅克拉索夫诗歌的公民性,忽视了他创作的丰富性和多面性,从而造成一种认识上的偏差。其实,在涅克拉索夫的整个创作中,还有许多抒发个人隐秘感情的爱情诗。

涅克拉索夫的全部爱情诗,就其实质来说,都是献给他心中唯一的女神阿·雅·帕纳耶娃的,这些诗被称之"帕纳耶娃组诗"。"帕纳耶娃组诗"写于不同时期,反映了诗人曲折的爱情经历,成为他感情和精神生活的见证。

"帕纳耶娃组诗"具有极强的自传性,它描述的都是发生在恋人之间的各种小事:怄气、争执、和解、互相的埋怨、指责以及渴望得到相互的理解和幸福。"帕纳耶娃组诗"由许多精彩的篇章构成,如《当真正的爱情的烈火……》(1848)、《被无法补偿的损失摧毁了……》(1848)、《这不是开玩笑吧? 我亲爱的……》(1850)、《是的,我们的生活动荡不定……》(1850)、《我不爱听你的讥讽……》(1850)、《我和你,咱们的头脑都不清醒……》(1851)、《自从遭到你的拒绝以后……》(1855)、《原谅我》(1856)等。它像一部有始有终的独特的爱情小说,描写了情侣是如何相遇、争吵、和解、分离、互相写信并烧毁情书、互相回忆并试图忘记……组诗的第一首是《你永远是那么美丽无比……》(1847):

你永远是那么美丽无比,
当我闷闷不乐,满怀忧郁,
你那快活的、讥诮的智慧
异常活跃,这样有鼓舞力;

你哈哈大笑,豪放而动听,
你痛骂我那愚蠢的敌人,

你有时沮丧地耷拉下脑袋，
是这么调皮地逗我笑起来；

你如此善良，但不轻易抚爱，
你的吻充满了热烈的火，
你那一双最美丽的眼睛
是这样怜爱着，抚慰着我，——

我同你，明智而温顺地
忍受着这真正的悲哀，
我一无恐惧地向前望去——
望着这黑黝黝一片大海……

　　这是涅克拉索夫所有爱情诗中最明朗、最乐观的一首。诗中塑造了一个
光彩照人的女主人公形象：她不仅"美丽无比"，而且还聪慧睿智，活泼俏皮，
温柔可爱。她的爱情让抒情主人公感到温暖，给了他在残酷世界中生活的勇
气。她不仅是他崇拜和仰慕的对象，而且还是他的朋友和志同道合者，是他同
艰难的生存环境作斗争的精神支柱。然而，她的性情又是那么捉摸不定，她时
而真诚亲切，激情似火，时而又爱嘲弄讥讽，好像是存心挑起他们之间的不和，
这让抒情主人公感到非常困惑和苦恼：

我在为你有意冷淡的、简短
　　而枯燥的书信而哭泣；
你信中既无友好的爱抚，又无坦率的
　　语言可以使我的心感到欢愉。
我且问你：是不是魔鬼心存嘲讽
利用你的手挑起我们中间的不和？
我告诉你：即使争吵将我们分离——
但最后分手的时刻却又是多么

沉重,多么痛苦,多么感伤而忧郁……

　　不断的争吵必然导致最后的分手,而分手的时刻却又是那么沉重和痛苦,以至于主人公想跳下悬崖,葬身于大海(《自从遭到你的拒绝以后》)。爱之弥深,痛之愈切,这是涅克拉索夫抒写的爱情特征,也是诗人自己的人生体验。这种体验如此刻骨铭心,每当他回忆起往日的时光,仍会热血沸腾,重新感受到"最初的冲动"。

　　"绵绵不绝的"爱的激情令诗人终生难忘,写于 1874 年的《哀歌三首》把这种激情抒发得淋漓尽致。爱的激情浸润着哀歌中的每一诗行,以一种非常态的形式表现出来——责备、猜忌、失望、等待、妒忌、回忆。爱,就意味着给对方更多的幸福和自由,但感情上又实在难以割舍,哀歌的第一首表现了抒情主人公在理智与情感中艰难的挣扎:

　　如果愿望实现了,又怎样呢?
　　啊,不! 在我的内心深处
　　有一个无法抗拒的感觉,
　　没有我,她就不会幸福!
　　……
　　疯子! ……你为什么要折磨
　　自己那可怜的心?
　　你不能饶恕她——
　　但又不能不爱她! ……

　　在这痛苦的折磨中,主人公情不自禁地回想起她"明亮的双眼"和信中"热情的绝句",仿佛重又与她一起飞进那片爱的"乐土":

　　那儿的玫瑰开得最香,
　　那儿的天空显得最碧,
　　那儿的夜莺嗓音最亮,

那儿的树林长得最密……

对往昔的回忆越是甜蜜，就越是不能接受分手的结局。一切恋情都化为
云烟，剩下的只有一颗破碎的心：

问题解决了：趁着还成，你且劳动，
等待着死亡！它正在降临……

"问题"似乎解决了，主人公试图用死亡来摆脱对恋人的思念，来宽慰自己
那颗受伤的心。而实质上，"问题"并没有解决，在主人公的心里，爱是一种执
著的诱惑，是一种驱之不去的情结：

绵绵不绝的爱的幻想啊，
你怎么就不在我心中消除？……

越是爱越是痛苦，越是痛苦越是爱，涅克拉索夫笔下的主人公们就在这爱
与痛、甜蜜与苦涩的反复交替的情感体验中，感受着世事的无奈与沧桑。

涅克拉索夫的爱情诗具有独特的艺术品质，它颠覆了人们对爱情诗的惯
常认识，把爱情与生活中的平凡琐事糅合在一起，这种诗性特征虽然缺乏浪漫
的情调和理想化色彩，但因贴近生活而更显得真实可信。如果说创作于涅克
拉索夫之前的爱情诗是以某一种感受和情绪为基调，那么，涅克拉索夫的爱情
诗则反映出恋爱中不同情境下的不同感受，表现了人物性格及其相互关系的
复杂性与矛盾性，因而具有异常丰富的容量。

叙事诗

叙事诗在涅克拉索夫的创作中占有重要地位，其中最著名的有《货郎》、
《严寒，通红的鼻子》、《俄罗斯妇女》、《谁在俄罗斯能过好日子》等。

《货郎》是涅克拉索夫第一部描写人民并献给人民的叙事诗。诗中通过两
个货郎走村串乡的所见所闻，以普通人的视角，真实地展现了俄罗斯农村广阔

的生活画面,成功地表现出人民世界观的独特性,以及他们对各种社会问题和现象的看法和评价。诗人好像和货郎们一起到处游走,深入人民中间,他看到穷兵黩武的战争迫使人民家破人亡,妻离子散;看到官吏的暴虐和地主富农的贪婪;看到农民生活的贫困、愚昧和黑暗。《穷流浪汉之歌》(1861)和瞎老头季杜什卡的故事集中体现出俄罗斯大地上的痛苦和人民的孤苦无助,是全诗的点睛之笔。

在诗中,货郎们对"道路"的选择具有象征意义,它揭示出脱离农民传统和道德准则的货郎们的悲剧性结局。而卡捷利努什卡那充满诗意的爱情理想的破灭,既是对唯利是图的小货郎的谴责,又是对俄国社会制度的控诉。长诗生动刻画了货郎万卡、季霍内奇、卡捷琳娜和杀人犯守林人这几个人物形象,诗人对每一个人物都有自己的评价——爱与恨、尊敬与鄙视。然而,诗人却巧妙地把自己的评价与人民的评价结合在一起,这就形成了这首诗艺术形式的独特性。涅克拉索夫不仅运用鲜活的民间语言,而且还把民间文学中的谚语、俗语、凶吉征兆、民歌等纳入长诗的艺术表现范畴,这些都使该诗具有真正的人民性。

在涅克拉索夫的叙事诗中,《严寒,通红的鼻子》堪称集思想性和艺术性为一体的经典之作。这首诗写于1863—1864年,当时波兰起义被镇压,俄国革命斗争和农民运动也处于低潮时期,杜勃罗留波夫去世,车尔尼雪夫斯基和皮萨列夫遭到沙皇政府的逮捕和监禁。正是在这种社会背景下,涅克拉索夫创作了《严寒,通红的鼻子》,歌颂人民的勇敢、坚毅和高尚的道德情操,表现出诗人对人民的坚定信心。

全诗共分两部,第一部是《农夫之死》:达丽亚的丈夫普罗克在严寒的冬日为别人拉货,半路上感冒发热,但为了多挣几个铜板,他硬撑着把货物按期送到指定地点。回到家后,家人用尽民间的各种办法为他医治,最终他还是不治身亡。埋葬了丈夫的达丽亚匆匆回到家里,可是家里连一块劈柴都没有,她只好到树林里去砍柴。

第二部是《严寒,通红的鼻子》:悲痛欲绝的达丽亚独自在阴森森的树林里砍柴,她一边砍着柴,一边思念丈夫。她渐渐地沉浸在对过去的回忆和缥缈的梦幻之中,不知不觉在自己魔力无边的梦中冻僵……

《严寒,通红的鼻子》运用现实与幻想相结合的艺术表现手法,一方面揭示出"改革"后的农村依然处于极端贫困和落后的状态之中,农民们在恶劣的生存环境中挣扎着,他们因各种恶劣的自然环境和社会环境的侵害和摧残,过早地辞世;另一方面又展现出劳动人民的美好心灵以及他们对幸福生活的憧憬和向往。这两方面相互对比,相互映衬,更加显示出这首诗的深刻寓意和内在张力。

在这首诗中,涅克拉索夫着力刻画了达丽亚这一人物形象。达丽亚像一朵稀世的奇葩,她美丽端庄,心灵手巧;饥饿、寒冷都能忍受,永远耐心而又沉静;她能干又麻利,浑身透着内在的力量。接下来,诗人通过达丽亚对生活的态度揭示出她内在的精神世界。美丽善良的达丽亚并没有躲过命运的劫难,她遭遇了对于一个农民家庭来说最残酷的打击,她的丈夫普罗克——全家人活命的指望,过早地病累而死。然而,沉痛的悲哀并没有把她击倒,诗中一个微小的细节反映出她坚强的性格:

你倔强——你不爱哭泣;
你抑制着自己,但你的眼泪
不由自主地打湿了
那敏捷的针儿缝着的敛衣。

丈夫死后,达丽亚成为家中唯一的劳动力,抚养幼小的孩子、照顾年迈的老人和繁重的劳动统统都压在她一个人的肩上。在森林里砍柴这一幕揭示出达丽亚内心世界的丰富性。达丽亚独自一人在寂静的山林里砍柴,在这荒无人迹的密林中,她终于可以无所顾忌的释放内心巨大的悲痛,她放声痛哭,泪珠把雪地烫出一个个深深的小窝。达丽亚全身心地思念着丈夫,呼唤着他,用自己的心灵同他交谈,她眼前浮现出田园生活那温馨美好的图景:她的丈夫普罗克身强体壮,他们相亲相爱,愉快地劳动着,孩子们在田地里嬉戏,绯红的脸儿从麦束丛里向她露出笑容……达丽亚的灵魂完全沉醉在那熟悉的歌声之中:

世界上再没有比它更美妙的歌儿，

听到这样的歌，只有在梦里！

……

它让人感到同情的温柔爱抚，

爱情的誓言常在……

满足与幸福的微笑

一直没有从达丽亚的脸上离开。

达丽亚就这样在对丈夫的思念中，在对往日他们共同生活的追忆中，在对美好未来的幻想中，不知不觉地被冻死在白雪皑皑的山林里。

涅克拉索夫通过达丽亚这个形象，深刻地揭示出俄罗斯农妇艰难、悲惨的命运，她们是被上帝遗忘的人。然而，残酷的生存环境更彰显出她们的坚忍、伟大和自我牺牲的精神。在诗人的笔下，达丽亚是"真正的庄严美丽的斯拉夫妇女的典型"，在她的身上体现出俄罗斯农村妇女最美好的品质和特征。诗人高度赞赏了像达丽亚这样的普通劳动者纯洁高尚的道德品质，从中看到人民身上所蕴藏的巨大的精神力量：

她们所走的道路，

也正是我们全体人民所走的，

但是穷苦环境的泥污

仿佛就粘不上她们的身体。

严寒大王在诗中占据特殊地位，一方面它是冬天大自然的强大的主宰者，另一方面又是死亡、恶势力的体现者。

《严寒，通红的鼻子》集中描述一个农民家庭的生活，但相对局限的情节并不影响涅克拉索夫展示人民生活的各个方面和人民性格的深度。诗中表现了人民的生活方式、风俗习惯、民间仪式，融合了口头民间创作和民间语言的精粹。长诗给人以这样的印象，好像它不是诗人写的，而是人民自己写的。涅克拉索夫以人民的眼睛来关照周围的现实，在真实、客观的描写中融入诗人自己的感情和评价。

《俄罗斯妇女》是一部历史题材的叙事诗，是涅克拉索夫根据一些回忆录和真实的史料创作而成，讲述的是两位十二月党人的妻子冲破重重险阻，不惜一切代价，长途跋涉去西伯利亚寻找自己的丈夫的故事。长诗由两部分构成，第一部分《特鲁别茨卡娅公爵夫人》，第二部分是《沃尔康斯卡娅公爵夫人》。

第一部分的中心事件是特鲁别茨卡娅公爵夫人与伊尔库斯科省长的正面交锋。省长得到上级的命令：要千方百计阻止公爵夫人去西伯利亚。省长先用西伯利亚恶劣的自然环境和骇人听闻的监狱生活恐吓她，继而又以上流社会的荣华富贵劝诱她，见她不为所动，省长便奚落她是丈夫"可怜的奴隶"，以此挫伤她的自尊心。然而，不论是省长的甜言蜜语，还是威逼恐吓，都丝毫不能动摇她追随丈夫的决心，她的回答表现出她高尚的人格魅力和强大的精神力量：

> 不，我不是可怜的奴隶，
>
>   我是一个妇女，是他的妻！
>
> 我即使有个悲惨的命运——
>
>   我也对它信守不渝！
>
> 啊，他要是为了另一个女人
>
>   而竟把我忘记，
>
> 那我便有足够的力量
>
>   不去做他的奴隶！
>
> 但是我知道：我的情敌
>
>   就是对祖国的爱，
>
> 如果真是需要，我再去
>
>   对他表示宽贷！……

最终，省长被特鲁别茨卡娅坚贞不屈的精神感动得泪流满面，下令放行。公爵夫人与省长的较量，实际上是正义与邪恶的较量。在这场斗争中，特鲁别茨卡娅不畏强权，痛斥沙皇政府是"屠杀自由人和圣徒的"刽子手，正义最终战胜了邪恶。

第二部分以祖母给孙儿们讲故事的形式,叙述了沃尔康斯卡娅公爵夫人的成长经历以及她如何说服父亲和亲友奔赴西伯利亚的艰辛过程。诗中最精彩的场面是沃尔康斯卡娅在西伯利亚矿坑与丈夫重逢:

> 我跑到了跟前……一种神圣的情感
>
> 充满了我的心灵。
>
> 只有现在,在这致命的矿坑,
>
> 我才听见了那种骇人听闻的声音,
>
> 看见了我丈夫身上的镣铐,
>
> 完全懂得了他的种种苦痛,
>
> 他吃过许多的苦头,而且善于忍受苦难!……
>
> 我在他的面前不禁双膝跪倒,
>
> 在拥抱我的丈夫以前,
>
> 我首先把镣铐贴紧我的唇边!……

如果说在此之前,沃尔康斯卡娅对丈夫的理解和支持纯粹是出于个人感情的话,那么,眼前这活生生的现实则让她真正懂得了革命事业的艰难和崇高,正是这种"神圣的情感"让她情不自禁地亲吻丈夫戴着的镣铐。沃尔康斯卡娅这一悲壮的举动震撼了在场的所有人,霎时间,一切声音戛然停止,周围充满神圣的寂静!

《俄罗斯妇女》从不同的角度展现了特鲁别茨卡娅和沃尔康斯卡娅的性格特征,成功地塑造了两个优秀的俄罗斯妇女形象。她们忠于爱情,理解并支持自己丈夫的正义事业,为了神圣的信念勇于牺牲自我,是俄罗斯先进知识女性的代表。诗人在创作的过程中,在尊重史实的基础上进行合理的想象和发挥,使人物形象更加丰满充实。

《谁在俄罗斯能过好日子》是涅克拉索夫创作的顶峰,是他 30 多年文学耕耘的艺术总结。它汇集并发展了涅克拉索夫早期抒情诗的所有主题,反映了包括农奴制改革后的结果、俄罗斯未来发展的道路、民族心理的独特性、人民的反抗与顺从、时代的正面主人公、俄罗斯民族性格的本质等在内的社会、历史、政治及道德的问题,不愧为一部"百科全书式"的史诗。

全诗共分四个部分:第一部分被称为"第一部",由《开篇》和《神父》、《集市》、《醉的夜》、《幸福的人们》和《地主》组成;第二部分为《农妇》;第三部分为《最末一个地主》;第四部分为《全村宴》。该诗由一系列故事组成,这些故事情节相对独立又互相交织,形成一个整体,展示了俄罗斯人民的命运和他们从甘心为奴到争取自由的历程。

《谁在俄罗斯能过好日子》的主人公是来自"补丁村、破烂儿村、挨冻村、焦土村、空肚村和灾荒村"的七个庄稼汉,他们偶然在路上相遇,便七嘴八舌地争论起来:"谁在俄罗斯能过好日子,过得快活又舒畅?"他们争得面红耳赤,也没有结果,于是七个人结伴同行,开始在俄罗斯大地上寻找"幸福的人"。诗人通过这七个农民的一路寻访,全方位、多层次地展现了改革后俄国农村的生活境况。通过他们路经的一个个赤贫的农村和集市,接触到的各个阶层的代表人物——神父、地主、农民各色人等,真实地反映出农村生活的贫困不堪和农民承受的劳役之苦。

七个庄稼汉在寻访的路上遇到了许多人,每遇到一个就问他生活得怎样,但不论是在地主、神甫中,还是在农民中,他们都没有找到幸福的人。他们甚至想找"大肚子富商"、大臣和沙皇本人问一问,然而,即使在他们中间也未必能找到"幸福的人",因为每个人对幸福的理解都不同,更何况这些人自己也说不清何谓幸福,幸福的实质是什么。

涅克拉索夫通过七个庄稼汉争论"谁在俄罗斯能过好日子",提出了幸福这一核心主题,这个主题在诗人的笔下充满深刻的道德、哲学意蕴。诗人通过自己心爱的主人公格里沙·杜勃罗斯科隆诺夫说出了对幸福的理解:

> 人民的命运,
> 人民的幸福,
> 光明与自由,
> 在一切之上。①

---

① 本诗译文引自《谁在俄罗斯能过好日子》,飞白译,上海译文出版社,1979年。以下不另做标注。

幸福的真正的含义就是人民的幸福,而人民的幸福不是从天上掉下来的,也不是沙皇老爷赐予的,它是靠人民自己反抗奴役和压迫获得的。在长诗中,涅克拉索夫塑造了几个不甘忍受压迫而进行公开斗争的农民形象。

萨威里老爷爷是一个英勇无畏的俄罗斯勇士,因不堪忍受德国佬的毒打和剥削,和同伴一起将其活埋。然而,不论是坐监牢,还是苦役和流放,都不能磨灭他的意志,他像从前一样,坚信"俄罗斯勇士"的力量和威力。直到自己生命的最后一息,萨威里依然保持着反抗精神、坚强的意志、清晰的头脑、高傲的内心世界——"烙了字,却不是奴隶!"他是俄罗斯人民优秀品质的化身。

俄罗斯人民渐渐地从世世代代的消极沉默中觉醒,在他们心中,不满自己生存处境的抗议之声越来越强烈。亚金的一番话意味深长,表现出农民自我意识的觉醒:

> 干活的时候只有你一个,
> 等得活刚干完,看哪,
> 站着三个分红的股东:
> 上帝、沙皇和老爷!……

在农民形象的长廊中,玛特辽娜的形象占据特殊地位。玛特辽娜"生在一个不喝酒的和美的好人家",幼时受到父母的呵护和关爱。但是,愉快的童年生活转瞬即逝,她六岁时就开始放马、养鸭,慢慢地把家里、地里的活一件件全都学会。体力劳动并没有让玛特辽娜感到痛苦,最大的痛苦是精神上的奴役。出嫁后她"一下落入了地狱",每天不仅要从事繁重的劳动,还要挨打受骂,忍受婆家的虐待。在她身上

> 没有一个骨头不破碎,
> 没有一条筋肉不劳损,
> 没有一滴鲜血不发紫……

可是这些痛苦她全都能忍受,从不向命运低下高傲的头。当孩子和丈夫

面临不幸的时候,她挺身而出,承受各种痛苦的考验和非人的折磨。玛特辽娜的命运是悲惨的,儿子夭折,早年丧夫,她虽然连遭不幸,却不向命运屈服,在她身上体现出人的尊严、巨大的精神力量、对压迫者的仇恨及反抗精神。

在诗中,涅克拉索夫为我们塑造了一个个栩栩如生的具有反抗特征的农民形象,尽管这一特征在广大农民身上还不十分明显,但诗人仍然把它典型化。在涅克拉索夫看来,人民性格的主要特点在于健全的理性、勤劳、热情、渴望文化、善良、慷慨、富有同情心、具有勇士精神、热爱大自然和一切生灵。然而,作为一个现实主义者,涅克拉索夫也看到农民生活中的阴暗面:迷信、无知、酗酒,还有许多人心甘情愿地被人奴役。他把地主的家奴雅科夫的奴才心理刻画得入木三分:

> 当家奴的人
> 往往比狗还贱:
> 老爷打得越重,
> 他越感到恩典!

涅克拉索夫怀着愤怒和痛苦描写自己祖国被压迫的人民,他们的愚昧让他感到痛心。尽管如此,诗人仍然能够发现蕴藏在人民心中的强大精神力量的"火星",相信人民的力量坚不可摧。正是基于这一信念,涅克拉索夫在长诗的结尾塑造了格里沙·杜勃罗斯科隆诺夫这个人物形象。

格里沙是一个生活"比最苦的农民还苦"的乡村助祭的儿子,饥饿的童年和艰苦的少年时代使他同人民亲近,加快了他的精神觉醒并决定了他的人生道路。还在15岁时,格里沙就清楚地认识到:

> 他要为什么人
> 献出自己的一生,
> 为什么人牺牲。

涅克拉索夫赋予格里沙这个形象以特殊的含义,因为格里沙说出了珍藏在诗人内心深处的关于俄罗斯人民和它的未来的思想,这些思想在格里沙自

己编的"新歌"中清晰可见。在"俄罗斯"这首歌中,俄罗斯不仅是"贫穷的"、
"衰弱的",而且还是"富饶的"、"强大的":

> 你又贫穷,
> 你又富饶,
> 你又强大,
> 你又衰弱,
> 俄罗斯母亲!

俄罗斯虽然还在昏睡不醒,但它的地下已经燃烧起反抗的火星,而且反抗
的力量势不可挡,并终将推翻沙皇制度,消灭世世代代的压迫:

> 亿万大军
> 正在奋起,
> 无敌的力量
> 终将得胜!

格里沙正是七个庄稼汉苦苦寻找的幸福的人,尽管前面等待他的是艰苦
的考验、"肺病和西伯利亚",但他仍然是最幸福的人:

> 他觉得自己心中澎湃着无限的力量,
> 他耳里听见无比美好的曲调在奏响,
> 一支崇高的颂歌,每个音符都光辉灿烂,——
> 他歌唱的是人民幸福的真正体现!……

没有人民的幸福,个人的幸福是不可能的,幸福就在于为人民服务。格里
沙坚信人民的力量坚不可摧,它必然战胜邪恶和暴力。在这里,涅克拉索夫把
个人的命运与人民的命运和祖国的命运紧密地联系在一起。格里沙是一个典型
的19世纪70年代民主主义进步青年形象。在刻画格里沙这一人物形象的时

候,涅克拉索夫有意识地把他与杜勃罗留波夫联系在一起。格里沙看到农民性格中的许多缺点,但与此同时他又相信:"愚昧的乌云"和"昏沉的梦"即将驱散:

> 俄罗斯人民正在把力量积聚,
> 正在学习着做一个公民。

《谁在俄罗斯能过好日子》是俄国文学中最完美的作品之一,是涅克拉索夫长期思索俄罗斯和人民命运的丰硕成果。这部作品的情节具有创新性:该诗不是靠第一章《开篇》中引出的外部情节,即七个庄稼汉与牧师、地主、商人、官吏、省长等人的接触联结各个部分,而是以内在的潜流,即诗人对人民的分析和思考的连贯性来统领全篇。这样一来,就使外部情节的发展具有指向性:几个庄稼汉从在统治阶级中寻找幸福的人转向在人民中间寻找幸福的人。

这部叙事诗内容丰富,音韵和谐,感情充沛。在讲述人民生活时,涅克拉索夫汲取了民间创作和生活口语中的精华,大胆运用谚语、俗语和谜语。在诗中,我们可以看到民间故事和壮士歌中的众多人物形象,听到民歌和哀歌的回声。这些因素融合成一个整体,形成了作品的严整构思。

涅克拉索夫在19世纪六七十年代的文学进程中占有重要地位。他是"涅克拉索夫流派"的创始人,他的创作反映了那个时代最本质的特征,对当时的社会气氛产生了重要影响。涅克拉索夫的活动非常广泛,在他的创作中可以找到对现实中各种现象及各个阶层生活的反映。他关注周围发生的一切变化,努力捕捉社会的各种情绪,传达同时代人的思想和感受,但最让他激动不安的是俄国农民的命运。从他的诗中可以清晰地听到民歌、哀歌、诀别歌的音调,同时又有与普希金、莱蒙托夫、柯尔卓夫诗歌成就相联系的19世纪上半叶俄罗斯诗歌文化因素。这两部分诗性因素有机地交融在一起,扩大了诗歌语言的潜力,形成了涅克拉索夫独特的诗性语言。涅克拉索夫的诗歌通常充满紧张的情节,就其实质而言,更像是诗体的短篇小说。涅克拉索夫对俄罗斯诗歌体裁进行了根本性的改革,大胆地把哀歌、抒情诗和讽刺诗的诸因素融合在同一首诗中,如在哀歌中表现公民的主题,在抒情叙事诗中表现社会主题,在浪漫抒情诗中表现政治主题等。

第六节

丘特切夫

概述

费奥多尔·伊万诺维奇·丘特切夫（Федор Иванович Тютчев，1803—1873），诗人、政论家，出生于奥廖尔省一个古老的贵族家庭。丘特切夫自童年起就表现出非凡的天赋和惊人的记忆力，在家庭教师、诗人兼翻译家谢苗·拉伊奇的指导下，广泛阅读了俄罗斯和外国诗歌，并开始尝试诗歌翻译和创作，12 岁时成功地翻译过贺拉斯的作品，14 岁时成为"俄罗斯文学爱好者协会"（Общество любителей российской словесности）的会员。1819 年丘特切夫进入莫斯科大学语文系学习，1821 年毕业后到彼得堡，入外交部任职，不久被派往俄国驻巴伐利亚的使馆工作，此后的 22 年一直生活在国外。在慕尼黑期间，丘特切夫结识了德国许多著名的学者、文学家和艺术家，沉迷于德国浪漫主义诗歌和哲学，与哲学家谢林、诗人海涅结下深厚友谊。丘特切夫率先把海涅的诗歌译介到俄国，同时还翻译了谢林的哲学著作、歌德和其他欧洲诗人的作品。丘特切夫一生留下来的诗作不到 400 首，其中有近 50 首是由翻译和改编而来的。文学翻译对开阔他的创作视域和练就自己的创作风格不无裨益。

丘特切夫在创作的最初阶段倾向于古典诗歌传统，其抒情诗具有古典颂诗的特征，如《一八一六年新年献辞》。进入 30 年代后，他的浪漫主义与普希金一脉相承，尽管他们的创作方法完全不同，但许多本质上的因素和倾向使得他们的创作相接近，普希金诗中词句的多义性、语言的精致典雅、形象的优美生动以及畅快淋漓的自我意识的表现都在丘特切夫的创作中得到响应。这一时期,丘特切夫创作了许多脍炙人口的名篇,如《最后的激变》(1829)、《就像大地被重洋环绕一样……》(1830)、《秋日的黄昏》(1830)、《西塞罗》(1830)、《春潮》(1830)、《我记得那金色的时光……》(1836)、《喷泉》(1836)、《大自然不像你们想象的那样……》(1836)、《春》(1838)、《白昼和黑夜》(1839)等。

1840—1849年期间,丘特切夫的创作几乎处于停滞状态,所写的作品屈指可数。1844年丘特切夫回到彼得堡,重新在外交部任职。1850年丘特切夫与自己女儿的同学、斯莫尔尼学院学监的侄女、24岁的叶莲娜·杰尼西耶娃相识相恋,在此后的14年里,两人一直生活在一起,并育有儿女。他们的关系引起上流社会的不满,被认为有伤风化,两个人都承受着社会舆论的压力。相比之下,杰尼西耶娃更为痛苦,受到的伤害更多,加之病魔缠身,这个年轻的生命过早消亡。丘特切夫与杰尼西耶娃的爱情是纯真的、美好的,同时也是痛苦的、惨烈的,《杰尼西耶娃组诗》真实地记录了他们的苦与乐、爱与痛。与杰尼西耶娃的恋爱激发了诗人的创作欲望,从50年代开始,丘特切夫的创作进入了一个新的高峰期。除了创作许多优秀的爱情诗之外,《两个声音》(1850)、《新叶》(1850)、《波浪和思想》(1851)、《这些穷困的村庄……》(1855)、《归途中》(1859)等都属于这一时期的精彩之作。这一时期,丘特切夫的文学生活较为丰富,不仅结识了茹科夫斯基和维亚泽姆斯基,与"纯艺术派"诗人交往密切,而且还与屠格涅夫和列夫·托尔斯泰时常会面。

丘特切夫的晚年是在孤独与痛苦中度过的,他与杰尼西耶娃的两个孩子先后夭折。不久,他的哥哥也离开人世。诗人长期卧病,但头脑清晰,思维敏锐,对政治局势和文学生活依然饶有兴趣。他晚年创作多偏重对俄罗斯命运的思考,俄罗斯的主题是与"斯拉夫大一统"的思想结合在一起的,《基里尔逝世的伟大日子……》(1869)是献给斯拉夫世界的最后的诗作。1873年7月,丘特切夫病逝。

丘特切夫不属于一鸣惊人的诗人,尽管他很早就开始写诗,并时有作品发表,但作为一个诗人,他并没有引起读者和批评界的关注。真正发现丘特切夫诗歌价值的是普希金,1836年普希金主编的《现代人》杂志先后两期共刊登了丘特切夫的24首诗。1850年涅克拉索夫在《现代人》上发表一篇名为《俄国的二流诗人》的文章,作者虽然把丘特切夫归为"二流诗人",但却公正地"把丘特切夫的才华归为俄国一流的诗歌才华"。[1] 1854 年涅克拉索夫主编的《现代人》杂志的两期副刊刊登了丘特切夫的诗作,这为丘特切夫在俄国诗坛上赢得了一定的声誉和地位。1854 年由屠格涅夫主编出版了丘特切夫的第一本诗集,共收录 111 首诗。屠格涅夫为此诗集发表评论,给予诗人高度赞赏:"如果我们没有弄错的话,他的每一首诗都始于一个思想,而这个犹如火星的思想在深刻的感情或者强烈的感受的影响下燃烧起来;……丘特切夫君的思想对于读者来说从来不是赤裸的和抽象的,而总是与来自心灵世界和自然界的形象融合在一起,这种思想浸润于形象之中,并且不可分割地、牢不可破地贯穿于其中。"[2]这是俄国批评界第一次把丘特切夫的诗歌作为一个独特的创作整体进行评价。随后,丘特切夫的诗歌相继得到费特、杜勃罗留波夫、陀思妥耶夫斯基、列夫·托尔斯泰、德鲁日宁等人的称赞。不过,进入 60 年代以后,丘特切夫似乎被人遗忘了,只是作为"纯艺术派"诗人才被偶尔提及。丘特切夫的价值真正被认识是在 19 世纪末 20 世纪初,第一个给予他应有评价的是象征主义诗人勃留索夫。勃留索夫认为,丘特切夫的诗歌实质在于,诗人将个人与混沌,即个人与宇宙的深层生命对立了起来,并试图探视"整个人类与之相比只是一个瞬间的宇宙灵魂"。超越尘世界限并进入神秘世界的企图,以及理想主义精神,这些作为支撑象征主义美学的东西,在丘特切夫的诗里都能找得到。勃留索夫称丘特切夫为"暗示诗"的大师和鼻祖,是俄国诗歌向象征主义诗歌迈出的一大步。

抒情诗

丘特切夫是一个极具哲学禀赋的诗人,他把深刻的哲学思想融入对自然风景的描绘之中,创造了俄国诗歌史上一个独特的现象——自然哲学诗,开创了哲理抒情诗传统的先河。

从 20 年代末 30 年代初开始,丘特切夫的自然哲学诗创作进入繁荣时期。诗人主要的创作激情在于探索存在的根本问题,诸如宇宙的本质、生与死的奥秘、自然力量的威力、时空的深层含义、人在世界中的位置以及他的命运等一

---

[1]　Некрасов Н. А. Полн. собр. соч. и писем. В 12 т. Т. Ⅸ. М., 1950, С. 220.

[2]　Тургенев И. С. Полн. собр. соч. и писем. В 30 т. Т. 4. М., 1980, С. 524 – 526.

系列问题。因此,大地—母亲、海洋、太阳、昼与夜、死亡、梦境、爱情、人、命运等古老的形象纷纷走进他的诗中,并成为具有象征意义的主要形象。

丘特切夫是一个执着的泛神论者,他的泛神论思想深受德国浪漫哲学家谢林的自然哲学影响。谢林认为,人和自然界都同样具有一种绝对精神,因此,谢林的泛神论是一种绝对存在,是"世界灵魂",是与"世界灵魂"相等同的物质自然界的永恒的精神本质。这种泛神论思想被丘特切夫毫无保留地接收下来,《大自然不像你们想象的那样》(1836)堪称诗人的泛神论宣言:

> 大自然不像你们想象的那样:
> 它不是一个没有灵魂的模型——
> 它也有心灵,它也有自由,
> 它也有语言,它也有爱情……①

大自然是有灵性的生命,这是丘特切夫看待周围世界的最主要的观点。在丘特切夫的诗中,大自然不是单纯的风景,不是陪衬,而是一个独立而完整的存在,充满了精神和灵性。诗人从不把大自然的形象融合在抒情主人公"我"的身上,恰恰相反,抒情主人公"我"却是融合在大自然"生气洋溢的大海"之中:

> 个体生命的牺牲者啊!
> 来吧,摈弃情感的捉弄,
> 坚强起来,果敢地投入
> 这生气洋溢的大海中!
> 来,以它蓬勃的纯净之流
> 洗涤你的痛苦的心胸——
> 哪怕一瞬也好,让你自己
> 契合于这普在的生命!②

——《春》(1838)

---

① 《丘特切夫诗全集》,朱宪生译,漓江出版社,1998年。以下未注明者均选自此译本。
② 《丘特切夫诗选》,查良铮译,外国文学出版社,1985年。

丘特切夫的自然抒情诗几乎是在以各种不同的方式重复着这样一个主导思想：必须把人同大自然的融合作为人类生存的目的，一旦实现融合，便能享受到最高幸福。然而，这同时也意味着个体生命的终结，这是人生悲剧性所在，是人生命中黑暗的"夜"的一面。生与死就是这样并肩而行，生命的高潮就意味着向死亡迈进一步。由此可见，丘特切夫对周围世界的透视、对自然现象的观察、对人与人和人与世界的关系的思索都浸透着深奥的哲学思辨性。正是这种哲学追求，使得他的自然哲学诗既具有深刻的内在统一性，又具有独特的风格，从而明显地区别于其他任何一位诗人。

丘特切夫在建立于浪漫主义基础之上的诗性宇宙进化论中阐释这样一种辩证观，即世界的存在是作为相互碰撞、相互结合的两种对立因素表现出来的，如光明与黑暗、和谐与不和谐、真实与虚幻、宇宙与混沌。因而，诗人笔下的世界就呈现出双重性质：一个是"外在的"、"白昼的"世界，一个是"神秘的"、"黑夜的"世界。"白昼"所展现的是明亮的、青春的、愉快的、和谐的、有实体感的和充满崇高精神的世界：

> 一夜雷雨洗过的天空
> 漾着一片蔚蓝色的笑，
> 蜿蜒的山谷露华正浓，
> 像一条丝带灼灼闪耀。
>
> 云雾环绕着崇山峻岭，
> 却只弥漫到半山腰间；
> 仿佛与高空中倾圮着
> 那由魔法建成的宫殿。[1]
>
> ——《山中的清晨》（1830）

在"白昼的"世界，一年中的四季交替变换着鲜明生动的面孔，它们是一个

---

[1] 《丘特切夫诗选》，查良铮译，外国文学出版社，1985 年。

有机的生命体,有生有死,不断运动,不断轮回:

田野中的白雪还在闪耀,
而春潮就已在四处喧闹,
它奔跑着,唤醒沉睡的岸,
它奔跑着,在闪耀,在喊叫⋯⋯

——《春潮》(1830)

夏天的狂风是多么快活,
扬起了地上的阵阵灰尘。
雷雨卷起乌云滚滚而来,
搅乱了那蔚蓝色的天空。

——《夏天的狂风是多么快活⋯⋯》(1851)

早秋的日子里,
有短暂而美妙的时光,
整天都像水晶般清澈,
连傍晚也灿烂辉煌⋯⋯

——《早秋的日子里⋯⋯》(1857)

冬天这个女巫施展魔法,
迷住了树林,它呆立着,
呆立在白雪的流苏之下,
一动不动,一语不发,
闪耀着神奇的生命的光华。

——《冬天这个女巫施展魔法⋯⋯》(1852)

丘特切夫浪漫的泛神主义的独特性就在于:他讴歌大自然的美妙和自然中各种存在的愉悦,它们有声音,有色彩,有生命,相对独立,又彼此融合。诗人把对大自然真挚的理解与深刻的人性和艺术性结合在一起,自然景物的视觉形象浸润在诗人的思想、感觉与情绪之中。

在丘特切夫的意识中，"黑夜的"世界是与混沌、非理性和忧郁联系在一起的，它好像一个"无底的深渊"，既神秘诱人，又令人恐惧，如《幻象》(1829)、《就像大地被重洋环绕一样》(1830)、《午夜的大风啊……》(1836)、《暗绿色的花园在甜蜜地安睡……》(1836)等。在《白昼和黑夜》(1839)中，诗人把白昼视为遮住黑暗的"金色帷幕"，它能医治"病痛的心灵"，是"人和神的朋友"，而当黑夜降临时，却让人感到恐怖和无助：

> 而当白昼渐渐暗淡——
> 黑夜就开始到来，
> 它来自那命定不幸的世界，
> 它把这美好的锦缎撕下、抛开……
> 无底的深渊在我们面前
> 袒露出它的恐怖和黑暗。
> 而我们和它之间没有任何遮拦——
> 于是我们就这样害怕夜晚！

黑夜象征着混沌，这是一个无形的、无意识的世界，是既辨不出时间，也辨不出空间的黑暗的自然力。黑夜的深渊犹如灵魂的无限，俄国宗教哲学家弗兰克指出："他的全部抒情诗都贯穿着诗人面对人的心灵的深渊所体验到的形而上学的颤栗，因为它直接感到人的心灵的本质与宇宙的深渊、与自然力量的混沌无序是完全等同的。"[1]在这种力量的威逼之下，人借助一种虚幻的想象来消解心灵的不安和恐惧，从而达到与大自然的和谐与统一，于是就产生了"梦"的形象，如《闪光》(1825)、《欢快的白昼还在喧嚣……》(1829)。梦是心灵的翅膀，它超越于混沌之上，追寻的是安宁、和谐和永恒：

> 我躺着，声音的混沌震耳欲聋，

---

① 谢苗·弗兰克：《俄国知识人与精神偶像》，徐凤林译，学林出版社，1999 年，第 19 页。

但我的梦就盘旋在这混沌的上空。

它病态而鲜明,奇妙而无语,

在轰鸣的黑幕上方轻盈地拂动。

它在高烧的光芒中发展自己的世界——

天空清澈明亮,大地郁郁青青,

亭台楼阁,雕梁画栋,

沉默不语的人群在沸腾。

——《海上的梦》(1836)

在丘特切夫的二元对立的哲学意识中,处于这两极之间的人在力求认识世界和破解大自然——斯芬克司之谜的同时,也意识到自己内在的矛盾与无所适从,这一点在《啊,我先知先觉的灵魂……》(1855)中得到充分体现:

啊,我先知先觉的灵魂,

啊,我诚惶诚恐的心,

啊,你是怎样地在仿佛

双重存在的门槛上跳动!

丘特切夫的创作遵循的是自己特殊的冲动,具有纯粹世俗和心理现实的内容。在自己身上,在同时代人身上,诗人感受到一股强大的生命活力,且这种活力要求扩散。就其动机而言,丘特切夫的抒情诗可以说是人的灵魂和人的意识的对扩张、对不断认识外部世界的一种狂热追求。然而,诗人也敏锐地意识到人的理性的局限性:人永远停留在可知与不可知的界限面前,不但对世界不可能有终极认识,就是人自己的精神和精神活动也有其神秘性。这种局限表现在时间上是人生苦短,生命会随时间匆匆流逝;表现在空间上是面对茫茫宇宙,个体力量的渺小微弱;同时,这也是人类语言本身的局限。对于理性的局限性和语言的局限性,诗人在《喷泉》(1836)和《沉默》(1830)两首诗中分别作了集中而深刻的思考。

你看,犹如一片活云,
闪光的喷泉在翻卷,
像火焰,像在太阳上
撞碎的一柱湿烟。
仿佛一束光线腾空,
触摸了向往的高天,
但最后还是注定
花粉一般落回地面。

啊,僵死的思想的喷泉,
啊,永不枯竭的喷泉!
是怎样不可思议的法则
使你追求,使你不安?
你那么渴望冲向天空! ……
可一只无形的宿命的手
把你的水花从高出推下,
折断了你顽强的光线。

——《喷泉》

不难看出,这里的"喷泉"就是理性的象征。丘特切夫认为,理性天生具有认识世界的要求,一条"不可思议的法则"使然。理性认识就像喷泉一样,不断地冲向未知事物,但是,无论它上升到怎样的高度,最后都注定要摔回地面。升腾——坠落——升腾,如此循环往复,以至无穷。由此可见,人要彻底认识世界是不可能的。喷泉的升腾与坠落形象地为我们勾画出理性认识的既运动又反复的过程,这个过程是没有止境的,"喷泉"每升腾一次,也就必须坠落一次;换言之,理性每前进一步,真理就要后退一步。

如果说《喷泉》是对理性的批判的话,那么,《沉默》则是对语言的反思:

不要说,掩饰并藏起

自己的理想和情感——
就让它们默默地
犹如夜空里的星辰
在你内心升起又坠落,——
欣赏它们吧,不要说。

心儿该如何表达?
别人该怎样理解?
他可明白你的生活?
思想一经言语就会出错。
掘开泉眼吧,引出泉水,——
啜饮它吧,不要说。

只须学会在自我中生存——
你灵魂深处有一个
神秘而奇幻的思想世界;
白日的天光会将它驱散,
外界的喧嚣会把它淹没,——
揣摩它的歌吟吧,不要说。

　　这是丘特切夫作品中唯一一首完整而充分地阐述语言的局限性的诗作。
诗中固然表达了人与人之间难以沟通的痛苦和孤独,但这只是它的表层含义,
其实,诗人的立意要高远得多,他考虑和焦虑的是语言的局限性问题。在诗人
看来,语言不能令人满意地完成互相沟通和交流的任务,因为"思想一经言语
就会出错"。语言作为表达思想感情的工具是苍白无力的,这种局限性表现在
两个方面:一是思维和语言,即"思想"和"言语",两者之间存在距离和障碍,
以至于思想一旦付诸言语就会大打折扣,甚至面目全非;二是说话者和受话者
之间存在距离和障碍,"心儿该如何表达?"——说话者可能词不达意,"别人该
怎样理解?"——受话者可能错误理解,于是造成了"言者有心,听者无意"或

"言者有意,听者无心"的尴尬。

　　然而,丘特切夫的"不要说"并不意味着诗人从根本上否定语言的作用,这一点,从《我们无法预测……》(1869)这首小诗中可以看出:

> 我们无法预测
> 我们的言语会产生怎样的效应,
> 但我们得到同情,
> 就像得到上天的馈赠。

　　可见,在这个问题上,丘特切夫与海德格尔是遥相呼应的。他一方面认为"语言是危险的",另一方面又承认"语言是存在的家园"。①《沉默》和《我们无法预测……》似乎在表明诗人这样一个态度:"知其不可说而说之。"在这里,丘特切夫陷入了两难的境地,恰是这种两难,为俄国象征主义的出现埋下了一个明显的伏笔。

　　丘特切夫首先是作为一个哲理诗人进入俄国诗坛的,但他也创作了许多优秀的爱情诗。如果说在哲理诗中丘特切夫是一个深刻的思想者,那么在爱情诗中则是一个细腻的心理分析家和感情充沛的抒情大师。他的爱情诗把人物心理的微妙变化与对生活的哲理思考结合在一起,既着意内心世界的真实摹写,又注重诗歌意境的提炼与创造。

　　丘特切夫的爱情诗具有浓郁的自传性质,从某种程度上说,这是一部独特的个人隐私日记,反映了诗人一生悲喜交织的情感历程,是诗人个性化的情感表现,故此也可以称其为爱情自白诗,但因人生哲学融入其中,从而赋予抒情主人公的主观感受以普遍的概括意义。作于 1836 年的《我记得那金色的时光……》是丘特切夫爱情诗中的经典之作,是诗人献给自己第一个恋人阿玛利亚的。女主人公青春的韵致不仅展现在她饱满的形象上,而且蕴含在诗中精致的画面里和柔和的音乐之中:

---

① 　参见陈嘉映:《海德格尔哲学概论》,三联书店,1995 年,第 318、302 页。

我记得那金色的时光，
我记得那亲切的地方。
入暮时分，我俩独处岸边，
多瑙河在暮色中发出喧响。

远处有一座古堡的遗迹，
在那个小丘上泛出微光。
你站着，我的仙女，
依在长满青苔的花岗岩上。

你用一只秀美纤细的脚
拨动着脚边的陈年石粒。
太阳缓缓地向下沉落，
告别了小丘、古堡和你。

温和的风儿悄悄吹过，
轻轻抚弄着你的衣裳，
又把野苹果树的花朵
撒落在你年轻的肩上。

你出神地眺望着远方……
天空间渐暗，暮色苍茫。
白昼已去，幽暗的岸边
河水吟唱得更加响亮。

你无忧无虑，愉快欢欣，
送走了一天幸福的光阴。
甜蜜生活的飞影流阴，
匆匆地掠过我们头顶。

　　诗中交融着两种情感思绪：在品尝金色时光的甜蜜与欢欣的同时，内心中却隐伏着意识到时光飞逝的忧郁与感伤，野苹果花正在凋落，一天的幸福光阴匆匆而过，暮色中的河水、古堡的遗迹、渐渐西沉的太阳都在主人公年轻的心中投上一层暗影，一切的美好都将留在愉快又让人感伤的回忆之中。

　　尽管丘特切夫与阿玛利亚两情相悦，但有情人终未能成眷属。30 年后，当丘特切夫在瑞典的卡尔斯塔德邂逅已成为男爵夫人的阿玛利亚，他百感交集，挥笔写下了晚年爱情诗的优秀篇章——《致克·勃》(1870)。

　　　很久以前，当我遇到了你，
　　　我垂死的心就得到了苏生。
　　　我把黄金般时光细细回忆——
　　　心中感到如此暖和，温存⋯⋯
　　　⋯⋯
　　　自我们长久长久的分离，
　　　我见到你，仿佛是在梦中。
　　　看——你的音容更加清晰，
　　　在我心中并没有消失殆尽⋯⋯①

　　诗人追忆往昔，感怀无限。曾经的"金色时光"不仅是怡人的春天，更是萌生爱情的日子。这首诗的内容和结构让人不禁想起普希金的《致凯恩》。两首诗都是描述心灵的苏醒、对爱情的陶醉以及爱情与生活的关系，但与普希金的《致凯恩》不同，久别后的偶遇让丘特切夫的抒情主人公精神振奋，是在"风雨潇潇的秋季"感受到了"春天的气息"，诗人巧妙地运用季节的对比来传达抒情主人公内心隐藏的一丝悲凉。

　　丘特切夫对爱情的体验和认识具有阶段性。在 30 年代上半期的爱情诗中，爱的激情被理想化，被视作能给心爱之人带来幸福的内心体验，如《我记得，这一天对于我⋯⋯》(1830)、《给 H.》(1833)；但是自 30 年代下半期起，丘

―――――――――――

　　① 《丘特切夫抒情诗选》，陈元生、朱宪生译，漓江出版社，1986 年，第 245—246 页。

特切夫笔下的爱情开始以另一种面貌出现。如果说真挚的爱情如"天空的星"照亮生活,那么虚假的爱情就会毁灭生活(《你的眼里没有感情……》,1836)。对于无法复活的感情,抒情主人公感慨万分,面对自己的女友,心中充满怜悯、同情和负罪感。

> 我独自一人坐着冥想,
> 对着行将熄灭的炉膛
> 　　含泪凝望……
> 我忧愁地回想起往昔,
> 无法抒发沮丧的胸臆,
> 　　无限惆怅。
> ……
> 有过的一切重新再来,
> 玫瑰花开,刺李花开,
> 　　全都一样……
> 但我可怜枯萎的花朵
> 你,却再也不能复活
> 　　再不开放！①

——《我独自一人坐着冥想……》(1836)

爱情不仅能激发人的青春与活力,而且也能吞噬人的生命。丘特切夫的爱情生活是艰辛的、坎坷的,那些最优秀的抒情诗皆源自诗人经历的爱的痛苦、悔恨和负罪感,这种纠结的情感最充分地体现在《杰尼西耶娃组诗》中。

写于五六十年代的《杰尼西耶娃组诗》代表了丘特切夫爱情诗的最高成就,它包括:《不管炎热的正午怎样》(1850)、《啊,我们爱得多么致命……》(1850)、《定数》(1852)、《不要说他还像从前那样爱我……》(1852)、《最后的爱情》(1854)、《她整天神志不清地躺着……》(1864)、《在我痛苦深重的生活

---

① 《丘特切夫抒情诗选》,陈元生、朱宪生译,漓江出版社,1986 年,第 93—94 页。

里……》(1865)、《到今天,朋友,十五年过去了……》(1865)、《一八六四年八月
周年纪念日前夜》(1865)等 20 余首。组诗的基调是悲剧性的,犹如晚霞之光
的"最后的爱情"既令人陶醉又令人绝望,它让抒情主人公倍感痛苦和折磨:

> 哦,如果我们的年纪一大,
> 爱得更深,更有虔诚心肠……
> 照耀吧,空中缤纷的晚霞,
> 最后的爱情临别时的光芒!
> ……
> 即使身上的热血渐渐冰冷,
> 也不要让心中的温情消亡……
> 哦,你呀,我最后的爱情!
> 既使人陶醉,又使人绝望。①
>
> ——《最后的爱情》

　　爱情不再是浪漫的、超然的自发力量,而是要受制于社会舆论,要"小心地
试探周围的气氛",它是两颗心灵的"致命的决斗"。

　　在《杰尼西耶娃组诗》中第一次出现一个独立于抒情主人公"我"之外的女
性形象,她取代了丘特切夫 30 年代爱情诗中的理想主义的"仙女"形象,具有
现实性和真实感。这"最后的爱情"像一团燃烧的火焰,她既为之心醉神迷,又
不由得深深颤栗,她内心的感情世界极其矛盾和复杂:

> 不要说他还像从前那样爱我,
> 不要说他还像从前那样珍惜我,
> 啊不! 他是在残忍地杀害我,
> 尽管我看见刀在他手中颤抖。

---

① 《丘特切夫抒情诗选》,陈元生、朱宪生译,漓江出版社,1986 年,第 172 页。

时而怨恨不已,时而伤心落泪,

我爱恋着他,可心又受到伤害,

我不想活,但又只能为他而活——

这日子!……啊,它有多苦!

——《不要说他还像从前那样爱我……》

然而,面对俗人的诽谤和流言,这颗饱受爱情煎熬的纤细而敏感的心灵却没有"沾上丝毫尘屑",依然是"一片浅蓝色的明净",在她不屈的个性中显出惊人的顽强与坚韧:

不论对她的诽谤有多恶毒,

不论对她的压力有多重,

可这双眼睛中的光明坦白——

要比所有的魔鬼都要强劲。

——《不论对她的诽谤有多恶毒……》(1865)

在组诗中,丘特切夫注重的不再是抒情女主人公的外部形象特征,而是她内在的思想、情绪和感受。在评价抒情女主人公时,诗人力求摆脱狭隘的主观角度,客观地展现她的感情世界和她的个性。换言之,女主人公的出现不是作为单一的审美对象,而是作为拥有自己独立精神世界的主体。能够如此关注女性和她的精神力量,在俄罗斯诗歌史上还是第一次。这场与"惨无人道"的上流社会进行的"不均衡的斗争"以女主人公的悲剧而告终。爱情是幸福的,但如果它是以所爱之人终生的巨大痛苦,乃至生命为代价换取的,那么,这还能称之为幸福吗?在这场爱情的初始,诗人就已预感到它的悲剧性,他谴责命运的不公和世俗的流言,同时也深刻地反思自己:

啊,我们爱得多么致命,

在那狂暴热情的盲目中,

这真不如说是在把

我们心爱的人置于绝境!

······

对于她你的爱情

是命运可怕的判决书,

是一桩不公正的耻辱,

把她的一生紧紧压住!

　　　　　　　——《啊,我们爱得多么致命······》(1850)

　　"不合法的爱情"必然要与强大的传统和世俗力量发生激烈的碰撞,在这场"注定的生死搏斗"中,诗人赋予爱情更多的社会内容,在表现人生感悟和生命体验方面,显示出深刻的理性分析和沉重的情感力量。

　　《杰尼西耶娃组诗》是一部可歌可泣的爱情史,然而诗中并没有情节描述,也缺少一些重要的信息,如感情的产生和发展,只是记录了男女主人公恋爱中的几个关键时刻。诗人用心理、情绪的细致摹写代替了对女主人公外表形象的描述,用有意的"留白"刺激读者的审美情趣和想象力。女主人公是组诗的核心人物,她的形象被丘特切夫诗意化和理想化了,诗人意在强调,她虽然弱小,却拥有强大的精神力量,比起男主人公,她更加纯洁和高尚。

　　丘特切夫不是理想的、浪漫的爱情的歌手,他像涅克拉索夫一样,忠实地表现个人感情经历中的"庸常"和不幸,表现由爱到痛的复杂感受。然而,丘特切夫的独到之处在于,他把更多的笔墨用在女主人公的身上,通过女主人公的不幸命运传达这样一个理念:爱她并理解她。

　　丘特切夫一生都对社会政治表现出巨大的热情和浓厚的兴趣,甚至在他弥留之际仍在思考当时公众关注的问题,他的政治思想和历史—哲学观在其社会政治题材的诗歌中得到比较全面和清晰的反映。

　　丘特切夫的政治思想具有两重性,这在他早期的两首诗中已经明显反映出来。在《和普希金〈自由颂〉》(1820)一诗中,丘特切夫把"自由的火焰"比作"上帝点燃的天火",但同时他又劝告诗人"不要扰乱公民的宁静","不要使耀眼的桂冠暗淡",要用"甜美的"歌声感动冷酷的专制者及其伙伴,使他们成为"善与美的友人"。《一八二五年十二月十四日》(1826)反映了丘特切夫对十二月党人起义的痛苦、悲哀和矛盾的感情,诗人在这次冲突中看到的是历史的悲剧,其罪责在于冲突的双方。他称这次起义为"不义"之举,认为十二月党人是"轻率念头的牺牲品",他们那"可怜的贫乏的血"根本不可能融化"古老的巨冰",不足以与"铁血的冬天"抗衡。由此可以看出,丘特切夫虽然对沙皇统治不满,但他并不主张暴力革命。

1837 年夏天,丘特切夫在去都灵任职之前回到彼得堡,当他听到普希金死于决斗的消息之后,愤然写下《一八三七年一月二十九日》,虽然就其深刻性来讲,这首诗比不上莱蒙托夫的《诗人之死》,但诗中指出的普希金的"人民性"却是《诗人之死》不曾提到的:

> 你静静地长眠了,民众把
> 那苦难的大旗盖在你身上,
> 谁听得见热血的奔腾激荡,
> 就让谁去审判那魑魅魍魉……
> 就像铭记自己的初恋一样,
> 俄罗斯心中不会把你遗忘!

丘特切夫长期居住在国外,深受西欧文化的熏陶,但他却是一个忠实的斯拉夫主义者,他的斯拉夫主义政治观表现在《致冈卡》(1841)、《致斯拉夫人》(1867)、《基里尔字母绝世的伟大日子》(1869)、《一八六九年五月十一日》、《两种统一》(1870)等诗中。丘特切夫主张将斯拉夫各民族联合起来,建立一个统一的"斯拉夫大家庭",以此对抗西欧和革命。而作为东欧心脏和推动力的俄国,由于它的富有自我牺牲和忘我精神的民族性,自然应肩负这一使命。在诗中,他把俄罗斯比作受到西方革命浪潮冲击的坚实的"悬崖"(《大海和悬崖》,1848),把君士坦丁堡大教堂喻为斯拉夫世界的精神中心(《预言》,1850)。

然而,丘特切夫对俄国未来的预言却遭受现实的严酷考验。俄国在克里米亚战争中的惨败让他看到了沙皇政府在内政外交上的无能,他为之痛心和愤怒:

> 你不曾为上帝和俄罗斯服务过,
> 你只是为了你自己的虚荣,

你的全部作为,无论是善事还是恶行,

全都是谎言,全都是空虚的幻影,

你不是一个君王,而是一个优伶。

——《给尼古拉一世的墓志铭》(1855)

统治者政治上的昏庸,导致民众生活在水深火热之中。自 40 年代末起,饱经痛苦的"小人物"形象越来越频繁地出现在丘特切夫的诗歌里,如《致一位俄罗斯女人》(1848 或 1849)、《人的眼泪啊,人的眼泪……》(1849)、《上帝,请把一点欢乐……》(1850),而"小人物"的形象最终演化成人民的形象。

　　1855 年丘特切夫在回故乡奥夫斯图格时,看到沿途俄国乡村的贫瘠与破败,他的心因人民的苦难而滴血:

这些穷困的村庄,

这贫瘠的自然,

长期忍辱负重的故土,

你,俄罗斯人民的家园!

异族人骄傲的目光

怎能理解、怎能发现

在你赤裸的身上,

隐隐地闪现着光焰。

祖国啊,在你的大地上,

背负着十字架的上帝,

作为一个奴隶四处走遍,

他祝福你每一寸土地。

——《这些穷困的村庄……》(1855)

人民的不幸与穷苦在丘特切夫心中引起的不是怜悯,而是痛苦和悲伤,是凝重的忧虑。《这些穷困的村庄……》和另一首诗《在这黑压压的一大帮……》(1857)中所表现的人民的主题,反映了诗人在人民身上进行的对道德理想的探索和对压迫者的指摘,显示出诗人对俄罗斯人民的敬与爱。诗人虽然没有充分理解人民的社会历史作用,将其描写成一个背负十字架的受难的基督形象,但重要的是,他已经认识到人民的社会力量。

丘特切夫虽然长期生活在国外,但他身上的每一根神经都是与祖国紧密相连的。他在《俄国与德国》这篇文章中说:"我是一个俄罗斯人,我有一颗俄罗斯的心和灵魂,对自己的祖国忠贞不渝。"[①]他诗中的"俄罗斯的情感"(《纪念 H. M. 卡拉姆津诞辰一百周年》,1866)、"俄罗斯语言"(《致 Π. A. 维亚泽姆斯基公爵》,1861)、"俄罗斯之星"(《你,俄罗斯之星》,1866)都从不同层面表达了诗人对祖国的热爱。丘特切夫认为,俄罗斯是一个特殊的民族,不能用纯粹的理性来理解,而只能以直觉的方式去把握。他在 1866 年写下了那首被后世传诵的《凭理智不能理解俄罗斯……》:

> 凭理智不能理解俄罗斯,
> 用普通的尺子不能测量俄罗斯:
> 俄罗斯有它特殊的性格——
> 你只能相信我们的俄罗斯。

俄罗斯的命运始终是丘特切夫紧张思索的问题,他把对祖国命运的思考与对历史的思考联系在一起,诗人感兴趣的不是具体的历史事件,而是这些事件所反映的时代精神,并且善于从中透析出特殊的象征意义。在《我驰过里沃尼亚的原野……》(1830)中诗人就自己的思考向历史求证:

> 是啊! 彼世之岸的那个世界,
> 唯有你们才能够给我们描画。
> 啊,倘若就它只提一个问题,

---

① 索洛维约夫等著:《俄罗斯思想》,贾泽林、李树柏译,浙江人民出版社,2000 年,第 72 页。

我是否可以要求你们回答！

丘特切夫透过历史的棱镜来认识现实，并把它作为对现实的预示。他能辩证地理解历史过程的复杂性与矛盾性，但这种理解具有抽象的浪漫主义性质。他试图通过古罗马的兴衰过程来探究现代欧洲与俄国的未来命运，在他的创作中有一些有关罗马的诗，如《西塞罗》(1830)、《罗马之夜》(1850)、《宴会终了，合唱停了……》(1850)等。

《西塞罗》是一首著名的政治抒情诗，曾多次被勃留索夫和勃洛克引用，它阐释了诗人对人与历史的相互关系以及人在历史进程中的作用的观点。丘特切夫歌颂了处在"国家的危难和风暴之中"的人的勇敢与胆识，指出一个人只有参与历史的伟大建树之中，才能获得幸福和永生，这一类的诗还有《拿破仑之墓》(1828)、《拿破仑》(1850)。

丘特切夫是俄国诗歌史上的一位独特的抒情诗巨匠。他的抒情诗不仅蕴含着深刻的哲理，而且形象丰盈，意象鲜美。片断式的结构、出人意料的词语错位搭配以及言犹未尽等创作手法都激发了读者的无限想象，表现出诗人艺术世界的开放性。涅克拉索夫认为丘特切夫的诗歌"属于俄国诗歌中不多见的卓越现象"[1]，屠格涅夫对他的语言极为赞赏："他创造了不朽的语言，而对于一个真正的艺术家来说，没有比这更高的褒奖了"，[2]陀思妥耶夫斯基称他为"我们伟大的诗人"，而托尔斯泰更是语出惊人："没有丘特切夫就不能生活。"[3]

在俄国文学史上并不存在丘特切夫流派，但丘特切夫的诗歌却形成了自己的艺术风格体系，后来的安年斯基、勃留索夫、勃洛克、帕斯捷尔纳克、扎布罗茨基等人的创作在很大程度上都受到他的影响。

---

① Кулешов В. И. История русской литературы XIX века, М. : Изд-во Московского университета, 1997. С. 520.

② Петров Аркадий. Личность и судьба Федора Тютчева. М. : Культура, 1992. С. 8.

③ Петров Аркадий. Личность и судьба Федора Тютчева. М. : Культура, 1992. С. 8.

第七节

费　特

概述

　　阿法纳西·阿法纳西耶维奇·费特（Афанасий Афанасьевич Фет，1820—1892），抒情诗人，"纯艺术派"诗歌的代表人物。他生于奥廖尔省的一个地主家庭，父亲姓宪欣，母亲是德国人。由于费特的父母没有按东正教仪式举行婚礼（他的母亲是路德派新教徒），他在 14 岁时因出身得不到承认，失去了作为宪欣儿子的权利，而改随母亲的姓（Фёт），与此同时，他也失去了作为俄国贵族子弟应有的特权，变成了一个外国人。从此以后，为自己追讨贵族身份和地位成为费特为之奋斗一生的目标。

　　费特幼年时在德国人办的寄宿学校学习，1838—1844 年在莫斯科大学语文系学习，大学期间出版的第一本诗集《抒情诗的万神殿》（1840）带有俄罗斯古典浪漫主义风格和明显的拜伦式的痕迹。1842 年《祖国纪事》刊登了费特的第一首诗，但他的姓氏却被印错，"Фёт"变成了"Фет"，诗人也就将错就错，把它作为自己的笔名使用。从 40 年代起，费特相继在《莫斯科人》和《祖国纪事》上发表了几十首诗歌，受到别林斯基的称赞："在莫斯科的这些作家中，费特君是最具才华的。"[1]1845 年费特到驻扎于赫尔松省的一个骑兵团服役，希望通过"最捷途径快速达到目的"[2]，重新获得贵族封号。身在军营的费特虽然脱离了首都的文学生活，却仍然笔耕不辍。第二本诗集（1850）更加显示出诗人的卓

---

[1]　Бухштаб Б. Я. А. А. Фет. Очерк жизни и творчества. М. : Наука, 1990. С. 20.

[2]　Фет А. Воспоминания. М. , 1983. С. 228.

越才华,其中的许多优秀诗篇,如《我来向你致意……》、《黎明时你不要叫醒她……》、《你美丽的花环清新而芬芳……》、《狄安娜》、《当我的幻想回到遥远的往昔……》等以其独特的魅力和音乐性征服了当时文坛许多名家大师,引起评论界的热烈反响和高度赞赏。服役期间,费特热恋的女友玛丽亚·拉吉奇的意外死亡让他异常痛苦,这一时期的许多诗歌,尤其是爱情抒情诗,都浸染着悲戚的色彩。

1853 年,费特被调到彼得堡附近的禁卫军任职,这次调动恢复了他与首都文学界的联系。50 年代费特曾一度与当时《现代人》的掌门人涅克拉索夫及其旗下的屠格涅夫、冈察洛夫、鲍特金、德鲁日宁等接触频繁,创作成果颇丰,短短几年内就有两本新诗集问世(1856、1860)。在四五十年代,费特成为"纯艺术派"诗歌的领袖。他在这一时期创作的诗歌具有浓郁的古典主义风格,与巴丘什科夫、杰尔维格以及普希金时代的其他诗人的诗歌意绪相贴合。诗人极力捕捉与喧嚣的世俗生活相对立的、"永恒价值"和"纯粹的美"留下的瑰丽印迹,诗歌意象清新、鲜明、细腻,尤其擅长短诗的谋篇布局。费特诗歌的美学原则在于和谐与平衡,它表现的是一种没有任何冲突和斗争的精神状态,旨在揭示自然之美和人性之美,在美的万神殿中实现理想与现实、精神与肉体这两个世界的结合,不仅如此,诗人还力求将"美妙的瞬间"定格为永恒。

从 60 年代开始,费特专事农庄经营,对 1861 年改革和革命民主主义运动持敌对态度。1861 年改革前夕他与其他一些贵族作家脱离了与《现代人》杂志的联系。六七十年代的费特已经淡出诗坛,潜心研究哲学和翻译古希腊罗马的文学作品,平时写一些政论时评。1873 年费特终于获得了被剥夺已久的贵族姓氏以及相应的继承权,蛰伏于心的诗情也因此被重新激发出来。进入晚年后,他与雅科夫·波隆斯基、列夫·托尔斯泰和宗教哲学家弗拉基米尔·索洛维约夫等交往密切。索洛维约夫非常赞赏费特的诗歌才华,对其晚年的重要作品——诗集四卷本《黄昏之火》(1883—1891)给予高度评价,为此专门撰写了评论《论抒情诗》(《О лирической поэзии》,1890),并积极帮助出版。《黄昏之火》主要是诗人对青年时期所经历的不幸的追忆和认识,表现出人生的沧桑与凝重,以及深层的哲理思考。费特晚年的诗歌具有深邃的哲学内容和唯心主义色彩,主要表现为人类精神与世界精神的统一,"我"与世界的融合。爱

的含义变得更为宽泛,即为连接两个世界的"纯粹的美"和永恒的女性服务;大
自然也扩展到宇宙的范畴;诗人还不时流露出对尘世生活的悲观情绪。

抒情诗

费特的艺术是唯美的艺术,从他早期的诗歌一直到晚年创作的《黄昏之
火》,都表现出诗人是一个对美的执着的崇祀者。费特认为,艺术的目的就是
追求美、发现美、再现美,他曾说:"我永远都不会理解,除了美之外,还有什么
能让艺术感兴趣!"①

在费特的艺术世界中,美表现在大自然、爱情和艺术中,它们新颖地交织
在一起,互相补充,形成了一个独一无二的费特诗歌体系。

费特是大自然的歌手,他一生都在讴歌大自然,大自然是爱情的圣殿,是
灵感的圣殿,是美好情感的圣殿。大自然是美的源泉,他在自然界的万物之中
感受到美:轻风的拂动、绿草的萌芽、螟蛾的飞舞、阳光下蝴蝶的翅膀、花朵的
构型与芬芳。大自然的四季多姿多彩,演绎着生命的奇迹。在费特的诗歌中,
大自然的美是"纯净的",它去除现实生活的肮脏、庸俗和丑陋,是一个充满诗
情画意的纯美的世界:

> 湖睡着了;黑色的森林沉默不语;
> 一条洁白的美人鱼在悠然地徜徉;
> 宛如小天鹅,月亮在夜空中游移
> 不时地向湖水中自己的倒影凝望。
>
> ——《湖睡着了;黑色的森林沉默不语……》(1847)

费特善于在寻常事物中寻找美,发现美。在他的诗中,日常生活中的普通
物象总是笼罩在美的光晕之中。他所写的是每一个人都熟悉的东西,他的诗
歌充盈着极其传统的诗化形象:朝霞、玫瑰、夜莺、星星,但费特诗歌的魅力就

---

① Русская литература XIX-XX веков. Филологический факультет МГУ. Т. 1, М.:
Изд-во Московского университета, 2001. С. 338.

在于他能使这些传统的形象变得新颖鲜活,并赋予它们不同寻常的含义。德鲁日宁发现,费特具有"能在最平常的物体上看出诗意的敏锐目光"①。

费特对大自然的描写带有鲜明的印象主义特征。诗人竭力捕捉声、光、影的变化,表现感官对外界各种有形与无形的变化的直觉,营造一种主观心理气氛,传达一种非理性的主观心理感受,这种印象主义风格在《黄昏》(1855)中尤为突出:

> 明澈的河面划过清丽的啼啭,
> 幽暗的草原传来叮当的声响,
> 寂静的树林滚过隆隆的轰鸣,
> 河流的对岸闪起耀目的亮光。
>
> 在远方朦胧的暮霭中,
> 湍急的河水箭一般向西奔流。
> 云朵被点燃金色的花边,
> 像烟雾一样在空中飘散。
>
> 山岗上时而下雨,时而炎热,
> 白昼的叹息在夜的呼吸中隐没,——
> 启明星的微光在夜幕中闪现,
> 犹如蓝色的和绿色的灯火。

在诗中的第一段,诗人并没有指明动作的主体,而只是描绘一种印象,强调的是视觉和听觉的瞬间感受,这种印象主义的描绘在《湖上的天鹅把头伸进苇丛……》(1854)、《第一条犁沟》(1854)、《在壁炉旁》(1856)等诗中都清晰地表现出来。可见,吸引诗人的与其说是客体,不如说是由客体引起的印象。

大自然被人格化,被赋予崇高的思想,在这一点上费特是与丘特切夫相一

---

① Бухштаб Б. Я. А. А. Фет. Очерк жизни и творчества. М.：Наука, 1990. С. 74.

致的。在诗人的眼里,大自然中的一切都是活的生命机体,它们有自己的语言,有自己的欢乐和忧郁:

> 空中的乌云在飞奔疾驰,
> 树叶上的泪珠熠熠发光;
> 荆棘一大早就唉声叹气,
> 玫瑰此时却把笑颜绽放。

——《天空中云朵在飘浮飞荡······》(1843)

费特能在每一草一叶、每一滴露珠上发现丰富多彩的、充满崇高意义的生活,并把这种观察化为一种精确完美的诗歌形象。他的诗展现的就是这样一个个美丽的事物:"花朵带着恋人的忧郁注视着"、玫瑰会"奇怪地微笑"、柳树"和痛苦的梦境亲近"、星星能"默默地祈祷"。诗人不仅能看见这些生灵的喜怒哀乐,而且还能听到它们的声音。《螟蛾央求小男孩》(1860)生动地再现了螟蛾央求小男孩手下留情,充满童真与稚趣:

> 花儿低着头在向我问候,
> 芬芳的灌木枝条朝我招着手;
> 为什么偏偏只有你要抓我,
> 用那个小小的丝织网罩?

大自然中任何细微的变化、心灵中的任何微妙的波动都会反映在费特的诗中。作为一个诗人,他运用生动的形象把各种感官所获得的印象传达出来,建构了一个完整而鲜明、芬芳而灵动的世界。费特认为,诗人的使命就是要表现不能表现的东西,成为连接零乱的世界与人心灵的纽带,"给生命以呼吸,给隐痛以甜蜜。"

大自然的生命和与大自然直接接触的人内心的一切活动和变化,是费特诗歌中永恒的主题,也是他重要的艺术发现。对于人来说,大自然中的一切生命都具有无穷的魅力,同时,它纯朴、天然的本质也是人不可企及的:

我真高兴，当茂盛的常春藤
满怀着春天的渴望，
清晨从大地的怀抱
蜿蜒爬向阳台的石墙。

旁边是一窝年幼的麻雀，
他们想飞，却又不敢飞，
焦急地呼唤操心的母亲，
害得园中的树林好不羞愧。

我不忍心惊动这只鸟儿。
莫非我是在羡慕她？
你瞧，她就在我手边儿，
在石栏杆上叽叽喳喳。

我真高兴：在阳光下，
她分不清石头和人，
只见她扇动翅膀飞舞着，
在飞翔中捕捉昆虫。

——《我高兴，当茂盛的常春藤……》(1879)

费特对描写对象观察之细致，描绘之精到，着实令人惊叹。诗人不仅表现出大自然的美，而且还表现出人的感受的美，把心理过程的个别体验与大自然融为一体，使内心世界与外部世界互相渗透，互相融合。

在费特的许多诗中，如《蜜蜂》(1845)、《春思》(1848)、《镜子般的月亮在湛蓝的天空中游动……》(1863)、《太阳用垂直的光线穿起……》(1863)、《她来了，四周的一切都藏起来……》(1866)等，抒情主人公总是能感受到与大自然活生生的联系，深切地体验到与大自然交往的幸福和与之分离的痛苦。大自然的美流注到人的心中，让他感到与自然之间的和谐，尽管还有各种不幸，但他仍然感到存在的充实与愉悦：

> 鸟儿又从远方飞来了，
> 飞向正在解冻的河岸；
> 暖和的太阳高高升起，
> 等待着芬芳的铃兰。
>
> 又是无法抑制的激动，
> 直到热血涌起，腮儿绯红，
> 你以一颗博得好感的心相信，
> 绵绵无尽的爱像宇宙那样长存。[①]
>
> ——《春思》

费特笔下的外部世界浸染着诗人强烈的主观情绪，他依靠具有象征意义的外部细节传达朦胧的内心感受和模糊的心理状态，外界细节被抒情主人公的情绪所渲染，从而使这种情绪更加活跃和生动。一方面，大自然具有人的各种情感；另一方面，人的情感也可以激活大自然，可以在大自然中找到回应：

> 多美的夜啊！满天的繁星
> 又在亲切温柔地探视心灵，
> 伴随着空中夜莺的歌声，
> 时时传来了惊恐和爱情。
>
> ——《又是一个五月的夜晚……》(1857)

在表达内心情感时，吸引费特的是具有细微差异的、朦胧的、不可捉摸的情绪的细节。在费特的诗中，情感不是作为概括的形式和持久感受的结果表现出来的，而是个别的内心活动、情绪和感觉的细微差异。这种微妙的心理变

---

① 《俄国诗选》，魏荒弩译，湖南人民出版社，1988年，第311页。

化与大自然息息相关,这种关系是独特的,隐秘的,是诗人"甜美的秘密":

> 花园里姹紫嫣红,
>
> 火光映着黄昏的面孔,
>
> 我感到如此凉爽和欢喜!
>
> 我一会儿停,
>
> 我一会儿走,
>
> 好像在等待神秘的话语。
>
> 这霞光,
>
> 这春天,
>
> 是那样奇妙,又是那样明晰!
>
> 我是否幸福洋溢,
>
> 我是否为之哭泣,
>
> 你——是我甜美的秘密。
>
> ——《花园里姹紫嫣红……》(1884)

从费特晚年的作品,如《从火中,从无情的人群中……》(1889)、《啊,我痛苦的思绪激动不已……》(1891)中,可以看出,即使在诗人生命的最后的时日,仍是与大自然共同呼吸:"夜晚和我,我们共同呼吸,/空气中散发着椴树花醉人的甜蜜。"

费特的每一首诗都把人的情感和精神提升到一种美轮美奂的意境,它们丰富多彩,彼此不同,但却有着一个共同之处,即诗人在这些诗中建立了大自然的生命与人的精神生命的一致与统一。诗人以细腻生动的笔触、清丽柔和的风格展示了大自然和人的心灵的静穆之美、流动之美、飞扬之美。他把美纳入哲学的层面,相信美能拯救世界,追求美,就是向现存的不完美挑战。世间之美,人的精神和心灵之美,艺术之美是费特作为一个诗人和智者的信仰的象征,对他而言,这美意味着融入了因人的才智而高尚起来的永恒之中:

> 整个世界都源于美,

无论是伟大还是渺小，

不要企望找到它的源头，

你的寻找是无谓的徒劳。

什么是一日？什么是百年？

于它可有不息的生命？

虽然人不可能永生，

但他的精神却万世常存。

——《整个世界都源于美……》(1874—1886)

费特的爱情诗别具特色。在费特的艺术世界中，爱情常常是和夜晚联系在一起的。夜晚是爱情的摇篮，它美丽、神秘，远离白昼的喧嚣和烦扰。夜晚不仅让所有的生命都苏醒过来："树叶悄悄舒展叶脉"，"怒放的玫瑰同星光斗艳"，同时它也孕育着爱情，让人体悟幸福，如《在小船上》(1856)、《春天和夜晚笼罩着山谷……》(1856 或 1857)、《晴朗的夜晚多么明亮……》(1862)、《你多么惬意，银色的夜晚……》(1865)、《夜空明亮。花园洒满月光……》(1877)：

多么幸福：又是夜，又是我们二人！

镜子似的河水辉映着点点繁星，

而那儿……你仰起头来瞧一瞧吧，

天空是多么深湛，又是多么明净！

啊，请叫我疯子吧！随你叫我什么；

这时候我的理智是多么脆弱，

爱情的浪潮在我心中汹涌激荡，

它使我不能沉默，也不会沉默！

我痛苦，我迷恋；但在热爱、苦恼的时刻，

啊，听我说，理解我！——我不能把热情掩遮，我要告诉你,我爱你,我爱你——

我只爱你一个,只爱你一个![①]

　　　　——《多么幸福:又是夜,又是我们二人! ……》(1854)

　　《絮语,怯弱的气息……》(1850)结构精致,表达细腻,意象瑰丽并富有暗示性,月夜中景物的细节与恋人幽会的情景交汇融合,构成一幅奇妙的、朦胧的画面。整首诗没有出现一个动词,但是却传达了一个动态的过程。爱情是大自然生命的延续,是它的韵律,彼此密不可分。"银色的月光,梦一般的/溪水潺潺。"和"在光影中变化不定的/亲切的面容",这是运动和生命;溪水的银光、夜的光影、云烟中的玫瑰红、琥珀的光华、霞光——絮语、怯弱的呼吸、夜莺的鸣啭、亲吻,这是色彩和音响,视觉形象与听觉形象交相辉映,相得益彰;诗的结尾是诗人的神来之笔——朝霞给夜戴上桂冠:

絮语,怯弱的气息,

　　　夜莺的鸣啭,

银色的月光,梦一般的

　　　溪水潺潺,

夜的光,夜的幽幽的影,

　　　光影朦胧,

在光影中变化不定的

　　　亲切的面容,

云烟中一片玫瑰红,

　　　琥珀般明亮,

频频的亲吻,眼泪,

　　　黎明的霞光![②]

---

① 《俄国诗选》,魏荒弩译,湖南人民出版社,1988 年,第 312 页。

② 《俄罗斯抒情诗选》,张草纫译,上海译文出版社,1992 年,第 607 页。

深刻的心理分析，是费特爱情诗的又一显著特征。在《我等待……夜莺的回声……》(1842)中，诗人并不直接说明自己是在等待心上人，而是借助这种等待的紧张和焦急进行暗示：

我等待……蓝黑色的天空
缀满大大小小的繁星，
我听到心儿怦怦
双手和双脚微微颤动。

《还有一棵相思树……》(1859)表现的是恋人幽会时忐忑激动的心情。诗人通过"第三者"——一只野鸟的闯入，用生动的笔墨揭示出依偎在恋人怀抱中的姑娘渴望野鸟不要离去，以此拖延相守时间的这种微妙的心理状态：

我正想开口，突然传来
一阵吓人的扑棱声响，——
一只野鸟，绕了一个圈，
最后停留在你的脚旁。

带着深深的爱的胆怯，
我们藏起自己的呼吸！
我觉得，你的眼睛似乎
在乞求它不要离去。

费特的爱情诗同他的自然风景诗一样，注重直觉和感受，善于捕捉瞬间的心理变化，寓情于景，情景交融，从而表现爱情的各种复杂的情绪：甜蜜、喜悦、狂热、焦虑、紧张、痛苦、绝望。在费特晚期的爱情诗中，诗人对爱情的体悟更加深沉、厚重，诗的节奏和意象具有震慑人心的感染力。在《我怀着无上幸福的痛苦站在你面前……》(1882)、《不要，我不要昙花一现的幸福……》

(1887)、《不要用责备和怜悯……》(1888)等诗中,爱情的痛苦与喜悦异常激烈地交织在一起:

> 啊,我在痛苦中倍感幸福!
> 忘记自己,忘记世界,
> 忍住阵阵潮涌般痛苦的号哭,
> 我多么愉悦!

　　谈到费特的爱情诗,就不能不提及费特写给自己青年时代的恋人玛丽亚·拉吉奇的爱情组诗,这是费特爱情诗中的杰作。组诗包括近40首诗,其中,《令人倾倒的身姿!》(1856)、《在那美妙的日子,我倾心追求……》(1857)、《一束旧情书》(1859)、《在神秘夜晚的静穆和昏暗中……》(1864)、《你在我的梦中久久地恸哭……》(1866)、《另一个我》(1878)、《你脱离了痛苦,而我仍受煎熬……》(1878)、《又一次翻开这些亲切的信笺……》(1884)、《灼热的阳光缕缕洒在椴树的枝头……》(1885)、《不,我没有改变。直到我奄奄一息……》(1887)堪称诗歌精品。组诗的风格朴实,感情真挚,像是与一位故友进行推心置腹的交谈。在诗中,可以始终感觉到有一个无形的至亲至爱的女性形象,她好像就在主人公的面前,倾听他激动的、痛苦的倾诉。这个无形的"你"活在诗人的心中,活在他的诗中,诗人在星星的闪烁中、百合的妩媚中、旧日情书的亲切低语中看到心上人熟悉的音容笑貌:

> 我梦见你从棺椁中站起,
> 音容依旧,犹如当年,
> 我梦见我们仍然年轻,
> 你凝视着我,就像从前。
>
> 　　　　——《在神秘夜晚的静穆和昏暗中……》

　　诗人以朴实的词句表达出内心的痛苦和对爱情的刻骨铭心,在诗人心中,这种爱情犹如燃烧的火焰,随着岁月的流逝,它不但没有熄灭,反而更加炽烈:

不,我没有改变。直到我奄奄一息

我仍忠诚不渝,我仍是你爱情的奴隶……

　　　　　　——《不,我没有改变。直到我奄奄一息……》

在组诗中,诗人没有对女主人公的形象进行具体的描绘,但是,从个别的细节中却可以反映出她的形象与性格特点。在《你在我的梦中久久地恸哭……》中,诗人对女主人公着墨不多,甚至可以说是吝啬,仅有一句提及她,可是,我们却从一个小小的细节中品味出女主人公的温柔善良、为爱肯于自我牺牲以及她内心难言的痛楚——她不想让他离开,但又不能不让他离开:

你把手伸给我,问"你要走吗?"

我看到你的眼中溢满晶莹的泪;

这灼人的泪光和寒冷的颤栗,

让我在无数个不眠之夜回味。

诗人视抒情女主人公为自己的道德理想,她不仅拥有高尚的情操,是他心目中的女神,而且还引发他的创作灵感,激励他的创作热情,是他诗中的"另一个我":

宛如百合倒映在山间的小溪,

我把第一支歌献给了你,

此时,谁更妩媚?

是花儿为小溪添彩,还是小溪让花儿生辉?

　　　　　　　　　　　——《另一个我》

在费特的诗歌中,爱情最高尚的形式正是这种精神上的契合,它是一种不死的语言,是永恒爱情的保证。献给玛丽亚·拉吉奇的爱情组诗是费特的爱情经历与回忆的果实,是悲惋壮美的爱情颂歌。

费特晚期的爱情诗格调凝重,意绪悲惋。"爱情的欢愉早已衰退:/没了叹息的回应,没了喜悦的泪水;/以往的甜蜜已化为苦痛,/玫瑰凋落,梦幻飘零"(《爱情的欢愉早已衰退……》,1891)。凋落的玫瑰是费特晚期抒情诗中的一个固定的象征意象,与此相伴随的是象征生命衰退和死亡的意象:落日、晚霞、渐暗渐灭的灯火和黑暗。

在费特看来,爱情和诗歌是纯净的,是让他感到亲近的、属于另一个世界的美好精灵。费特的爱情诗让读者更深刻地领悟他的哲学观和美学观。

在费特的诗歌中,哲理诗占有很重要的地位。诗人的哲学思考是以隐喻形式表现出来的,这在费特晚期创作中表现尤为明显。在四卷本诗集《黄昏之火》中,"夜"是具有哲学意蕴的意象,它隐含着诗人这样一个哲学联想:夜——人的存在——存在的本质。

费特把夜的时刻想象成开启宇宙秘密的时刻,对夜的洞察让他发现生活有"两个存在",即"尘世的生活"和"不朽的生活"。在《你纯净的光辉诱人而徒然地闪耀……》(1871)一诗中,诗人把"尘世的生活"定义为"四周一片昏暗"的生活,而尘世的生命渴望天国圣洁的光辉:

> 带着你的光辉我走过尘世的生命,
> 它是我的——你把两个存在
> 交给了我,我为之感到庆幸,
> 尽管你的永恒只是一瞬。

在关于夜和人的存在的形象的联想中,费特融入了对死亡的思考。在《梦和死亡》(1858 或 1859)一诗中,梦和死亡像一对双生子,如影随形。黑色的夜孕育了"黑黝黝的"梦,而死亡则是"灿烂的福玻斯开朗的女儿"[①]。梦充满了尘世的忙碌,而死亡意味着庄严的安宁。在费特的眼里,死亡是美的特殊体现,这与叔本华认为虚空是最终的理想的存在这一观点相契合。在《微不足道者》(1880)和《死亡》(1884)中,费特以诗的形式再一次阐释了叔本华关于死亡的思想。

---

① 福玻斯是太阳神阿波罗的别名。

费特对于时间和空间的认识同样带有叔本华哲学思想的烙印。《在群星中间》(1876)思考的是物理的时间、空间与形而上的时间——永恒——之间的关系。迷恋大地的主人公与群星之间的对话是费特美学观点的最好例证。在费特的认知中，天界和尘世是两个对立的世界：天空象征着肉眼可见的永恒，是生命，是人关于永生这一理想的直观体现；尘世的生活则是死亡的化身。浩瀚的天空让主人公感到自己是一粒沙，与永恒存在的群星相比，他只是极为短暂的瞬间。在这里，以和谐和神秘吸引人的、高高在上的未知世界同尘世的渺小形成鲜明的对立。诗人好像置身于时间之外，直接注视着永恒（天空），"天空的深渊"让他感到亲切，无垠的宇宙向他展开。

战胜时间和空间这一思想在另一首诗《永远不》(1879)中得到继续发展。诗中的主人公是从坟墓中复活的人。他描述了自己如何打开棺材，如何走出坟墓，又是如何沿着熟悉的路线走回自己的庄园以及人们看到他时的那种惊恐不安。在诗中，费特描绘了一个象征着死亡、由白雪覆盖着的、具有启示意义的现实世界中大地的景象：这里没有生命的迹象，没有冬季的飞鸟，甚至雪地上都没有足印，只有死气沉沉的森林。主人公一个人孤零零的，在时间和空间中迷失了自己；他成为最后一个还能接触这块土地的人，不知道自己何去何从，在哪里才能找到安慰和温暖，而死亡是解决这一问题的唯一办法。为了继续自己通向永恒的道路，死而复生的人只得又重新回到坟墓之中：

> 往何处去，在那里无人可以拥抱，——
> 在那里，时间在空间中已经迷失？
> 回来吧，死亡，快接受
> 最后一个生命的不幸的重负，
> 而你，大地的僵尸，飞去吧，
> 带着我的尸体，沿着永恒之路！

费特在此说明了自己关于永恒的认识，跨越现实存在的界限，并进入了一个行而上的、诗化的世界。这首诗可能是费特诗歌中消极情绪最重的一首。

费特的诗具有深刻的理性思辨和哲理思考,但他的自然哲学诗却不同于巴拉廷斯基和丘特切夫的自然哲学诗。因为通常所说的诗歌的"哲学性",是指体现在诗中的某种大自然的、历史的和人的"形象",这类形象在巴拉廷斯基和丘特切夫的许多诗中都有完整而清晰地显现,但在费特的诗中却没有,自然物象具体的、"原发的"意义由于诗人的哲学追求而融化在总的象征意义之中。费特的诗中充满了各种隐喻和无形的自然力量(比如火):

> 不是忧郁地哀叹生命的流逝,
> 何谓生与死? 而是痛惜那团
> 照耀于整个宇宙的熊熊之火,
> 正哭泣着,向茫茫黑夜驶去。
>
> ——《致亚·利·布尔热斯卡娅》

这是精神的火焰,象征着人类永世长存的精神。精神的火焰一旦熄灭,就意味着人类悲剧的开始,费特就是这样用自己的诗歌语言讲述着"永恒的"、"无所不在的"人类精神的伟大。在费特看来,闪光的思想、情感的力量、认识的新颖,这些都昭示着精神的丰富,是人胸中熊熊燃烧的不灭的火焰,它"比整个宇宙更加有力明艳"(《不,上帝,你强大,但我却不懂……》,1879)。

费特具有极强的艺术感受力,对大自然的声、光、色、形和人物的心理的敏锐感应和准确把握,使他能够透过事物的表象捕捉到其中美好的诗意。印象主义的特征赋予诗句跳跃性,给人以无尽的联想;丰富的象征意象不仅让诗意变得幽深而厚重,而且反映了诗人的睿智和对自然及生命的哲学探索。精致华美的诗风,清新含蓄的诗意,摇曳多姿的意象,对美的执着追求,都是对"纯艺术派"诗学的最佳诠释。费特的诗是自由精神的艺术,它脱离尘世的感情和现实,进入一个尽善尽美的世界。费特把自己从物质世界解放出来,使自己有可能看到美和感受美,这种美在他的艺术中是与永恒紧密连结在一起的。

在俄国诗歌史上,费特是一个承前启后的人物,他的诗歌是联系茹科夫斯基的浪漫主义和20世纪初的象征主义的中间环节。费特诗歌所特有的精致的音乐性、暗含的哲理意蕴、对高尚之美的崇仰等审美取向直接影响到索洛维约夫、巴尔蒙特和勃洛克的诗歌创作。他的抒情诗以其优美的旋律和音乐性深得包括柴可夫斯基、拉赫马尼诺夫在内的许多作曲家的喜爱,在俄国音乐艺术中占有光荣的一席之地。

第六章

19世纪后期

第一节
概　述

　　随着丘特切夫、涅克拉索夫在19世纪70年代相继辞世,费特一度沉寂,加上小说的繁荣与扩张在一定程度上排挤了诗歌在文坛的地位,使得19世纪后期的俄罗斯诗歌明显给人一种后继乏力、后继无人的感觉。然而与此形成鲜明对比的是,从创作队伍的规模和发表作品的数量来看,此时的诗坛同前一阶段相比,都有过之而无不及,青年诗人难以数计,受到读者喜爱的诗人的作品成为最畅销的出版物,即便是在具有革命情绪的青年人中间也无人对诗歌持怀疑态度。此外,诗歌还破天荒登上了通俗舞台,在社会上的普及程度前所未有。这表明,诗歌在50年代奠定的崇高地位仍在持续发挥效应,社会对诗歌的需求依然强劲。

　　19世纪后期俄罗斯诗坛延续了19世纪中期的诗坛格局,公民诗歌(涅克拉索夫流派)和纯艺术派诗歌(费特流派)的对峙依然存在,两派之间的斗争非但没有减弱,反而有所加强。与此同时,每一流派的内部又产生了自身的矛盾,即便是同一诗人的创作,也发生了很大的变化,比如,费特晚期受到叔本华哲学思想的影响,对世界持悲观的认识,不再着力表现人与大自然的和谐与美,而是侧重思考人与世界、存在与死亡的关系。迈科夫创作了不少历史题材的叙事诗、谣曲和诗剧,注意力从个别的史实细节转向挖掘历史的内在含义。

　　在涅克拉索夫去世之后,复出的费特成为诗坛最有声望的人物,其影响在八九十年代达到了极致。

　　在费特的创作中,浪漫主义与"纯艺术"诗学有机地融为一体,从而诞生了诗的音乐性,并给后来的象征主义诗歌以启发。这个时期主要由费特、迈科夫、波隆斯基及其追随者们积累起来的艺术能量为诗歌占主导地位的白银时代的到来提供了有力的支持。

费特的创作是连接丘特切夫和白银时代的中间环节。对费特的这一特殊使命,弗拉基米尔·索洛维约夫有着异常敏锐的体认:"对诗人来说,相比物质存在的世界,内在的精神世界更加真实且无比重要"(《论抒情诗》,1890)。索洛维约夫本人也希望走这样一条诗歌道路。在他的创作中,哲学和象征的意味日渐加深,出现了象征主义诗学成分。

这一时期出现了一大批"纯艺术"派的追随者,他们的创作带有鲜明的浪漫主义特征,痛切地反映了理想世界与现实世界的尖锐对立以及现实世界的不完美。阿普赫金、斯鲁切夫斯基、戈列尼谢夫—库图佐夫、利多夫、福法诺夫、米拉罗赫维茨卡娅、科林夫斯基的创作都充满了类似的浪漫主义激情。

在八九十年代的俄罗斯诗坛上,纳德松是一个引人注目而又耐人寻味的人物。这位英年早逝的诗人生前曾经"洛阳纸贵",死后更是万人空巷,一度享有的荣耀与爱戴在俄罗斯诗歌史上罕有能与之比肩者。他以公民诗人的身份登上诗坛,作品表达了一代人的苦闷和惆怅情绪,但他对"纯艺术"派诗学并不是简单排斥,而是试图在自己的创作中对不同流派兼收并蓄,博采各家之长,从而在一定程度上成为联结19世纪中期公民诗歌与后来的象征派诗歌的纽带。

公民派诗人均是涅克拉索夫的追随者,其中包括此时依然活跃在诗坛的老诗人普列谢耶夫和在80年代名噪一时的纳德松、革命民粹派诗人、苏里科夫流派诗人。

关于民粹派诗歌,俄罗斯学界的评价多有分歧。确实,缺乏艺术性,是民粹派诗歌的一个明显缺陷,但不能因此而对其一些诗歌主张和追求视而不见。应该注意的是,民粹派诗人是在有意拒绝职业的艺术。民粹派诗歌是社会斗争和革命活动催生的结果,同时也是俄罗斯诗歌发展过程中出现的戏剧性矛盾的产物。革命民粹派诗人的创作关注的是艺术的外部价值,并以此捍卫自己的生存权。菲格涅尔公开说,她的诗本身没有艺术性,其"真正的位置似乎是在关于施利瑟尔堡监狱的回忆中"。民粹派诗歌多为诗人革命经历的真实写照。

在国外出版的《狱中抒情诗》(1877)的前言中,民粹派诗人对自己的艺术主张做了自觉的概括。这篇由洛帕金执笔的前言可以说是革命诗歌的一份独特的美学宣言。民粹派诗人关注的主要是文学的教育作用,文学对读者切实的革命影响。他们反对艺术的职业化倾向,认为鲜明的革命取向才是诗歌语言的基本优点:"俄罗斯'为真理的受难者'的灵魂被扭曲得够了! 终于到了他自己说出'心里话'的时候了! ……我们认为,为了让一个人在另一个人面前敞开心扉,恐怕没有比抒情诗更好的手段了,因为真正的诗不接受谎言:现今诗的做作和冰冷乃是谎言的表现。"①

民粹派诗人向涅克拉索夫借鉴经验,但采取了自己的做法,即用政论性来加强和巩固涅克拉索夫传统。涅克拉索夫在 70 年代所追求的多义和浓缩的形象在民粹派诗人笔下变成了直接的、单一的诗歌口号。从文学的角度看,西涅古博、拉夫罗夫(П. Л. Лавров, 1823—1900)等人的作品是二流的,这是诗体的政治,是将艺术形象用于革命实践。

诗歌的多义性在民粹派诗人笔下变成透明的革命寓意,如"春雷"——革命,"手持剑与火的严酷法官"——革命复仇者。革命民粹派诗人的作品创造了一个具有固定不变含义的词语—象征体系。

革命民粹派诗歌经常套用现成的诗歌语言和形象,且丝毫不以为意,因为它不要求创新。它只求通俗易懂,能为大众所接受。它从通俗诗歌文化中汲取养料,将传统和流行的诗歌名句翻唱成自己的革命曲调,并赋予其新的、革命的内容。

革命民粹派的创作体裁多种多样,有抒情沉思体、诗体故事、模仿民间文学的童话故事、歌谣、壮士歌等。但民粹派诗人选择体裁的首要原则不是文学性的,而是要契合宣传鼓动目的。

80 年代,民粹主义思想走向瓦解,演化为自由主义,空想社会主义受到质疑,整个社会到处弥漫着消极和沮丧情绪。这一点明显地反映在当时的诗歌创作中。纳德松是 80 年代优秀的民主主义诗人,他在创作上深受莱蒙托夫和

---

① История русской поэзии. В 2 т. Т. 2. Ленинград. Издательство: Наука. Лениградское отделени. 1969. С. 116.

涅克拉索夫的影响,继承了公民诗歌的传统。与此同时,停滞时期也在他的诗歌中留下了深深的烙印,他的诗反映了一代人的怀疑、倦怠和悲观失望的心理情绪。

如果说在民粹派诗人,首先是在雅库博维奇的抒情诗中,悲观、忧郁的主题尚伴有一线希望,作者力图用革命斗争鼓舞青年一代前进;如果说在纳德松的作品中还能感受到作者对"疲倦的"、"痛苦的"兄弟的同情,并力求唤醒年轻人心中的美好感情,那么,在"纯艺术派"的追随者以及创作观与之相接近的诗人(如阿普赫金、斯鲁切夫斯基、福法诺夫等)的作品中,则充满了悲观情绪和对死亡的预感。他们的诗歌反映了一个绝望者的内心世界:他失去了往日的希望,没有能力继续和邪恶力量对抗,只能等待死亡,而死亡却成为让他摆脱令人苦恼的现实生活的唯一出路。这些诗人主要创作抒发个人隐秘感受的抒情诗和风景诗,其诗歌的内在情绪和艺术手法对后来的俄国象征主义诗人产生了很大影响。

80年代的社会政治环境已经不能促进公民诗歌的发展。虽然坚持民主主义创作方向的诗人们仍然继续涅克拉索夫诗歌中的主题和思想,然而从总体上看,他们创作中的公民激情明显减弱,即便是最优秀的诗人的创作也达不到革命民主主义诗歌发展最辉煌时期的水平。

在八九十年代的俄罗斯诗坛,以德罗任为代表的"苏里科夫派"继承了柯尔卓夫、尼基金、苏里科夫等前辈开创的农民诗歌传统,延续了农民诗歌的传统主题和情绪。苏里科夫派深受涅克拉索夫传统影响,但也不拒绝费特和迈科夫诗歌传统所做出的开拓。

苏里科夫流派诗人是柯尔卓夫歌谣创作的直接继承者,但70年代农村宗法制生活方式受到破坏给他们的创作打上了特殊的烙印。他们在作品中将柯尔卓夫的民谣风格与抒情主人公生活的内在本质有机地结合起来,从而赋予抒情主人公形象以深沉凝重之感和强大的精神力量。在苏里科夫派诗人的笔下,民谣风格是一种审美对象,是一种被拔高到农民日常生活之上的元素,在某种程度上是与农村生活的平淡格格不入的。在苏里科夫流派诗人的作品中,柯尔卓夫诗歌意识中所表现出来的那种民谣式的率真已经不复存在。

苏里科夫流派的诗人已经不满足于民歌自身所秉持的那些精神和美学价

值,他们向往"文学"诗歌,更乐意接受"文学"诗歌的影响,而不是在精神上予以抗拒。与此同时,苏里科夫派诗人还积极借用公民诗歌中的现成形象,并巧妙地与费特和迈科夫的代表性诗句融合在一起。

无论公民派还是纯艺术派,第二代都没有产生前辈涅克拉索夫和费特那样的巨匠。因此,八九十年代在诗歌史上具有明显的过渡性质。

第二节

费特流派

在八九十年代俄罗斯诗坛纯艺术派与公民派的对峙中,前者占据了明显的优势地位。这是因为,首先,老一代纯艺术派诗人如费特、迈科夫、波隆斯基、阿·康·托尔斯泰等经过一段沉寂后复出,并表现出旺盛的创作活力和不倦的探索精神,成绩斐然;其次,纯艺术派的追随者众多,且才华出众者大有人在;最后,也许更重要的一点是,纯艺术派的创作理念和美学原则在当时或许更契合特定时代诗歌发展的脉搏和趋势(象征派诗歌的产生及其与纯艺术派的渊源有力地证明了这一点)。

费特流派(Фетовская школа)的代表性诗人有阿普赫金、斯鲁切夫斯基、福法诺夫、戈列尼谢夫—库图佐夫、索洛维约夫、罗赫维茨卡娅、科林夫斯基、利多夫等,其中不少人成为俄罗斯现代主义的先驱。哲学家兼诗人索洛维约夫也可以归入这一流派。

阿列克谢·尼古拉耶维奇·阿普赫金(Алексей Николаевич Апухтин,1841—1893)出生在奥廖尔省的一个古老的贵族家庭。他自幼由母亲负责他的教育和培养,因此,母亲的形象和与之相关的对老屋、故土的感情成为他诗中贯穿始终的主题。成年后的诗人,把故乡的老屋和庄园视为在这个孤独、"陌生和无奈"的世界中唯一的栖身之地。1854 年,当阿普赫金的第一首诗《初雪》发表时,他还是彼得堡皇家法律学校的学生。

1859 年,《现代人》杂志刊登了阿普赫金的组诗《乡村素描》,使他成为50 年代末期最有才华和最具社会影响力的诗人之一。《乡村素描》属于契合"涅克拉索夫流派"精神的公民诗歌,诗中描写的是农奴制农村的生活画面,讲

述的是"令人震惊的奴役"、"愁苦的泪水"和冲刷着祖国大地的"血河"。面对人民——自己的弟兄,诗人相信:

> 艰难的时日即将结束,
> 戴在你们身上的枷锁,
> 即将从你们的肩头脱落!

在阿普赫金的早期创作中,还有一些效法涅克拉索夫的城市贫民生活主题的诗作。城市在阿普赫金的笔下,是一种不祥的力量,这里面"隐匿"了诸多的痛苦、淫逸和罪恶(《彼得堡之夜》,1856)。

如果说青年时代的阿普赫金还能写出一些炽烈的诗句的话,那么随着时间的推移,他身上的那点儿公民热情和对社会变革的希望早已消失殆尽。残酷的世界和无聊的生活令他意志委顿,心灵倦怠:"寒冷已浸透我们的心房",我们是人生舞台上可笑的角色和可怜的演员(《演员》,1861)。

周围的世界,对阿普赫金而言,正是后来勃洛克所认定的那个"可怕的世界"。在这个"充斥着恶"的世界里,诗人看不到任何出路,只有强烈的孤独感、恐惧感和生存的无意义。阿普赫金的所有诗作都萦绕着绝望与窒息的音调,极为典型地表现出民粹派运动失败之后"萧条"时代的普遍的社会特征和社会情绪。

阿普赫金主要的创作体裁是爱情诗和浪漫抒情诗,统领他诗歌主题的是爱情和死亡。然而,即便是在传统的爱情题材中,也体现出纯粹的阿普赫金式的悲观情绪:不能爱、不会爱、彼此之间找不到爱。在阿普赫金的诗中,爱情还是一种能够带来死亡的毁灭性力量:复活的该拉忒亚杀死自己的恋人,如《我做了一个梦……》(1868);失去理性的情欲焚毁了叙事诗的主人公,如《冰姑娘》(1860)、《女王》(1860年代末);"最后的花朵"是爱情破灭和死亡的不祥之兆,如《紫菀花》、《疯狂的夜,不眠的夜……》(1876)。在诗人笔下,抒情主人公所经历的爱情悲剧更加渲染了时代的悲凉气氛,其中,《疯狂的夜,不眠的夜》极其鲜明地传达出阿普赫金特有的痛苦与绝望的音调:

激动的夜,不眠的夜,

困倦的目光,不连贯的话······

灯火阑珊的夜,

惨淡的秋天迟开的花!

纵使时间用无情的手

向我指出你的虚假,

我贪婪的记忆还是飞向你,

向过去寻找不可能的回答······①

在阿普赫金的抒情诗中,最频繁使用的固定语词都具有"残酷"这一象征指向,如:"破碎的生活"、"致命的情欲"、"燃烧的热泪"、"疯狂的妒忌"等。诗人意欲从个人痛苦的情感体验中,指证社会和生活的残酷,宣泄自己的忧郁和不满。

阿普赫金的晚期诗歌风格发生了出人意料的变化。在他的诗歌中出现了散文化特征,即描写极其平庸的、日常生活的琐碎事物和现象。极为高尚的激情与庸俗的现实并存,形成一种怪诞的混合物,这是那个时代的特征。这种庸俗的社会现实表现为无所不能的市侩习气、都市主义、工业化以及各种无常的变化。

在阿普赫金的诗歌中出现许多契诃夫的创作主题,例如:《前夜》(1876)这首诗的情节接近契诃夫的《跳来跳去的女人》;现代人感情上的个人主义、平庸的生活环境影响着《特别快车》(1870)中主人公的言行举止,在看似幽默的情节背后暗含着契诃夫式的悲剧性主题。

阿普赫金悲观绝望的情绪在他80年代的创作中得到集中体现。叙事诗《修道院中的一年》(1883)通过一个生活在上流社会中的人的日记,讲述他试图摆脱庸俗和虚伪的世界而躲进修道院,以及在修道院里一年的生活。这首诗以对人物的心理挖掘见长,可以明显感觉到托尔斯泰的影响。

---

① 《俄罗斯抒情诗选》,张草纫译,上海译文出版社,1992年,第882页。

《手术前》(1886)描写的是一个濒临死亡的妇女的悲痛心情：她在做一个没有希望的手术之前，捧着孩子们的画像，向他们一一告别。

《摘自检察官的报告》(1888)这一题名用于诗歌有些惊世骇俗，原来这是一个自杀者的临终自白书。自杀者患有躁狂病，他在自杀的前夜想象司法部门对他死因的查寻，大肆嘲讽法律中的陈规旧套。

需要特别指出的是阿赫普金的《疯人》(1890)。整首诗由一个疯人的谵语构成：他是"万民推举的国王"，为民众制定律法；他自幼就精神失常，而且他的祖父和父亲都患有此病；他回忆起自己的妻子和女儿，还有田野里的矢车菊。在这首诗中，阿赫普金通过疯人混乱的意识和真实的精神状态，揭示出人对时代的恐惧感、家庭关系的离散以及导致精神错乱的不可避免性。从这一点来看，这首诗接近契诃夫的《第六病室》，但勃洛克却在这首诗中捕捉到了社会"流行病"的迹象。勃洛克认为，这是一种逼迫人们精神失常和自杀的病，是那个时代特有的病。

具有"贵族气质"（勃洛克语）的阿普赫金作为一个现代诗人，他既不被60年代认可，也不被70年代接受。只是到了80年代，当社会情绪发生全面转变，人们对政治问题日渐冷漠的时候，阿普赫金以及他的那些纯粹抒发个人隐秘感受的诗歌，才引起读者的共鸣，成为那个时代最忠实的表达者。对于20世纪初崛起的新一代诗人来说，阿普赫金的诗以及他诗中的极端悲观主义和悲剧性心灵的断裂，成为对他们创作的真正的启示。因而，他们有理由把他纳入俄国最早的"颓废诗人"之列。

康斯坦丁·康斯坦丁诺维奇·斯鲁切夫斯基（Константин Константинович Случевский, 1837—1904）出生于彼得堡的一个议员家庭。他当过军官，曾在巴黎、柏林、莱比锡、海德堡的大学学习，并在海德堡大学获得哲学博士学位。1866年回国后，他先后在国家出版总局和财政局等部门担任重要职务。

斯鲁切夫斯基的创作经历颇具戏剧性。他于1857年开始发表作品，1860年在《现代人》上发表的诗歌引起激烈的争论，使得初登文坛的斯鲁切夫斯基一下成为文学斗争的标靶。这场争论令斯鲁切夫斯基沉默了十余年，直到70年代中期才重返诗坛。80年代是他的创作高峰期，他先后出版了四本诗集。1902年最后一本诗集《来自角落的歌》的出版，对斯鲁切夫斯基的诗歌被承认为俄国文学中的重要现象起到了决定性作用。

斯鲁切夫斯基的创作体裁非常广泛,有生活哲理诗、爱情抒情诗、历史叙事诗、自然风景诗、诗体小说和诗剧,但最著名的是抒情诗。

斯鲁切夫斯基的诗歌具有浓烈的悲观主义气息,他用悲观的眼光看待世间短暂的生命,思维和感情具有分裂倾向,被视为象征主义和阿克梅主义的先驱,也正是象征主义诗人"发现"和认识了他的价值。

斯鲁切夫斯基所表现的是诗人内心永远无法解决的矛盾,它来自于精神与物质、信仰与非信仰、理智与感情、"看不见的"世界与"粗野的"现实之间的对立和冲突:"我喜欢用心干扰理智,/而用思维严酷的真实妨碍心的生存。"这种内在的二重性明显地表现在他的纲领性诗篇《我们两人》(1880)中:

> 不论何时何地我从不独行,
> 我们两人同时生活在人群中:
> 一个——是表面上的我,
> 一个——是理想中的我。

这个主题发端于陀思妥耶夫斯基的《双重人格》,后来得到进一步发展,并成为勃洛克创作中的基本主题之一。陀思妥耶夫斯基的思想对斯鲁切夫斯基的影响是显而易见的。在斯鲁切夫斯基看来,陀思妥耶夫斯基是一个在自己的创作中体现了现实中的世界与哲学思考中的世界之间严峻矛盾的作家。斯鲁切夫斯基的一些诗,如《人们在阴间认识我……》(1895—1901年间)、《日内瓦行刑过后》(1881)和叙事诗《埃洛亚》(1883)等,就是对陀思妥耶夫斯基的思想及其某些作品的回应。

斯鲁切夫斯基的抒情主体是莱蒙托夫式的叛逆者,他被存在的矛盾折磨得痛苦不堪,其中最主要的矛盾则是信仰与非信仰之间的矛盾。没有信仰的人是孤独的,天性是不完美的。抒情主体的内心精神世界就这样不断发生碰撞和冲突,他因这个需要解决的问题而忧心忡忡,而对这个永恒问题的解答却是诗人的怪诞之论。例如,在《我沉思,于是我孤独……》(1891)这首诗中,诗人宣称,怀疑具有解救生命、赋予万物以勃勃生机的力量:

我开始沉思,于是我寂寞孤独;

我开始爱恋,于是生命变成辽阔的草原;

我懂得友谊,于是草原被烈火焚烧;

我悲声哭泣,于是龙妖蛇怪孳生繁衍。……

我开始怀疑,于是晚霞把天边点燃,

淙淙的泉水汩汩地涌出地面,

在沉寂和饥饿的原野上,

幼林的新绿在花丛中闪现。

像莱蒙托夫一样,斯鲁切夫斯基虽然生活在上流社会,但当他面对有产阶级时,他的音调却是讥讽和鄙夷。他的许多诗抨击上流社会的黑暗,具有莱蒙托夫的冷酷无情。在这些诗中,主人公像看不见的恶魔靡菲斯特,在客人中游荡,他把上流社会的各种娱乐都称为"魔法":这里是"靡菲斯特创造的世界"。在1881年,诗人写了一系列靡菲斯特主题(恶魔的主题)的诗:《罪犯》、《无所不在的靡菲斯特》、《闲游》、《隐形的靡菲斯特在招待晚会上……》、《贼窝》。

斯鲁切夫斯基认为,所有的现代的社会制度都应受到谴责,因为它们是对生活意义和人性的凌辱。如果说在《来自开罗和芒通》(1881)中诗人的嘲讽还比较柔和的话,那么,在《在拉兹杰里纳亚》(1881)中,这种嘲讽变得更加尖锐,甚至是灾难性的:一辆辆开到拉兹杰里纳亚枢纽站的火车不是来自于疗养院,而是来自于俄土战争的前线;到前线去的都是朝气蓬勃的年轻新兵,可从那里回来的却是丑陋不堪的士兵和瘸腿断臂的伤员。在著名的《喀马林舞》(1883)中,斯鲁切夫斯基的结论虽然有失偏颇,但却是饱经痛苦:生命结束了,多么值得庆贺!

有趣的是,在斯鲁切夫斯基的创作中,具有强烈悲观情绪的社会题材诗与具有乐观情绪的、描写大自然美景和乡村劳动喜悦的自然风景诗形成鲜明的对照。斯鲁切夫斯基在描写自然风景时,几乎总是将其与人民的日常生活和他们的田间劳动结合在一起,这也是他的抒情诗的一大特色。关注农民的劳动、在农民的日常生活中刻画农民的形象,这一特点让人不由得把斯鲁切夫斯基与涅克拉索夫拉近。在组诗《黑土地带》(1883—1884)中,斯鲁切夫斯基表现出热爱生活的乐观情绪,瓜园、农舍和村里快活的年轻人都让他感到喜悦。但乡村的生活对他来说并不是田园诗,而是艰苦繁重的劳动:

> 谁体验过如此天空的火焰,
> 谁就会轻易地永远懂得,
> 为什么我们的百姓把浪费
> 一粒粮食也看做十恶不赦!

斯鲁切夫斯基的矛盾性和双重性不仅表现在创作题材上,而且还表现在创作风格上,即形象的印象化和语词体系的散文化形成对比。斯鲁切夫斯基能够把日常用语、公文用语、专业科技用语同"高雅的"、"抽象的"主题糅合在一起,似乎有意使诗歌语言艰涩,结构失衡。许多研究者发现,斯鲁切夫斯基的诗歌因过于散文化、无诗意,而显得有失优美和雅致。勃留索夫在谈到斯鲁切夫斯基的这个特点时指出:"他在自己诗歌最引人入胜的地方突然使用散文语句,不合时宜地用插入的这个词破坏了所有的魅力,可能正因如此,才获得了一个特殊的、只有他一个人才具有的印象。"①诗歌的散文化的确代表了斯鲁切夫斯基绝大部分作品的风格,但不是全部。

应该说,斯鲁切夫斯基的爱情诗反映了诗人性格和创作中被人忽视的一面。在斯鲁切夫斯基的笔下,爱情是与婚姻、家庭和孩子紧密相关的。诗人赞美的不是浪漫的、折磨人的情欲,而是家庭的安宁和温馨。在他的爱情抒情诗中,爱人之间的宁静和安谧是最关键的形象。这样的爱情观使抒情女主人公具有一种安详之美:她像轻阖双眼、微睡的"白天鹅",像深潭上熟睡的"温柔的莲花"。斯鲁切夫斯基视爱情为最神圣和最珍贵的东西,他的爱情诗也因之显得意境清纯、语句柔和、表达顺畅。

斯鲁切夫斯基是一个十分特别的诗人,他既不属于公民诗人之列,尽管公

---

① Брюсов В. Я. Случевский. Поэт противоречий. // Брюсов В. Я. Собр. соч. В 7 т. М., 1973 - 1975. Т. 6, С. 231.

民主题于他并非格格不入，也不属于"纯艺术"派的同路人，因为他对生活意义的思考极为矛盾。然而，他诗中的悲剧色彩、神秘情调和暗示手法成就了他在现代主义诗人中的独特地位。

弗拉基米尔·谢尔盖耶维奇·索洛维约夫（Владимир Сергеевич Соловьев，1853—1900）的诗基本上是其哲学思想的形象注释和图解。索洛维约夫写诗不多，且主要是短诗，不计译作，大约200首。这些诗按题材可分为哲学诗、政治诗、爱情诗和戏谑诗四类，但最重要和最有影响的，还是他的哲学诗。

索洛维约夫是一位影响颇大的唯心主义哲学家，是19世纪末俄国哲学危机与复兴时期思想界的集大成者，其哲学思想的核心是绝对同一说和世界灵魂说。索洛维约夫认为，所谓绝对同一就是真善美在本体论意义上的完美结合，它属于神的范畴，而现实世界则是它的体现。只有通过将神秘的、理性的和经验的知识结合起来才能认识绝对同一。索洛维约夫还有一个重要的学说，即"世界末日"说。他认为，爱的胜利将在旧世界的灾难性结束后到来。

索洛维约夫的诗歌对其传播哲学思想起到了锦上添花的作用。在他的诗里，个性与共性，精神与物质，神性与感性的思辨融合得到更加清楚的表达。根据索洛维约夫的形而上学，在现实世界与其创造者——神——之间有一个中间领域，索洛维约夫称之为"最高神智索菲娅"，或者世界灵魂，世界的女性本原。正是在这个中间领域，特别明显地表现出精神与感性的融合，感性、物质和现实世界皆起源于此。在《奥菲特派之歌》①（1876）一诗中，作者开宗明义，要寻求象征纯粹精神的百合与象征尘世爱欲的玫瑰之间的结合：

> 白色的百合与红色的玫瑰，
> 我们把这二者连成一体。
> 通过神秘预言的梦想
> 我们获得永恒的真理。
> ……

————————————

① 奥菲特派即诺斯替教派。

歌唱那狂怒的暴风雨吧，
我们的安宁就在那里……
白色的百合与红色的玫瑰，
我们把这二者连成一体。

将诸如天与地、精神与物质加以对比，是浪漫主义的传统手法，也是索洛维约夫哲学诗形象体系的根基。在索洛维约夫的诗中，有着形形色色的对比，通过对比，形象之间既可得到融合，又可以互相对立：

即使我们被无形的锁链
永远禁锢在异地的海岸，
我们仍应带着锁链独自
完成神灵给描绘的循环。

凡符合最高意志的一切
总将他们意志化为己有，
在物质冷漠的假面之下
到处燃烧着神灵的火焰。

——《即使我们被无形的锁链……》(1875)

索洛维约夫70年代的诗是对融合主题的初步表达，无论是"自然的"，还是"心灵的"，都没有在诗歌中展开，只是或多或少地对应和交织。80年代期间，索洛维约夫的诗歌明显比从前更讲究诗歌结构，"我"与"自然"的形象也趋于分离(《在云雾弥漫的早晨我步履蹒跚……》，1884)，这是对当时诗歌普遍倾向的一种反映，同时，显然也与费特的"复出"有关。不过，索洛维约夫的诗中有这样的矛盾：一边是异常精彩的个别诗句、个别段落，甚至是整首诗，一边是人为的雕琢、冰冷的理性、机械的结构。

此岸世界是痛苦的深渊，彼岸世界即精神世界则具有神性的美满。索洛维约夫对理想世界的看法带有鲜明的乌托邦色彩(《不会飞翔的精灵被大地俘获……》，1883）：

不会飞翔的精灵被大地俘虏，
忘记了自己的神被别人忘记……
唯有梦——生出翅膀，你又
远离尘世的烦扰，向高天飞去。

熟悉的闪光射出了朦胧的光线，
非尘世歌曲的回声依稀萦绕耳际，——
面对敏感的心灵先前的世界
又一次呈现在不灭的光芒里。

唯有梦——你将不得不重新
在难捱的愁苦中驱遣白日，
期盼异地的幻象再次出现，
神圣的和谐的回声重新响起。

　　他还幻想着一个"光明与自由的新世界"，"全世界复兴的节日"。索洛维约夫在自己的诗中始终没有放弃这样一个信念，即丑恶的现实世界注定要灭亡。诗人始终相信，善与美将最终战胜丑与恶，这一天并不遥远："伟大的新世纪如今就要诞生，整个世界的黄金时代即将到来"（《波里奥》）。

　　对自然科学所揭示的生物存在规律，索洛维约夫试图给予道德评价。他把生命的物质根基看成悲剧。他认为，自然规律是丑恶的，不和谐的。索洛维约夫对自然和人的本性的这一观点在其诗歌中有所反映。在《苏格兰的月夜》（1893）一诗中，诗人表现出对历史发展的上升性的信心。对索洛维约夫而言，人越是接近自然，就越丑恶，越"阴暗"。

　　对尘世存在价值的思考始终制约着索洛维约夫哲学诗的结构，也影响了20世纪初勃洛克、别雷和维亚切斯拉夫·伊万诺夫等人的象征主义诗歌。在索洛维约夫的笔下，现象及表达这一现象的词语的真正含义至少有两层：一个是尘世的、经验的,一个是崇高的、神秘理想的。索洛维约夫诗中的女主人公形象本身允许有两种解释,既可以是神秘主义的,又可以是现实主义的。但同勃洛克的《美妇人集》相比较,他的诗歌形象的双重性表现得并非贯穿始终。尽管如此,这仍不失为索洛维约夫诗歌的一个显著特点。

"索菲亚"形象是索洛维约夫诗歌形象体系最重要元素之一,她以自己的光芒战胜黑暗,救助人类脱离苦难:

我的女王有座巍峨的宫殿,
宫殿坐落在七根金柱之上。
我的女王有顶七棱的王冠,
王冠上有无数颗宝石闪亮。
······
明媚早春踏着阴暗的冬天
俯下身子依偎在他的身旁,
然后满怀无言的温情将他
裹在她闪光的尸布里掩藏。

　　　　　　——《我的女王有座巍峨的宫殿······》(1875—1876)

在索洛维约夫自称为"小型自传"的著名长诗《三次约会》(1898)中,诗人讲述了他在三个地方(莫斯科、伦敦、埃及)三次见到索菲亚的幻觉性奇遇。诗人这样描述第三次见面:

在紫色的明亮天空中
你用充满蓝火的眼睛张望,
仿佛全世界的和创造的白昼
放射出的最初的光芒。

过去的、现在的、未来永续的——
在此尽收于你凝然不动的视线······

> 大海和江河在我下面泛着蓝色，
>
> 还有远方的森林，高耸的雪山。

诗人用富于象征意义的紫色、蓝色以及金色，来形容索菲亚所具有的王者的庄重和威严，暗示其乃是最高神智的化身。在索洛维约夫写索菲亚的诗中，她经常以"女王"的形象出现。

索洛维约夫在长诗尾声对自己的经历做了概括。诗人重复了序诗中的一个段落，只对其稍作改动。在诗人笔下，世界的神性的、光明的根基乃是隐藏在现实生活下面的真实：

> 在物质粗糙的外壳下面
>
> 我看到了不朽的紫袍
>
> 并感知到了神性的光辉。

同丘特切夫和费特相比，索洛维约夫算不上一个一流诗人，但却是一个非常重要、颇有影响的诗人，一个"主宰"过勃洛克等大师"整个身心"的诗人。不了解他，就不能准确深入地了解俄国象征主义，尤其是新一代象征主义。

康斯坦丁·米哈伊洛维奇·福法诺夫（Костантин Михайлович Фофанов，1862—1911）出生于彼得堡的一个小商人家庭，没有受过系统的教育，属于"自学成才"的诗人。1881年福法诺夫开始在报刊上发表诗作，生前出版过三本诗集和五卷本诗集，其中《影子和秘密》（1892）被认为是最成功的一本。

福法诺夫自创作之初，就与众不同，他的诗歌时而呈现出涅克拉索夫风格，时而呈现出"圣经式"的风格。日常生活题材与高雅音调的奇特结合，是福法诺夫的诗学特征。

福法诺夫是19世纪末期少有的城市诗人，他写了许多关于彼得堡的诗，如《深夜的灯光》（1890）、《暴雨过后》（1893）、《大街上》（1906）等。从这些诗中，可以明显看出陀思妥耶夫斯基对他的影响。在他的笔下，彼得堡是一个"巨大的怪物"（《怪物》，1893），是贫穷和奢华的城市：

> 城市又在酣睡,像一尊巨大的木偶
>
> 在这寂静中我似乎听见
>
> 时而是醉酒狂欢的放荡叫喊,
>
> 时而是贫病的人们的沉重叹息。
>
> ——《春天的深夜我拖着疲倦的步子回家……》(1882)

　　而那些描写穷苦人生活主题的诗,如《别人的节日》(1883)、《第一缕霞光》(1887)、《奄奄一息的新娘》(1887),则反映出涅克拉索夫对他的影响。

　　在福法诺夫的创作中,"小市民生活"主题占据重要的地位。福法诺夫深刻地感受到,都市化压抑了现代人的感情,但在他的艺术世界中,感情终究还是战胜生活的平庸。呈现在我们眼前的是这样一幅情景:现代城市在两个恋人周围轰隆作响,它那沉重的呼吸对于玫瑰和夜莺都是致命的。但是,相爱的人却沉醉于自己的世界,对此竟丝毫没有感觉。不仅如此,他们还能把平庸化为个人幸福的诗情画意!(这一主题被阿赫玛托娃继承和发展。)他们从车轮的铿锵和士兵们密集的鼓点中听见了自己感情的乐音:

> 在这个窒闷而又亲切好客的城市,
>
> 一切都热情洋溢,一切都吸引着我们。
>
> ——《你是否还记得,青年时代的女友?》(1894)

　　城市生活的特征——煤气灯、昏暗的楼道、四轮马车常常与幻想、夜莺、玫瑰交织在一起。福法诺夫的城市诗的整体意义,并不在于他描写了这些日常现实,而在于他在描写的过程中,融进了能改变庸俗环境的新颖和丰富的想象。在《是不是万物都呈现平庸?》(1885)、《火炉旁》(1888)、《月光》(1889)等诗中,诗人毫不例外地创造了一个个奇幻的世界。由此可以看出,生活的平庸与粗俗对诗人并非无关痛痒,恰恰相反,这迫使他凭借诗人的直觉,创建一个色彩亮丽的、全新的世界。福法诺夫的创作几乎不受时间和地点的限制,他完全生活在自己独有的、朦胧的、充满不安情绪的世界里。

　　形象结构的不稳定性、清逸优美的诗句,甚至是偏爱梦境、幻想、神话形象以及一切言未尽意的东西,赋予福法诺夫的诗以印象主义的特征。但同时,他也创作了许多情节性很强的作品,如《克拉克斯男爵》(1892)、《离奇的风流韵事》(1900);叙事诗《老橡树》(1887)、《狼群》(1889)、《吃醋的丈夫》(1892)。

福法诺夫渴望善与幸福,他乐于歌颂那些心怀对美好生活的向往、不懈地寻求出路的现代人,因此,诗中的人道主义情感博得同时代人的好感。他不知疲倦地歌唱那个善的世界,然而,在他心中,善的世界是梦的世界:

> 当我们踏着秋雨的乐音
> 一步一步地走向永生,
> 不正是自己用想象创造生命
> 并把世界称为一个神奇的梦?
>
> ——《踏着秋雨的乐音……》(1900)

90年代社会情绪的高涨,在福法诺夫的诗中得到反映。在《断裂》(1906)中,诗人把1905—1907年的革命理解为"缺少舵手"的"旋风",而其具有标语口号色彩的诗作,如《寻找新的道路!》(1900),则受到象征派诗人的青睐。

福法诺夫的自然风景诗很能反映诗人的才华。他是春天的歌手,春天和姹紫嫣红的五月,成为他一生吟咏的对象。他的诗糅合了丘特切夫描绘大自然的动感和费特对具体的日常细节的运用。为他带来最初的声誉的《灿烂的星星,美丽的星星……》(1886)让春天的风景充满情趣:

> 灿烂的星星,美丽的星星
> 给花儿讲述神奇的故事,
> 缎子般的花瓣嫣然而笑,
> 翡翠般的绿叶开始颤栗。
>
> 在晶莹的露水里沉醉的花儿
> 给风儿讲述温柔的故事,

> 在大地、波涛和峭壁上空
> 叛逆的风把故事唱成歌曲。

比起风景诗,福法诺夫的爱情诗尽管不乏天才的诗句,但还是逊色不少。

福法诺夫是一个很独特的诗人,甚至有人认为,在纳德松之后和俄国象征主义出现之前存在一个"福法诺夫时期"。[①] 福法诺夫的浪漫主义诗歌继承了俄罗斯诗歌中的诸多优秀传统,但又具有自己的独特性,是极其矛盾和复杂的:既同情饥寒交迫的人们,又拒绝斗争,脱离现实。人物内心世界的深层揭示和大自然的抒情画面,在他笔下融会成颓废派的音符——消极、悲观、逃遁。福法诺夫对现代主义诗人的创作有很大影响:象征主义诗人从不否认福法诺夫笔下世界的双重性对他们的启发;勃留索夫和谢维里亚宁是他的崇拜者;自我未来主义诗人尊他为偶像。正是他创作中的双重面貌,使他同时属于两个截然不同的诗歌时代。

阿波罗·阿波罗诺维奇·科林夫斯基(Аполлон Аполлонович Коринфский,1867—1937)青年期的创作主要是抒情诗。第一本诗集是《心曲》(1894),随后又相继出版了《黑玫瑰》(1896)、《生命的影子》(1897)、《美的礼赞》(1899)、《在幻想的光芒中》(1906)。科林夫斯基诗歌的基本主题是自然与爱情。自然在他笔下是富有灵性和多姿多彩的,从宽阔的河流、森林、田野到单独的一朵小花(《水百合》)。他的作品强调人与自然的和谐,以及自然对身心健康的有益作用:

> 灵魂被幻想打开,
> 眼睛被灵感点燃,
> 夜晚、寂静还有辽阔的天地
> 不可分离地跟我融为一体。

> ——《夏季选曲》

---

① Кулешов В. И. История русской литературы XIX века. М.: Изд-во Московского ун-та, 1997. С. 569.

爱情不光给人带来幸福,也会给人带来悲伤(分别、背叛、毁灭)。(假如你想恋爱,先要学会承受痛苦。)他的这类诗情感特别丰富、优美、富于音乐性,因而深得作曲家青睐,其中有 40 多首被谱了曲。在 19 世纪末,科林夫斯基是俄罗斯最有名的诗人之一。他讴歌美的"纯诗"深得文友们的喜爱,但受到正统民粹派批评界的排斥。雅库博维奇用笔名格里涅维奇撰文评论当代诗歌状况时,把他说得一无是处,除了指责其矫揉造作,还宣称"无原则的诗人"在俄罗斯诗歌的土壤上不会留下丝毫痕迹。有意思的是,科林夫斯基一直同一些来自民间的作家——德罗任、莫罗佐夫等人保持着友好关系,他追随柯尔卓夫、尼基金、涅克拉索夫、德罗任讴歌"七个大海围绕"并浸润着俄罗斯农民"汗水和泪水"的俄罗斯大地。田地成为农民的罗斯的化身,诗人对她说:"展示你的秀丽吧,展开你的花朵吧,做巨人般的民族的摇篮,把新生的勇士儿子养育成人,给自由戴上信仰和真理的花冠"(《故乡的土地》)。

康斯坦丁·尼古拉耶维奇·利多夫(Константин Николаевич Льдов,1862—1937)认为,艺术作品"如果不是由崇高的思想炼就的精神孕育而成,即便其外部形式再怎么迷人,也无法具有打动人心的神秘力量"。这里激发创作的"崇高思想"不应被理解为时髦的潮流,而是"某种不以偶然现象的不断更替为转移的东西",是"创造一些谜并解答另一些谜,同时唤起人们对另一存在的预感"的美。

利多夫的创作实践在相当程度上契合了他的理论主张。他始终坚持"纯艺术"诗歌创作取向,很少随时俯仰。不过他也接受了纳德松的某些音调和形象:

> 竖琴打碎了,琴弦哑然无声,
> 最后的和弦响过了……
> 自己的长诗的最后一句
> 我在生命之书中读完了……

90 年代利多夫开始借鉴象征派的诗歌语汇。

利多夫的诗整体上富有哲学意味,尽管他的哲学并非独创。诗人赋予大自然以灵性，赋予她不光是"感觉和思想"的能力，而且还有他人一直追求却又求之不得的最高知识——神圣的天赋（《一切都在和谐地运动：云彩飘游……》）。诗人将尘世生活的忙碌与具有预见力的灵魂永恒前的昏暗、将鲜活的创造性语言与软弱无力的行为、将神秘的本质的东西与可见的表面的东西对立起来，如《瞎子》（1897）；《语言……怎样的秘密……》（1899）：

> 语言，怎样的秘密
> 隐藏在其鲜活的启示中？
> 什么反映出，什么被遗忘
> 在有声的影像中？

民主派批评界不接受利多夫，将他划到象征派之列。雅库博维奇称之为"俄罗斯的王尔德"，嘲笑其作品晦涩难懂，是丘特切夫和莱蒙托夫主题的老调重弹。然而，象征派也不接受利多夫，不承认他是象征派。勃留索夫说他的诗是"假钻石的鲜明样板"。尽管如此，他还是获得了 1903 年的普希金奖。

阿尔谢尼·阿尔卡季耶维奇·戈列尼谢夫—库图佐夫（Арсений Аркадьевич Голенищев-Кутузов, 1848—1913）的成名作是第一本诗集《寂静与暴风雨》（1878），诗人自称属于"纯艺术"派。他跟费特一样，认为人的任务就是为美服务，他的创作也努力践行这一美学主张。他的诗，十分讲究修辞和美感，音韵和谐，朗朗上口：

> 局促的斗室，亲切而宁静；
> 无边的阴影，冷淡的阴影；
> 深沉的思想，沉闷的歌曲；
> 隐秘的希望在心中律动；
>
> 瞬间复瞬间的秘密飞翔；
> 目光凝结于远方的幸福；
> 几多怀疑，几多忍耐……

> 看，我的夜——何其孤独！
>
> ——《四壁之内》(1872)

再如：

> 你在人群中没有认出我——
> 你的目光什么也没说；
> 但我感到奇异而可怕，
> 但我把你的目光捕捉。
>
> 那不过就是一个瞬间——
> 可是，相信我吧，我在其中
> 体会到了过往爱情的全部欢乐，
> 遗忘和泪水的全部苦涩！
>
> ——《你在人群中没有认出我》(1872)

尽管如此，戈列尼谢夫—库图佐夫作品中还是含有一定的社会因素，但总的来说，社会因素并没成为他定型后的创作的有机组成部分。从 80 年代开始，他的作品中出现怀疑和悲剧性的音调。

米拉·罗赫维茨卡娅（Мирра Лохвицкая，1869—1905）在其短暂的一生中出版过五部诗集，还获得过俄罗斯科学院的普希金奖。她的抒情诗局限于书写个人对男女私情的感受，题材比较狭窄，但又时常带有戏剧性。她的诗在描写女性心理方面比较细腻、真切，情调比较悲观、伤感，同时又不乏对理想世界的向往，如《哀诗》(1893)、《我爱你，就像大海爱日出》(1899)、《我愿在年轻时死去》(1904)、《我渴望成为你的爱侣》(1904)都是脍炙人口的爱情诗名篇。

> 我渴望能成为你的爱侣，
> 不为仲夏夜之梦的温馨甜蜜，

而是为了让永恒的命运
把你我的名字永远联在一起。

这世界被人如此毒害和污染,
生活如此无聊又如此阴暗……
要知道,要知道,要知道啊——
在这世界上我总是形只影单。

我不知道哪有真理哪有谎言,
我像只羔羊迷途在荒野深山。
生活对我将意味着什么,假如
你回绝了这痛苦心灵的呼唤?

尽管别人总是抛弃花朵,
不惜让它们与泥沙为伴……
然而你,然而你,然而你啊——
你是我的主宰,把我心独占!

我将永生永世地属于你,
做你温柔而顺从的奴隶,
不怨不哭也不矫揉造作。
我渴望能成为你的爱侣。

　　罗赫维茨卡娅对阿赫玛托娃和谢维里亚宁均有很大影响,但以往的文学史未能给予足够重视。

第三节

民粹派诗歌

从 70 年代到 80 年代初,民粹派的革命思想得到广泛传播。革命民粹派纷纷"到民间去",动员农民准备革命,并且进行恐怖活动。这一斗争的结果就是数十位革命者被处死刑,数百位革命者被囚禁,数千名革命者被流放。这一切都在民粹派诗歌中得到了反映,如在革命民粹派诗歌中占有重要地位的"狱中抒情诗"(тюремная лирика)。

民粹派诗人(поэты-народники)非常重视诗歌对人们的巨大影响,而且他们善于借助诗歌来说明复杂的社会问题。民粹派诗人继承了十二月党人诗歌的宣传鼓动性,借用民间文学元素,创作了大量的诗歌和民歌,广泛宣传革命思想,号召人民起来反抗压迫。这些作品深受人民的喜爱,有的已经成为广为流传的歌曲,如谢尔盖·西涅古博创作的《织布工的沉思》(1872—1873)。民粹派诗人与平凡的日常生活及其琐事格格不入,他们试图反映尖锐的社会冲突、主人公崇高的精神和热情,因此,他们的作品具有积极浪漫主义因素。

民粹派诗歌中的抒情主人公是一个拒绝个人幸福和舒适的生活、献身于"为人民的事业"而斗争的人,为了这一目的,他随时准备接受任何痛苦乃至献出生命。与 60 年代民主主义诗歌中的革命者形象不同,民粹派诗歌中的革命者形象常常表现为基督徒式的受难者。耶稣的传奇形象以其高尚的道德、为了理想准备接受任何苦难的献身精神以及对被压迫者的同情心吸引着这些诗人。把苦难与受难诗意化,这是所有民粹派诗人的共有特点,只不过是表现的程度不同罢了。民粹派诗人试图用这种形式来克服他们在实践中遇到的困难:一方面不屈服于沙皇政权,另一方面使耶稣的形象与俄国农民的宗教情结相契合。

在民粹派诗人中,雅库博维奇最具有代表性。

彼得·菲利波维奇·雅库博维奇(Пётр Филиппович Якубович,1860—1911)出生于一个古老的贵族家庭,1882 年毕业于彼得堡大学语文系,1878 年开始在一些著名刊物上发表诗歌。80 年代初他参加了民粹派的秘密革命组织"民意党",并积极投身于革命运动之中;1884 年被捕,三年后被改判为 18 年苦役。1887 年雅库博维奇用笔名在彼得堡出版第一本诗集。刑满释放后他在《俄罗斯财富》任编辑,1905 年再次被捕。

雅库博维奇的创作反映了革命民粹派诗歌的所有典型特征,如浪漫主义激情、政治鼓动性等。雅库博维奇不同于其他的民粹派诗人,他对历史有着深刻的思考和概括能力,在许多诗歌中描绘了当时社会的复杂发展进程。与此同时,雅库博维奇在诗中也表现了自己的精神痛苦和不幸的命运,这种痛苦与不幸与其说是他个人的悲剧,不如说是他的"战友和朋友"经历的共同的悲剧。尽管经历了种种痛苦和打击,诗人依然相信光明的未来,相信理性和正义的胜利,相信那"期盼已久的时刻"终将到来(《你们说:"不需要……"》,1886)。

雅库博维奇的文学创作始于民意党人反对专制制度的极盛时期,反映了当时俄国进步青年的思想和情绪。他的早期抒情诗中的主人公都是英勇无畏的、充满浪漫主义激情的革命战士。他们随时准备着为了善、真理和社会的正义而作出任何牺牲,与此同时,他们也深深意识到自己脱离人民的孤独。这些诗情绪高昂,真挚感人,富有号召力。诗人号召自己的战友不要气馁,要继续战斗(《同志们,兄弟们,朋友们!……》,1885—1886)。

雅库博维奇的"狱中抒情诗"主题多样,情绪丰富,揭露的音调与深切感人的主题相结合。其中的一些诗表达了对亲人、母亲、姐妹、朋友的真挚的感情(《雌鹰》,1885—1886;《致姐姐》,1885;《给青年时代的朋友》,1885—1886)。与他的早期抒情诗相比,"狱中抒情诗"具有更强的政治性和战斗力量。在诗中,代替主人公忧郁的沉思的是公开号召斗争,诗的独白常常具有直接号召的性质;抒情主人公"我"也被"我们"代替;诗人广泛使用具有革命象征意义的词:暴风雨、惊雷、汹涌的大海、海浪、鹰等。

在服苦役期间,雅库博维奇经历了精神危机,他怀疑民意党人政治纲领和革命斗争策略的正确性。在创作中,雅库博维奇表现出极力克服主观自我表现的局限性的倾向,诗歌中开始出现关于个人和人民在历史中的作用、生活的意义和目的、关于荣誉和人的尊严、关于对祖国和人民的责任的哲学思考(《今天我彻夜不能入眠……》,1892;《我们的正午到了……》,1890),而人民的苦难、反抗压迫、祖国的理想、摆脱专横和暴力成为这一时期创作的最重要的主题(《饥年》,1892)。现实的生活和斗争让诗人得出结论:社会进步所依靠的主要和真正的力量是人民,而不是孤胆英雄,这一点从《凿岩工之歌》(1892)、《铁匠》(1893)、《劳动之歌》(1898)等诗中可见一斑。这些思想和情绪构成雅库博维奇服苦役和流放期间创作的突出特点。

> 在天寒地冻的地方,
> 四周是崇山峻岭,
> 我们在刺刀下,戴着镣铐,
> 剃光了头,没有名姓,
> 在阴暗、闷热的矿山中,
> 不吝惜力气,拼命使劲
> 凿着死气沉沉的花岗石,
> 耳边只听见单调的丁丁声。
> ……
> 从荒无人烟的东方,
> 带着风雪的悲泣,
> 这敲凿声将会远远地传开,
> 传到祖国的腹地,
> 将会有千万个新人起来,
> 重新进行已经夭折的事业……
> 敲凿吧,弟兄们,勇敢地敲凿吧,
> 让"丁丁""丁丁"之声永不停息![1]
>
> ——《凿岩工之歌》

---

[1] 《俄罗斯抒情诗选》,张草纫译,上海译文出版社,1992年,第861—862页。

雅库博维奇的诗歌继承和发展了俄罗斯公民诗歌的传统,他的创作深受莱蒙托夫和涅克拉索夫的影响。他的抒情诗紧密结合了革命民意党的诗学观,反映了它所有的典型特征:浪漫主义激情、高昂的斗志、强烈的宣传鼓动性。然而,雅库博维奇与其他民粹派诗人不同的是,他拥有更深刻的历史思想和概括能力,这使他的一系列作品得以描绘出现实的复杂的社会过程。雅库博维奇的创作具有情绪的连贯性和一致性,自始至终充满了革命的战斗精神,这使他成为涅克拉索夫传统诗人中最出色的一位。

民粹派"到民间去"思想的身体力行者谢尔盖·西雷奇·西涅古博(Сергей Силыч Синегуб, 1851—1907)积极鼓吹空想社会主义思想,并因此被捕入狱。他以传播民粹派思想为己任。同其他民粹派作家一样,他认为只要采取恰当的、工人和农民都能懂的民间文学表达形式,社会主义学说的原理就会被接受。他的《伊利亚·穆罗梅茨》、《斯捷潘·拉辛》、《首领西多尔卡》都带有鲜明的民间文学风格。

西涅古博的诗歌遗产主要是抒情诗。写于被捕之前的作品,主要号召人们起来斗争,或为劳动者的悲惨命运而鸣不平。《织布工的沉思》(1872—1873)作为民歌有多种版本,在民间广为传唱,《壮哉,工人们!》(1873)在当时也是脍炙人口:

> 壮哉,工人们! 快拿起斧头,
> 再把刀带在身上,
> 勇敢地、友爱地走出来,
> 为争取自由投入诚实的战斗!
>
> ——《壮哉,工人们!》

作于被捕后的诗歌则主要抨击监狱的管教,呼吁战友们保持坚定的信仰(《最后的日子》,1873 或 1874);为受苦受难的狱友报仇(《邪恶的命运不只一次……》,1873—1878 年间);以及表达对自由的渴望(《我的思绪啊,思绪!……》,1873):

我的思绪啊,思绪!

你们要冲向自由!

你们渴望找到

另外一种命运!

你们盼望着

痛苦从心头滚开,

无耻的监狱

把铁门打开!

别让恶毒的不自由

把事业所需要的

青春和力量

送进了坟墓! ……

西涅古博是 70 年代公认的监狱抒情诗的优秀代表。

出身于贵族家庭的维拉·尼古拉耶夫娜·菲格涅尔(Вера Николаевна Фигнер, 1852—1942)是位革命家诗人,深受涅克拉索夫影响。她的首批诗作是在狱中写成的(《致洛帕金》,1887;《笃笃——笃笃》,1887;《纪念巴拉尼科夫》,1887)。她的诗的中心,始终是一个身陷牢笼而又向往自由、坚持斗争、不屈不挠的革命者形象。在自己的作品中,诗人始终坚信:革命事业必将成功,作出的牺牲终究会得到回报。但这种信念又常与忧愁、痛苦和牺牲的主题交织在一起(《当斗争在失败中沉默下来……》,1890;《春天》,1890;《所有的优秀分子都倒下了……》,1897)。

杰出的人才倒下了……为黄土所掩埋,

默默无闻地长眠在荒凉的地方!

没有人在他们尸骨前哭泣,

由一些陌生人把他们埋葬。

坟墓上没有十字架,四周没有围墙,

石碑上没有铭刻光荣的姓氏……

到处生长着宿草,离披杂乱,

默默地向远山低着头,不赞一词。

奔腾的浪涛是目睹一切的证人……

它愤怒地翻滚着,啮着河岸……

然而它,这浩浩荡荡的波涛,

也不会把消息带到远方的家园。①

——《所有的优秀分子都倒下了……》

尼古拉·亚历山大罗维奇·莫罗佐夫(Николай Александрович Морозов,
1854—1946)曾装扮成铁匠、工人,"到民间去"散发非法出版物,宣传社会主义
思想。执著于革命理想、坚信自己选择的道路的正确性,是他贯穿始终的诗歌
激情和主题。他的作品可以说是行动的诗歌。在诗中,他是民粹派理想的宣
传者、为人民幸福和人民觉醒而斗争的战士。从标题即可看出诗的主题:《可
恶!》《锁链》《斗争》《明灯》。他的诗歌体裁很丰富,大多带有自传色彩。他
也写长诗,其抒情诗和长诗都深受涅克拉索夫影响,但又不乏自己的特色。他
的作品中出现了象征形象(最常见的是云、星座、北极星、流星、彗星)、隐喻(如
"有时只是隐约可见/双头鹰在高空,在我头上贪婪凶猛地盘旋"——《旧时的
回忆》)、讽喻、寓意(如长诗《施利瑟尔堡的囚徒》中的"金牛犊沙皇"讽喻形
象)。莫罗佐夫的抒情主人公痛苦地感到自己与革命事业的脱离:

可恶! 在监狱里写诗吧,

当外面等待的不是言语,而是行动!

作品中也出现了苦闷、沮丧、绝望的主题(《力量消亡了》《在狱中》),但对
自己的正确性的坚信催生出另一种格调的作品:

---

① 《俄罗斯抒情诗选》,张草纫译,上海译文出版社,1992 年,第 871 页。

我知道,黑暗的力量

并不能使他们在邪恶面前屈服,

——他们将同人民的敌人

战斗到底,直到死去。

——《给朋友们》

苦闷、绝望、死亡将至的主题被乐观主义音调取代:"我们的家庭将把压迫的桎梏/从祖国的身上抛弃"(《孤独中》)。

莫罗佐夫的监狱抒情诗含有很多浪漫主义词汇(夜、风、月亮、荆棘丛生的道路等),富有宣传鼓动性和标语口号色彩,语言简练:

我们自由的灵魂

永远不会被摧折!

——《面对法庭》

谢苗·雅科夫列维奇·纳德松(Семен Яковлевич Надсон,1862—1887)出生于彼得堡一个并不富裕的官吏家庭。他两岁丧父,十岁丧母,1882 年军校毕业后在卡斯比团任准尉,两年后因患肺结核病退役。1878 年,纳德松的处女作《朝霞》在《光明》(《Свет》)杂志上发表,从此,他的创作热情便一发不可收。令人瞩目的是,在诗坛崭露头角的纳德松不仅是一个颇具才华的抒情诗人,而且还擅长史诗题材(《女基督徒》,1878;《犹大》,1879)。1885 年纳德松的诗集出版,受到空前的欢迎,他因此获得科学院授予的普希金奖。

纳德松的抒情诗深受莱蒙托夫和涅克拉索夫的影响。在纳德松早期诗歌中就已经显示出涅克拉索夫的传统,《葬礼》(1879)、《一个老童话》(1881)、《像囚徒一样拖着镣铐……》(1884)等诗就是最鲜明的例证。这些诗虽然缺少涅克拉索夫的力量和激情,但却充满对人民真挚的爱和对光明理想的热诚信念。诗人憎恨周围的生活,认为那是"巴尔①的王国"、"庸俗的天堂",而他理想中的

---

① 巴尔是古代闪族司农业和丰收之神,后来被认为皇权的保护神。

生存状态则是契合基督教精神的社会,是"复兴的节日","爱与和解的颂歌"。诗人号召人民振奋斗志,不要灰心丧气:

> 要相信:那个时刻终将到来——巴尔会死亡,
> 爱将重新返回大地!
>
> ——《我的朋友,我的兄弟……》(1881)

与此相关的是诗人与诗的主题,这个主题在纳德松的创作中占首要地位。《在人群中》(1881)、《歌手》(1881)、《亲爱的朋友,我知道,我深知……》(1882)、《日记摘抄》(1882)、《幻想》(1883)、《歌手,起来吧! 我们等着你,起来! ……》(1884)都表现出诗人强烈的公民责任感。纳德松认为,诗人应该尽自己的一切力量支持人民的斗争,同人民一道承担祖国的苦难,经受暴风雨的洗礼:

> 在斗争的暴风雨中,面对人民的苦难……
> 兄弟,我不愿也不能有话不说! ……
> 即使我像不能砸碎锁链的战士,
> 像不能把光明带入黑暗的先知,
> 我也要到群众中去,同他们一起受苦,
> 尽我的力量给予他们响应和支持! ……①
>
> ——《亲爱的朋友,我知道,我深知……》

正像80年代的其他诗人一样,面对窒闷的社会,纳德松同样感到苦恼和郁闷。在他的创作主题中,不乏对现有制度的斗争和反抗(《阴森寂静的囚牢里没有一点声响……》,1882;《他不想走,在人群中消失……》,1885;《在赫尔岑的墓地》,1886),但在他的诗歌语汇中,最关键的一个词——"斗争",常常与"怀疑"、"忧郁"、"昏暗"这些词相伴相随。斗争对于纳德松来说,是与痛苦紧

---

① 《俄罗斯抒情诗选》,张草纫译,上海译文出版社,1992年,第911页。

紧联系在一起的,尽管这种痛苦是神圣的。

在表现社会情绪和个人精神状态等方面,纳德松发展了莱蒙托夫的许多题材和主题,秉承了他诗中雄辩的激情和警句式的文体。有所不同的是,如果说莱蒙托夫是指责同龄人的无所作为和信仰缺失的话,那么,纳德松则是在为同时代人的悲观和孱弱辩解。诗人从不把自己排除在渴望美好的生活、但又对生活失去信心而痛苦地抱怨的那一代年轻人之外,这一点明显地表现在《不要怪罪我,我的朋友……》(1883)、《我们这代人不知何为青春……》(1884)、《回答》(1886)等诗中。

纳德松的抒情主人公体现了空有一腔理想,却得不到施展的一代人的悲剧。在高尚的信念和拒斥邪恶面前,他的主人公显得虚弱无力:他既不能捍卫真理,又不能彻底弃绝虚伪,他不得不生活在这个异己的社会中,并痛苦地意识到自己是其中的一分子。值得指出的是,纳德松的主人公很少被情欲和冲动控制,他善于思考、分析和自省。在他的抒情诗中,"逻辑的"原则总是战胜原始的、自发的情感。

在纳德松的创作中,与公民诗歌一起占有显著位置的是爱情诗和风景诗。这些诗以其悠扬的旋律、和谐的音韵,受到鲁宾斯坦、拉赫马尼诺夫等诸多作曲家的喜爱。

纳德松的过早辞世是俄国诗歌的一个重大损失。尽管他没有来得及充分施展自己的才华,但不论是在他生前还是死后,都享有极高的声誉,契诃夫称他为"最优秀的现代诗人"①。纳德松受欢迎的最根本原因在于,他反映了80年代的社会情绪,是那个年代最敏感的表达者。在他的诗中,民粹派革命的危机使那个年代的悲观、怀疑和疲惫的音调具有现实意义。毫不夸张地说,纳德松对"萧条"时期许多诗人的创作形成和发展都产生了深刻的影响。

---

① Русские писатели ⅩⅨ век. Биобиблиографический словарь. Под ред. Николаева П. А. М.: Просвещение, Учебная литература, 1996. С. 60.

第四节

苏里科夫流派

　　苏里科夫流派（поэты-суриковцы）是公民诗歌的一个特殊分支。该流派形成于 70 年代,其标志是 1872 年在莫斯科出版的一部《黎明——自学成才作家作品集》。这是俄罗斯文学史上第一个由来自民间和底层的作家和诗人组成的文学团体。苏里科夫是这一团体的灵魂人物,成员有巴库林（А. Я. Бакурин, 1813—1894）、杰鲁诺夫（С. Я. Дерунов, 1830—1909）、查洛夫（Д. Е. Жаров, 1845—1874）、别洛乌索夫（И. А. Белоусов, 1863—1930）、科济列夫（М. А. Козырев, 1852—1912）、纳扎罗夫（Е. И. Назаров, 1847—1900）、塔卢欣（И. Е. Талухин, 1834—1885）以及 70 年代末加入的著名诗人德罗任。这一流派的成员都是自学成才的农民诗人。苏里科夫去世后,该流派成员在 1903 年成立了以德罗任和列昂诺夫（М. А. Леонов, 1872—1929）为核心的"苏里科夫文学音乐小组"（Суриковский литературно-музыкальный кружок）。

　　苏里科夫流派诗人中除了苏里科夫外,影响较大的是德罗任,其他人成就有限。

　　伊万·扎哈洛维奇·苏里科夫（Иван Захарович Суриков, 1841—1880）,出生于雅罗斯拉夫尔省的一个交代役租的农民家庭;1862 年与诗人普列谢耶夫的结识为其打开了通向文学的道路;1864 年开始发表诗歌,于 1871 年、1875 年和 1877 年出版三本诗集;1880 年死于肺结核。

　　苏里科夫的创作道路始于加工整理民歌和对柯尔卓夫的歌谣的模仿,这一点从早期创作的《歌》(1864)、《生活啊,你给了我什么?》(1865)等诗中就可以看出来。不过,苏里科夫很快就跳出了模仿的框架,把民歌因素与俄罗斯优秀的诗歌传统相结合,从而形成了自己的创作风格。

苏里科夫认为自己是柯尔卓夫和尼基金的继承者,然而,苏里科夫的歌谣与柯尔卓夫的歌谣的一个最大区别就在于,苏里科夫更注重情节的描写和细节的选择以及形象的具体性。另外,诗的叙事性较强,而抒情性相对较弱,这一点更接近尼基金的创作风格。在柯尔卓夫的诗中,民间文学特征有机地与抒情主人公的日常生活和精神生活的本质结合在一起,这赋予抒情主人公精神上的完整性和强大力量。而在苏里科夫的诗中,民间文学特征经常是作为美学欣赏的对象,它成为高于农民日常生活之上的东西,在某种程度上是与贫穷的乡村生活格格不入的。

苏里科夫最大限度地运用了前辈的诗歌成就,他融合了柯尔卓夫和涅克拉索夫的诗歌传统,在很多方面又受到尼基金的直接影响,与此同时,他也不拒绝迈科夫和费特的创作技巧。抒情诗《春天又来了……》(1871)的第一段就表现出了这种综合性的创作特点。诗中的风景描写具有迈科夫式的风格,紧接着就出现了柯尔卓夫和涅克拉索夫诗歌中典型的"命运"的形象:

> 春天又来了,
> 田野又绿了;
> 柳树早已枝繁叶茂——
> 命运啊,为什么你还如此衰败?

把社会悲剧、生活故事与风景描写结合在一起,成为苏里科夫诗歌的一种模式。这类诗歌还有《贫困》(1864)、《秋天……大雨倾盆……》(1866)、《晨》(1866)、《痛苦》(1872)、《死者》(1875)等。

诗歌的基本主题是农民和城市贫民的生活、繁重的劳动和妇女的不幸的命运,如《在母亲的坟前》(1865)、《一个可怜人的命运》(1875)、《在桥上》(1875)、《奄奄一息的女裁缝》(1875)、《两个形象》(1875)等。在表现人民的贫困、痛苦以及他们不幸的命运这一方面,苏里科夫明显受到涅克拉索夫的影响,但是,涅克拉索夫式的"悲伤与愤怒"以及诗中涌动的革命情绪是他所不能接受的。他主张用苦难净化心灵，因此，在他的诗中没有愤怒和反抗，甚至把个人生活的悲惨环境、苦役般的劳动都理解为沉重的、但同时是甜蜜的十字架（《贫困生活写照》，1862 或 1863）。不仅如此，在他的世界观中甚至有禁欲主义色彩。

作为"城市浪漫曲"的创始人，苏里科夫在他的抒情诗中成功地反映了裁缝、鞋匠、工人、流浪汉等城市贫民的生活。他们生活在"窒闷的城市"里，为生存而进行悲剧性的斗争。这些诗充满忧郁的情绪，虽然没有描写心理上的细微变化，但却表现了人的完整的精神状态，反映了城市贫民的普遍心理和情绪。

苏里科夫的缪斯几乎总是悲伤的，哀愁的。诗人常常在诗中言及死亡，但他的那些写死亡的诗远不是绝望、悲观和沮丧的。苏里科夫的主人公每一次面对死亡考验时都表现出非常难得的坚强，他能够从精神上战胜死亡：

> 我看见，在这里，在草原，
> 死亡将把我撂倒，
> 朋友，不要记着
> 我那恼人的抱怨。

——《在草原》(1865)

苏里科夫的诗歌激情不在于社会反抗，不在于指责世界，而在于人的精神力量，这种力量足以让他去接受难以摆脱的苦难和无法避免的结局。

从 1875 年起，苏里科夫开始与《事业》、《闹钟》等民主主义杂志合作，诗歌中也出现了更为乐观的调性。《梦与醒》(1875)表达了作者要积极参与社会生活的愿望。在诗的结尾，作者乐观地预示着未来：

> 我似乎听见，新生活的力量
> 和黎明一起流入我的胸膛。
> 我精神饱满地起了床，幸福又健康，
> 尔后愉快地踏上漫长的征程……

关于童年的抒情诗在苏里科夫的创作中占有显著位置。这些诗主要描写农民孩子快乐的童年时光以及作者对自己在农村度过的童年岁月的回忆。诗人以生动的语言和儿童能够理解的诗歌形式表现了儿童眼中的周围世界和大自然,如《童年》(1866)、《春天》(1874)等。在诗中,童年总是与古老的智慧相伴随,诗中的老人、渔夫或者养蜂人都是住在森林里,过着幽居的生活(《克里姆爷爷》,1879;《在静谧的昏暗中有一盏灯……》,1878,1880)。另外,诗人总是把如诗如画的自然景色与人们的劳动结合在一起。

历史题材的史诗是苏里科夫创作中的一个重要部分,其中有根据民间壮士歌创作的史诗《诺夫哥罗德的萨特阔》(1871)、《萨特阔在海底宫殿》(1872)、《勇士的妻子》(1875)等,有取材于俄罗斯历史的叙事诗和故事诗《瓦西里科》(1876)、《处决斯坚卡·拉辛》(1877)等,在这些历史题材的作品中明显地表现出诗歌与民间文学的联系。

苏里科夫在诗歌创作中常常借用民间文学的创作手法,比如使用排偶句、陈旧的隐喻、民间常用的形容语、指小表爱的后缀、夸张的比喻、拟人以及扬抑抑格结尾和动词韵等。

《花楸树》(1864)是苏里科夫借用民歌中一个常见的形象创作的。在俄罗斯民歌中,姑娘常被比作河岸上孤独的白桦或者是花楸树。在这首诗中,作者使用民歌中最常见的比喻和形象来表现姑娘单相思的痛苦,朴实的形象借助无华的语言获得了极大的表现力。

不,花楸树不可能
移栽到橡树旁!
看来我这一生
只能孤独地摇晃。

苏里科夫诗歌的民间文学性不能归于简单的模仿和对口头民间诗歌外部形式的复制,它是诗人艺术认识的一部分。苏里科夫的许多诗歌成为经久不衰的民歌也并非偶然,这不仅因为他是来自民间的诗人,亲近人民的感情,更重要的是他能够真实地理解人民的痛苦和表现人民的日常生活。

斯比里顿·德米特里耶维奇·德罗任(Спиридон Дмитриевич Дрожжин, 1848—1930)出生于特维尔省尼佐夫卡村的一个农奴家庭。他读过两年书, 12岁时来到彼得堡, 靠四处打工维持生计。他的诗歌创作活动始于1866年, 处女作发表于1873年。1905年德罗任进入"俄罗斯语言爱好者自由协会", 并多次获文学奖。

德罗任在青年时代就接受了革命民主主义思想, 他的创作受到柯尔卓夫、尼基金和涅克拉索夫的影响。他在七八十年代创作的诗歌, 如《女裁缝之歌》(1875)、《我的缪斯》(1875)、《劳动者之歌》、《纪念涅克拉索夫》等, 其思想内容贴近当时进步民主主义诗歌发展的主要方向。在后来的创作过程中, 德罗任力求遵循涅克拉索夫、苏里科夫的民主主义诗歌传统, 他们诗歌中的爱国主义激情和公民精神在他的作品中都得到体现。在他八九十年代创作的许多诗歌中还可以看到纳德松诗歌的痕迹。

德罗任是农民生活的歌手, 他在《我的缪斯》中说, "我的缪斯出生在农民的木屋里。"他的诗表现了俄罗斯农民贫穷的生活、低下的社会地位和繁重的劳动。德罗任的语言异常朴实, 没有丝毫的夸张和刻意的修饰, 对农民生活近乎残酷的真实摹写令人震撼:

> 屋里酷寒,
> 几个幼童缩成一团。
> 窗上挂满
> 银色的薄霜。
> 顶棚和地板
> 潮湿发霉,
> 家里没有一块干粮,
> 院子里没有一根劈柴。
> 孩子们挤在一起哭泣,
> 可没有人知道,
> 他们的母亲正拿着袋子
> 满世界乞讨,

他们的父亲正躺在

长凳上的松木棺材里，

头上蒙着一件

白色的粗麻衣。

他睡得那么沉，

风敲得窗板啪啪响，

冬日忧郁地

把小木屋张望。

——《冬日》(1892)

1894 年德罗任回到故乡尼佐夫卡村居住后，更加关注农民和农村生活。诗人看到，在俄国资本主义形成和发展的进程中，农民的处境更加艰难，他为此而感到痛苦，但并没有认识到这是历史发展的必然规律，只是真诚地相信劳动的力量，而看不到改变现实的其他途径。

德罗任在表现农民生活悲苦的同时，也抒发了农民耕作时的快乐。在他看来，热爱劳动是农民心灵美的体现。在《农夫之歌》(1891)中，他对农民的劳动作了诗意化的描写。

德罗任的诗表现了俄罗斯乡村，更确切地说，表现了俄罗斯农民的文明。他的抒情视域宽阔，广泛地涉猎了现实生活。他能够深刻地理解俄罗斯农民的世界观和道德观，清楚地认识到宗教在人们生活中的意义和作用。尽管诗人与特维尔省农村的生活有着不可分割的联系，但不论是他笔下的生活情景、他的思想意识，还是抒情主人公的经历和感受，都具有概括性。

德罗任的抒情诗散发着浓郁的宗教气息。在他的诗中，教堂不单纯是乡村的一道风景，而是东正教的俄罗斯的象征。就连周围的大自然也被诗人纳入"上帝的世界"这一概括形象之中："太阳从天边亲切地/把上帝的世界照亮"；"耶稣复活了，春天姗姗而至……我听见天使在飞翔，/还有鸟儿的轻声合唱。"东正教的俄罗斯承载着古老的农民文明。在德罗任看来，他作为诗人的任务就在于激发人民心中的积极力量和纯净的感情，在于确立东正教的生活准则。

德罗任的抒情诗具有很强的艺术性。他的诗歌语言虽然朴实,但比喻却独一无二,鲜活生动。例如,诗人把五月比作"一个头发淡黄而卷曲的欢快的少年",树枝上的闪烁的露水像"唇边的微笑",把茂密的森林比作抒情主人公的父亲:"就像对待自己的爱子,/把我揽入它的浓荫。"恋人的眼睛"像淡蓝色的紫罗兰",孩子们红彤彤的脸蛋"像熟透的樱桃",星星"像黑夜中美人的目光",天空"像被蒙上薄丝做的袈裟"等等,不一而足。不仅如此,诗人还在充满浪漫主义意绪的哀歌中注入民主主义思想,在他的笔下,生活现象转化为美学活动,日常词汇变成了艺术语言,《薄雾笼罩田野……》(1881)就是一个最好的例证:

> 薄雾笼罩田野,
> 四周升起透明的帷幕。
> 铁犁早把土地
> 深深的翻耕。
>
> 村庄藏在黄昏之中,
> 沉入安宁与睡梦,
> 只听得马蹄踏路的清脆,
> 还有农夫悠悠的歌声……

在对进入睡梦的大自然和村庄的观察中,诗人的心里产生了一缕淡淡的忧愁,这忧愁源于他感受到了农民劳作的辛苦。在诗的结尾,这种感受得到进一步体现:

> 天空下起淅沥的雨,
> 就像抑制在心里的泪。

德罗任的诗与民间口头创作,尤其是抒情歌曲有着不可分割的联系,无怪乎他把自己的许多诗都称为"歌",他能够自如地运用民间文学中的比喻、心理对比和象征等手法。"德罗任的创作遗产与口头诗歌的联系是如此深厚,甚至有时都无法分辨民间诗歌是在哪结束的,而作者本人的创作又是从哪开始的。"①

　　德罗任除在19世纪末20世纪初的俄罗斯诗歌中占有特殊地位外,也是自涅克拉索夫逝世到20世纪新农民诗歌出现这一段时期最著名的诗人之一。他在十月革命前创作的许多诗歌在人民中广为流传,经谱曲后成为受欢迎的歌曲。

　　① Ильин Л. Самородок России.— В кн.: Спиридон Дрожжин. Песни гражданина. М., 1974. С. 17.

参 考 文 献

Айхенвальд Ю. И. Силуэты русских писателей. М. : Республика, 1994.

Баевский В. С. История русской поэзии: 1730 – 1980. Компендиум. М. : Новая школа, 1996.

Баевский В. С. История русской поэзии 1730 – 1980. М. : Елиториал УРСС, 2004.

Белинский В. Г. Полное собрание сочинений в 13 томах. М. , 1953 – 1959.

Борков П. Н. Проблемы исторического развития литературы. Л. , 1981.

Брюсов В. Я. Собрание сочинений в 7 томах. М. , 1973 – 1975.

Буслакова Т. П. Русская литература XIX века. М. : Высшая школа, 2001.

Бухштаб Б. Я. : А. А. Фет. Очерк жизни и творчества. М. : Наука, 1990.

Вагеманс Эммануэль. Русская литература от Петра Великого до наших дней. М. : РГГУ, 2002.

В мире литературы. Под ред. Кутузова А. Г. М. : Дрофа, 2002.

Древние Российские стихотворения. Собранные Киршею Даниловым. М. , 1977.

Древнерусская литература. Русская литература XVIII века. Иркутск: Восточно-Сибирская издательская компания, 2002.

Иванова Н. Б. Гибель богов. М. : Правда, 1993.

Ильин Л. Самородок России. — В кн. : Спиридон Дрожжин. Песни гражданина. М. , 1974.

Илюшин А. А. Поэзия Некрасова. М. : Изд-во Московского университета,

1999.

История русской литературы ⅪⅩ века (в трех томах). Под ред. Аношкиной В. И. , Громовой Л. Д. М. : Изд-во Московского университета, 2001.

История русской литературы ⅩⅩ века. В 4 т. Под ред. Алексеевой Л. Ф. М. : Высшая школа, 2005.

История русской литературы Ⅺ - ⅪⅩ веков (в двух частях). Под ред. Громовой Л. Д. , Курилова А. С. М. : ВЛАДОС, 2000.

История русской литературы конца ⅪⅩ-начала ⅩⅩ века. В 2 т. Под ред. Келдыша В. А. М. : Академия, 2007.

История русской литературы Ⅺ - ⅪⅩ вв. Под ред. Коровина В. И. , Якушина Н. И. М. : Русское слово, 2001.

История русской поэзии. В 2 т. Л. : Наука. Ленинградское отделение, 1968 - 1969.

Кадмин Н. История русской поэзии. От древней народной поэзии до наших дней. В 2 т. М. , 1914 - 1915.

Кузина Л. Н. Ф. И. Тютчев в жизни и творчестве. М. : Русское слово, 2001.

Кулешов В. И. История русской литературы ⅪⅩ века. М. : Изд-во Московского университета, 1997.

Коровин В. И. М. Ю. Лермонтов в жизни и творчестве. М. : Русское слово, 2001.

Кочеткова Н. Д. Литература русского сентиментализма. СПб. , 1994.

Красная книга маркизы. Венок на могилу всемирной литературы. М. : "Александр Севастьянов", 1995.

Красовский В. Е. , Леденев А. В. . Литература. М. : Филол. изд-во СЛОВО, 2003.

Кропоткин П. А. Русская литература: идеал и действительность. М. : Век книги, 2003.

Лебедева О. Б. История русской литературы ⅩⅧ века. М. : Высшая школа，2000.

Лихачев Д. С. Поэтика древнерусской литературы. М.：Наука，1979.

Гаспаров М. Л. Очерк истории европейского стиха. М.，2003.

Майков А. Н. Стихотворения. М.：Худож. литература，1984.

Минералов Ю. И. История русской литературы XIX века（40 - 60-е годы）. М.：Высшая школа，2003.

Некрасов Н. А. Полн. собр. соч. и писем. В 12 томах. Т. IX. М.，1950.

Орлов А. С. Древняя русская литература 11 - 17 веков. М.，1945.

Панченко А. М. Два этапа русского барроко. Научные труды отдела русской литературы. Т. 32. Л.，1977.

Петров Аркадий. Личность и судьба Федора Тютчева. М.：Культура，1992.

Поэзия крестьянских праздников. Вступ. ст. подгот. текста и примеч. И. И. Земцовский. Л.，1970.

Русские народные песни Московской области. Новикова А. М.，Пушкина С. И. М.，1986.

Русская поэзия XIX века. Антология：В 2 т.，Сост.，вступ. ст.，примеч. Е. Винокурова，В. Коровина. М.：Русское слово，2000.

Русская литература XIX - XX века. Т. 2. Сост. и науч. ред. Б. С. Бугров，М. М. Голубков. М.：Изд-во Московского университета，2001.

Русская народная поэзия. Лирическая поэзия. Сост. А. А. Горелов. М.：Художественная литература，1984.

Русская поэзия XIX века. В 2 томах. М.：Художественная литература，1974.

Русские писатели. XIX век. Биобиблиографический словарь. В 2 ч. Под ред. Николаева П. А. М.：Просвещение，Учебная литература，1996.

Русские поэты（антология）. Т. 1 - 3. М.：Детская литература，1989 - 1996.

Свадебные песни Тульской области. Новикова А. М.，Пушкина С. И.

Тула，1981.

Селиванов Ф. М. Народно-христианская поэзия. Стихи духовные. М.，
1991.

Слово о Кольцове. Русские советские писатели об А. В. Кольцове.
Сост. Ласунский О. Г. Воронеж：Центр-Чернозем. кн. изд-во，1969.

Степанова В. М.，Покровская И. А.，Юрьева О. Ю. Устное народное
поэтическое творчество. Древнерусская литература. Русская литература
XVIII века. Иркутск：Восточно-Сибирская издательская компания，2002.

Сухова Н. П. Лирика Афанасия Фета. М.：Изд-во Московского
университета，2000.

Толстой А. К.，Полонский Я. П.，Апухтин А. Н. Избранное. М.：
Московский рабочий，1982.

Тонков В. А. А. В. Кольцов. Воронеж，Воронежское кн. изд-во，1953.

Тургенев И. С. Полн. собр. соч. и писем в 30 т. Т. 4. М.，1980.

Успенский Г. И. Полн. собр. соч. в 14 т. Т. VII. М./Л.，1949 – 1954.

Фет А. Воспоминания. М.，1983.

Холшевников В. И. Мысль вооруженная рифмами. Л.，1984.

Хрестоматия по древнерусской литературе. Сост. Н. К. Гудзий. М.，
2002.

Чернышевский Н. Г. Полн. собр. соч. в 15 томах. Т. 14. М.，1949.

Юрий Манн. Русская литература XIX в. М.：АСПЕКТ ПРЕСС，2001.

Якушин Н. И. Н. А. Некрасов. В жизни и творчестве. М.：Русское
слово，2001.

《别林斯基选集》(1—5 卷)，满涛、辛未艾译，上海译文出版社，1979—2005 年。

别尔嘉耶夫：《俄罗斯思想》，雷永生、邱守娟译，三联书店，1995 年。

曹维安：《俄国史新论》，中国社会科学出版社，2002 年。

陈嘉映：《海德格尔哲学概论》，三联书店，1995 年。

《俄国诗选》，魏荒弩译，湖南人民出版社，1988 年。

《俄罗斯抒情诗选》，张草纫译，上海译文出版社，1992 年。

《俄罗斯抒情诗百首》,李锡胤、张草韧译,黑龙江人民出版社,1983年。

弗兰克:《俄国知识人与精神偶像》,徐凤林译,学林出版社,1999年。

高尔基:《俄国文学史》,缪灵珠译,上海译文出版社,1979年。

《含泪的圆舞曲》,力冈、吴笛译,浙江文艺出版社,1988年。

赫尔岑:《赫尔岑论文学》,辛未艾译,上海译文出版社,1989年。

《莱蒙托夫文集》(抒情诗、叙事诗),余振译,上海译文出版社,1998年。

《涅克拉索夫文集》,魏荒弩译,上海译文出版社,1992年。

涅克拉索夫:《谁在俄罗斯能过好日子》,飞白译,上海译文出版社,1979年。

《普希金文集》,罗果夫主编,时代出版社,1957年。

《普希金抒情诗选》(上、下),查良铮译,人民文学出版社,1989年。

《普希金文集》(十卷本),冯春译,上海译文出版社,1992—1999年。

《普希金全集》,肖马、吴笛主编,浙江文艺出版社,1997年。

普希金:《叶甫盖尼·奥涅金》,冯春译,广西师范大学出版社,2016年。

《丘特切夫诗全集》,朱宪生译,漓江出版社,1998年。

《丘特切夫诗选》,查良铮译,外国文学出版社,1985年。

《丘特切夫抒情诗选》,陈先元、朱宪生译,漓江出版社,1986年。

《茹科夫斯基诗选》,黄成来、金留春译,上海译文出版社,1985年。

《十二月党人诗选》,魏荒弩译,上海译文出版社,1985年。

索洛维约夫等:《俄罗斯思想》,贾泽林、李树柏译,浙江人民出版社,2000年。

维谢洛夫斯基:《历史诗学》,刘宁译,百花文艺出版社,2003年。

许贤绪:《20世纪俄罗斯诗歌史》,上海外语教育出版社,1997年。

徐稚芳:《俄罗斯诗歌史》,北京大学出版社,1989年。

《伊戈尔远征记》,魏荒弩译,余振校,人民文学出版社,1957年。

朱宪生:《俄罗斯抒情诗史》,陕西人民教育出版社,1993年。

作品译名对照

【古代】

《亚当的哭泣》	«Плач Адама»
《萨瓦神父及其伟大荣耀的故事》	«Сказание о попе Саве и о великой его славе»
《伊戈尔远征记》	«Слово о полку Игореве»
《伊利亚·穆罗梅茨与夜莺大盗》	«Илья Муромец и Соловей-разбойник»
《伊利亚·穆罗梅茨与索科尔尼克》	«Илья Муромец и Сокольник»
《伊利亚·穆罗梅茨与魔怪》	«Илья Муромец и Идолище»
《伊利亚·穆罗梅茨与卡林国王》	«Илья Муромец и Калин-царь»
《多布雷尼亚与蛇》	«Добрыня и Змей»
《阿廖沙·波波维奇与蛇人图干林》	«Алеша Попович и Тугарин»
《丹尼拉·洛夫恰宁》	«Данила Ловчанин»
《杜克·斯捷潘诺维奇》	«Дюк Степанович»
《瓦西里·布斯拉耶夫和诺夫哥罗德人》	«Василий Буслаев и Новгородец»
《梁赞女人阿芙多季雅》	«Рязанка Авдокия»
《鞑靼俘虏》	«Плен-татар»
《谢尔侃·杜坚季耶维奇》	«Серкан Дудентьевич»
《喀山王国的陷落》	«Падение казанского царства»
《约瑟》	«Осип прекрасный»
《基督的诞生》	«Рождение Христово»

《圣母之梦》 «Сон Богородицы»

《主的激情》 «Страсти господни»

《基督下地狱》 «Сошествие Христа в ад»

《基督升天》 «Вознесение Христа»

《鸽书》 «Голубиная книга»

《费奥多尔·斯特拉吉拉特》 «Федор Стратилат»

《叶高利与蛇》 «Егорий и змей»

《勇敢的叶高利和大王杰米扬》 «Егорий Храбрый и царище Демьянище»

《吉利克与乌丽塔》 «Кирик и Улита»

《神的奴仆阿列克谢》 «Алексей божий человек»

《米可拉·乌戈德尼克》 «Микола Угодник»

《丹尼尔·扎托奇尼克的恳求》 «Моление Данила Заточника»

《给阿里比·尼基季奇大公的信》 «Послание князю Алипию Никитичу»

《德米特里·索伦斯基》 «Дмитрий Солунский»

《军人阿尼卡》 «Аника-воин»

《两个拉撒路》 «Два Лазаря»

《忏悔诗》 «Покаянный стих»

波洛茨基 **Полоцкий С.**

《多彩花园》 «Вертоград многоцветный»

《商人》 «Купецтво»

《僧侣》 «Монах»

《酒》 «Вино»

《海盗》 «Разбойник»

《贺公主索菲亚·阿列克谢耶芙娜》 «Приветствие царевне Софии Алексеевне»

梅德韦杰夫 **Сильвестр М.**

《在复活节前夕作的诗》 «Стихи в великую субботу»

普罗科波维奇   Прокопович Ф.

《胜利歌》   «Эпиникион»

《在拉比坟山的后面》   «За Могилою Рябою»

《牧童的哭泣》   «Плачет пастушок в долгом ненастьи»

康捷米尔   Кантемир А. Д.

《告理智，或致诽谤学术者》   «На хулящих учение. К уму своему»

《论堕落贵族的嫉妒与傲慢》   «На зависть и гордость дворян

                                    злонравных»

罗蒙诺索夫   Ломоносов М. В.

《攻克霍丁颂》   «На взятие Хотина»

《俄语语法》   «Российская грамматика»

《与阿纳克利翁的谈话》   «Разговор с Анакреоном»

《我为自己建造了不朽的标志》   «Я знак бессмертия себе воздвигнул»

《伊丽莎白女皇陛下登基日颂》   «Ода на день восшествия на всероссийский

                                    престол ее величества государыни

                                    императрицы Елисаветы Петровны»

《改编的第 145 首赞美诗》   «Переложение псалма 145»

《朝思神之伟大》   «Утреннее размышление о Божием

                                    величестве»

《因见壮丽的北极光而夜思神   «Вечернее размышление о Божием

   之伟大》   величестве при случае великого

                                    северного сияния»

特列季雅科夫斯基   Тредиаковский В. К.

《哀彼得大帝驾崩》   «Элегия на смерть Петра Великого»

《爱之岛旅行记》   «Езда в остров Любви»

《情歌》   «Песенка любовна»

《一个与梦中情人相离别的情郎的哭诉》 «Плач одного любовника разлучившегося с своей милой, которую он видел во сне»

《爱的祈求》 «Прошение любве»

《忒勒马科斯》 «Тилемахида»

苏马罗科夫 **Сумароков А. П.**

《不要伤心,我的爱人!……》 «Не грусти, мой свет!.. »

《原谅我,亲爱的……》 «Прости, моя любезная... »

《啊,固若金汤的本德尔城……》 «О ты, крепкий, крепкий Бендер-град... »

《姑娘们在树林里游逛……》 «В роще девки гуляли... »

《不管我往哪里看,到哪里去……》 «Где ни гуляю, ни хожу... »

赫拉斯科夫 **Херасков М. М.**

《致叶甫杰尔巴》 «К Евтерпе»

《寂静》 «Тишина»

《俄罗斯之歌》 «Россияда»

《弗拉基米尔》 «Владимир»

杰尔查文 **Державин Г. Р.**

《费丽察颂》 «Фелица»

《梅谢尔斯基公爵之死》 «На смерть князя Мещерского»

《在北方为皇室少年贺寿》 «На рождение в Севере порфирородного отрока»

《致君王与法官》 «Властителям и судиям»

《大臣》 «Вельможа»

《上帝》 «Бог»

《瀑布》 «Водопад»

《纪念碑》 «Памятник»

《天鹅》 «Лебедь»

《自白》 «Признание»

《俄罗斯姑娘》 «Русские девушки»

《冬天的愿望》 «Желание зимы»

《致叶夫盖尼——兹万卡的生活》 «Евгению. Жизнь Званская»

卡拉姆辛 **Карамзин Н. М.**

《诗》 «Поэзия»

《赠不幸的诗人》 «К бедному поэту»

《忧郁》 «Меланхолия»

《格瓦利诺斯伯爵》 «Граф Гваринос»

《阿丽娜》 «Алина»

《拉伊萨》 «Раиса»

德米特里耶夫 **Дмитриев И. И.**

《时髦妻子》 «Модная жена»

《一只灰鸽在呻吟》 «Стонет сизый голубочек»

《哎，要是我早先知道》 «Ах, когда б я прежде знал»

《静一静吧，多嘴多舌的小燕子》 «Тише, ласточка болтлива»

《挣脱笼子的小鸟》 «Птичка вырвавшись из клетки»

《喜悦》 «Наслажденье»

《朋友！光阴苦短……》 «Други! Время скоротечно...»

《别人的意见》 «Чужой толк»

穆拉维约夫 **Муравьёв М. Н.**

《寓言》 «Басня»

《从雄伟的伏尔加河沿岸……》 «С берегов величественной Волгов...»

《夜》 «Ночь»

《旅行》 «Путешествие»

《小树林》 «Роща»

《致赫姆尼采尔》 「К Хемницеру»
《新的抒情实验》 «Новые лирические опыты»

拉季舍夫 **Радищев А. Н.**
《费奥多尔·瓦西里耶维奇· «Житие Фёдора Васильевича Ушакова»
　乌沙科夫行传》
《从彼得堡到莫斯科旅行记》 «Путешествие из Петербурга в Москву»
《自由颂》 «Вольность»
《十八世纪》 «Восьмнадцатое столетие»
《鹤》 «Журавли»
《为纪念古斯拉夫诸神赛诗会 «Песни, петые на состязаниях в честь
　上唱的歌》 　древним славянским божествам»
《历史歌谣》 «Песня историческая»
《鲍瓦》 «Бова»

茹科夫斯基 **Жуковский В. А.**
《乡村墓地》 «Сельское кладбище»
《黄昏》 «Вечер»
《无法言说之美》 «Невыразимое»
《斯拉夫女人》 «Славянка»
《大海》 «Море»
《春思》 «Весеннее чувство»
《俄罗斯军营的歌手》 «Певец во стане русских воинов»
《柳德米拉》 «Людмила»
《斯维特兰娜》 «Светлана»
《卡桑德拉》 «Кассандра»
《阿喀琉斯》 «Ахилл»
《刻瑞斯的哀怨》 «Жалобы Цереры»
《凤鸣竖琴》 «Эолова Арфа»

《斯马尔戈利姆城堡，或约翰节   «Замок Смальгольм, или Иванов вечер»
   之夜》

《骑士罗兰》   «Рыцарь Роллон»

《上帝对主教的审判》   «Суд божий над епископом»

《瓦尔维克》   «Варвик»

《伊比科斯的仙鹤》   «Ивиковы журавли»

巴丘什科夫   **Батюшков К. Н.**

《欢乐时刻》   «Весёлый час»

《幸福的人》   «Счастливец»

《泉》   «Источник»

《我的保护神》   «Мои Пенаты»

《酒神的女祭司》   «Вакханка»

《达芙丽达》   «Таврида»

《致达什科夫》   «К Дашкову»

《俄国军队渡过涅曼河》   «Переход русских войск через Неман»

《渡莱茵河》   «Переход через Рейн»

《朋友的影子》   «Тень друга»

《致尼基塔》   «К Никите»

《在瑞典城堡的废墟上》   «На развалинах замка в Швеции»

《奥德赛的远行》   «Странствия Одиссея»

《赠友人》   «К Другу»

《最后的春天》   «Последняя весна»

《离别》   «Разлука»

《濒临死亡的塔斯》   «Умирающий Тасс»

《麦基希德名言》   «Изречение Мельхиседека»

雷列耶夫   **Рылеев К. Ф.**

《祖国之爱》   «Любовь к отчизне»

《希腊之歌》　　　　　　　　　　　«К Румью! (Греческая песня)»

《卡桑德拉》　　　　　　　　　　　«Кассандра»

《孤儿》　　　　　　　　　　　　　«Сирота»

别斯土热夫　　　　　　　　　　**Бестужев А. А.**

《仿布瓦洛的第一首讽刺诗》　　　　«Подражание первой сатире Буало»

《喜剧〈乐观主义者〉片段》　　　　«Отрывок из комедии "Оптимист"»

《致某些诗人》　　　　　　　　　　«К некоторым поэтам»

《颅骨》　　　　　　　　　　　　　«Череп»

《时钟》　　　　　　　　　　　　　«Часы»

《梦》　　　　　　　　　　　　　　«Сон»

《致云》　　　　　　　　　　　　　«К облаку»

《秋天》　　　　　　　　　　　　　«Осень»

《忘掉吧,忘掉吧》　　　　　　　　«Забудь, забудь»

《在蔚蓝的海边,蔚蓝的远方……》　«Я за морем синим, за синею далью...»

《安德烈,别列亚斯拉夫斯基公爵》　«Андрей, князь Переяславский»

奥陀耶夫斯基　　　　　　　　　**Одоевский А. И.**

《舞会》　　　　　　　　　　　　　«Бал»

《复活》　　　　　　　　　　　　　«Воскресенье»

《诗人之梦》　　　　　　　　　　　«Сон поэта»

《僵滞不动,如同棺内的死人……》　«Недвижимы, как мертвые в гробах...»

《哀歌》　　　　　　　　　　　　　«Элегия»

《当那琴弦的热情的预言……》　　　«Струн вещих пламенные звуки...»

《你认识他们吗,我所如此热爱
　的……》　　　　　　　　　　　«Ты знаешь их, кого я так любил...»

《瓦西里卡》　　　　　　　　　　　«Василько»

《特里兹纳》　　　　　　　　　　　«Тризна»

《1610 年的圣女》　　　　　　　　«Дева 1610 года»

《不为人知的女漂泊者》 «Неведомая странница»

维亚泽姆斯基 **Вяземский П. А.**
《苦闷》 «Уныние»
《愤怒》 «Негодование»
《大海》 «Море»
《俄罗斯的上帝》 «Русский Бог»
《四轮马车》 «Коляска»
《旅思》 «Дорожная дума»
《诗人的三个世纪》 «Три века поэтов»
《三套马车》 «Тройка»
《初雪》 «Первый снег»
《死亡把生命收割……》 «Смерть жатву жизни косит, косит...»

亚济科夫 **Языков Н. М.**
《三山村》 «Тригорское»
《苏尔明中士》 «Сержант Сурмин»
《椴树》 «Липы»
《歌谣》 «Песня»
《骄傲的自由的灵感……》 «Свободы гордой вдохновенье...»
《人民的风暴还在沉默……》 «Ещё молчит гроза народа...»
《航海家》 «Пловец»
《鞑靼人统治俄国时的弹唱歌谣》 «Песня барда во время владычества татар
　　　　　　　　　　　　　　　 в России»
《叶甫帕基》 «Евпатий»

杰尔维格 **Дельвиг А. А.**
《悼念杰尔查文》 «На смерть Державина»
《致普希金》 «Пушкину»

《致狄翁》	«К Диону»
《致丽列塔》	«К Лилете»
《采菲兹》	«Цефиз»
《金莲花》	«Купальницы»
《有一次吉吉尔和卓亚在两棵小悬铃木的树荫下幽会……》	«Некогда Титир и Зоя под тенью двух юных платанов... »
《朋友们》	«Друзья»
《黄金时代的终结》	«Конец золотого века»
《夜莺，我的夜莺……》	«Соловей мой, соловей... »
《小鸟唱呀，唱呀……》	«Пела, пела пташечка... »
《不是秋天的绵绵细雨……》	«Не осенний частый дождичек... »

巴拉廷斯基	**Баратынский Е. А.**
《芬兰》	«Финляндия»
《苦闷》	«Уныние»
《祖国》	«Родина»
《欢宴》	«Пиры»
《该告别了，亲爱的朋友……》	«Пора покинуть, милый друг... »
《真理》	«Истина»
《绝望》	«Безнадежность»
《当金色的朝霞即将升起……》	«Когда взойдёт денница золотая... »
《失望》	«Разуверение»
《分离》	«Разлука»
《自白》	«Признание»
《埃达》	«Эда»
《舞会》	«Бал»
《姘妇》	«Наложница»
《最后的死亡》	«Последняя смерть»
《死亡》	«Смерть»

《罗马》	«Рим»
《颅骨》	«Череп»
《黄昏集》	«Сумерки»
《最后一个诗人》	«Последний поэт»
《唉！非原初力量的创造者！……》	«Увы! Творец непервых сил!..»
《前兆》	«Приметы»
《你总是满面绯红，身着金裳……》	«Всегда и в пурпуре и в злате...»
《偏见！他是一具陈旧真理的残骸……》	«Предрассудок! он обломок...»
《诺文斯科耶》	«Новинское»
《秋天》	«Осень»
《火轮船》	«Пироскаф»

维涅维季诺夫　　　　　　　　　　**Веневитинов Д. В.**

《致普希金》	«К Пушкину»
《诗人》	«Поэт»
《诗人与朋友》	«Поэт и друг»
《致我的女神》	«К моей богине»
《遗言》	«Завещание»
《写给我的宝石戒指》	«К моему перстню»
《拜伦之死》	«Смерть Байрона»
《希腊人之歌》	«Песнь грека»
《诺夫哥罗德》	«Новгород»
《哀歌》	«Элегия»

舍维廖夫　　　　　　　　　　**Шевырёв С. П.**

《思想》	«Мысль»
《智慧》	«Мудрость»
《两种精神》	«Два духа»

《致老学究》	«Педантам-изыскателям»
《大自然的语言》	«Глагол природы»
《精神的力量》	«Сила духа»
《梦》	«Сон»
《斯坦司》	«Стансы»
《夜》	«Ночь»

霍米亚科夫 — **Хомяков А. С.**

《诗歌 24 首》	«24 стихотворения»
《致霞光》	«К заре»
《青春》	«Молодость»
《斯坦司》	«Стансы»
《灵感》	«Вдохновение»
《告别阿德里安堡》	«Прощанье с Адрианополем»
《鹰》	«Орёл»
《自豪吧!》	«Гордись!»
《致俄罗斯》	«России»
《上帝的审判》	«Суд Божий»
《致忏悔的俄罗斯》	«Раскаявшейся России»

波列查耶夫 — **Полежаев А. И.**

《萨什卡》	«Сашка»
《晚霞》	«Вечерняя заря»
《命运》	«Рок»
《锁链》	«Цепи»
《四国》	«Четыре нации»
《巴尔塔萨王》	«Валтасар»
《被俘的易洛魁人之歌》	«Песня пленного ирокезца»
《囚犯》	«Осуждённый»

《无情的人》 «Ожесточённый»

《活死人》 «Живой мертвец»

《哥萨克》 «Казак»

《库班之夜》 «Ночь на Кубани»

《切尔克斯人的浪漫曲》 «Черкесский романс»

《山区民团之歌》 «Песнь горского ополчения»

《埃尔别里》 «Эрпели»

《契尔—尤尔特》 «Чир-Юрт»

《布鲁图斯的幻象》 «Видение Брута»

《科里奥拉努斯》 «Кориолан»

《短上衣》 «Ахалук»

《萨拉凡》 «Сарафанчик»

《你还要不停地下多久……》 «Долго ль будет вам без умолку идти...»

《不要爱我,离开我吧……》 «Разлюби меня, покинь меня...»

柯尔卓夫 **Кольцов А. В.**

《森林》 «Лес»

《孤儿》 «Сирота»

《致同龄人》 «Ровеснику»

《旅人》 «Путник»

《庄稼汉之歌》 «Песня пахаря»

《收获》 «Урожай»

《割草人》 «Косарь»

《伟大的奥秘》 «Великая тайна»

《人》 «Человек»

《诗人》 «Поэт»

《痛苦的命运》 «Горькая доля»

《里哈奇·库德里亚维奇的第二支歌》 «Вторая песня Лихача Кудрявича»

《十字路口》	«Перепутье»
《穷人的命运》	«Доля бедняка»
《农夫的沉思》	«Раздумья селянина»
《乡村的灾难》	«Деревенская беда»
《鹰的沉思》	«Дума сокола»
《道路》	«Путь»
《猜不透的真理》	«Неразгаданная истина»
《坏天气里风在吼······》	«В непогоду ветер...»
《斯坚卡·拉辛》	«Стенька Разин»
《和生活算账》	«Расчет с жизнью»
《最后的斗争》	«Последняя борьба»
《不经头脑,不经理智······》	«Без ума, без разума...»
《出逃》	«Бегство»
《农民的酒宴》	«Крестьянская Пирушка»
《戒指》	«Кольцо»
《珍贵的宝石戒指》	«Перстень»
《姑娘的忧愁》	«Грусть девушки»
《夜莺,你别唱······》	«Ты не пой, соловей...»
《黑麦,你别喧嚷······》	«Не шуми ты рожь...»
《唉,为啥硬要让我嫁······》	«Ах, зачем меня силой выдали...»
《我对谁都不说······》	«Не скажу никому...»
《青春如倏忽飞过的夜莺······》	«Соловьем залетным юность пролетела...»

普希金	**Пушкин А. С.**
《皇村回忆》	«Воспоминания в Царском Селе»
《给利金尼》	«Лицинию»
《别离》	«Разлука»
《致诗友》	«К другу стихотворцу»
《小城》	«Городок»

《致茹科夫斯基》	«К Жуковскому»
《致恰达耶夫》	«К Чаадаеву»
《自由颂》	«Вольность»
《乡村》	«Деревня»
《鲁斯兰与柳德米拉》	«Руслан и Людмила»
《白昼的巨星已经黯淡……》	«Погасло дневное светило...»
《缪斯》	«Муза»
《囚徒》	«Узник»
《加百列之歌》	«Гавриилиада»
《高加索俘虏》	«Кавказский пленник»
《强盗兄弟》	«Братья-разбойники»
《巴赫奇萨拉伊喷泉》	«Бахчисарайский фонтан»
《茨冈人》	«Цыганы»
《叶甫盖尼·奥涅金》	«Евгений Онегин»
《斯坚卡·拉辛之歌》	«Песни о Стеньке Разине»
《新郎》	«Жених»
《致大海》	«К морю»
《鲍里斯·戈杜诺夫》	«Борис Годунов»
《努林伯爵》	«Граф Нумин»
《咏怀兰经》	«Подражание Корану»
《安德烈·谢尼耶》	«Андрей Шенье»
《我记得那美妙的瞬间……》	«Я помню чудное мгновенье...»
《十月十九日》	«19 Октября»
《在世俗的、凄凉的、无边的草原……》	«В степи мирской, печальной и безбрежной...»
《枉然的馈赠、偶然的馈赠……》	«Дар напрасный, дар случайный...»
《诗人》	«Поэт»
《诗人与群氓》	«Поэт и толпа»
《别尔金小说集》	«Повести Белкина»

《戈留辛诺村的故事》 «История села Горюхина»

《科洛姆纳的小屋》 «Домик в Коломне»

《波尔塔瓦》 «Полтава»

《青铜骑士》 «Медный всадник»

《自由颂》 «Вольность»

《乡村》 «Деревня»

《战争》 «Война»

《波涛啊,是谁阻止你的奔泻……》 «Кто, волны, вас остановил... »

《我是荒野上自由的播种人……》 «Свободы сеятель пустынный... »

《给普欣》 «К Пущину»

《在西伯利亚矿山的深处……》 «Во глубине сибирских руд... »

《阿利昂》 «Арион»

《1827 年 10 月 19 日》 «10 октября 1827»

《毒树》 «Анчар»

《先知》 «Пророк»

《致诗人》 «Поэту»

《回声》 «Эхо»

《我给自己建起了一座非人工
　　的纪念碑……》 «Я памятник себе воздвиг нерукотворный... »

《题普欣纪念册》 «В альбом Пущину»

《别离》 «Разлука»

《致雅·尼·托尔斯泰函摘抄》 «Из письма к Я. Н. Толстому»

《十月十九》 «19 октября»

《冬天的晚上》 «Зимний вечер»

《夜幕笼罩着格鲁吉亚山
　　岗……》 «На холмах Грузии лежит ночная
　　мгла... »

《我爱过您……》 «Я вас любил... »

《致同学们》 «К студентам»

《阿纳克利翁之墓》 «Гроб Анакреона»

《给托尔斯泰的斯坦司》	«Стансы Толстому»
《我不惋惜我的青春良辰……》	«Мне вас не жаль, года весны моей...»
《不论我漫步在喧闹的大街……》	«Брожу ли я вдоль улиц шумных...»
《哀歌》	«Элегия»
《我又重游……》	«Вновь я посетил...»
《冬天的道路》	«Зимняя дорога»
《有谁知道那个地方,天空闪耀着……》	«Кто знает край, где небо блещет...»
《冷风还在飕飕地吹着……》	«Еще дуют холодные ветры...»
《高加索》	«Кавказ»
《雪崩》	«Обвал»
《冬天的早晨》	«Зимнее утро»
《秋》	«Осень»
《鲁斯兰与柳德米拉》	«Руслан и Людмила»
莱蒙托夫	**Лермонтов М. Ю.**
《高加索》	«Кавказ»
《问候你们,高加索蓝色的山脉!……》	«Синие горы Кавказа, приветствуют вас!..»
《契尔克斯人》	«Черкесы»
《高加索俘虏》	«Кавказский пленник»
《海盗》	«Корсар»
《罪犯》	«Преступник»
《奥列格》	«Олег»
《两兄弟》	«Два брата»
《春天》	«Весна»
《土耳其人的哀怨》	«Жалобы турка»
《1830年7月30日,巴黎》	«30 июля. —(Париж.) 1830 года»
《7月10日》	«10 июля»

《译自安德烈·舍尼埃》	«Из Андрея Шенье»
《天使》	«Ангел»
《帆》	«Парус»
《人鱼公主》	«Русалка»
《奄奄一息的角斗士》	«Умирающий гладиатор»
《大贵族奥尔沙》	«Боярин Орша»
《假面舞会》	«Маскарад»
《哈吉·阿勃列克》	«Хаджи Абрек»
《诗人之死》	«Смерть поэта»
《沙皇伊万·瓦西里耶维奇、年轻的近卫士和勇敢的商人卡拉希尼科夫之歌》	«Песня про царя Ивана Васильевича, молодого опричника и удалого купца Калашникова»
《恶魔》	«Демон»
《童僧》	«Мцыри»
《祖国》	«Родина»
《悬崖》	«Утёс»
《争吵》	«Спор»
《叶子》	«Листок»
《不,我爱你没有那么炽烈……》	«Нет, не тебя так пылко я люблю...»
《先知》	«Пророк»
《水流》	«Поток»
《1831 年 6 月 11 日》	«1831-го июня 11 дня»
《预言》	«Предсказание»
《孤独》	«Одиночество»
《请伸过手来,靠近诗人的胸口》	«Дай руку мне, склонясь к груди поэта»
《希望》	«Желание»
《我要生活！我要悲哀……》	«Я жить хочу! Хочу печали...»
《在荒野的北国……》	«На севере диком стоит одиноко...»
《叶子》	«Листок»

《云》 «Тучи»

《希望》 «Надежда»

《囚徒》 «Узник»

《邻人》 «Сосед»

《预言者》 «Пророк»

《沉思》 «Дума»

《独白》 «Монолог»

《又苦闷又烦忧……》 «И скучно и грустно...»

《编辑、读者与作家》 «Журналист, писатель и читатель»

《诗人》 «Поэт»

《波罗金诺》 «Бородино»

《瓦列里克》 «Валерик»

《常常,被包围在花花绿绿的人群 «Как часто, пестрою толпою окружён...»
   中……》

《当那苍黄色的麦浪在随风起 «Когда волнуется желтеющая нива...»
   伏……》

《我独自一人走上广阔的大路……》 «Выхожу один я на дорогу...»

《担心》 «Опасение»

《我对你不愿再低声下气……》 «Я не унижусь перед тобою...»

《忏悔》 «Исповедь»

《最后一个自由之子》 «Последний сын вольности»

《伊斯梅尔—贝》 «Измаил-Бей»

《立陶宛女郎》 «Литвинка»

《巴斯通吉山村》 «Аул Бастунджи»

《悔恨》 «Раскаянье»

《我的恶魔》 «Мой демон»

《司命天使》 «Азраил»

《死亡天使》 «Ангел смерти»

杜勃罗留波夫　　　　　　　　　Добролюбов Н. А.

《不是战争的轰鸣，不是流血的　　«Не гром войны, не бой кровавый...»
　　战斗……》

《奥列宁灵柩前的沉思》　　　　«Дума при гробе Оленина»

《致罗森塔尔》　　　　　　　　«К Розенталю»

《祭尼古拉一世》　　　　　　　«Ода на смерть Николая I»

《为纪念别林斯基举杯》　　　　«На тост в память Белинского»

《生活中还有许多工作……》　　«Еще работы в жизни много...»

《让我死吧——悲伤还不够……》　«Пускай умру — печали мало...»

《亲爱的朋友，我将死去……》　«Милый друг, я умираю...»

《慈善家老爷的痛苦》　　　　　«Страдания вельможного филантропа»

《社会活动家》　　　　　　　　«Общественный деятель»

《没有恐惧和责难的骑士》　　　«Рыцарь без страха и упрёка»

米哈伊洛夫　　　　　　　　　　Михайлов М. Л.

《旅途》　　　　　　　　　　　«На пути»

《考验何时过去……》　　　　　«Когда ж минует испытанье...»

《主啊，用你的火烧掉……》　　«Спали, Господь, ...»

《小酒馆》　　　　　　　　　　«Кабак»

《啊，人民的心在哀痛！……》　«О, сердце скорбное народа!..»

《纪念杜勃罗留波夫》　　　　　«Памяти Добролюбова»

《在监狱的墙后是狱友们的沉　　«И за стеной тюрьмы — тюремное
　　默……》　　　　　　　　　　молчанье...»

《五个人》　　　　　　　　　　«Пятеро»

《使徒安德烈》　　　　　　　　«Апостол Андрей»

《瓦吉姆》　　　　　　　　　　«Вадим»

《格鲁尼亚》　　　　　　　　　«Груня»

《地主》　　　　　　　　　　　«Помещик»

《犬猎》　　　　　　　　　　　«Псовая охота»

《宽宏大量的法律》 «Христианское законодательство»

《大胡子》 «Бороды»

《忠诚》 «Преданность»

《被抓的伦敦小偷的即兴诗》 «Экспромт арестованного лондонского мазурика»

《罚金》 «Взыскание»

《警察的人道》 «Полицейская гуманность»

《立宪主义者》 «Конституционалист»

尼基金 **Никитин И. С.**

《罗斯》 «Русь»

《森林》 «Лес»

《草原之春》 «Весна в степи»

《泉》 «Ключ»

《湖岸上的早晨》 «Утро на берегу озера»

《晨》 «Утро»

《乞丐》 «Нищий»

《贫穷》 «Нужда»

《纤夫》 «Бурлак»

《耕夫》 «Пахарь»

《车夫的妻子》 «Жена ямщика»

《一个农妇的故事》 «Рассказ крестьянки»

《纺织女》 «Пряха»

《车夫的讲述》 «Рассказ ямщика»

《街头偶遇》 «Уличная встреча»

《村中夜宿》 «Ночлег в деревне»

《突如其来的悲伤》 «Внезапное горе»

《沉思》 «Дума»

《永恒》 «Вечность»

《天空》	«Небо»
《祈祷》	«Молитва»
《新约》	«Новый завет»
《乡村的冬夜》	«Зимняя ночь в деревне»
《草原之春》	«Весна в степи»
《田野》	«Поле»
《南方和北方》	«Юг и Север»
《迎接冬天》	«Встреча зимы»
《商人》	«Кулак»
《塔拉斯》	«Тарас»

特列福廖夫 · **Трефолев Л. Н.**

《跳喀马林舞的农夫之歌》	«Песня о камаринском мужике»
《祸不单行的穷汉马卡尔》	«На бедного Макара и шишки валятся»
《船夫曲》	«Дубинушка»
《一封信》	«Грамотка»
《我们的沙皇——年轻的音乐家》	«Царь наш — юный музыкант»
《音乐家》	«Музыкант»
《亚历山大三世和教士伊万》	«Александр III и поп Иван»
《三诗人》	«Три поэта»
《纪念伊万·扎哈洛维奇·苏里科夫》	«Памяти Ивана Захаровича Сурикова»
《纪念讽刺作家萨尔蒂科夫》	«Памяти сатирика М. Е. Салтыкова»
《我们聚集一起向歌手致敬》	«Мы собрались почтить певца»
《衰弱的人》	«Бессильный»
《血流》	«Кровавый поток»
《致自由》	«К свободе»
《致俄罗斯》	«К России»
《车夫》	«Ямщик»

迈科夫

《罗马特写》

《玛申卡》

《两种命运》

《马车》

《那不勒斯相册》

《新希腊民歌》

《三死》

《两个世界》

《梦》

《钓鱼》

《八行诗》

《雨中》

《夏天的雨》

《天哪！昨天在下雨》

《刈草场》

《秋》

《麦田》

《咏怀》

《来自东方世界》

《那不勒斯相册》

《国家与民族》

《来自斯拉夫世界》

《燕子从苍茫的大海……》

波隆斯基

《音阶》

《1845 年短诗》

《外高加索乐师》

Майков А. Н.

«Очерки Рима»

«Машенька»

«Две судьбы»

«Коляска»

«Неаполитанский альбом»

«Новогреческие песни»

«Три смерти»

«Два мира»

«Сон»

«Рыбная ловля»

«Октава»

«Под дождем»

«Летний дождь»

«Боже мой, Вчера ненастье»

«Сенокос»

«Осень»

«Нива»

«Дума»

«Из восточного мира»

«Неаполитанский альбом»

«Страны и народы»

«Из славянского мира»

«Ласточка примчалась... »

Полонский Я. П.

«Гаммы»

«Стихотворения 1845 года»

«Сазандар»

《幽居女人》	«Затворница»
《音乐家蛮斯》	«Кузнечик-музыкант»
《致一个疲倦的人》	«Одному из усталых»
《为了少数人》	«Для немногих»
《致公民诗人》	«Поэту — гражданину»
《日落》	«На закате»
《晚钟》	«Вечерний звон»
《女囚》	«Узница»
《冬天的道路》	«Зимний путь»
《在风浪中颠簸》	«Качка в бурю»
《小铃铛》	«Колокольчик»
《从高加索归来……》	«Возвращение с кавказа... »
《夜的影子来了……》	«Пришли и стали тени ночи... »
《我的篝火在雾中闪耀……》	«Мой костёр в тумане светит... »
《夜晚来到婴儿的摇篮……》	«Ночь в колыбель младенца... »
《是我第一个离开世界奔向永恒……》	«Я ль первый отойду из мира в вечность... »
《夜》	«Ночь»
《你编织乌黑发辫的花冠……》	«Заплетя свои тёмные косы венцом... »
《旅途》	«Дорога»
《朝霞华美的寒冷浸满花园……》	«От зари роскошный холод проникает в сад... »
《春天》	«Весна»

托尔斯泰	**Толстой А. К.**
《唐璜》	«Дон Жуан»
《伊凡雷帝之死》	«Смерть Иоанна Грозного»
《沙皇费奥多尔·伊凡诺维奇》	«Царь Фёдор Иоаннович»
《沙皇鲍里斯》	«Царь Борис»

《与世界不和》　　　　　　　　«Размолвка с миром»

《诗人的命运》　　　　　　　　«Удел поэта»

《带着我那颗痛苦不堪的心……》　«С моей измученной душою...»

《老屋》　　　　　　　　　　　«Старый дом»

《马特维·拉达耶夫》　　　　　«Матвей Радаев»

《致伊斯坎德尔》　　　　　　　«Искандеру»

《致赫尔岑》　　　　　　　　　«А. Герцену»

《〈钟声〉序言》　　　　　　　«Предисловие к "Колоколу"»

《悼念普希金》　　　　　　　　«На смерть Пушкина»

《纪念雷列耶夫》　　　　　　　«Памяти Рылеева»

《大学生》　　　　　　　　　　«Студент»

《如果我能再活几年……》　　　«И если б мне пришлось прожить еще
　　　　　　　　　　　　　　　　года...»

《贝多芬的英雄交响曲》　　　　«Героическая симфония Бетховена»

《牢狱》　　　　　　　　　　　«Тюрьма»

《自由》　　　　　　　　　　　«Свобода»

《冬夜》　　　　　　　　　　　«Зимняя ночь»

《乡村更夫》　　　　　　　　　«Деревенский сторож»

《农舍》　　　　　　　　　　　«Изба»

《道路》　　　　　　　　　　　«Дорога»

《小酒馆》　　　　　　　　　　«Кабак»

《我不能给你足够的幸福……》　«Тебе я счастья не давал довольно...»

《她病了,而我却不知道……》　«Она была больна, а я не знал об этом...»

《致Н》　　　　　　　　　　　«К Н.»

《给娜塔莎》　　　　　　　　　«Наташе»

《爱情之书》　　　　　　　　　«Книга любови»

《秋》　　　　　　　　　　　　«Осень»

《春》　　　　　　　　　　　　«Весна»

《夜》　　　　　　　　　　　　«Ночь»

《黄昏》	«Вечер»
《黎明》	«Рассвет»
《在海边》	«У моря»
《在忧郁多雾的北方……》	«На севере, печальном и туманном...»
《顿河》	«Дон»
《幽默》	«Юмор»
《海的女皇》	«Царица моря»
《老爷》	«Господин»
《冬天的道路》	«Зимний путь»
《乡村》	«Деревня»
《姑娘》	«Девушка»
《孩子,上帝的仁慈与你同在……》	«Дитятко! милость Господня с тобою...»
《失和》	«Разлад»
《多愁》	«Много грусти»
《我的祈祷》	«Моя молитва»
《渴望安宁》	«Желание покоя»
《内心的音乐》	«Внутренняя музыка»

普列谢耶夫	**Плещеев А. Н.**
《致诗人》	«Поэту»
《正直的人们,沿着布满荆棘的道路……》	«Честные люди, дорогой тернистою...»
《幻影》	«Призраки»
《咏怀》	«Дума»
《我的一位熟人》	«Мой знакомый»
《这个时代的孩子们都是病态的……》	«Дети века все больные...»
《两条道路》	«Две дороги»
《智者的劝告》	«Советы мудрецов»

《穷人》 «Нищие»

《前进！朋友们,不要恐惧和彷徨……》 «Вперёд! Без страха и сомнения...»

《歌者之爱》 «Любовь певца»

《梦》 «Сон»

《致青年》 «К юности»

《我偶然与您相遇……》 «Случайно мы сошлися с Вами...»

《纪念》 «На память»

《歌》 «Песня»

《哀歌》 «Элегия»

《我的花园》 «Мой садик»

《祖母和孙子》 «Бабушка и внучек»

《云杉》 «Ёлка»

《在别墅》 «На даче»

《春天》 «Весна»

涅克拉索夫 **Некрасов Н. А.**

《幻想与声音》 «Мечты и звуки»

《在旅途中》 «В дороге»

《醉汉》 «Пьяница»

《园丁》 «Огородник»

《三套马车》 «Тройка»

《昨天,在五点多钟的时候……》 «Вчерашний день, часу в шестом...»

《弗拉斯》 «Влас»

《被遗忘的乡村》 «Забытая деревня»

《摇篮歌》 «Колыбельная песня»

《当代颂歌》 «Современная ода»

《犬猎》 «Псовая охота»

《道学家》 «Нравственный человек»

《慈善家》 «Филантроп»

《萨莎》 «Саша»

《故园》 «Родина»

《夜里我奔驰在黑暗的大街 «Еду ли ночью по улице тёмной...»
　　上……》

《最后的挽歌》 «Последние элегии»

《缪斯》 «Муза»

《温良的诗人有福了……》 «Блажен незлобивый поэт...»

《沉默吧,复仇与忧伤的缪斯……》 «Замолкни, муза мести и печали...»

《在一个神秘的穷乡僻壤……》 «В неведомой глуши...»

《伏尔加河上》 «На Волге»

《片刻骑士》 «Рыцарь на час»

《大门前的沉思》 «Размышления у парадного подъезда»

《叶辽穆什卡之歌》 «Песня Еремушке»

《葬礼》 «Похороны»

《绿色的喧嚣》 «Зелёный шум»

《卡里斯特拉特》 «Калистрат»

《奥琳娜,士兵的母亲》 «Орина, мать солдатская»

《铁路》 «Железная дорога»

《货郎》 «Коробейники»

《严寒,通红的鼻子》 «Мороз, красный нос»

《孩子们的哭声》 «Плач детей»

《农民的孩子们》 «Крестьянские дети»

《小学生》 «Школьник»

《祖父》 «Дедушка»

《俄罗斯妇女》 «Русские женщины»

《同时代的人们》 «Современники»

《母亲》 «Мать»

《谁在俄罗斯能过好日子》 «Кому на Руси жить хорошо»

《最后的歌》	«Последние песни»
《催眠曲》	«Баюшки - баю»
《诗人与公民》	«Поэт и гражданин»
《哀歌》	«Элегия»
《当真正的爱情的烈火……》	«Когда горит в твоей крови...»
《被无法补偿的损失摧毁了……》	«Поражена потерей невозвратной...»
《这不是开玩笑吧？我亲爱的……》	«Так это шутка? Милая моя...»
《是的，我们的生活动荡不定……》	«Да, наша жизнь текла мятежно...»
《我不爱听你的讥讽……》	«Я не люблю иронии твоей...»
《我和你，咱们的头脑都不清醒……》	«Мы с тобой бестолковые люди...»
《自从遭到你的拒绝以后……》	«Давно - отвергнутый тобой...»
《原谅我》	«Прости»
《你永远是那么美丽无比……》	«Ты всегда хороша несравненно...»
《哀歌三首》	«Три элегии»
《穷流浪汉之歌》	«Песня убогого странника»
《农夫之死》	«Смерть крестьянина»

丘特切夫	**Тютчев Ф. И.**
《一八一六年新年献辞》	«На новый 1816 год»
《最后的激变》	«Последний катаклизм»
《就像大地被重洋环绕一样……》	«Как океан объемлет шар земной...»
《秋日的黄昏》	«Осенний вечер»
《西塞罗》	«Цицерон»
《春潮》	«Весенние воды»
《我记得那金色的时光……》	«Я помню время золотое...»
《喷泉》	«Фонтан»
《大自然不像你们想象的那样……》	«Не то, что мните вы, природа...»

《啊，我们爱得多么致命……》	«О, как убийственно мы любим...»
《定数》	«Предопределение»
《不要说他还像从前那样爱	«Не говори: меня он, как и прежде,
我……》	любит...»
《最后的爱情》	«Последняя любовь»
《她整天神志不清地躺着……》	«Весь день она лежала в забытьи...»
《在我痛苦深重的生活里……》	«Есть и в моём страдальческом застое...»
《到今天，朋友，十五年过去	«Сегодня, друг, пятнадцать лет
了……》	минуло...»
《一八六四年八月周年纪念日前夜》	«Накануне годовщины 4 августа 1864 г.»
《不论对她的诽谤有多恶毒……》	«Как ни бесилося злоречье...»
《和普希金〈自由颂〉》	«К оде Пушкина на Вольность»
《一八二五年十二月十四日》	«14-е декабря 1825»
《一八三七年一月二十九日》	«29-ое января 1837»
《致冈卡》	«К Ганке»
《致斯拉夫人》	«Славянам»
《基里尔字母绝世的伟大日子》	«Великий день Кирилловой кончины»
《一八六九年五月十一日》	«11-ое мая 1869»
《两种统一》	«Два единства»
《预言》	«Пророчество»
《大海和悬崖》	«Море и утёс»
《给尼古拉一世的墓志铭》	«Не Богу ты служил и не России»
《致一位俄罗斯女人》	«Русской женщине»
《人的眼泪啊，人的眼泪……》	«Слёзы людские, о слёзы людские...»
《上帝，请把一点欢乐……》	«Пошли, Господь, свою отраду...»
《这些穷困的村庄……》	«Эти бедные селенья...»
《在这黑压压的一大帮……》	«Над этой тёмной топлой...»
《纪念 Н. М. 卡拉姆津诞辰一百	«На юбилей Н. М. Карамзина»
周年》	

《致 П. А. 维亚泽姆斯基公爵》	«На юбилей П. А. Вяземского»
《你，俄罗斯之星……》	«Ты долго ль будешь за туманом…»
《凭理智不能理解俄罗斯……》	«Умом Россию не понять…»
《我驰过里沃尼亚的原野……》	«Через ливонские я проезжал поля…»
《罗马之夜》	«Рим ночью»
《宴会终了，合唱停了……》	«Кончен пир, умолкли хоры…»
《拿破仑之墓》	«Могила Наполеона»
《拿破仑》	«Наполеон»

费特 — **Фет А. А.**

《抒情诗的万神殿》	«Лирический пантеон»
《我来向你致意……》	«Я пришёл к тебе с приветом…»
《黎明时你不要叫醒她……》	«На заре мы её не буди…»
《你美丽的花环清新而芬芳……》	«Свеж и душист твой роскошный венок…»
《狄安娜》	«Диана»
《当我的幻想回到遥远的往昔……》	«Когда мои мечты за гранью прошлых дней…»
《黄昏之火》	«Вечерние огни»
《湖睡着了；黑色的森林沉默不语……》	«Уснуло озеро; безмолвен чёрный лес…»
《黄昏》	«Вечер»
《湖上的天鹅把头伸进苇丛……》	«Над озером лебедь в тростник протянул…»
《第一条犁沟》	«Первая борозда»
《在壁炉旁》	«У камина»
《天空中云朵在飘浮飞荡……》	«В небесах летают тучи…»
《蟆蛾央求小男孩》	«Мотылёк - мальчику»
《我高兴，当茂盛的常春藤……》	«Я рад, когда с земного лона…»

《蜜蜂》	«Пчёлы»
《春思》	«Весенние мысли»
《镜子般的月亮在湛蓝的天空中游动……》	« Месяц зеркальный бежит по лазурной пустыне... »
《太阳用垂直的光线穿起……》	«Солнце нижет лучами в отвес... »
《她来了,四周的一切都藏起来……》	«Пришла - и тает все вокруг... »
《又是一个五月的夜晚……》	«Ещё майская ночь... »
《花园里姹紫嫣红……》	«Сад весь в цвету... »
《啊,我痛苦的思绪激动不已……》	«О, как волнуюсь я мыслию больною... »
《从火中,从无情的人群中……》	«Отогней, от толпы безпощадной... »
《整个世界都源于美……》	«Целый мир от красоты... »
《在小船上》	«На лодке»
《春天和夜晚笼罩着山谷……》	«Весна и ночь покрыли дол... »
《晴朗的夜晚多么明亮……》	«Как ясность безоблачной ночи... »
《你多么惬意,银色的夜晚……》	«Как нежишь ты, серебряная ночь... »
《夜空明亮。花园洒满月光……》	«Сияла ночь. Луной был полон сад... »
《多么幸福:又是夜,又是我们二人!……》	«Какое счастие: и ночь, и мы одни!.. »
《絮语,怯弱的气息……》	«Шёпот, робкое дыханье... »
《我等待……夜莺的回声……》	«Я жду... Соловьиное эхо... »
《还有一棵相思树……》	«Ещё акация орна... »
《我怀着无上幸福的痛苦站在你面前……》	«В страданье блаженства стою пред тобою... »
《不要,我不要昙花一现的幸福……》	« Не нужно, не нужно, мне проблесков счастья... »
《不要用责备和怜悯……》	«Упреком, жалостью внушенным... »
《令人倾倒的身姿!》	«Неотразимый образ!»

《在那美妙的日子,我倾心追求……》 «В благословенный день, когда стремлюсь душою...»

《一束旧情书》 «Старые письма»

《在神秘夜晚的静穆和昏暗中……》 «В тиши и мраке таинственной ночи...»

《不,我没有改变。直到我奄奄一息……》 «Нет, я не изменил. до старости глубокой...»

《你脱离了痛苦,而我仍受煎熬……》 «Ты отстрадала, я ещё страдаю...»

《又一次翻开这些亲切的信笺……》 «Страницы милые опять персты раскрыли...»

《灼热的阳光缕缕洒在椴树的枝头……》 «Солнца луч промеж лип были жгуг и высок...»

《你在我的梦中久久地恸哭……》 «Долго снились мне вопли рыданий твоих...»

《另一个我》 «Alter ego»

《爱情的欢愉早已衰退……》 «Давно в любви отрады мало...»

《你纯净的光辉诱人而徒然地闪耀……》 «Томительно-призывно и напрасно...»

《梦和死亡》 «Сон и смерть»

《微不足道者》 «Ничтожество»

《死亡》 «Смерть»

《在群星中间》 «Среди звезд»

《永远不》 «Никогда»

《致亚·利·布尔热斯卡娅》 «А. Л. Бржеской»

《不,上帝,你强大,但我却不懂……》 «Не тем, Господь, могуч, непостижим...»

阿普赫金　　　　　　　　　　Апухтин А. Н.

《初雪》　　　　　　　　　　«Первый снег»

《乡村素描》　　　　　　　　«Деревенские очерки»

《彼得堡之夜》　　　　　　　«Петербургская ночь»

《演员》　　　　　　　　　　«Актёры»

《我做了一个梦……》　　　　«Мне снился сон... »

《冰姑娘》　　　　　　　　　«Ледяная дева»

《女王》　　　　　　　　　　«Королева»

《紫菀花》　　　　　　　　　«Латрам»

《疯狂的夜，不眠的夜……》　«Ночи безумные, ночи бессонные... »

《前夜》　　　　　　　　　　«Накануне»

《特别快车》　　　　　　　　«С курьерским поездом»

《修道院中的一年》　　　　　«Год в монастыре»

《手术前》　　　　　　　　　«Перед операцией»

《摘自检察官的报告》　　　　«Из бумаг прокурора»

《疯人》　　　　　　　　　　«Сумашедший»

斯鲁切夫斯基　　　　　　　　Случевский К. К.

《来自角落的歌》　　　　　　«Песни из "Уголка"»

《我们两人》　　　　　　　　«Нас двое»

《人们在阴间认识我……》　　«Меня в загробном мире знают... »

《日内瓦行刑过后》　　　　　«После казни в Женеве»

《埃洛亚》　　　　　　　　　«Элоа»

《我沉思，于是我孤独……》　«Я задумался и — одинок остался... »

《罪犯》　　　　　　　　　　«Преступник»

《无所不在的靡菲斯特……》　«Мефистофель в пространствах... »

《闲游》　　　　　　　　　　«На прогулке»

《隐形的靡菲斯特在招待晚会　«Мефистофель незримый на рауте... »
　　上……》

《贼窝》	«В вертепе»
《来自开罗和芒通》	«Из Каира и Ментоны»
《在拉兹杰里纳亚》	«На Раздельной»
《喀马林舞》	«Камаринская»
《黑土地带》	«Черноземная полоса»

索洛维约夫   **Соловьёв В. С.**

《奥菲特派之歌》	«Песня офитов»
《即使我们被无形的锁链……》	«Хоть мы навек незримыми цепями... »
《在云雾弥漫的早晨我步履蹒跚……》	«В тумане утреннем наверными шагами... »
《不会飞翔的精灵被大地俘获……》	«Бескрылый дух, землею полоненый... »
《波里奥》	«Поллион»
《苏格兰的月夜》	«Лунная ночь в Шотландии»
《我的女王有座巍峨的宫殿……》	«У царицы моей есть высокий дворец... »
《三次约会》	«Три свидания»

福法诺夫   **Фофанов К. М.**

《影子和秘密》	«Тени и тайны»
《深夜的灯光》	«Поздние огни»
《暴雨过后》	«После грозы»
《大街上》	«На проспекте»
《怪物》	«Чудовище»
《春天的深夜我拖着疲倦的步子回家……》	«Весенней полночью бреду домой усталый... »
《别人的节日》	«Чужой праздник»
《第一缕霞光》	«Первая заря»
《奄奄一息的新娘》	«Умирающая невеста»

《你是否还记得，青年时代的女友？》	«Ты помнишь ли, подруга юных дней...»
《是不是万物都呈现平庸？》	«Не правда ли, все дышало прозой...»
《火炉旁》	«У печки»
《月光》	«Лунный свет»
《克拉克斯男爵》	«Барон клакс»
《离奇的风流韵事》	«Необыкновенный роман»
《老橡树》	«Старый дуб»
《狼群》	«Волки»
《吃醋的丈夫》	«Ревнивый муж»
《踏着秋雨的乐音……》	«Под музыку осеннего дождя...»
《断裂》	«Ломка»
《寻找新的道路！》	«Ищите новые пути»
《灿烂的星星，美丽的星星……》	«Звезды ясные, звезды прекрасные...»

科林夫斯基	**Коринфский А. А.**
《心曲》	«Песня сердца»
《黑玫瑰》	«Чёрные розы»
《生命的影子》	«Тени жизни»
《美的礼赞》	«Гимн красоте»
《在幻想的光芒中》	«В лучах мечты»
《水百合》	«Водяные лилии»
《夏季选曲》	«Из летних мотивов»
《故乡的土地》	«Родная нива»

利多夫	**Льдов К. Н.**
《一切都在和谐地运动：云彩飘游……》	«Всё движемся смроино: плывум облака...»
《瞎子》	«Слепцы»

《语言……怎样的秘密……》　　　　　«Слово... Какая тайна скрыта...»

戈列尼谢夫—库图佐夫　　　　　**Голенищев — Кутузов А. А.**

《寂静与暴风雨》　　　　　«Затишье и буря»

《四壁之内》　　　　　«В четырех стенах»

《你在人群中没有认出我》　　　　　«Ты в толпе меня не узнала»

罗赫维茨卡娅　　　　　**Лохвицкая М.**

《哀诗》　　　　　«Элегия»

《我爱你，就像大海爱日出》　　　　　«Я люблю тебя, как море любит восход»

《我愿在年轻时死去》　　　　　«Я хочу умереть молодой»

《我渴望成为你的爱侣》　　　　　«Я хочу стать твоей любимой»

雅库博维奇　　　　　**Якобович П. Ф.**

《你们说："不需要……"》　　　　　«Вы говорите: "Не нужна..."»

《同志们，兄弟们，朋友们！……》　　　　　«Товарищи, братья, друзья!..»

《雌鹰》　　　　　«Орлица»

《致姐姐》　　　　　«К сестре»

《给青年时代的朋友》　　　　　«Другу юности»

《今天我彻夜不能入眠……》　　　　　«Сегодня я всю ночь не мог очей

　　　　　　　　　　　сомкнуть...»

《我们的正午到了……》　　　　　«Наш полдень бил...»

《凿岩工之歌》　　　　　«Песня бурильщиков»

《铁匠》　　　　　«Кузнецы»

《劳动之歌》　　　　　«Песня труда»

《饥年》　　　　　«В голодный год»

西涅古博　　　　　**Синегуб С. С.**

《伊利亚·穆罗梅茨》　　　　　«Илья Муромец»

《斯捷潘·拉辛》   «Степан Разин»

《首领西多尔卡》   «Атаман Сидорка»

《织布工的沉思》   «Думы ткача»

《壮哉，工人们！》   «Гей работники!»

《最后的日子》   «Последние дни»

《邪恶的命运不只一次……》 «Уж не одна Гяжелая умрама...»

《我的思绪啊，思绪！……》 «Думы, мои думы!..»

菲格涅尔   **Фигнер В. Н.**

《致洛帕金》   «Лопатину»

《笃笃——笃笃》   «Тук-тук»

《纪念巴拉尼科夫》   «Памяти Баранникова»

《当斗争在失败中沉默下来……》 «Когда в неудачах смолкает борьба...»

《春天》   «Весна»

《所有的优秀分子都倒下了……》 «Пали все лучшие...»

莫罗佐夫   **Морозов Н. А.**

《可恶！》   «Проклятье!»

《锁链》   «Цепи»

《斗争》   «Борьба»

《明灯》   «Светоч»

《旧时的回忆》   «Из старых воспоминаний»

《施利瑟尔堡的囚徒》   «Шлиссельбургский узник»

《力量消亡了》   «Сгинули силы»

《在狱中》   «В заключении»

《给朋友们》   «Друзьям»

《孤独中》   «В одиночестве»

《面对法庭》   «Перед судом»

纳德松	**Надсон С. Я.**
《朝霞》	«На заре»
《女基督徒》	«Христианка»
《犹大》	«Иуда»
《葬礼》	«Похороны»
《一个老童话》	«Старая сказка»
《像囚徒一样拖着镣铐……》	«Как каторжник влачит оковы за собой... »
《我的朋友,我的兄弟……》	«Друг мой, брат мой... »
《在人群中》	«В толпе»
《歌手》	«Певец»
《日记摘抄》	«Из дневника»
《幻想》	«Грёзы»
《歌手,起来吧!我们等着你,起来!……》	«Певец, восстань! Мы ждем тебя, восстань!.. »
《亲爱的朋友,我知道,我深知……》	«Милый друг, я знаю, я глубоко знаю... »
《阴森寂静的囚牢里没有一点声响……》	«Ни звука в угрюмой тиши каземата... »
《他不想走,在人群中消失……》	«Не хотел он идти, затерявшись в толпе... »
《在赫尔岑的墓地》	«На могиле А. И. Герцена»
《不要怪罪我,我的朋友……》	«Не вини меня, друг мой... »
《我们这代人不知何为青春……》	«Наше поколенье юности не знает... »
《回答》	«На ответ»
苏里科夫	**Суриков И. З.**
《歌》	«Песня»
《生活啊,你给了我什么?》	«Что ты, жизнь, мне дала?»

《春天又来了……》	«И вот опять пришла весна...»
《贫困》	«Нужда»
《秋天……大雨倾盆……》	«Осень... Дождик ведром...»
《晨》	«Утро»
《痛苦》	«Горе»
《死者》	«Покойник»
《一个可怜人的命运》	«Доля бедняка»
《在母亲的坟前》	«У могилы матери»
《在桥上》	«На мосту»
《奄奄一息的女裁缝》	«Умирающая швейка»
《两个形象》	«Два образа»
《贫困生活写照》	«Из бедной жизни»
《在草原》	«В степи»
《梦与醒》	«Сон и пробуждение»
《童年》	«Детство»
《春天》	«Весна»
《克里姆爷爷》	«Дед Клим»
《在静谧的昏暗中有一盏灯……》	«В тихом сумраке лампада...»
《诺夫哥罗德的萨特阔》	«Садко в Новгороде»
《萨特阔在海底宫殿》	«Садко у морского царя»
《勇士的妻子》	«Богатырская жена»
《瓦西里科》	«Василько»
《处决斯坚卡·拉辛》	«Казнь Стенька Разина»
《花楸树》	«Рябина»
德罗任	**Дрожжин С. Д.**
《纪念涅克拉索夫》	«Памяти Н. А. Некрасова»
《我的缪斯》	«Моя муза»
《劳动者之歌》	«Песня работника»

《女裁缝之歌》   «Песня швей»

《冬日》   «Зимний день»

《农夫之歌》   «Песня пахаря»

《薄雾笼罩田野……》   «Кругом прозрачной пеленою...»

后 记

本书从立项到竣稿,历时十数年,时断时续,延宕日久。

本书最初的定位是俄语专业研究生教材,由于国内外缺乏可资借鉴的相关经验(关于研究生的教学和培养方式,主张不应有教材的似乎是主流),编写体例和框架多次反复,仍未能确定。后来索性决定放弃原来的目标,重新设计大纲,这才终于有了这部诗歌史的雏形。在写作过程中,不时遇到各种各样的新问题。应该说,这部诗歌史的写作过程,也是一个不断发现问题、思考问题和解决问题的过程。王佐良先生曾说:"写书的过程也是学习和发现的过程。"诚哉斯言!

本书撰写和修改过程中,得到我的几位博士研究生的大力帮助:沈尧和牧阿珍利用先后在莫斯科大学进修之机,帮助收集了部分资料;张煦和牧阿珍参与校对了部分原稿;张芳丽协助校订文字、核对译文和书目,并编辑了附录中的俄汉译名对照表,付出了大量时间和精力。本书终稿后,呈请朱宪生教授审阅并提出宝贵、中肯的修改意见。在此谨向他们一并表示由衷的谢意。

最后要交代的是,本书所引译诗,除标注译者的以外,均为本书作者拙译。仅凭中文译文还不足以说明问题时,则附上俄文原文,以为参照。

本书所涉内容跨度巨大、材料浩繁、现象纷杂,虽系二人合作,作者仍不时感到知识和能力捉襟见肘,错误和疏漏在所难免,诚望读者和方家不吝赐正。

郑体武

2017 年 7 月 16 日